I0780983

猫头鹰探长

第三部

火焰岛的重生

伊雁声　著

OWL BOOKS

Copyright ©2025 by YiYanSheng

All Rights Reserved.
No part of this publication may be reproduced or transmitted
by any means, electronic, mechanical, photocopying or other-
wise, without the prior permission of the publisher

ISBN: 978-1-965771-07-5

版权所有，未经允许禁止翻印、转载、复印等复制手段

献给

智人世界

每个人都要尽力而为

伊雁声

2017年10月，《猫头鹰探长》第一部在国内出版，次年第二部在国内出版。2020年第三部（上）即将上市的时候，探长系列被爱国贼诬告，下架、停出。与爱国贼们设想得完全不同，我丝毫没有感到沮丧，因为我更愿意能不慌不忙地把探长三部曲全部写完并重新修订之后再出版全集，那才叫完满。

于是我就这样成为不慌不忙的典范。花了近十年时间，每天求知若渴，终于在2024年春天，探长三部曲全部修订完毕，其姊妹系列《动物快跑》前两部《超级大脾气》《迷失》也顺手写完。至此，总算完成了一部更比一部好看的心愿。再看国内出版环境，早已是面目全非。地球在融化，各国纷纷再次伟大，人类正面临一个生死抉择。

几年来经常有读者询问第三部写完了没有，因此先出一个三部曲全新修订海外版成为顺理成章的选择。这个海外版全集不仅是一个全新修订的版本，而且是一个原汁原味、未经审查的版本，我自由自在地写，你自由自在地读。封面、地图和丛书LOGO由我心爱的女儿帮忙设计。

回头看，《猫头鹰探长》一直在进化。第一部《火焰岛的继承者》，从方舟子的科普名篇中诞生，初啼稚嫩，清纯婉转。第二部《火焰岛的女王》，初试俊羽，在绿野大陆地上空翱翔。第三部从最初构想的《火焰岛的战争》进化为《火焰岛的重生》，奋力展翅，翼若垂天之云，扶摇直上，飞出地球之外，远眺母星，绿野大陆地成为翅下小岛。

整个故事始于一场大火，终于另一场大火，每个细节都有现实原型，每个案件都有可靠的科学依据。绿野大陆地亦幻亦真，恍若一个与现实世界平行的姐妹世界。写到后来，每写完一章，都像是和宇宙邪恶势力打了一仗。

说到这里，有必要简单阐述一下威雪猫头鹰世界的价值观。我想先摘录两段与前两部的初版责任编辑、插画师的对话，当年我们一起合作得非常愉快，堪称心心心相印，我想念他们，感谢他们。

责编：三宝兄弟管长眉叫爷爷。这里有什么说法吗？按人类的叫法应该是外公？

我：猫头鹰世界和动物世界都不分内外，在父母眼里，后代不论雌雄一律平等。在传宗接代方面，动物比人类明智。

桃染：有点好奇～故事里捕食和被捕食的关系是有意处理得平常化么～不像常见的故事中那样捕食的就是坏蛋，被吃的就可怜。

我：动物世界是野蛮的丛林世界，遵循残酷的适者生存的丛林法则。人类世界是文明世界，遵循社会公平的道德和法律准则。

在整个猫头鹰探长系列中，动物世界、人类世界和精灵世界的价值观各不相同。在纯粹的动物世界里，充满了奸诈、诡计和弱肉强食，为了生存和繁衍，一切手段都是合理的。人类的文明世界较之有鲜明对比，人类作为一个灵长目的高级物种，更追求公平，更关注弱势群体的生存权利。物质条件无论怎样改变，动物弱肉强食的残酷本性都不会变。只有在法律、道德的约束下，人性才不会被兽性吞噬，人类才不会整体沦落到野兽般强取豪夺的地步。精灵世界包容万象，慧黠沉静，思接千载，视通万里，在时空的长河中，他们知对错、识善恶，热衷扶危济困，擅长趋利避害。顺便说一下，在探长的读者中，就有很多精灵人。

威雪猫头鹰世界则半兽半人半灵，他们有人类世界的爱恨情仇、道德法律，又有动物世界的弱肉强食、自然法则，同时还具备精灵世界的远见卓识、科学道义。阿威和阿雪兼具三层代言者身份：大自然，人类，以及精灵。仿佛是半人类文化属性的象征，阿雪身材娇小，阿威高大威猛，虽然在真实的猫头鹰世界里，大家熟知的大部分猫头鹰物种的雌性都比雄性体型更大。当然，半兽半人半灵的威雪属于一个神秘未知的物种。

威雪与其说是参与者，不如说是观察者。他们远远旁观，因此更能客观看待人类和地球遇到的问题，甚至更具有精准的预见力，威雪世界的预见力来自深刻的洞察力和思考力。他们怀着怜悯之心和怜惜之情，尽可能帮忙，却并不干涉弱肉强食的自然规律。因此，对于自诩文明的人类针对自然界的弱肉强食，他们也只是深感愤慨、竭力营救濒危物种而已。他们与地球母亲同呼吸，遵循自然之道，由着人类后果自负。

但是人类却没有闲坐旁观的奢侈，只能深陷其中，因为人类是高度进化有超凡大脑的地球之子，人类有责任照顾好现有的这一个地球。地球母亲有的是时间从头开始，再来一次缓缓的进化。蜗牛角上的蚂蚁互相争斗不休，直至付出生命的代价，威雪世界不会问这到底值不值得，但人类世界却必须要问一问，毕竟事关生死、存亡与未来。人类只有秉承科学道义，才能超越偏见正确回答这些问题。其实阿威和阿雪也一直在成长，他们逐渐认识到独善其身是不可实现的，只有天下皆善，才有个体的善。每个人都要尽力而为。

哪种动物真实地出现在地球上的哪个地方，真的只是一种进化的偶然。科学的思维方式与我们的生活和未来息息相关，我们每时每刻都要用到它，它也关系到小读者精神世界的健康、丰沛与幸福。我们这一代很快会老去，把地球留给下一代，下一代需要了解、关注正在发生的地球大变化。无论是火焰岛的继承者，还是火焰岛的女王，那都是我们自己，是每一个读到这些故事的人。因此，这场火焰岛的重生，也正是智人这个物种的重生。从这个意义上说，《猫头鹰探长》三部曲是迄今为止我对我的母语所能做出的最大贡献。

《猫头鹰探长》三部曲虽然写完了，但绿野大陆地每天还在不断发生无穷无尽的新故事。那些还没来得及讲的故事，比如小海龟姐妹海洋历险记，阿历克斯的科学奇幻之旅，等等，以后也许会在《动物快跑》里接着讲，请听我一路慢慢道来。

2024年11月

我们为什么应该喜欢猫头鹰

方舟子

这个故事的主角是猫头鹰。它源于我妻子想要根据我的科普文章改编童话故事，而我最喜欢的动物是猫头鹰，所以就自然而然地以猫头鹰作为主角。

我和猫头鹰的结缘由来已久。我刚上大学的时候，给班级编过一本杂志，名字就叫《猫头鹰》。受我的影响，我家到处是"猫头鹰"，杯子、盘子、垫子、浴帘、毛巾、花盆、台灯……都是猫头鹰的图案或造型。还有多得我自己都数不清的猫头鹰工艺品，陶瓷的、金属的、树脂的、木头的、毛绒的、牛角的、玻璃的、水晶的……我到一个地方旅行，喜欢买猫头鹰工艺品当纪念品。亲戚、朋友、读者知道我有这个爱好，也会送我猫头鹰工艺品作为礼物。

这些工艺品大部分是在国外买的，中国的很少。中国传统上把猫头鹰当成不祥的恶鸟，并没有表现、刻画它的习俗。国外有的地方历史上也把猫头鹰当成不祥之兆，但是也有的地方把它当成吉祥的神鸟，制作了大量的表现猫头鹰的艺术品、工艺品。

1994年，三个法国人在法国南部发现了一个石灰岩洞穴，画满了岩画，后来测定它们画于3万年前，是已知最古老的岩画。其中有一幅画着猫头鹰的背面，却把头转了过来。显然人类很早就注意到猫头鹰能把头扭转到几乎直对背后，并觉得很神奇。之后在古埃及的象形文字、古希腊

"

的钱币、古罗马的水瓶……都能看到猫头鹰的身影。历史上最崇拜猫头鹰的大概是古希腊的雅典人。猫头鹰是雅典城的守护神雅典娜女神的神鸟。雅典娜是希腊神话中的智慧女神和战争女神，猫头鹰因此成了智慧和胜利的象征。雅典人开始打仗之前，如果看到有猫头鹰从阵前飞过，就会感到胜利在望、信心倍增。没有猫头鹰自己飞过来怎么办呢？不用担心，会有人准备好了猫头鹰悄悄放出来的。

现代的人们已经不这么迷信了，只是还把猫头鹰当作智慧的象征。不过，现在人们喜欢表现猫头鹰，主要还是觉得它可爱。和其他的鸟类不同，猫头鹰的两个眼睛和人一样都是向着前方的，眼睛很大，和身体相比，猫头鹰的头也比较大。头部、眼睛相对比较大，是人类婴儿的特征，所以我们看到猫头鹰，就会本能地觉得猫头鹰可爱。

猫头鹰长成这个样子，当然不是为了让我们觉得可爱，而是由于适应环境进化出来的。猫头鹰通常在黄昏、夜晚或凌晨出来捕捉食物，为了在昏暗的光线下能更好地看清猎物和判断猎物的位置，就要有立体视觉，所以猫头鹰和人一样两个眼睛朝前，而且眼睛要尽量地大，这样才能让光线尽量多地进入到视网膜。猫头鹰视网膜对光的敏感程度大约是鸽子的一百倍。

猫头鹰大眼睛的重量占了其体重的大约4%，而人的眼睛只占体重的0.08%。为了能在眼窝里容纳尽量大的眼睛，猫头鹰的眼睛不是球状的，而是管状的。这样，猫头鹰的眼睛就被固定住了，没法转动，要往旁边看只能转头。人的头部只能转动180度，要看背后的东西就要转动身体。猫头鹰如果也转动身体，发出声响，就容易被猎物发觉。

因此它们进化出了一种"超能力"，头部能转动270度，不用转动身体也能看清背后。猫头鹰能这么大幅度地转动头部，是因为它的颈部有特殊的构造。猫头鹰的颈椎有14块，而人的颈椎只有7块，所以猫头鹰的颈部要灵活得多。大脑需要椎动脉供血，椎动脉穿过颈椎的孔进入头部。人的颈椎穿孔和椎动脉大小差不多，如果强行过度扭转脖子，就会导致椎动脉缠绞住，血上不了头部，人会晕倒、死亡。而猫头鹰的颈椎穿孔大小是椎动脉的十倍，有足够的空间让椎动脉摆动，不会因为大幅度转动头部影响大脑的供血。

在黑暗中要准确地找到猎物，光有很好的视力还不够，还要有很好的听力。在猫头鹰的两个大眼睛周围，各有一圈放射状分布的羽毛，形成了两个面盘。这也不是为了好看。这两个面盘就像两个太阳灶似的凹面镜，焦点在耳朵上（猫头鹰的耳朵在头部两侧。有的猫头鹰头上长着像耳朵一样的"角"，那是羽毛，不是耳朵），传来的声音被集中投进了耳朵里，猫头鹰可以听得更清楚。有些种类的猫头鹰的耳朵是不对称的，左耳的位置比较高，同一个声音传到两个耳朵的时间有差异，大约相差0.00003秒。这么微小的差别，猫头鹰也能感受到，它会歪着脑袋，慢慢调整，让两个耳朵同一时间收到声音，这样它正对着的就是发出声音的位置，可以精确地定位猎物。

发现猎物后，猫头鹰悄悄地飞过去，它的羽毛有特殊的消声构造能够降低气流的振动，在飞行时能够做到不发出一点声响。猫头鹰飞到猎物的上方，伸出利爪，准确地抓住猎物。一旦被抓住，猎物就绝无挣脱的可能：猫头鹰的爪子极其有力，最大的猫头鹰施加在猎物上的力可以达到130牛顿，这相当于一个十几千克的石头压在猎物上。

猫头鹰并不具有魔力，而是一个精致的黑夜捕猎机器，历经数百万年逐渐进化而来。我们对它的构造了解得越多，就会越是惊叹大自然的神奇。这正是科学的魅力之所在，胜过了魔力。随着年龄的增长，我们对童话乃至对文学的兴趣也许会降低，但是一旦学会欣赏科学之美，对知识、对科学的追求却会与日俱增。希望这本猫头鹰的故事，能够引领你走进科学之门，去感受科学的无穷魅力。

2017.8.31.

紫光大陆地
冰封海峡
无人湾
自由洋
蝙蝠角

荒凉高原
野马坡
野狼铺子
大蓝蝶保护区
西北大草原
大泥坑
鸟鸣涧
猫头鹰联合国
松树河口
火焰山
大岩海岬
礁石群岛
火焰岛

北洲苔原
大北雪山
星宿大沼泽地
河狸谷
麋鹿坡
白杨溪
雪枭岭
绿野森林
松鼠林
松
树
河
猴村
兔子谷
水果糖小湖
火狐狸洞
绿野市
火狐狸村
爪爪海峡
火焰海
爪爪岛

绿野大陆地
玫瑰谷
山丹大草甸
狂野大沙漠
骆驼冈
白龙江
弱水河
东部大草原
侧斑蜥蜴国
杜松子城
伯劳庄
走鹃寨
岩石堡
卵石堡
东郊镇
大羚羊圈养场
五公里国

目录

第一章

哭泣的穿山甲

凝望你小小的温柔泪眼，

希望我没有来得太晚。

——摘自呐喊的三宝诗集《动物快跑》之《铁甲神兽》

1

下午四点整，离饭点还早，绿野市动物协会会长公冶仁却径直走进半仙食府气派的大红门。空荡荡的饭店大堂里没有一个食客，沉闷的空气中弥漫着浓烈而油腻的肉香，混杂着一股说不清道不明的腐烂臭气。

公冶仁被服务生领着，穿过曲曲折折的走廊，来到一处僻静的院落前。紧闭的月亮门上挂着一个淡雅的门匾，黑底绿字刻着"胜仙野"三个字。公冶仁知道，进了这个院落，就可以看到另外一个烫金菜单，熊掌、穿山甲、五步蛇、鲨鱼、海龟、禾花雀……天上飞的、地上跑的、水里游的，各种野味应有尽有。菜单上没有的野生动物还可以预订，越珍稀的价格越贵，越难搞到手的往往越抢手。在绿野市，只有有身份的熟客才能被引进这个月亮门，光有钱都不行，公冶仁想到这个不禁有些洋洋自得。

服务生把公冶仁领到院子最里面的一个隐秘包间。半仙食府老板王半仙儿和洪福齐天投资有限公司老板齐齐已经在里面等候多时了，或者说，密谈多时了？公冶仁心里嘀咕着。他也知道，这两个大老板表面上对自己挺客气，其实好多事瞒着自己，他们两个才是真正推心置腹的铁哥们，自己怎么卖力都挤不进他们那个秘密的小圈子。

王半仙儿迎出门来，双手握着公冶仁的右手，大笑着："大会长驾到，欢迎！欢迎！"

三人坐定，齐齐笑道："大会长难得赏光一回，半仙兄今晚打算怎么招待我们啊？"

公冶仁心想，什么难得赏光，是你们有事才想起要请我来的吧？

王半仙儿高声大嗓地吆喝："今天还真有好东西！早晨新进了一对穿山甲母子，嘿！我们自己人在野外现抓的，保准肉质新鲜，无注水！无添加！我亲自去验过了，活力四射，别提多精神了！穿山甲晚宴，怎么样？"

齐齐："好啊！好啊！穿山甲血炒饭我一定要来一碗！想起来就流口水！"

公冶仁听了，胃里却直犯恶心。他上回吃过一碗甲血炒饭，据说价格奇贵无比，营养价值更是举世无双。但他公冶仁是专家，他清清楚楚地知道甲血饭的营养价值其实和猪血饭没有两样。说实话，他感觉吃起来味道也没什么出奇的，何况血红腥腥的一碗，看起来真有点瘆人，实在倒胃口。他可不想再吃第二次了。

于是公冶仁转移话题，笑嘻嘻地对齐齐说："恭喜你拿到海景烂尾楼项目，这下你可要发大财啦。”

齐齐呵呵一笑：“没啥，没啥，好男儿不挣有数的钱嘛！多亏你帮忙啊！前期我们送了那么多礼，就是搞不定，直到你帮我在火焰岛搞到那只破破烂烂的乌龟壳。局长大人就爱收藏那些没用的玩意。多亏你那号称千金难买的无价之宝，什么什么‘全世界最后一只太阳龟’的乌龟壳，违章建筑现在成了绿野市重点扶持项目。主管副市长对这个项目寄予厚望，亲自挥毫题字，“碧海瀛洲”，哈哈哈！痛快！”

公冶仁心里有些不舒服，嘴上却什么也没说。齐齐看出来了，假装很随意地说：“到时候再送你一套海景房，想要哪一套，你自己随便挑！”公冶仁听了，立即眉开眼笑，点头哈腰不已。

王半仙儿说：“好男儿壮志凌云，齐总，你参加今年的绿野市市长竞选吧，我们都支持你，把希希那个好高骛远、纸上谈兵、吃里扒外的法西斯淘汰出局！”

齐齐微微一笑：“不是不可以考虑。要是我做了市长，一定可以让人类再次伟大！第一步，开发绿野大森林！放着现成的大宝藏不挖，尽搞些没名堂的绿色经济、产业升级，花了那么多纳税人的钱，挣回来几张钞票？什么科学、环保、全球气候变暖，都是骗人的！政府限制资源大开发，纯粹就是抱着金饭碗讨饭！你是人类的市长，还是动物、植物的市长？！确实吃里扒外，蠢到家了！”

公冶仁听了齐齐的激愤言辞，笑着没说话。王半仙儿则频频点头："说得好！让人类再次伟大！嗯，这句真是好，可以当你的竞选口号！开发绿野大森林的主意太棒了，我这里先预订一块地皮哈，到时候办个赌场，吸引全世界的有钱人都来消费。哈哈哈！"

齐齐大笑："好说，有财一起发，兄弟们一起伟大！"他看了一眼公冶仁，"我听说，我的汉斯在西北大草原的野马坡一带出没。哼哼，我发誓，不惜一切代价，一定要把它再抓回来！"

公冶仁脸红了，张张嘴还没来得及说什么，王半仙儿半开玩笑半认真地责怪他说："上次咱们本来安排得好好的，结果你却派了那个高海去给汉斯做测试，把咱们的发财计划生生搅黄了。你派谁不好，为啥偏偏派他呀！"

公冶仁惭愧地说："唉呀，太抱歉了！是我考虑不周！因为阿海一向在我们圈子里声望很好，人称'值得信赖的阿海队长'，他说的话大家都肯相信，所以我考虑再三就让他去了。没想到他还真能干，一下子就看穿了你们的骗局……啊，不，把戏……啊，不，宏伟蓝图……"

齐齐小手一挥："没事！不必挂怀，那都是小财！今天咱们聚会主要就是商量一下，看怎么把绿野大森林的开发权赶紧搞定。大会长，你那份动物环境影响评估报告什么时候才能提交啊？没有你的报告，这事根本没可能啊！"

这时候，厨师长托着一个大铁条笼子进来了，笼子里面蜷着一只小小的穿山甲宝宝。小穿山甲宝宝可怜巴巴地张望着这些油光满面的人类。有一个瞬间，公冶仁发现穿山甲宝宝眼泪汪汪，温柔地凝望着自己，好像在向他求救。公冶仁慌乱地移开视线，低下头去。

王半仙儿已经大嚷起来了："验验！昨晚活捉了母子俩！连夜运来的！这是那只小崽崽！看看！这么新鲜的活崽崽，难得得很！肉质嫩极了！那真叫一个香啊！别说你们，我都要流口水了！这玩意马上就要灭绝了，难抓得很！吃一只少一只！能活着来到咱们饭店的，都是奇迹！咱们今儿就亲自享用了。你俩吉人天相，太有口福了！来，快验验！"

齐齐贪婪地打量着穿山甲宝宝，连连点头："不错！不错！穿山甲幼崽大补啊！延年益寿啊！你们要慢慢炖啊，不着急！要慢慢炖，啊！"

王半仙儿大笑："人类爱吃穿山甲，就像老鼠爱大米！希希市长非要严禁人类食用穿山甲，连药典都想改！妄图取消穿山甲入药！没有穿山甲，很多药方的药性必然大减！医药行业必然遭受重创！老百姓绝不答应！太违背民意！很多市民对此很不满！人类想要治病活命，吃个穿山甲都不行？难道穿山甲比人还重要？荒唐！齐总刚才那句问得真好，你希希到底是人类的市长，还是动物的市长？齐总你如果竞选市长，肯定能得到大多数市民的支持！肯定能把希希挤下去！"

2

穿山甲先生霸王甲甲一大早就来到阿威家门口，用前足那三只坚硬的长爪拼命挠门，刚入睡的阿威和阿雪立即被惊醒了。

霸王甲甲满眼泪水："大事不好！铁甲神兽和菜蓟甲甲母子俩都被人类抓走了！我还活在世间的孩子就只剩下小菜蓟了，求你们一定要把他们救回来啊！"

阿雪："啊？藏得那么好还是没有逃过盗猎人的魔爪！"

阿威："他们是在哪儿被抓的？"

霸王甲甲："火狐狸洞附近！"

这时候，阿玉也闻声飞了过来。她神情严肃，默默不语，一副整装待发的样子。

阿威扭头对阿雪和阿玉说："咱们立即出发，去火狐狸洞调查线索！"

阿玉带头振翅向火狐狸洞飞去。霸王甲甲麻利地爬下树去，世途凶险，他得赶紧跑回洞里躲起来，等天黑透了再出来觅食。

火狐狸精已经望眼欲穿了，老远就喊叫起来："阿威探长！阿雪博士！你们怎么才来！问我！我是目击者！他们嚷着说要抓活的，还说今晚老板要请吃穿山甲宴！"

通常情况下，火狐狸精非常非常不愿意多管闲事，事不关己就高高挂起，今天却如此激动，还主动协助破案，实在是因为穿山甲家族的处境太危险，眼看就要灭绝了。任何一种生物的灭绝，都会对现有整个生态系统产生某种影响，虽然有些微妙的影响人类根本觉察不到，却已经永远地改变了地球的原貌。火狐狸精生性敏感，她预感到万一生态系统失去平衡，狐狸家族迟早也会被殃及。

火狐狸精心里明白，穿山甲对绿野大森林太重要了。别看甲甲们长得像鳄鱼或蜥蜴，走起路来前足举起，粗壮的两条后腿交替迈步，看起来活像霸王龙，其实他们是地球上唯一一种身披鳞甲的哺乳动物。

甲甲喜欢吃蚂蚁、白蚁、胡蜂等昆虫及其幼虫。他们没有牙齿，会巧妙地利用粗壮、有力、粘乎乎的舌头粘住虫虫，把虫虫猎物囫囵吞下肚去。甲甲的舌头不是长在嘴巴里，而是连在肚子里，固定在骨盆和最后一对脊椎骨上，闲着不用的时候就存在胸腔里，要是全部伸出来的话，比他们自己的身体还要长。甲甲舌头上的粘液还会散发出让蚂蚁无法抗拒的美妙气味，能把蚂蚁引出洞来。

甲甲的饭量很大。一只成年穿山甲胃里可以容纳整整一斤左右的白蚁，每天可以吃大约2万只蚂蚁和白蚁。

能以骁勇善战的蚂蚁为主食，必须得有独门绝技才行。甲甲嗅觉灵敏，蚂蚁洞挖得再深他们都能闻得到。甲甲有特殊的肌肉用来封闭鼻孔和耳朵，还有厚厚的眼皮保护自己的眼睛，这样在挖掘猎物的洞穴时，就可以有效防备愤怒蚁群的反攻。甲甲嘴里也有特别的肌肉，可以防止已被抓获的虫虫猎物逃跑。

甲甲那灵活的大爪子是挖洞的神器，掰掉树皮捕捉树洞里的猎物也易如反掌。事实上，甲甲每只脚上有五个脚趾头，前足的第一和第五指退化了，中间的三指异常发达，指上长着尖利、弯曲的大爪子，连混凝土都能挖穿。

有些人类见穿山甲擅长打洞，就臆想吃了穿山甲可以解决人类各种"不通"的毛病，比如抽搐癫痫啊，中风瘫痪啊，母乳不畅啊，等等等等，至于消肿止痛、活血化瘀那更是不在话下。久而久之，以讹传讹，穿山甲简直变成了能包治百病的神药，尤其是穿山甲鳞片，皮肤病能治，胃病能治，肝病也能治，还能治疗不孕不育和癌症！

虽然所有这些所谓的医疗价值其实没有一点科学依据，甲壳的成分就是人类无法消化的角质蛋白，和人类的头发、指甲的成分一模一样，但人类固执地迷信甲片的疗效，坚信食用穿山甲肉可以延年益寿。于是，吃穿山甲渐渐成为地位和身份的象征，穿山甲的价格也节节攀升，堪比黄金。

每当遇到天敌，甲甲只有一招保命：迅速蜷成一团，用坚硬的鳞甲保护自己。甲片边缘很锋利，甲甲发达的肌肉还可以指挥甲片割伤天敌的嘴巴，所以老虎、狮子即使抓住甲甲也没法下嘴，最后只好放弃，让甲甲在危险解除之后泰然自若地溜达回家。但对于人类来说，甲甲的这套防御体系效率为零，人类只需要弯下腰把他们捡起来就大功告成了。

甲甲本身繁殖力不强，通常一年只生一胎，所以在人类越来越疯狂的盗猎之下，加上栖息地被人类大量霸占，甲甲很快成为濒危物种，在野外难得一见，只有超级会躲藏的才能幸存下来。事实上，在最近的短短十年之内，至少有100万只穿山甲落入人类的魔爪，成为人类的盘中餐、"万灵"药。穿山甲不幸成为全世界被偷猎、走私最严重的哺乳动物。

"人类怎么这么傻！他们要是真想治那些毛病，啃啃自己的手指甲，拔几根头发吞下去，不就都治好了吗？省钱还省事！干嘛非要把我们的甲甲赶尽杀绝？"火狐狸精一个劲儿地抱怨。

阿威："你说得都对。你知道把铁甲神兽母子抓走的是哪伙盗贼吗？"

火狐狸精："还能有谁？金夫人盗猎集团啊！咱们绿野森林一半的偷猎都和他们有关！别问我是怎么知道的，那个半仙食府，绝对就是盗猎贼的大本营！"

阿威想了想："我有个主意。我和阿雪现在就出发去半仙食府。阿玉，你去通知阿历克斯，请阿海队长赶紧派人去半仙食府解救穿山甲、抓捕盗猎团伙！告诉阿历克斯，让他先行一步，尽快到半仙食府和我们会合！"

阿雪抱抱阿玉："完成任务之后，你直接回家休息。你还小，保证充足的睡眠才能健康发育。等你长大了，还有更重要、更艰难的任务等着你。"阿玉严肃地点点头，向绿林哨所方向疾飞而去。

3

阿威、阿雪在半仙食府上空盘旋良久，仔细观察地形。

阿历克斯不久也赶到了。"嘎！嘎！阿玉好样的！报信及时！和我一样棒！阿海队长正在调兵遣将，十面埋伏！争取把盗猎团伙一网打尽！"

阿雪："太好了！当务之急是解救铁甲神兽母子，他们随时可能被杀害，晚了就来不及了！"

阿威："唔，前院没发现有什么异常，就是一个正常饭店的样子。后院看起来很古怪，遮遮掩掩的。我估计王半仙儿的小秘密都藏在后院。"

阿雪："看！那是后院的厨房，藏在几道墙后面，塞在一个小角落里，厨房正面竟然没有门，只有一个小边门通出去。后墙外面又是剧毒植物，又是铁丝电网。莫非里面有什么见不得人的勾当？"

阿历克斯："嘎！去见见那见不得人的勾当！"说完，他带头向后院厨房俯冲下去。

厨房前面虽然没有门，却有一面对开扇的小铁窗。从窗户玻璃看进去，黑黢黢的大厨房里空无一人。

"听！"阿雪悄悄说。阿历克斯什么也没听见。阿威却看起来很激动的样子："他们都还活着！"

阿历克斯观察了一下紧闭的窗户："谁家的窗户是从外面锁起来的，不正常！"

阿雪："一定是为了防止里面的野生动物逃走。"

阿历克斯摆摆头："不堪一击！"说完，他伸出大嘴巴，把插销轻轻一抬，阿威顺势一推，窗户打开了半扇，阿雪迅速飞了进去。

阿历克斯害怕地瞅了瞅阴森森的大厨房，里面散发着一股强烈的血腥味和腐烂味，他不敢进去。

阿威说："你在外面放哨！有情况随时通知我们！"

阿历克斯如释重负："我擅长放哨！我总是发挥关键性的作用！嘎！嘎！"说完，他忙不迭地一飞冲天，高高地落在一根电线杆的顶端。这个厨房让他有一种强烈的不祥感，他渴望离这个鬼地方越远越好。

阿雪已经找到铁甲神兽和菜蓟甲甲，他们被分别关在两个用厚铁条焊成的笼子里。菜蓟甲甲还没断奶，肚子饿极了，正趴在铁笼的竖条上，对着妈妈嘤嘤哭叫。铁甲神兽徒劳地用坚硬的长指甲挖掘铁条，修长的鼻子拼命地拱着铁笼子，长鼻子被磨得伤痕累累、血迹斑斑。她绝望地看着儿子，一边安慰小菜蓟，一边默默流眼泪。

铁甲神兽猛然静止下来，扬起头，抬起鼻翼，激动地嗅个不停，惊喜地伸长了脖子。不一会儿，阿雪和阿威一前一后飞到她面前。她高兴极了，筒状的长嘴不由自主地摆来摆去。菜蓟甲甲也看见救兵了，悲惨的哭叫瞬间变成兴奋的欢呼。他用后肢和尾巴握住铁条，全身直直甩出去，张大两条前肢，在笼子里玩起了空中飘浮，可惜空间有限，飘浮的姿势不算太帅。

阿雪扑到铁甲神兽的笼子跟前："我们这就救你们出去！别担心！"她对着笼子左看右看，寻找出口。

阿威紧跟着飞到。铁甲神兽的双眼溢满泪水："啊！我还以为我和小菜蓟都要死了！这下有救了，谢谢你们，阿雪博士！阿威探长！"

阿威飞过来的时候，感觉到厨房后墙里面似乎另有空间，隐约传来异样的声响。他一时无法判断秘密空间的入口在哪里。时间紧迫，先解救铁甲神兽母子要紧。

"这里也有个插销！"阿雪指着铁甲神兽的笼子低呼。

就在这时，阿历克斯出现在窗口，心急火燎地冲屋里大喊："嘎！有人来了！一加一等于二！一共有两个人！快撤退！"

阿雪扭头看见墙边又是箱子又是袋子，横七竖八地放着一大堆蔬菜，心里有了主意。她轻柔而清晰地小声说："阿历克斯，沉住气，过来，帮忙把铁甲神兽这个插销打开。"

"嘎！"阿历克斯只是叫了一声，在窗口扇着翅膀，紧张得都快要失去意识了。

阿威大吼一声："没时间磨叽了！快来！大不了一

死！"

阿历克斯一激灵，对呀，大不了一死，极有可能死不了！要是阿威死在里面，他阿历克斯死不了，那还不如和阿威一起死在里面！阿历克斯啥也不想了，血脉偾张，头顶的羽毛一根根直竖起来，一头钻进窗户。豁出去了！

阿历克斯一鼓作气冲进来，伸出大嘴，干净利索，把插销"咔"地一下子抬起来，阿威配合默契，"唰"地拽开铁门。阿雪对铁甲神兽说："快出来，卷起来，滚到那堆紫叶大菜蓟里去！"

铁甲神兽遵照阿雪的吩咐，灵活地爬出笼子，身子一卷，骨碌骨碌滚到那堆紫叶大菜蓟里，挤一挤，挤到最里面，然后紧紧蜷成一团，一动不动了。她已经领会了阿雪的意思，现在，她看上去就像一棵有点过熟的紫叶菜蓟。

阿威："我们先撤退！"

阿雪轻声叮嘱菜蓟甲甲："小菜蓟，别害怕！你在笼子里再玩一会，我们过会儿就来救你！"

三只鸟儿迅速飞出窗户。

"大不了一死！我没死！嘎！嘎！"阿历克斯兴高采烈。

飞上屋顶之前，阿威、阿雪合力把打开的半扇小铁窗又轻轻虚掩上了。

4

阿雪他们刚走，王半仙儿和二柿子一同走进厨房。

王半仙儿："今天的晚宴很重要，一定要让客人吃好、吃舒服！等客人验过货之后，就可以开始烹饪了！"

二柿子："放心吧！我家阿蛮做出来的穿山甲血炒饭、葱爆穿山甲皮、红椒鲜甲小炒肉、姜汁蒸宝甲、黄焖香甲肉、秘制穿山甲烤肉串，还有幼甲药膳煲，都绝对一流，没有人不喜欢的！就看客人喜欢什么口味！"

王半仙儿满意地点点头："那倒是，你还真没吹牛。你老婆这么好的手艺，窝在火焰岛那么多年，真是可惜了。你心狠手辣，行事果断，更是绿野市急缺的人才啊！前途无量！好好干，齐老板也很喜欢你，有机会我把你引荐给他，你这匹千里马，以后别忘了我这个伯乐就行。"

二柿子点头如捣蒜："您对我有再造之恩，哪敢相忘！当初我们不想再回火焰岛去受猫头鹰的窝囊气，幸亏您收留我们，还提拔我做了这小厨房的厨师长，每个月都给我发那么多奖金，我感谢您、报答您还来不及呢！"

王半仙儿摆摆手："兄弟之间，不必客套。让我看看今天新到的那对儿穿山甲母子，我先验验，饱饱眼福！哈哈哈！"

二柿子："这边……啊！大的这个怎么不见了？铁门被打开了！怎么回事？"

王半仙儿慌忙上前。两个人东翻西找，把厨房找了个遍，连那大穿山甲的影子都没看见。其实铁甲神兽就在他俩的眼皮子底下蜷着呢。

王半仙儿："邪门！化成空气了不成？肯定就在这屋里！"

二柿子："您不是有名的算命先生吗？要不，您掐算掐算，看这鬼东西藏哪儿去了！"

王半仙儿瞪了二柿子一眼："废话！我要是能算出来，还用得着这么东翻西找地折腾吗？"

二柿子满腹疑问，但看王半仙儿脸色不对，就没敢再说话，只得把厨房又找了一遍。还是没找到。

王半仙儿有些气急败坏："听说穿山甲特别会打洞，我特意做了铁条笼子，居然还是跑了一个！"他不由看了一眼菜蓟甲甲，好像生怕小菜蓟也忽然人间蒸发了一样。

二柿子讨好地说："火焰岛的老人们说，穿山甲是从外星来的生物！你看穿山甲长的那个怪模样，除了外星生物，谁能长成那样！"

"说得好像你见过外星生物一样。"王半仙儿没好气地说。

二柿子说："我是见过啊！电影里见过好多啊，都长得奇奇怪怪的。"

王半仙儿摇摇头，正要教育二柿子几句，忽听手机短信铃响了。"哎呦！齐老板已经到店门口了，我得去迎接他。"

二柿子说："那穿山甲丢了一只该怎么办？冰冻的甲肉刚好也用完了，要不然，今晚除了甲血炒饭、幼甲药膳煲、葱爆穿山甲皮，其他的穿山甲菜单就都取消掉？"

王半仙儿："不能取消！你继续找，我就不信它真能人间蒸发。嗜，万一找不到，待会儿你就先拿这只小的去让客人验货。完了呢就用猪肉，加上牛油，还有昨晚剩的甲鱼浓汤，兑一兑，一锅子乱炖了。没有人能吃得出来。"

二柿子："好好，好主意！阿蛮肯定能把猪肉烧得比穿山甲肉还像穿山甲肉！这个小崽子的血怕是不够用，那个甲血炒饭，也掺上牛血和猪血，来个混血炒饭，保准比甲血炒饭还香！"

王半仙儿拍拍二柿子的肩膀："有悟性！好！再提醒你一次，千万记着告诉你老婆，今晚的客人都是自己人，不需要当场过秤，所以不用给穿山甲注水、打镇静剂了！我也要一起吃呢，乱七八糟的东西都不要添加！"说完，他匆匆走出厨房，又转过头撂下一句话："看好这个小崽子，可千万别跑掉了！不然我让你赔！"

5

王半仙儿和二柿子的对话一字不漏地落入阿威、阿雪和阿历克斯的耳朵里。

"嘎！这两个坏蛋！暴徒！盗贼！骗子！蠢货！"阿历克斯气得满脸通红。

阿威："等他们验完货，咱们再开始下一步行动。"

阿雪："墙后面有情况，待会让铁甲神兽挖挖看！"

"嘎！有情况？我去看看！"阿历克斯说着飞上高空。他还是对这个厨房充满了恐惧感，盼着离它越远越好。

阿威和阿雪相视一笑，也随着阿历克斯飞上高空。有了刚才进入厨房的实地勘察，现在阿威可以清楚地看出来，外表正常的宽敞厨房，后墙占地面积居然比厨房还大。

阿雪："这个秘密储藏室面积不小啊！"

阿威："是啊！那个后墙未免太厚了。"

阿历克斯刚才飞进厨房的时候太紧张，没顾上仔细查看厨房里面的状况，所以此刻他没有发现任何异常，不明白阿威和阿雪在说什么。

"嘎！储藏室在哪儿？阿威为啥嫌人家的后墙太厚？"阿历克斯伸长脖子，四处寻找秘密储藏室。

阿威还没来得及跟阿历克斯解释，只听阿雪惊呼一声："快看！动物协会的公冶会长！他来这里做什么？难道护林警察提前行动了？他只身一人，深入虎穴，太危险了！这里有一伙危险的亡命之徒！"

阿历克斯："糟了！他被骗到后院来了！危险！我得去提醒他一声！嘎！"阿历克斯说着，就要飞下去救人。

"慢着！"阿威一爪拽住阿历克斯，"别激动！再看看！"

他们看见服务生打开月亮门，公冶会长穿过月亮门，服务生又把门紧紧关上了。

"糟了！被人家关起来了！公冶会长不慎落入陷阱！十万火急！再不行动就来不及了！嘎！"

"镇定，阿历克斯。真奇怪。"阿雪皱眉看着公冶仁跟在服务生后面，神态自若地来到最里面的一个包厢门口。门开了，王半仙儿笑容满面地出来迎接，早早伸出两只手，热情地握着公冶仁的右手，把公冶仁让进屋里，随后包厢门也紧紧关上了。

阿雪疑惑地问："公冶会长不会是阿海队长的卧底吧？"

"或许情况恰好相反。"阿威沉静地回答。

"情况相反？难道阿海是公冶会长的卧底吗？说不通！嘎！"

阿威振翅飞下来，落回到屋檐上："先别担心公冶会长了，我想过一会儿他们就要开始验货了。"

阿雪微微点头，若有所思地落在阿威旁边。

果然，没一会儿，他们听见"嘀叮"一声。二柿子接了条短信，在厨房里自言自语："好嘞，走吧，小崽子，你没多久好活喽！"屋里传来菜蓟甲甲绝望的哭声。

阿历克斯忍不住大喊："小菜蓟别害怕！有个胖胖的戴眼镜的不怕死的矮个子会长，是咱们自己人！他会保护你的！"阿历克斯用的是动物通用语，所以二柿子只听到一阵怪声怪气的鸟叫声。二柿子还以为是屠宰场那边最近又进了新货呢，就没把阿历克斯的喊叫放在心上，拎着菜蓟甲甲出了厨房小边门，快步向那间幽静的贵宾包厢走去。菜蓟甲甲听到阿历克斯这些话，放下心来，乖乖地停止了哭叫。

"开始行动！"阿威率先向厨房窗口飞去。阿历克斯犹豫了一下，又清空脑袋里一切前思后想，跟着阿威冲进厨房。

6

铁甲神兽仰着头，满眼泪水："真的有个不怕死的人类会长可以保护小菜蓟吗？"

阿雪："但愿如此。至少小菜蓟可以活着被拎回来。我们有一个计划，我相信咱们一定能保护好他！"

"时间紧迫。铁甲，请你在这里钻一个洞！"阿威飞到厨房后墙根，指着一块地面。厨房的地面与墙面都是由混凝土浇筑的。

铁甲神兽二话不说，举起两条前足，后脚趾着地，快速跑到阿威所指的地方，一秒也不耽误，开始挖洞。

"嘎！嘎！铁甲你跑得可真快！没想到这么快！太快了！"

铁甲神兽的利爪先把与墙面相连的混凝土地面一点点挖穿。挖到厨房地基的泥土层之后，她的挖掘速度明显加快。她一边挖，一边用肚子两侧的甲片把挖出来的土拢在一起，然后用强壮的后腿把土蹬到身后。很快，她忙碌的身影后面出现了一个由混凝土碎渣和泥土混成的小土堆。

铁甲神兽很快挖到后墙的地面底下，只露出一截尾巴尖儿，新鲜泥土不断被推出来，土堆越垒越高。

阿历克斯心急如焚："快点！快点！坏蛋随时可能回来！马上就要回来了！眨眼间就回来了！嘎！"阿威展开翅膀，把阿历克斯弯弯的大嘴巴搋在胳肢窝下面，阿历克斯立即安静下来。把大嘴巴藏在阿威胳肢窝下面，安抚了阿历克斯恐慌的情绪，暂时让他获得了巨大的安全感。

只听阿雪轻轻欢呼："挖通了！"她越过土堆，钻进洞里，不见了。

阿威对阿历克斯说："别慌！你出去继续放哨！"说完，他放开阿历克斯，也钻进洞去。阿历克斯又好奇又害怕。好奇的是墙那边到底是什么情况？真想去看看！害怕的是万一那是个陷阱，被人类捉住了怎么办？想到这儿他浑身发抖，完全失去思考能力，一动不动地立在了原地。

铁甲神兽的视觉不太好，只嗅到墙后面空气污浊、恶臭熏天，她一刻也不想多待，转身爬了出去。阿雪和阿威在黑暗中看得清清楚楚，他们被眼前的景象惊呆了。

在比厨房还大一倍的黑屋子里，从地面到天花板，满满当当塞满了关押珍稀野生动物的笼子。小猴子们被关在小铁笼子里，蛇类被关在密密匝匝缠满细铁丝网的圆笼子里，黑熊被关在粗钢筋焊成的大笼子里，鸟类被关在竹笼子里，各种粪便、尿液、口水沾得到处都是……所有动物都在等死，嘴里时不时发出一两声古怪的悲泣。这简直就是一个人间地狱，阿雪的眼泪忍不住掉下来。

阿威的出现令所有动物大喜过望，大家七嘴八舌地高呼："阿威探长！救我！救我啊！"

阿威："嘘！放心！大家再忍耐一会！护林警察马上就到！"

这时，墙那边传来阿历克斯歇斯底里的惊呼："哇嘎哇哇嘎！救命啊！铁甲又被抓走啦！嘎——"

接着传来二柿子的狞笑："哈哈哈哈哈！凭空冒出一碗鹦鹉炖汤！待会让我老婆把你炖得香香的！哎呀！接着飞，我看你往哪儿跑！"阿历克斯惊慌失措地扑腾着翅膀，没头没脑地乱撞，哇嘎大叫："嘎！阿威！救我！我要死啦！最大的危险！一死了之——"

阿威和阿雪一先一后从洞里飞进厨房，把二柿子吓了一大跳，大海啸那天猫头鹰战士带给他的恐惧和仇恨一起袭上他的大脑。他愣愣地傻站了三秒钟，醒过神来，向墙上挂的一个橱柜奔去，一只手里还紧紧抱着蜷成一团的铁甲神兽。

"柜子里有枪！危险！"阿雪发出预警。

阿威大叫："铁甲！臭液攻击！"话音刚落，一股酸酸臭臭的奇特味道在屋子里弥漫开来。铁甲神兽肛门附近的臭腺里分泌出一滩臭液，全糊在二柿子胸前，毒气直冲二柿子的鼻腔而去。

"嘎！什么味道！谁干的？是谁放了个大臭屁！"阿历克斯疯了。

阿威大叫："继续臭液攻击！"酸臭味更浓烈了，二柿子被熏得晕头转向，直犯恶心。铁甲神兽乘机抖动背部强健的肌肉，几枚甲片因势竖起，狠狠划向二柿子的手臂，二柿子惨叫一声，不由自主松开手，铁甲神兽滚落在地上。

铁甲神兽在地上打个滚，站起来，高昂着头，不顾一切地向关押菜蓟甲甲的笼子跑去，小菜蓟大哭着直喊"妈妈抱抱"。

阿历克斯还在哇哩哇啦乱叫，追问是谁不声不响放了一个又酸又臭的大臭屁。

阿威一边飞向菜蓟甲甲的笼子，一边高声喊道："阿历克斯！快来帮忙拔插销！"

阿历克斯披散着羽毛飞过来，一嘴把插销拔下来。

阿威帮菜蓟甲甲从笼子里爬出来，小家伙死死抱住妈妈的腿，再也不打算松开了。

阿雪笑着对菜蓟甲甲说："来，骑大马！"小菜蓟破涕为笑，麻利地爬到铁甲神兽的尾巴上，紧紧抱住妈妈，看样子就算来了十级大风也休想把他刮下来。

"快去地洞里躲藏！"阿雪对铁甲神兽喊道。铁甲神兽立即背着菜蓟甲甲，向着她刚挖开的地洞跑去。为了防止菜蓟甲甲掉下去，一路上铁甲神兽努力拉伸身体，让小菜蓟抱得又轻松又舒服。

二柿子忍住恶心的酸臭气味和手臂的伤口疼痛，站起身来，又想去拿枪，阿威早飞了过去，扑到他脸上一通狠啄乱挠。二柿子捂着脸，疼得呜呜呜大哭起来。

阿雪护送铁甲母子钻入地洞，随即大喊一声："撤退！"话音还没落地，阿历克斯已经冲出了窗户，阿雪和阿威紧随其后，飞出屋去。

7

屋子里静下来，二柿子渐渐不哭了。他环顾四周，这才惊奇不已地在后墙脚看见一个大土堆。他赶紧跑过去，发现了那个大地洞。他跪下来，探头朝里张望，很奇怪这个地洞到底通到哪里去了，怎么看起来好像深不见底的样子呢？就在这时，又一股酸臭毒气从洞里无声无息地飘了出来——小菜蓟对此或许也有贡献。毒气扑面而来，二柿子再也控制不住，哇哇哇地呕吐起来，直吐得天昏地暗，把胆汁都要吐出来了。

他听到洞里传出一大片可怕的骚动，闻到一大串难以名状的腥臭味，这使他又生出一阵强烈的恶心，忍不住干呕起来。

阿蛮走进厨房，捏住鼻子："你怎么了？咦，什么味儿？半仙儿老板今晚不是要吃穿山甲宴吗？改吃臭鼬了？

我可不会做臭鼬宴啊！”

二柿子用手背擦擦嘴，盯着后墙："这墙里面好像有机关。"

阿蛮："有啥机关！不就是屠宰场里面的猪圈嘛！我去过，臭死了。"

二柿子搔搔头："再臭我也得跑一趟，王老板的两只穿山甲好像都跑猪圈里去了。"他指指地洞。

阿蛮吃惊地在洞口探看了一会儿，又捏住鼻子："哎呦！混凝土都能挖穿，猪圈的院墙更拦不住他们。我看是抓不回来了。"

二柿子："那可就糟了！王老板说丢了穿山甲就要我赔！"

阿蛮眼睛瞪起来："凭什么要你赔？这是他家的厨房，他家的猪圈，穿山甲跑丢了，关你啥事呀？"

二柿子赶紧挥手让阿蛮别说了，还指指墙壁，意思是隔墙有耳。

阿蛮双手叉腰："怕什么？你不是人称'不要命'吗？干嘛那么害怕王大胖子！"

二柿子急得去捂阿蛮的嘴，小声说："你少说两句，小心被人听见！你知道啥，王半仙儿黑白两道通吃，黑社会、警察都听他的！他还是半仙儿，连恶鬼、神仙都听他的！你快别给我惹事了！"

阿蛮天不怕地不怕，就是怕鬼惧神。所以她一听王半仙儿连鬼神都指使得动，也害怕了，顾不上责怪二柿子用臭烘烘的脏手捂她的嘴，只是一把拨开二柿子的臭手，小声问："那咋办？你赔得起吗？"

二柿子悄悄说："赔得起也不能赔啊！他今晚宴请贵客，穿山甲宴不能少啊！"于是二柿子跟阿蛮说了王半仙儿指示用猪肉冒充大穿山甲肉的事。

阿蛮想了想："这样的话，就简单了。我们顺着他的路子走，神仙鬼怪也不会怪罪。大穿山甲照半仙儿说的做，你不是只需要负责看好小穿山甲吗？小穿山甲的皮呢，我可以用猪皮代替，肯定比穿山甲皮还好吃，就算是神仙也没啥好说的。幼甲药膳煲嘛，你瞧我的！我用豆腐和鱼肉雕一个假穿山甲宝宝，保准连神仙也竖大拇指！"

二柿子还是有些担心："你不要盲目自信啊！要是搞砸了，半仙儿老板肯定让我们吃不了兜着走。"

阿蛮哼一声："你忘了我以前在火焰岛做的木雕有多抢手啦？现在火焰岛不让随便砍树，我的手艺都快荒废了。说干就干！现在就做！不然都来不及了！"阿蛮说着，抖开一条大围裙。

二柿子："咦，半仙儿老板特意嘱咐我在你动手之前一定要告诉你什么事来着？唉，穿山甲臭屁把我都熏迷糊了，让我想想……嗯……对了！他让我一定要告诉你，今天的穿山甲肉就不要注水了，实打实做，镇静剂、兴奋剂、防腐剂也一概都不要加。"

阿蛮："嗐，废话！现在哪还有穿山甲。我闲得没事加防腐剂干嘛，那是小贩才干的事，你真是被臭屁熏傻了。没问题，我用一块没注水的猪肉做就是了。"

二柿子："老板还说，大烟壳也别放了，今天的宴席他自己也要吃，他要完全无添加的。"

阿蛮："哦，知道了。嘿嘿，真是好笑啊，平常他老提醒我别忘了加大烟壳，说是要让客人终身难忘，吃了还想吃，一辈子离不开半仙食府。"

二柿子也嘿嘿一乐："你说，小贩们是不是也太可恶了？为了增重、保持卖相，简直啥坏招都能使得出来。你说，要是那些上了瘾的有钱有势的家伙知道他们吃下肚的穿山甲大部分都被小贩注射了米粉糊、涂料、水泥、镇静剂、防腐剂……不知道他们的瘾头会不会被吓掉？"

阿蛮不在乎地哼一声："管他呢！这些有钱人呐，天天尽想着要吃个身份呐，补个身体呐，哼哼，他们哪知道，没补到反而被毒到了。臭钱一大把烧得慌，活该！"

二柿子："嗯！就是！烧得慌！活该！"

8

贵宾间里，王半仙儿哈哈大笑着，和齐齐、公冶仁聊得正欢，"嘀叮"，他的手机收到一条短信。王半仙儿漫不经心地看了一眼，见发信人是WC，立即条件反射般坐直身子，专注地阅读短信，一读之下脸色大变，"呼"地站起来："不好！护林警察马上就到！"

齐齐几乎同时倏地站起身来，哑着嗓子问："消息可靠吗？"

王半仙儿望着他，轻声说："WC的消息。"

齐齐眨眼间收拾好东西："我从侧门先走一步，下次再聚！"公冶仁也慌里慌张地站起身来。

王半仙儿抱歉地说："来不及从侧门走了。短信上说，护林大队这次有备而来，十面埋伏，半仙食府所有出口都被封了……"

齐齐额头上冒出一层细密的汗珠："你不会再没有别的秘密出口了吧？"

王半仙儿为难地说："有倒是有，就是怕委屈了二位。"

齐齐不耐烦地打断王半仙儿的话："都啥时候了，还来这套！快领路！万一你出事了，我们全身而退，才好想办法救你！"

"那还用说，我明白！"王半仙儿自信地说，"但是我这边绝不会出事的，谅那些护林警察也查不出我的门道，以前又不是没来查过。哼，兴师动众，无功而返，我绝不会轻易饶过护林大队！二位这边请，猪圈这边请！"

公冶仁喃喃："猪圈？"

王半仙儿顾不上理睬公冶仁，一边从包间的侧门走入另一个休息室，一边给心腹手下打电话："老娇，一号桌被预定了！对，通知大伙儿，赶紧清理！你快去小厨房！

对！找二柿子！要那个小甲甲，不管厨房处理到什么程度了，赶紧转移！”

公冶仁喃喃：“只转移小甲甲？那甲甲妈呢？怎么不一起转移？”

王半仙儿看了公冶仁一眼，脚下不停步，又穿过一道侧门，进入一个简陋的工具间：“当然要一起转移啦！电话里不用说那么多！您可真是个书呆子！”他说话间已经走到工具间的尽里头，变魔术一样推开一扇橱柜。一道隐秘的小门出现在眼前，通向外面一条窄窄的走道。

“这边请，猪圈马上就到！”王半仙儿说。这时候，前院隐隐传来混乱的叫嚷声和杂乱的脚步声。

齐齐一语不发地跟着王半仙儿快步进入小走道。三个人排成一串，默默疾行，又拐了几道弯，进入一道小小的院落，看起来像个饲养场。院子里有几只母鸡在踱步，羊圈里站着几只愁眉苦脸的山羊，牛圈里拴着一头怒气冲冲的公牛，一只待宰的白鹅已经放弃挣扎，软绵绵地耷拉着脑袋，被缚的双腿瘫软了，别扭地跪倒在地上，一动不动。

公冶仁捏住鼻子，太臭了。

王半仙儿：“不好意思啊，只能委屈二位从猪圈里出去了。再忍耐一会儿，马上就能出去了！”他推开一扇木门，“请！”

齐齐一直心急地抢在前面，他毫不客气地率先冲进木门，"噗叽！"好像踩到了什么东西，脚下一滑，差点摔倒。他低头一看，一大泡新鲜的猪屎静静地从上到下环绕在他亮闪闪的名牌皮鞋上，发出最强烈的气味。

"快点！"王半仙儿跳过几泡猪屎，绕过几只哼哼唧唧的母猪，向猪圈对面冲去。他听见叫嚷声似乎已经一路往后院而来，不禁有些着急。

齐齐顾不上生气，反正已经踩了一泡屎，再多踩几泡也没太大区别了，于是他不管不顾，噗叽，噗叽，横冲直闯地快速穿过猪圈。公冶仁在齐齐身后痛苦地连声惊叫。几头大肥猪被惊扰了美梦，不满地大声哼吭起来。

王半仙儿径直走到左侧墙角，推开紧靠左墙的一排木质草料架，轻轻在墙面上一块微微突起的地方摁了几下，一道小门无声地弹开了。小门外密密地长满了剧毒植物，最外面拦着一道铁丝电网。在高大植物的遮盖下，小门外竟然隐藏着一条颇为宽敞的小路，一直通向铁丝网上一道几乎看不出来的小铁门。

王半仙儿笑了笑："外面就是骡马市大街共善堂药店后巷最里面的分叉小胡同，我就送你们到这儿吧。"他看了看齐齐沾满猪屎的皮鞋和裤脚，"今天护林队太狠了！事发突然，招待不周，让二位如此狼狈，真对不住，改日一定好好谢罪！"他想开几句玩笑，再哈哈大笑几声，但嘴巴干涩，怎么都笑不出来，只好干巴巴地说："出去的时候小心别碰到植物，有剧毒。沿着小路走就没事。那个小电门今天的密码是2345，天天都换，所以你们不用背下来。慢走啊！"

十几个人的叫嚷声已经清晰可闻，几乎就在身后。齐齐摆摆手，顾不上客套，夺门而去。

9

"嘎！嘎！阿海！过来！这边！太厚的墙在这里！见不得人的勾当都在这边！我们已经查清楚啦！"阿历克斯一见阿海带领的一队护林警察出现在半仙食府门口，就冲过去指挥阿海他们直奔后院而来。

阿威和阿雪盘旋在空中，密切观察半仙食府的动静。忽然间不知从哪里冒出来很多人，东奔西窜地忙碌着。

阿雪轻呼："快看！后院最后面那条小巷道！"

阿威望下去，三个人影沿着一条窄窄的小巷子，正排成一串往秘密储藏室旁边的那道小院落急急走来。

阿威："那个院子应该就是阿蛮说的屠宰场！"

阿雪："公冶会长难道真的是阿海队长的卧底吗？你看他走在最后，东张西望的，好像在侦查敌情。"

阿威："也许吧。以后不妨问问阿海。"

阿雪和阿威眼看着三个人快速穿过屠宰场院子，进入一道木门，消失在一栋与秘密储藏室相连的建筑物里。阿雪说："应该是进到猪圈里去了。"阿威疑惑地说："难道要藏在猪圈里？"

不一会儿，通向剧毒植物丛林的墙面上神奇地敞开了一扇小门，阿威和阿雪之前都没有注意到那里竟然有扇门。齐齐和公冶仁慌慌张张地从门里出来，一下子就隐身在植物丛林中，看不见人影了。又过了一会，二人重新从植物底下冒出来，在电网小门外停留片刻之后，电门打开了，二人奔入一条偏僻的小巷子，仓皇离去。几秒钟后，电门无声地自动合上了。

这时，阿雪看见一个穿黑衣的男子快步来到后院厨房小边门前，急切地跟二柿子嘀咕着什么。阿威和阿雪俯冲下去，悄无声息地栖在屋檐上。黑衣男子丝毫没有觉察到头顶的屋檐上落下来两只猫头鹰，继续烦躁地对二柿子说："你到底在废什么话？什么豆腐鱼肉臭屁地洞？我没时间听你啰嗦你老婆雕工好还是不好！你自己听听！情况紧急，赶紧把小穿山甲给我交出来！"

二柿子越急越解释不清楚："老娇……你……你自己进来看吧！"

老娇进了门，一眼看见地洞："糟了！糟了！秘密泄露了！"

二柿子："秘密不会泄漏的！后面不是猪圈吗？穿山甲肯定早跑了，不用担心！"

老娇顾不上理睬二柿子，急急忙忙给王半仙儿打电话。"好！嗯！我照您说的办。"

老娇挂了电话，对默默站在角落里的阿蛮说："你，先出去一下！"二柿子对阿蛮点点头，阿蛮出去了。

老娇满脸杀气，盯着二柿子，低声命令："你，注意力集中，听我说。第一，你迅速把这个地洞给我填平了。第二，万一护林警察发现了这个大洞，你就说一切都和半仙食府没有关系，是你自己擅自把空闲的储藏室偷偷挪作走私黑窝点的！储藏室的门就在猪圈后墙上的草料架后面。都记住了吗？"

二柿子："空闲的……储藏室？走私……黑窝点？猪圈……门……后墙上……草料架上？记……记……住了……吧？"

老娇强迫二柿子重复了两遍，满意地点点头："你已经知道了半仙食府最大的秘密，从现在开始，你就算进入'金夫人'组织的核心圈了。你不要辜负王老板的信任，万一今天出事了，你要挺起肩膀，把所有责任都担下来。王老板说了，经过考验的好兄弟，都会得到重用，都会发大财！经不起考验的兄弟，哼哼，神仙也救不了！全家都没好运气！天打雷劈！车撞水淹！你听明白了吗？忠心耿耿地跟着王老板，将来就算摊上什么事，王老板也绝对会替你摆平，他绝不会扔下你不管的！"

二柿子听了这番话，又是害怕，又是惊喜，只知道连连点头称是。

老娇："现在，找把铁锹，干活吧！"说完，他迅速离去。

二柿子和阿蛮手忙脚乱地填地洞。好不容易填完，还没来得及喘口气，阿历克斯就领着阿海他们冲进来了。王半仙儿跟在后面，大声抗议护林大队"无缘无故滥闯民宅"。

阿历克斯径直飞到地洞跟前，生气地喊起来："嘎！地洞被填掉了！地洞通向见不得人的地方！"

阿海走过来，观察一下地面。很显然，这里有刚刚被填埋的痕迹。厨房里弥漫着一股酸酸臭臭的气味，令人作呕。"挖！"阿海一声令下。

不出意料，没一会儿，地洞重新被挖通了，更浓烈的臭气滚滚涌出地道。阿海问王半仙儿："说吧，这洞通向哪里？"

王半仙儿做出一副很震惊很迷惘的样子："我也不知道啊！怎么三下两下就挖出这么大个地洞？"他转向二柿子，目不转睛地盯着二柿子，质问道："你是这个分厨房的厨师长，这到底是怎么回事，你解释一下！"

二柿子："这是穿……穿……穿……"他盯着王半仙儿瞪得圆溜溜的眼睛，声音渐渐小下去，最后把话全咽进肚子。

阿海："如果你们没有人愿意说清楚，那我们就要把这堵墙全挖开了。"

王半仙儿："厨师长，你赶紧说啊！我可不想让别人把我的厨房毁掉！这地洞到底是怎么回事？到底通向哪儿啊？"他轻轻向二柿子眨了下眼睛。二柿子如梦初醒，开始背诵刚才老娇让他记住的话。

王半仙儿做出恨铁不成钢的样子，怒气冲冲："空闲的储藏室？！天哪，我都忘记这个没用的储藏室了！你胆子可真大！我那么信任你，你就是这么回报我的吗？"他又轻轻眨了下眼睛。

阿蛮冲上来："二柿子，你疯了吗？你胡说八道啥啊？哪有储藏室，后面是猪圈啊！你真的被穿山甲臭屁熏傻了吗？"

王半仙儿尖声大叫："什么穿山甲？你们俩到底干了什么好事？快说！"

二柿子看着老婆："这事跟你无关，跟鬼神有关！鬼神！！你啥都不知道，闪一边去！"

阿蛮哆嗦着，退到一边，低下头，啜泣着，不说话了。

当猪圈后墙草料架背后的密门被打开时，王半仙儿是现场所有人里表现得最震惊无比、最义愤填膺、最痛心疾首的那一个。

10

半仙食府非法盗猎、走私的所有珍稀动物都被解救出来。铁甲神兽和菜蓟甲甲将由阿海亲自送回绿野森林火狐狸洞附近的密林里。

阿雪长舒一口气："如果铁甲母子今天遭遇不幸，我永远都没法原谅自己。"

　　"我也是。"阿海说，"穿山甲是多么珍贵的一个物种啊！他们在地球上生存了几千万年，最早的穿山甲化石可以追溯到始新世，那时候恐龙也才刚刚灭绝不久。一想到我可能会亲眼看着穿山甲在我们这个时代灭绝，我就心里难受。"

　　阿威："在绿野市的药典里，有6千多种传统药物的处方里用到穿山甲鳞片，还美其名曰'过山龙'。只要暴利市场还存在，穿山甲就免不了被盗猎的命运，甲甲的灭绝就是迟早的事。"

　　阿历克斯大叫："嘎！什么过山龙，全是迷信！巫术！缺乏证据！用科学解释世界，用理性破除愚昧！大家好，我是阿历克斯！"

　　阿海说："希希市长完全同意我们的观点，他正在努力从药典中废除用穿山甲鳞片入药，改用人类的指甲和头发代替。"

　　阿历克斯："嘎！菜蓟甲甲说，他听王半仙儿说，人类不支持希希市长改药典！"

　　阿海："是有一些人反对希希市长，但科学终将战胜愚昧。"

　　阿历克斯："菜蓟甲甲还说，齐齐想要竞选市长！他说要把希希市长挤下去！"

　　"是吗？"阿海听了这话颇感意外，又感到非常好笑，"希希市长德才兼备，众望所归，这次肯定能竞选连任。齐齐凭什么妄想能打败希希市长呢？就凭他擅长吹牛、撒谎，眼里只有钱、道德无底线吗？"

阿雪抿嘴笑了："看来你对齐齐评价不高啊。"

阿海也笑了："用事实说话。"

阿威："对了，公冶仁是你设在犯罪团伙里的卧底吗？"

阿海："不是啊！为什么这么问？"

阿威和阿雪——当然还有阿历克斯——向阿海详细描述了公冶仁下午在半仙食府的活动。

阿海颇感意外："公冶仁会长怎么会和这些人搅和在一起，对我确实是个谜。齐齐这个人倒不在我们内部的盗猎走私嫌疑人名单上，要不是你们眼观六路、耳听八方，我根本想不到他竟然会出现在这个地方。他急忙逃走可能是不想卷进这种不光彩的事情里去。"

阿威沉思着："白马汉斯欺世盗名案里，不正是公冶仁会长强烈支持齐齐，还一路给齐齐开绿灯吗？我怀疑他俩的关系不简单。"

阿海："你说得很有道理。看来我以后也要多加留意齐齐和公冶仁这两位先生了。"

阿雪："今天的事，王半仙儿是罪魁祸首！"

阿历克斯："嘎！二柿子是他的替罪羊！"

阿威："我亲眼看见，王半仙儿在你们到来的最后一刻，有条不紊地安排齐齐和公冶仁逃走。这说明，他在你们警察系统里肯定有卧底。"

阿海点头同意："是的！我早就觉察到，我们警察队伍里出了败类。在抓捕麝牛盗猎团伙和解救黑熊宝宝的两次行动中，那个代号老娇的团伙头目都在最后一刻神奇逃脱了。"

阿雪："老娇？！刚才指使二柿子当替罪羊的人，名字就叫老娇！"

阿威："对！我们亲耳听到老娇用胡萝卜加大棒，逼迫二柿子做王半仙儿的替罪羊。建议你们不要轻易放了二柿子，从他开始突破，顺藤摸瓜，一定能挖出一个犯罪团伙，唔，这个团伙叫什么'金夫人'组织。"

阿海大吃一惊："金夫人组织？金夫人与半仙食府有牵连吗？"

阿威和阿雪把老娇的话详细跟阿海说了一遍。

阿海："金夫人组织是绿野大陆地最大的盗猎集团，财力雄厚，手眼通天，来去无踪，我们一直无法揭开它的神秘面纱。真没想到，我们眼皮子底下的半仙食府竟然是它的一个高层联络点！"

阿雪："听老娇的口气，王半仙儿无疑是金夫人组织的一个高层人物！"

阿历克斯："现在就把他抓起来！嘎！"

阿海叹口气："二柿子已经替他承担了一切罪状。这事我一个人说了也不算，里面的水太深了，我尽力而为吧。我怀疑在市政府大楼里都有王半仙儿收买的内线。"

阿雪不甘心："还有一条线索，小厨房的柜子里有一支枪，那是非法的吧？"

阿海又叹口气："这个我们也调查过了，王半仙儿给自己弄了张合法的持枪证，说是专用于合法狩猎的。"

正说着，小灰翅急急忙忙飞来报告："阿雪姐姐，不好了！今天下午，火焰岛国王监狱被一伙来历不明的强盗攻陷！所有在押罪犯全都被劫走！火焰岛王宫同时发生特大火灾！仅存的两颗姐妹十珠在混乱中被盗走！"

"怎么可能？！"阿雪和阿威大吃一惊。

阿历克斯："嘎！幽灵还在火焰岛游荡！"

11

"好了，现在你有七珠了，第八珠在白玉王后那里，等着你亲自去取。"笑面虎说着，把新盗来的两珠交给蓝铃。

蓝铃得意地接过两珠，和其他的五珠串在一起："可惜被怒焰那个蠢货弄丢了一珠。"

"不用懊恼，等你拿到了第八珠，阿威那里的两珠就会自动成为你的囊中之物。呵呵呵。"

蓝铃："爸爸神机妙算，他们还傻傻地蒙在鼓里，什么情况都不知道呢。"

　　笑面虎："是啊！王半仙儿简直是上天赐给我的礼物。没有他抓走两只穿山甲，我哪能这么轻松、彻底地把阿威和阿雪都调虎离山？往更远点说，没有他二十年前带领一伙暴徒冲击绿野市生物制药研究所，把里面的实验动物全部释放，引起极大的混乱，我哪有机会偷到致命毒株？哪有机会把病毒种在白玉王后身上？长爪也太配合了，呵呵呵，那傻子爱妻心切，听从长尾的建议，把白玉冰葬在大北雪山，那儿简直是我的天然病毒保存冰柜啊。"

　　蓝铃好奇地问："王半仙儿当年为什么冲击生物制药所？"

　　笑面虎："说起来你都难以相信。他那时是个狂热的动物权利保护主义者，认为人类拿动物做实验太残忍、没人性。呵呵呵，后来他成了算命先生，再看看他今天又变成了什么人。愚蠢又自私的人类啊，真是无可救药了。"

　　蓝铃："爸爸你真是太聪明了，一环套一环，连环计延续了二十年。"

　　笑面虎："忍了五千年，区区二十年忍耐算什么。去吧，水雷行动正式启动。"

　　蓝铃盈盈一笑："我这就出发去大北雪山，你就等着我的好消息吧。"

　　笑面虎："水雷凶险至极，你千万要小心从事，不可大意！”

蓝铃愉快地展开尾巴，九个雅致的小蓝点露出来，闪耀着绚丽的光彩：“放心吧，爸爸，你知道，我不会让你失望的。”

笑面虎：“对了，那个疯老头子还在跟着你吗？哈哈哈，你可千万别一时任性把他给杀了。”

蓝铃嘟着喙：“我真不明白，你留着他到底有什么用！依我的性子，跟怒焰一样，干脆一珠把他结果掉算了！要不是咱家的护卫反应机敏，今天他差点把我推到王宫的火堆里去！”

笑面虎：“我太了解那个废物了，一辈子眼高手低，他连一根毫毛都动不了你的。他一心想找你报仇，来啊，随时能欣赏到他痛苦煎熬的本色演出，多妙啊！我要让他好好活着，我要好好地玩弄他。他多活一天，我就能多享受一天他的痛苦。呵呵呵。”

第二章

大王的游戏

你知道，这是一场只能赢不能输的战斗

如果输了，你将不得不又迷迷糊糊地

吃好多好多好多新大王的屎尼尼

——摘自呐喊的三宝诗集《动物快跑》之《斗战胜王》

1

一大丛多肉植物像一朵朵巨大的莲花，朝天空伸展出泛白的肥厚叶片。缀满小花的花枝备受母株宠爱，仿佛被叶片们托举着，从植株间高高抽起，纵情享受着最充分的日晒，一心一意孕育颗粒饱满的种子。

长尾盯着这些已经开始从底部结籽的多肉花枝，又一次痛感自己的一生都白费了。寄托了所有希望的宝贝儿子怒焰被仇敌杀死，如今他长尾是死掉还是活着，都一样没有任何意义。他又一次被突如其来的愤怒牢牢控制，连这些快快乐乐开花结籽的植物都让他嫉妒万分。他狠狠地向一片娇嫩的新叶啄去，却被叶缘的锐利小刺划伤了舌头，疼得呱呱乱叫。

随行的四个心腹不敢劝说，默默跟在长尾身后，小心翼翼避开植物布下的尖刺阵，拐进花丛深处，钻进一个不算很大的地下洞府。

地洞里零散地堆放着怒焰的一些旧物。长尾触景生情，不禁又掩面放声痛哭起来。

心腹们面面相觑。四号、五号心腹用眼神示意二号心腹赶紧上前采取劝慰行动。也难怪，自从一号心腹在火焰岛南海岸被怒焰击死之后，二号心腹就自动把自己升级为疯子长尾的首号心腹，其他心腹也都已经习惯于听他发号施令。

二号心腹此刻也确实很想讨好长尾，让长尾正式认可自己的升迁。于是二号恭顺地小步踱上前去，却精明地保持了一个安全的距离，这样万一长尾发疯，他好来得及躲开。一号心腹死得太冤，其他的心腹们都已经汲取了历史教训。

二号心腹语气甜腻地说："请殿下节哀！我们一定要为怒焰王子报仇！我们一定要让笑面虎血债血偿！"

长尾停止哭泣，掉过头来，静静注视着二号心腹。二号心腹被长尾盯得心里发毛。他双足紧绷，翅膀微颤，随时准备逃命。

长尾的声音阴森得仿佛来自阴曹地府："没错啊，血债要用血来还。说起来，你在流川之死中，也扮演了极端重要的角色，不正是你的手下最后结果了流川吗？你不怕笑面虎找你血债血偿吗？"

二号心腹脸色煞白，不敢否认，也不甘承认，一时说不出话来。

长尾环顾四周："有其父必有其子啊。我的怒焰，也喜欢收藏这样的秘密藏身之地。你们说，这个地洞的秘密，笑面虎知道吗？如果我躲在这里，他能找得到我吗？"长尾阴沉地环视着几个心腹。心腹们都低着头，谁也不敢搭腔。

长尾于是收回目光，盯着洞顶的虚空，自言自语般轻声说道："说起来，火焰岛的秘密训练基地，那也是我亲自给我的宝贝怒焰精挑细选的秘密山洞。在这个世界上，除了你们，没有几只猫头鹰知道那个地方。可是，笑面虎怎么轻轻松松就发现了呢？他和那个邪鹰蓝铃哪来的底气，就那么大摇大摆地闯了进去呢？"

地洞里鸦雀无声，心腹们大气都不敢出。五号心腹颤抖不已，看起来马上就要吓瘫倒地了。

长尾面如霜雪："对了，我们爪下的这个五公里国，也有很多惊人的秘密。这些秘密呢，一直被我的怒焰当作他的秘密武器，虽然幼稚，但也不能不说他很有远见卓识。二号，五公里国的秘密还没泄露吧？安娜大王一切可好？"

二号双腿不住打颤，嗫嚅道："这个……嗯……昨天晚上……安娜大王失踪了……"二号的声音越来越小，双翅紧张地鼓起来，双足下意识地绷足了劲儿，似乎下一秒钟就要展翅狂飞。

"哼哼，"长尾上前一步，"她早不失踪晚不失踪，为什么昨天上午我刚跟你们说我要把她抓起来，到了晚上她就失踪了呢？怎么这么巧呢？忠诚老实的二号，你知道是谁把她抓走了吗？"

二号急忙跟跟跄跄后退一步——当然是朝着洞口的方向，满脸惊恐："我……我不知道……"

"三号！"长尾大喝一声。"在……在在！"三号结结巴巴地回应。

长尾仍然紧紧盯住二号："请三号说说，昨天下午二号为什么又神秘地消失了一会儿？又'找个清静的地方睡午觉去了'，是吗？"

三号："没！他没睡午觉！我遵照您的指示，一直跟着他，亲眼看见他一路飞到黑森林里去了！然后……我就跟丢了……卑职无能……"

长尾眼睛一眨不眨地注视着二号："黑森林，嗯，那里可是笑面虎的地盘。不声不响的，你怎么就敢孤身一鹰往那儿飞呢？不怕笑面虎让你还血债吗……"

长尾话还没说完，二号就猛然蹬爪、展翅，拼命滑向洞口。事发突然，五号完全愣住。三号、四号打算去追，却被长尾止住。"随他去！我也很喜欢玩弄猎物，哈哈哈。跑得了和尚跑不了庙！我倒要看看他怎么和笑面虎血债血偿。"说着，长尾转过身来，又一言不发地看着五号。

五号"扑通"跪倒在地，浑身颤抖，痛哭流涕："笑面虎抓走安娜大王，这事跟我无关啊！他也没跟我打招呼，就把我从国王监狱里抓走，逼着我讲了很多您的事情。可是向雪山国王发誓，我从没跟他说过这个地洞的事！我也是昨天听您说了以后才知道的啊！他强迫我回来给他当间谍！我不愿意啊！向雪山国王发誓，我从来没对他忠心过！我好几次都想跟您说实话，可是我开不了口，我实在拿不出勇气啊！您对我有大恩大德，我不可能背叛您啊！我对您是真心的！笑面虎对我说，您永远也不会原谅我的背叛，呜呜，我心里真的害怕啊！您，您今天要是杀了我，我也没有任何怨言！我死有余辜！我罪有应得！"

长尾很享受地听五号表完忠心，上前扶起五号："我知道，这个地洞的秘密不是你泄露的。我儿子还活着的时候，笑面虎就千方百计想探知这个秘密，但我儿子不傻。"长尾狠狠擦去眼泪，"我这一辈子的眼泪，都是笑面虎带给我的。从今以后我不会再流泪了。昨天我得到确切消息，知道安娜就要保不住了，于是故意用这个情报试探二号，他果然就上当了。这个蠢货真是不经试啊，他太想在笑面虎跟前立大功了。我希望你能强过他。"

五号不解，傻傻愣愣地看着长尾。长尾阴森森地无声笑了一下："你放心，我虽然是个疯子，但我还没有老糊涂。最近，我回忆起来不少往事呢。"长尾指了指自己的脑袋，"一桩桩都存在这儿呢。我相信你，我原谅你。你要继续去跟笑面虎接头，就说我被你骗过了。"五号感激不尽，拼命点头，心里却一点底儿都没有。

2

"嘎，五公里国多肉部落安娜大王失踪？我怎么从来没听说过这个国家？"

阿雪："因为那是一个隐秘的地下王国。"

阿威："啊，是那个前几年被你们推测出来的王国吗？"

阿雪："正是！它在地下弯弯曲曲，最深处延伸到地面两米以下。有些部落，比如安娜大王的多肉部落，地道总长超过五公里。"

阿威："神奇！那些小不点儿，竟然能在土壤坚硬的沙漠地带挖出这么长的地道，实在佩服。"

阿历克斯越听越糊涂，急坏了："你们说的小不点儿到底是谁？地下秘密王国在哪儿？"

阿雪："裸鼹鼠啊！就在弯角大羚羊圈养场南边。"

阿历克斯有些沮丧："我天天都在学习新知识，竟然真的不认识裸鼹鼠！竟然从来不知道玲玲姐姐家南边还有个秘密的五公里国！你们怎么把它推测出来的？"

阿雪："说来话长。蜜蜂、蚂蚁、白蚁，这些昆虫你认识吧？"

"认识！嘎！嘎！"阿历克斯高兴起来，为自己的见多识广感到非常自豪。

阿雪：“人类自称是社会性动物，但跟这些真社会性昆虫相比，人类的社会性根本不值得一提。真社会性昆虫们不仅在工作方面有天生的严格分工，而且连生殖也分工了：只有一个女王负责繁殖后代，其他的雌性昆虫都丧失了繁殖功能，成为忙碌的工作者。这些你知道吧？”

阿历克斯心情好极了：“嘎嘎！全都知道！我学识渊博！”

阿雪抿嘴一笑：“问题来了：为什么只有昆虫才有真社会性？”

阿历克斯：“因为……他们非常爱宝宝？你看他们，一天到晚，尽忙着照顾宝宝了！他们活着就是为了养育宝宝！”

阿威微微点头，阿雪也赞赏地看着阿历克斯：“说得不错，聪明！那么接下来的问题是，为什么母爱最强烈的脊椎动物，特别是我们鸟类和哺乳动物，不存在真社会性呢？”

“嘎……”阿历克斯求助地看着阿威，他喜欢聪明的感觉，不想这么快就失去聪明感。阿威于是歪着脑袋仔细想了想：“唔，是不是因为，跟昆虫相比，鸟类、哺乳类的物种数都要少得多，进化史也短得多，所以还没机会进化出真社会性来？”

听了阿威的话，阿历克斯的聪明感立刻强势回归，顿时灵感勃发：“嘎！嘎！看人类的发展趋势，没准人类以后也能进化成真社会性！全人类只有一个女王生宝宝，其他女性都不用生了，只管照顾好宝宝就行了！"

阿威也灵感大发："唔，看趋势，这个唯一能够生宝宝的女王，说不定还是个智力超群能自我进化的机器人……"

阿历克斯抢着说："有道理！听阿海说，整个地球的生态环境正在急速恶化，照这样发展下去，很快将不适合人类居住！没准以后人类也会进化成在地底下居住的动物！"

阿威："钻进地底也好，飞往太空也罢，前提是到时候人类还没把自己灭绝掉，还来得及进化出足够好的适应性。"

阿历克斯得出结论了："裸鼹鼠就是人类的进化目标！我要报告阿海，请人类加油！好好研究裸鼹鼠！向裸鼹鼠学习！向地底进化！"

阿威："好吧。我看咱俩扯得有点远，这个话题可以留给咱们呐喊的三宝去写一首新诗。"

阿历克斯越发激动："新诗题目就叫《人类快跑》！第一部，《钻进地底》！第二部，《冲向太空》！嘎！嘎！或许，我也可以自己写本科幻作品！我可以成为绿野大陆地第一只科幻鹦鹉作家！我认为我很有天赋！"阿雪和阿威听了，哈哈大笑，都鼓励阿历克斯去试一试。

阿威对阿雪说："言归正传，说起来，裸鼹鼠也是一种哺乳动物，他们怎么就有机会进化成真社会性了呢？"

阿历克斯收回早已飞往幽暗地底和茫茫太空的思绪："人类也是哺乳动物，要想随心所欲地破坏地球环境，就得好好学学裸鼹鼠的进化！不然以后住哪儿呀！阿雪快说说！"阿历克斯由衷地替人类的未来发起愁来。

阿雪："根据自然选择的原理，你们设想一下，如果存在一种真社会性的脊椎动物，他们的窝应该会有什么样的特征？你们可以参考一下白蚁巢的情形。"

阿历克斯："我见过白蚁巢！嘎……一个大土堆！"他又求助地看向阿威。

阿威一边思考一边慢慢地说："首先，这个窝必须是非常安全的，否则等于是为天敌提供粮仓，一抓一大窝；其次，为了适应不断增加的群体数目，这个窝必须是能够扩展的；第三，窝的附近必须有充足的食物，这样群体的成员才不至于为了争夺食物而竞争，像人类一样爆发你死我活的内战；第四，食物必须是不必冒什么风险就可以轻易得到的，这样，窝里的成员才不会因为害怕承担风险谁也不愿去寻找食物。"

阿历克斯："说得太好了！我完全同意！击爪！"

阿雪微笑："那么继续推测，住在这种窝里的真社会性脊椎动物，应该会有怎样的特征？首先，他们不可能像蜜蜂、蚂蚁一样，把窝建在树上或树中，因为没有哪种树可以大到能够容纳一个真社会性的脊椎动物群体，因此他们的窝只能全部埋在地下。第二，在所有的脊椎动物中，只有哺乳动物能完全在地下生活，两栖类、爬行类和咱们鸟类都不行，所以这种脊椎动物一定是哺乳动物。第三，地下生活的哺乳动物，大多数是啮齿动物，所以真社会性脊椎动物最有可能是啮齿动物。"

阿威沉思着说："一般的地下啮齿动物，比如鼹鼠，以草根为食，但是这种食物的量太少了，只适合于独居动物分开了去找。真社会性脊椎动物必须以大型的树根或块茎为食物。此外，蛇类将注定是这类脊椎动物的天敌，能够钻进他们地下的窝里去，但却不可能在那里横行，一只或数只英勇的个体很可能会不惜牺牲自我，将入侵者驱逐出去。这样，如同在地下筑巢的蚂蚁部落一样，主管繁殖的女王和专职工作者会进化出不同的寿命和生殖功能！"

阿历克斯张张嘴，却什么话也没说出来，只好连连点头。他感觉自己的聪明劲被卡住了，使不出来。

阿雪也连连点头："进一步推测，如果绿野大陆地真的存在这种脊椎动物，他们最有可能生活在哪里呢？他们应该生活在有雨季和旱季交替的热带，因为这种地区的植物为了度过旱季，普遍具有大型的根和块茎储存水分和养分，是这种动物的最佳食物。这种动物的窝应该建造在坚硬的黏土之下，这样才不会有天敌随随便便通过挖掘，就能把他们的窝暴露在露天之下一举歼灭。这两点表明，狂野大沙漠南部的林地和灌木丛将会是他们的最佳生活地点。"

阿历克斯：“嘎！你要是早点告诉我，我可以去问问玲玲姐姐！她最喜欢观察自然了——在我的影响下！”

阿雪向阿历克斯竖起爪子：“我们对真社会性脊椎动物的预测论文发表之后，有很多狂野大沙漠的动物——包括弯角大羚羊玲玲——纷纷联系我们，说我们预测的这些特征，像是在描述一种生活在酷热南方的地下啮齿动物裸鼹鼠。就这样，我们猫头鹰生物科学界基于进化论，通过准确预测，发现了一个以前从来没有被记录过的新物种。”

阿历克斯很激动：“嘎！嘎！我总是发挥关键性的作用！是我影响了玲玲姐姐！”

3

阿威：“多肉部落的安娜大王失踪又是怎么回事？”

阿雪：“多肉部落是我们当年发现的第一个裸鼹鼠部落，一直是我们的研究样本，安娜大王也算是我的老相识了。她一共有三个王夫。昨天，我们接到安娜的首席王夫大个头耐渴先生捎来的口信。差不多在两个半月前，安娜大王忽然失踪，活不见鼠，死不见尸。部落成员竭力寻找，却没有一点头绪。成员之间互相猜忌，甚至大打出手，大家都变得越来越脾气暴躁，凶狠无情。大王失踪八天后，部落的社会秩序彻底崩溃，以筷子牙牙为首的几只雌性工鼠忽然发飙，一反常态，放弃本职工作，没日没夜地血战，根据口信，至少有十只雌鼠已经在内战中丧命。"

阿历克斯："嘎！这个牙牙，邪恶的战争狂！嗜血的大恶魔！为什么把筷子牙牙这么可爱的名字给她？！她不配！五公里国的起名官应该给她改名儿！"

阿雪叹口气："牙牙算是我的老朋友了。她那两对大门牙是全部落里最灵巧的，可以独立移动，随意地分开或并在一起，非常神奇，简直就像人类灵活地使用筷子，所以大家都亲切地叫她筷子牙牙。她一直都是部落里最能干、善良、乐观的工鼠，一心一意帮助部落照顾大王和后代。我敢说，内战前全部落的同胞都很喜欢她。平和的部落为何突然爆发内战已经让我百思不得其解，我更没法想象温柔和善的牙牙竟然会挑起这场你死我活的内战。但是消息来源可靠，由不得我不信。我真的很担心他们。"

阿威摇摇头："我刚刚还推测说他们有充足的食物，所以不会发生你死我活的内战。没想到他们竟然也会自相残杀。唉，在成员密集的居住地发动内战，无异于自我灭绝啊。"

阿雪重重叹口气："是啊！这么多年来，这也是我们第一次观察到裸鼹鼠部落发生内战。"

阿历克斯："我也很担心！但是我真的真的很好奇，裸鼹鼠要那么灵活的大门牙有什么用？难道就是为了有朝一日发动内战？我就没有大门牙！一颗都没有！"

阿雪："他们的门牙在对付入侵者时，的确是特别管用的武器。但平时，那只是他们的劳动工具。我们测试过，挖土的时候，裸鼹鼠全身四分之一的肌肉都用在了上下颚的咬合上——这相当于人类的腿部占全身肌肉量的比例。"

阿历克斯："裸鼹鼠的嘴等于人类的腿！难以置信！他们在地底下用门牙挖土！嘎！一挖一嘴土，难受！发抖！"

阿雪："你忘了进化的魔力。事实上，他们的嘴唇闭在突出的门牙后面，一点都不会吃到土。"

阿历克斯眯上眼睛，大嘴一张一合，想象自己在地底下挖土："危险！四周黑洞洞！乱啃乱挖，把宝贵的门牙崩坏了可怎么办？"

阿雪笑了："这个问题问得好。我们做过测试，裸鼹鼠大脑中与触觉有关的神经元异乎寻常地粗大，而这些粗大的神经元中，有将近三分之一都和那四颗大门牙有关！这意味着，大门牙是他们重要的感觉器官。敏感的大门牙，永远都不会乱啃乱挖。"

阿威佩服地说："我本来猜想，裸鼹鼠整日生活在黑暗的地底下，一定视力不佳，而嗅觉、听觉和触觉可能会高度灵敏。真没想到，他们连大脑组织也进化出如此独特的适应性，竟然连门牙都进化出了发达的触觉。"

阿雪："还不止门牙呢！猛一看，他们似乎浑身赤裸，但其实他们全身有大约100根纤细的茸毛。这些茸毛就像猫咪的胡子一样，触觉非常敏锐，帮助他们感知周围的世界，使他们能够在黑暗的地下世界获得准确的方向感。他们脚趾头之间的细毛，还能像小刷子一样，帮他们在挖洞的时候把沙土干干净净扫到身后去。"

阿历克斯："全身只有100根细毛！太少！地底下多冷啊！发抖！光溜溜的不怕冻死吗？嘎！不完美的进化！"

阿雪微笑着解释道："恰恰相反。裸鼹鼠生活在热带地区，白天本来就非常炎热，夜里虽然会变得清凉一些，但他们很喜欢挤在一起抱团取暖。最主要的是，为确保部落的健康和安全，他们修筑了科学、合理、复杂的地道系统，能够使洞穴里的温度常年保持在30摄氏度左右——不管外面有多冷或多热。所以，他们完全不会被冻着。而且，在地下生活，他们也无须像其他哺乳动物一样利用浑身的毛发抵挡日光的暴晒，他们光溜溜的身体也更便于在地下快速移动。"

阿威不由叹道："裸鼹鼠真是进化的完美杰作！"

阿雪："是的！因此我们生态研究所特意邀请你和阿历克斯加入这次科考活动，查清楚安娜大王失踪到底是自然进化使然，还是另有隐情。"

阿历克斯叫道："邀请我是最正确的决定！我现在就有一个大胆而合理的推测：会不会是他们的女王失踪了，导致他们伤心过度，哭得喘不过气来——我小时候就是这样——而地道里本来就氧气稀薄，于是他们就集体缺氧，导致那独特的大脑组织受到损害，于是集体发疯了？"

　　阿雪："你分析得不无道理。但要知道，裸鼹鼠恰恰是最能抵抗缺氧的哺乳动物，他们能在完全无氧的情况下生存18分钟以上。"

　　阿威吃惊地说："真的？简直是外星生物！"

　　阿雪："还有更神的。为了不浪费能量用于维持体温，身为哺乳动物，他们竟然是冷血的；他们能活很久，身体几乎不会随着时光的流逝而衰老，安娜大王都已经31岁了，还能每年都轻松生出好几窝健康的小宝宝；他们天然能抵抗癌症的入侵，从来不得癌症……"

　　阿威："厉害！厉害！可千万别让人类知道这些啊！人类太迷信了，要是有奸商鼓吹吃了裸鼹鼠能够延年益寿、长生不老、治癌防癌，人类准能把这些小东西吃灭绝喽！"

　　阿雪点头，接着又摇头："出于这种担忧，我们的确对人类严密封锁了所有关于裸鼹鼠的研究成果。但很遗憾，最近人类也独立发现了裸鼹鼠世界的秘密，而且他们的确对裸鼹鼠抗衰老和抗癌的特质表现出极大的兴趣。前一阵，人类的报纸为此连续激动了好多天。"

　　阿历克斯大叫起来："我天天运动、饮食健康、睡眠充足！我确信我也能活很久！我的艾玛总说我永远都很年轻！她还说我永远都不会老！我也从来都不生病！贪吃的人类可千万别盯上我！嘎！发抖！"

4

　　一只小沙蟒仓皇地从地洞口退出来，躲在洞口的土堆后面，心有余悸地向洞里张望。小小的洞口直径大约4厘米，黑漆漆的。小沙蟒有些不甘心就此作罢，犹豫之间，忽听洞里传来数十个小小声音合奏的喊杀声，"死！"小沙蟒吓得赶紧缩回脑袋。

　　阿历克斯远远看见小沙蟒的举动，觉得很有趣。"小沙，你怎么跑这儿来了？你在和谁捉迷藏吗？我可不可以加入呀？"

　　小沙警觉地抬头望望从天而降的三只鸟儿，还好，都认识，警报解除。"小沙肚子饿，不捉迷藏，在此打猎！"

　　阿威落下来："你这是准备打什么猎物呢？"

　　小沙嘶嘶嘶："裸鼹鼠！香肉肉！没成功！被咬了！小沙很生气！"

　　阿历克斯有些失落："嘎！小沙比我学识渊博！小沙也认识裸鼹鼠！"

　　小沙咽下口水："香肉肉，当然认识！难对付！要不是昨天下场雨，他们连夜挖出个大土堆，小沙都发现不了地下肉库！"

　　阿历克斯："他们闲得没事干挖个大土堆干嘛？这些小东西，自我暴露！"

　　阿雪在空中盘旋了一小圈，这时候也落下来："裸鼹鼠要想修建地道，就指望着下雨呢。沙土被雨水泡软了，他们才挖得动啊。"

小沙："嗯嗯！小沙喜欢雨季！每个土堆下面，十有八九能找到一个香肉库！"

阿威听了，心里一动："你今天打猎没成功，是怎么回事？"

小沙："刚爬进去，就有侦查鼠报警！吱吱吱！一眨眼，出现一个战斗鼠小分队！嗖嗖嗖，战斗鼠攒在一起，把通道堵得严严实实！一时间，小沙头晕眼花，只看见满满一墙的大门牙！咔嚓咔嚓，杀气腾腾！"

阿历克斯大感惊讶："大门牙之墙！独门绝技！会咬的牙墙，可怕至极！佩服之至！"

小沙："可不是！奶奶讲的故事，小沙到现在还能背下来：'裸鼹鼠的可怕大门牙，一辈子长不停，长啊长，戳穿了小沙家的地面，还一直长，戳穿了小沙的小饭桌！'奶奶讲的故事，让童年的小沙经常做噩梦！锋利的大门牙！咬牙切齿咔咔咔！啊啊啊，噩梦成真！小沙魂飞魄散！赶紧后退！看看小沙的脸，被咬了好几口！"

阿雪瞅了阿威一眼，问小沙："这个裸鼹鼠部落的大王前一阵子失踪了，你知道吗？"

小沙："不知道啊！小沙不是说了吗？小沙今天才发现这个香肉库！"

阿威："会不会有别的沙蟒也曾发现过这个裸鼹鼠部

落，还把人家的大王给吃了？"

小沙自信地说："不可能！绝对没有别的沙蟒知道这里藏着一个裸鼹鼠部落！这个部落是小沙最先发现的！他们很会隐藏！小沙眼睛最亮！小沙嗅觉最灵敏！小沙很会找！可惜小沙打不过他们的大门牙！小沙不够厉害……"

阿雪见阿威不自觉地微微摇了摇头，抿嘴一笑，耐心地接着问小沙："我相信，等你长大了，你就会慢慢变得越来越厉害。假如有条比你大——因此比你厉害一点点的沙蟒——也发现了这个部落，他会把部落大王抓走吃掉吗？"

小沙不以为然地哼一声："除非先把整个部落都吃下肚！不然，再厉害的沙蟒，也不可能把裸鼹鼠家的大王吃掉！"

阿雪："为什么不可能呢？想想看，裸鼹鼠大王的体重是普通工鼠的三倍，吃个大王多划算，一个顶仨。"

小沙直起脖子："大王都被工鼠们严密保护起来了！这些小东西真是够义气，宁愿自己被吃掉，也不让任何一条沙蟒冲进去找他们的大王！"

阿历克斯："嘎！这一窝工鼠把大王保护得不怎么样！他们现在已经没有大王了！"

小沙："不会吧！这窝里现在明明有个大王！"

阿雪连忙问："你怎么知道？"

小沙："小沙亲鼻听见的！小沙嗅觉超级灵敏的分叉

舌清清楚楚闻到的！这里的大王刚生了一窝小宝宝！不过，一窝总共才有三只！喊！"

阿历克斯叫道："这到底是怎么回事？"

阿雪："一个新大王诞生了！"

5

小沙肚子太饿，急急忙忙告辞，到别处打猎去了。

小沙刚游走，阿威立刻注意到小土堆下面的地洞里有动静。没一会儿，连阿历克斯也看到了，洞口处隐隐约约露出一个光秃秃的小脑袋尖儿。

阿历克斯立刻大叫："你迟到了，大个头耐渴先生！"

"耐渴那个有个子没脑子的大笨蛋！我才不是他！"一个小小的声音气愤地在地底下嚷道。

阿雪："那请问你是哪位呢？我们和耐渴先生约好了在这里见面。不好意思，我们认错鼠了。"

地下的小声音爆炸了，发射出连珠炮弹："什么鼠不鼠的，我根本不是鼠！我们跟鼹鼠一点关系都没有！你们叫我们裸鼹鼠，人类也叫我们裸鼹鼠，大错特错！瞎叫！知错不改，真服了你们！你最好叫我猪！你们明明知道我们和豪猪家的亲缘关系更近！个头小的猪就必须被叫做鼠吗！哼！愚蠢是最没有良药可治的！"

阿雪一点都不气恼："聪明的猪先生，请你出来说话吧！”

"你怎么知道我是聪明的猪先生？我认识你吗？"说着，一个宽宽短短的小脑袋冒出地面。细小的眼睛眯缝着，退化的外耳滑稽地鼓在光溜溜的脑袋两侧，十几根稀疏的细毛银光闪闪，东一根西一根直直地插在胖乎乎的小脸蛋上。在两对异常醒目的大门牙之上，鼻孔大张，果然耸立着一个粉红色的小猪鼻子。

阿雪笑着说："除了聪明的猪先生，多肉部落里还有谁会这么愤世嫉俗呢？"

猪先生："什么愤世嫉俗，这叫心明眼亮！心直口快！"

阿历克斯："心直口快，我喜欢！"

聪明的猪先生谨慎地爬出洞口。他大约10厘米长，体态丰满，像一根圆滚滚、肥嘟嘟的火腿肠。他全身的皮肤有些皱巴巴的，呈现出一种不常见的灰粉色。腹部皮肤颜色很淡，显得有些半透明。背部和尾部则颜色较深，泛着淡淡的紫棕色光芒。此时，从上方投下的太阳光线毫无遮挡地落在猪先生身上，他背部和尾部的深色皮肤被阳光映照得很明亮，而浅色的腹部则在自身阴影的遮蔽下变得暗淡。如此一来，猪先生全身的颜色变得非常均匀，猛一看，他就像一小块不起眼的长条石头，普普通通地卧在地面上，与周围的环境绝妙地融为一体。

阿历克斯张开翅膀，激动地叫起来："我好喜欢你身上的颜色！你会隐形！你是忍者神猪！！嘎！嘎！”

猪先生矜持地一笑：“这叫反影保护色。没什么好大惊小怪的，好多动物都会，太常见了。”

阿历克斯听了，耷拉下翅膀。这常见的本领，他一点都不会。真羡慕啊，阿历克斯心里罕见地生出一丝嫉妒之情。

阿雪问猪先生：“你这是要到哪里去？外面的世界对你很危险哦！刚刚才飞过一只大老鹰呢。”

猪先生：“就算危险重重，我也要离家出走！”

阿威不动声色地问：“听说你们换了新大王，你为什么偏偏这个时候想要离家出走呢？”

阿历克斯又来了灵感：“嘎！是因为你不想效忠新大王吗？”

猪先生气红了脸：“瞎说！我早就想出走了！安娜大王在的时候我就不耐烦再待下去了！我只是碰巧今天下定了决心而已！说走就走！无牵无挂！”

阿历克斯快言快语：“为啥？一大家子待在一起多幸福！是不是你的兄弟姐妹们招惹你了？”

猪先生更气了：“愚蠢无药可治！你别再瞎猜胡说了！谁也没得罪我，我也没得罪谁，行了吧？！我就是不想在这里待下去了！一成不变的生活太无聊，我受够了！一天都不能再忍了！我要到外面的世界去看一看！我要去寻找活着的意义！”

　　"别花言巧语了！"另一个小小的声音从洞口传来。阿雪一看，原来是耐渴先生来赴约了。耐渴先生看起来气色不太好，比猪先生瘦多了，神情抑郁。

6

　　猪先生狠狠地瞪着耐渴先生："你——你——竟然说我花言巧语？岂有此理！"

　　瘦巴巴的耐渴先生怒不可遏："说的就是你！你为了能离家出走，干了什么坏事你自己清楚！"

　　猪先生气得一时间说不出话来，憋了半天，冷笑一声："你倒是说说看，我干了什么坏事连我自己都不清楚反倒是你却很清楚！"

　　耐渴先生也冷笑一声："我知道你早就对安娜大王生了异心！她选中你做第四王夫，这么崇高的荣誉，你竟然嗤之以鼻！她不让你出走，你就怀恨在心，最后不惜杀了她，好趁乱出走！"

　　猪先生气得浑身脂肪乱颤："你血口喷猪！你有什么证据？"

　　耐渴先生："你这一身肥肉就是证据！要是没有阴谋，你平白无故储存这么多脂肪干什么？"

　　猪先生气晕了，整整休克两秒钟："我这是给我那未来的远大征程做准备！再说一遍，我之出走，与任何大王都无关！你这个白长了这么大岁数的傻瓜，我鄙视你！"

阿雪怕气出猪命来，连忙劝猪先生："你别着急！真的假不了，假的真不了。你一心想要离家出走，到底是为什么呢？"

听了阿雪的话，猪先生的心情稍微平静了一些。他也确实憋坏了，想要好好倾诉一番。

猪先生："我们脚下的这个猪部落，现在一共有306名成员。所有成员，都是近亲繁殖的结果。"他指了指耐渴先生，"根据我的调查，这位耐渴先生，算起来，是我爷爷。"

耐渴先生愣了一下，语气略有缓和，咕哝道："咱们部落有这么多成员吗？都超过300了？我可没排过辈份。你别以为我是你爷爷就会放过你的弑王之罪！"

阿雪连忙说："猪先生真有心！这么有洞察力的裸鼹鼠可不多见！"

猪先生："不多见？错！全部落独一无二！只我一个！再说一遍，我不是鼠，是猪！"

阿雪："好的，好的，独一无二的猪先生。问题是，近亲繁殖不正是你们真社会性动物的普遍特征吗？这是你们历经千万代进化而来的最适合你们的繁殖方式啊。"

猪先生："最适合的未必就是最科学的！当我在部落地道间徘徊，看着同胞们浑浑噩噩地度日，丝毫不知道危机正在一代代累积，你知道我的内心深处有多么哀伤！我一刻也无法停止忧虑，我的远见卓识折磨着我，每一秒钟，我的痛苦都在加倍！"

阿历克斯："嘎！我平时也是这么自吹自擂的吗？"阿威瞪了他一眼，他悻悻地闭嘴了。其实，阿历克斯还在嫉妒猪先生的隐身术呢。现在看起来，就连瘦巴巴的耐渴先生也会忍者之术！只是耐渴先生可能是因为年纪大了，隐身效果比起猪先生差了一些。

自从知道猪先生是自己的亲孙子，耐渴先生对猪先生倒是温柔了许多。此刻听了猪先生的内心表白，耐渴先生忍不住哼了一声："整天就知道阴阳怪气！冷嘲热讽！牢骚满腹！偏偏不懂得跪谢王恩浩荡！你脑子没毛病吧？"

猪先生的血压又升高了："指出安全隐患就是阴阳怪气吗？明辨致命的错误就是冷嘲热讽吗？揭露严酷的现实就是牢骚满腹吗？表达深厚的情感就是脑子有病吗？你粉饰太平！闭目塞听！不知祸之将至！真真是一头醉猪！不可救药！咔咔咔！"

说着，猪先生猛力嗑几下牙齿，展示了一下发达的下颚肌肉，接着又向后蹬蹬腿，表演了一下雄性荷尔蒙的攻击性。"我光明正大！雄性激素水平非常高！可以说，无论是智力还是体力，我在部落里绝对能排名前三！要不然安娜大王当初也不会看上我！我只是对我们自己部落的大王不感兴趣而已！不但对安娜大王不感兴趣，对那个新女王也不感兴趣！你们叫她什么？斗战胜王？不感兴趣！她是我的亲妹妹！"

耐渴先生又愣了一下，表情很奇怪地说："是这样啊，原来她……她是我孙女啊！"

猪先生："千真万确！想想吧，你身上的大王气味，来自你的亲孙女！前天新宝宝出生，斗战胜王一登基，就提出让我做王夫，我怎么能答应她？绝不！咱们部落成员的基因高度相似，有害的基因表达已经开始出现！我绝不会再在这一窝浑浊的基因池里混吃等死！我再也无法忍受一团漆黑中那无处不在的麻醉气息！不管它闻起来有多舒服！这一切令我恶心到极点！在麻醉的环境下头脑清醒的猪是最痛苦的猪！！再多待一秒钟我将窒息而死！！！我必须解救自己！我要恢复自我！我要到异国去，我要嫁给一个异族的大王！你们等着瞧吧！"猪先生越说越激动，小脸红扑扑的，最后那几句话，简直是歇斯底里喊叫出来的。他歇口气，最后望了一眼耐渴先生，接着抖擞精神，迈出四条细细的小短腿，毫不迟疑地向远方跑去。

耐渴先生冲着他的背影大喊："如果不是你，那是谁害了安娜大王？"

猪先生："去问问那些和我一样不喜欢干活的常怠工！要是你亲眼目睹过大王把他们揍得有多狠，咬得有多凶，羞辱得有多深，你就能明白他们有一千个理由杀了大王！"说完，猪先生消失在多肉植物的森林中。

7

耐渴先生呆呆望着猪先生背影消失的地方："也许我

也应该和他一样，离开这里，去探索惊险、未知的新生活，寻找真实的自我……"他摇摇头，"不行！我一定要先追查出安娜大王的下落！这是我的神圣使命！不然我死不瞑目！"

阿历克斯："嘎！事到如今，不查出真相，我也会死不瞑目，好奇而死！"

阿威："猪先生提到的常怠工是怎么回事？"

耐渴先生："就是那些好吃懒做没出息的长期白啃族！整天懒懒散散，偷奸耍滑，除了吃就是睡，能躺着就绝不站着，能歇着就绝不动弹一下。要不是永勤工和常怠工的工作职责互相交叉，永勤工整天帮那些懒骨头们收拾烂摊子，整个部落非乱套不可！这帮没用的家伙，没有永勤工辛苦劳作，他们一天都活不下去！"

阿历克斯："嘎！人类世界也有很多这样的人！阿海管他们叫'硕鼠'！就是大老鼠的意思！硕鼠硕鼠！白啃一族！历史证明，人类的纷争都是由种种白啃所引发的！谁都不想被白啃！这种行为能在裸鼹鼠世界和平存在！真是太棒了！没跑了！裸鼹鼠绝对就是人类的进化目标！我要向阿海报告！请问耐渴先生，常怠工都是体型硕大的裸鼹鼠吗？"

耐渴先生："绝对不是！他们工鼠的个头都很小，比我都小多了！更别提跟大王相比了！大王比他们大三倍！部落里只有大王才是硕鼠！"

阿威问耐渴先生："唔，常怠工和永勤工都是没有生育能力的工鼠吗？"

耐渴先生："当然啦！要是大家都想生就生，还怎么分工协作？部落岂不要乱套了？！工鼠虽然都没有生育能力，但是永勤工完全是常怠工的反面！他们对待部落工作永远都勤勤恳恳，兢兢业业，全面细致，一刻都不肯歇下来！寻找食物、维修地道、抵御外敌这样的重要工作，只有交给永勤工，才有可能圆满完成！宝宝们刚出生的时候只有小豆子那么大，大王自己根本顾不过来，她只能时不时去育婴室喂喂奶，而且只喂一个月。全靠永勤工们悉心照顾，爱抚、保暖、给宝宝们按时服用大王的屎屁屁，宝宝们才能够茁壮成长……"

阿历克斯："嘎！服用屎屁屁？虐待儿童！丧心病狂！恶心！发抖！"

耐渴先生："你胡说什么啊！大王的屎屁屁营养丰富，而且富含各种有益的细菌，可以很好地帮助小宝宝消化食物！这些细菌群落在宝宝们的肠胃里驻扎下来，是宝宝们一辈子的好帮手！好朋友！大王的屎屁屁特别特别好！哎呀，说着说着，我都要流口水了！我最近只顾着追查安娜大王失踪的真相，好久都没有吃同伴们的便便了！更别提亲尝我们新大王那芳香四溢、醒脑提神的屎屁屁了！"

阿雪："品尝彼此的粪便，听起来这似乎是你们部落的一种传统社交习俗？"

　　耐渴：“你说得没错，但远非如此！的确，通过互吃便便，我们每个成员都能雨露均沾，分享大王慷慨赏赐给我们的美妙无比的荷尔蒙激素。此外，你们都知道，我们平时以沙漠植物的块茎为食，而这些食物都很难消化。虽然在我们肠道共生的细菌朋友可以帮忙发酵纤维，把没法消化的纤维素变成有益健康的不稳定脂肪酸，但还是会有很多营养成分来不及被肠道吸收就排出去了。所以我们互吃便便，可以最大程度地吸收食物中的营养，等于是一餐吃了好几顿！多好啊！你们都叫我耐渴先生，其实那只不过是我们部落的一个爵位罢了，我们部落的每一位成员都很耐渴，都一辈子不用喝水，因为块茎食物中的水分最后全被我们一点都不浪费地吸收了。”

　　阿历克斯听了却很不满：“你们躲在窝里天天吃植物的根茎，把人家植物都害死了！把人家害死，你们自己也得饿肚子！你们肯定不得不经常搬家！宝贵的沙漠植物做错了什么，被你们四处加害！何必！何必！嘎！这是一个进化劣势！双输！”阿历克斯越说越沮丧，看起来人类进化要失去方向了。

　　耐渴拼命摇头，自豪地说：“大错特错！我们负责觅食的工鼠非常小心，只从块茎鲜嫩多汁的内部取食，保留块茎的再生组织，植物根茎薄薄的外皮始终保持完好无损，这样一来，块茎植物不但能保鲜，而且还能继续生长，源源不断地给我们提供长期的食物来源！运气好的时候，一窝大块茎能让我们部落吃好几年呢。所以你们看，永勤工一旦找到食物，常怠工就算偷懒耍滑也影响不了部落的存亡。”

阿历克斯高兴起来："这还差不多！完美的进化！人类的榜样！"

阿威："你们大王怎么能容忍常怠工长期存在呢？"

耐渴先生："这个嘛，我也不是很清楚，大王自有大王的道理。也许，是因为他们对大王都特别忠心吧？他们最喜欢吃大王的粪便，就数他们在大王粪便里舒舒服服打滚的时间最长。大王那亲切、甜蜜的气息，在他们身上总是那么浓烈！闻到那个气味，连我都不忍心责怪他们了。"

这番话使阿历克斯为自己的理论找到了新证据："越王勾践曾经也很喜欢品尝吴王夫差的屎尿尿，这也是夫差容忍勾践长期存在的重要原因！吃屎尿尿是生存的高级技能！是人类进化的正确方向！"

"好吧，就算吃屎尿尿有进化优势，但是，"阿威继续问耐渴先生，"刚才猪先生说，常怠工们经常会挨打，'一千个杀王的理由'，这理由可真不少啊。"

耐渴先生连连摇头："猪先生的观点太偏激了，他看啥都拧巴，我真觉得他可能脑子有病。据我所知，部落里没有工鼠没挨过大王的打！大家最好谁都不要嫌弃谁。大王经常在地道巡视，看谁不顺眼就打一顿！要是没有大王暴烈的推搡和撕咬，大家哪有机会见到大王？岂不是很快就忘了谁才是大王！活着，就要对大王有敬畏之心啊！没有这点精神追求，我们活着还有什么意义呢？猪先生太心胸狭窄了。"

阿威："猪先生的话也不是全无道理。常常挨打的常怠工，会不会因此怀恨在心，加害安娜大王呢？"

耐渴先生的脑袋都快摇出脑震荡了："绝对绝对不可能！据我所知，工鼠们其实都很享受大王的推搡和撕咬，要知道，我们裸鼹鼠根本没有痛觉！"

阿历克斯的脑袋摇出了轻微脑震荡："嘎！有话好好说，为什么要推搡撕咬！就算身上感觉不到疼，心灵也会受到伤害！这是猪格侮辱！这是情感虐待！"

耐渴先生快把眼珠子摇出来了："能挨大王的打，那是天大的荣幸！想想看，在挨打的时候能够近距离和大王接触，亲鼻子嗅到大王美妙的气味，那对部落成员真的是无可比拟的光荣和幸福啊！他们都非常喜欢大王的味道，就算大王打死他们，他们内心深处也都深爱着大王！不信的话，我随便去找一个常怠工来，你们可以自己问一问！"

眼看着阿历克斯这时候快把脖子摇断了，阿雪连忙说："那可真是太好了。如果你能同时找一个永勤工来，就更好了。"

耐渴先生："没问题，你们等着！"说完，他一头钻进洞去。

8

阿历克斯才不乐意无所事事地干等呢。耐渴先生刚走，阿历克斯立即开始发表高论，嘎嘎呱呱一刻也不停地完善自己的人类进化理论。直到小灰翅忽然出现，打断了阿历克斯的演说。

小灰翅与机灵鬼肉球、大嗓门猴面两位侦探扭着一只垂头丧气的老猫头鹰飞过来。自从上次王宫失火案之后，小灰翅就在惊涛司令的安排下，成为阿雪女王的贴身护卫，阿雪怎么反对都没有用。

小灰翅高声叫道："我们在北边巡逻，看见这个逃犯从多肉森林里鬼鬼祟祟钻出来，一看就没安好心！"

阿威定睛一看："啊，这不是咱们的老相识吗？五号，你前几个月刚从国王监狱逃跑，怎么这么快就又回来啦？是想念狱中免费的伙食吗？"

阿历克斯："嘎！国王监狱的伙食确实不错！吃的都是粗粮！每顿都有肉和菜！还有水果！囚犯绝不会患爪爪岛怪病！"

五号心腹小声说："真倒霉，动不动就被你们逮住……"

阿雪："你来这里做什么？让我猜猜看，难道——安娜大王失踪案跟你有关系？你是驻在这里专门监视多肉部落的吧？"

这也猜得太准了！的确是在笑面虎和长尾的双重命令

下，双面间谍五号这两个多月来一直辛辛苦苦守在密洞里，密切观察、及时汇报多肉部落的内战局势。刚才他在密洞里隐约听见阿雪和阿威的声音，吓破了胆，想悄悄溜走，却被机敏的小灰翅活捉了。

此刻，五号面如土色："安娜大王失踪和我没有一点关系啊！我发誓不是我干的！那天上午我刚听说多肉部落的秘密，当天晚上安娜大王就失踪了！跟我真的没有关系！"

阿雪："明白了。'听说'，唔，你是从哪儿听说的呢？"

五号意识到说漏嘴了，后悔不迭。他吞吞吐吐，搔痒打嗝，想装傻蒙混过关。

"实话招来！"阿威一声大喝。

五号禁不住一哆嗦，脑子一潮："听……听……笑面虎说的……嗯！对！是笑面虎把安娜大王抓走了！这个消息千真万确，这是我亲耳听见的！"

阿雪："这个千真万确的消息你又是听谁说的呢？显然不是笑面虎亲口告诉你的。就算真是他抓的，他也不会告诉你。"

"这个……这个……"五号暗骂自己太蠢，又说漏嘴了。对于笑面虎和长尾的秘密，他宁愿撒谎，也不敢轻易泄露。尤其是长尾那个疯子，可不敢再次出卖他了！提都不要提他！不然下回见面，非被活撕了不可。双面间谍要想活命，说话可得留神！

　　"眼神游离，心里正在编瞎话！"阿历克斯仔细观察过五号的犯罪表情之后，大声宣布道。

　　五号心想："那我干脆不说话了还不行吗？"他心一横，闭紧鸟喙，垂下脑袋，一声不吭了。

　　阿雪："你是不想说还是不敢说？虽然是笑面虎一伙把你从国王监狱劫走的，但是很显然，你后来又会见了另外的朋友，并且听说了笑面虎绑架安娜大王的事。我猜得对不对呢？"

　　仔细观察犯罪表情的阿历克斯得出结论，阿雪猜得对极了。

　　阿威："五号，你不敢交代你的消息来源，我理解你的顾虑。但我们对罪犯也从不心慈爪软，你如果配合我们的调查，也许可以获得减刑甚至赦免。这点，你明白吧？"

　　五号抬起头，可怜巴巴地点点头。

　　阿威："明白就好。你监视多肉部落多久了？有什么发现？"

　　五号立刻说："两个半月了！他们好像冒出一个新大王！好像新出生了三个宝宝！好像新女神已经降临！内乱好像终止了！部落秩序目前好像已恢复正常！阿威探长啊，您是第一个听到这些宝贵信息的，我还没来得及报告……"他停下来，尴尬地看着阿威，唉，又说漏嘴了。

五号真想把自己的鸟喙咬一顿。

阿威追问："把话说完，你还没来得及向谁报告？"

五号痛苦万状的沉默，等于直接告诉了阿威这个问题的答案。阿威皱起眉头："新宝宝前天就出生了，你把新大王诞生的消息整整瞒了两天，你到底犹豫什么呢？你打不定主意到底先报告给哪个后台老板，是吧？是不是先告诉谁，都有可能给你引来杀身之祸？"

怎么都这么会猜啊！五号哭丧着脸，完全说不出话来。阿历克斯欢叫："嘎嘎！阿威说得对极了！"阿雪忍不住笑了，自从跟白马汉斯学会察言观色，阿历克斯勤学苦练，这项技能长进了不少。

阿雪对五号说："你的后台老板们这么关心多肉部落的局势，你觉得是为什么呢？我认为回答这个问题应该不会得罪他们，但是却可以帮你赎罪。"

五号小声说："还不是因为裸鼹鼠女王是女神再世，吃了她的肉可以长生不老……"

阿威和阿雪对视一眼。

阿雪对小灰翅说："请你们把他押回火焰岛，先关进国王监狱，以后再审。"

五号："我怎么这么倒霉啊……"

阿雪意味深长地说："也许暂时待在国王监狱里对你是一件大好事，不是吗？"

五号竟然不由自主地点了点头。

9

耐渴先生和两只小工鼠一个接一个钻出洞口。

第一只小工鼠刚一露头，阿雪就惊喜地叫起来："闲不住的丫丫！是你啊！你们都好吗？"

闲不住的丫丫抬起头，眯着细细的小眼睛，猪鼻子一张一合，嗅出了阿雪的气味，也欢喜地喊起来："雪！真高兴又遇到你！我很好，大家都很好！生活像梦一样，幸福极了！我们的部落是全世界最繁荣昌盛的部落！历史最悠久！形势一片大好！前途一片光明！多么自豪啊！"

阿雪立即问："你姐姐筷子牙牙怎么样了？她也好吗？"

丫丫的脸似乎下意识地痛苦抽搐了一下，紧接着整个小脸蛋又焕发出一种喜洋洋的神气："牙牙姐姐失踪了！活不见鼠，死不见尸！她应该也很幸福！因为我们大家都很幸福！感恩我们最最最敬爱的大王！"

阿雪被丫丫的反应搞糊涂了："听说牙牙发动了部落内战，我简直不敢相信这个消息。"

丫丫奇怪地说："什么部落内战？你在说什么呀？"

阿雪："你们部落不是互相残杀了好几个月，死了好多雌鼠吗？"

丫丫断然说："没有的事！你从哪儿听说的呀，是谁跟你开玩笑的吧？一点都不好笑！这种事怎么能拿来开玩笑！这是对我们部落的侮辱！是别有用心的谣言！我们一直都在幸福地生活着，我们才不会自相残杀呢！我们部落的生活比蜜还甜。哎呀，我没时间了！我要赶去帮敬爱的大王给可爱的宝宝们喂奶了！"丫丫说完，小腿一蹬，就要往洞里钻。

阿雪忙说："慢着慢着，你们的新大王怎么样？她对你们好吗？"

丫丫笑起来："雪！你今天好奇怪！什么新大王，旧大王的，我们一直都只有这一个敬爱的大王啊！敬爱的大王对我们可好了。我们真爱她呀！对她的爱，比地心还深！比块茎还高！是不是啊，懒懒筋？"

阿雪和丫丫说话的这会儿功夫，另外那只小工鼠趴在地下一动不动，看样子都已经睡着了。听到丫丫喊她的名字，懒懒筋才歪了歪脑袋："对呀，对呀，打也是亲，骂也是爱，没有敬爱的大王，哪有我们幸福的生活！"

阿雪很吃惊："啊！你们难道都不记得安娜大王了吗？失踪的安娜大王？"

丫丫和懒懒筋一起做出迷惑的表情："安娜大王是谁？失踪？"

耐渴叫道："你们脑子进水了吗？安娜大王是咱们敬爱的大王啊！"

"你才脑子进水了！"丫丫怒斥道，"敬爱的大王明明是斗战胜王！"在说出大王名号的时候，丫丫做了一个祈祷平安的动作。

懒懒筋也做了个祈祷动作，高声说："我爱斗战胜王，我愿意为她去死！我是她最最最忠诚的部落成员！哎呀，我要去粪坑打个滚，再吃几口屎厄厄，我的粪瘾犯了！再见！"她说着一头钻进洞去。

丫丫对阿雪说："我真的得走了，三个小宝宝好可爱，我爱死他们了，总也爱不够！嘻嘻！再见！"说着，她也急急忙忙要往洞里钻。耐渴先生喊住她："丫丫！你们都疯了！"

丫丫回过头，气愤地说："先生！你才疯了！你要是再不去咱们的粪坑打个滚，我都要闻不出你的气味了！刚才在洞里冷不丁撞见你，我一下子都没认出你，还以为你是个外来的坏蛋！差点喊警卫！请你自尊自重，好自为之，别再乱说了！"

耐渴先生欲哭无泪，声音颤抖："这个世界全都疯了！安娜大王无缘无故忽然失踪，这才不到三个月，竟然已经被部落完全遗忘！这样的部落，我还留恋什么？"他说着，脚步蹒跚地沿着猪先生留下的足迹向远处爬去。

阿雪："可是，耐渴先生……你不想继续追查真相了吗？"

耐渴头也没回："还用得着继续追查吗？那个狠心的新大王，不但取代了安娜大王的地位，还抹去了安娜大王的一切痕迹！除了她，还会有谁无情无义地谋害安娜大王！"说到这里，他不知不觉已是满脸泪水。慢慢地，耐渴先生也消失在多肉森林的阴影里。

阿历克斯："嘎！笑面虎和新大王，到底是谁干的？难道他俩联手干掉了安娜大王？"

阿威摇摇头："据五号所言，笑面虎迫切想要抓到新大王倒是毫无疑问的。"

10

离洞口不远的地下，传来懒懒筋亢奋的尖叫和哭喊声："敬爱的大王！您打得好！天哪，我太幸福了！幸福使我浑身颤抖！能这么近闻到您的芳香气息，我今天真是太幸运了！谢谢您！谢谢您让我跪在您的脚下！我爱您！我爱您！我衷心热爱您！请您赐给我一口您那尊贵的粪便吧！求求您了！最最最敬爱的大王！"

接着传来丫丫兴奋的叫声："敬爱的大王啊！请让我在浸染了您美妙芳泽的地上打个滚！请让我轻轻触碰您那修长健美的贵体！啊！我的女神啊！我把我全部的生命献给您都不够！如果有来生，下辈子的生命我也心甘情愿地献给您！您是我的天神，您是我的主宰，您是我的主心骨！赏我一口营养丰富、帮助消化的甘美粪便吧！最最最敬爱的大王！"

只听细微的一声"噗叽"，懒懒筋和丫丫嚎叫一声，快乐得声音都变形了。"呱唧呱唧"，一阵急不可耐的品咂声之后，懒懒筋和丫丫幸福地呻吟着。此生有王，死而无怨。

"下不为例。以后你们还是到公共卫生间去吃我的粪便。每次大便后，我会唱一支短歌通知你们来进食。"一个低沉的声音缓缓说道。

激动不已的丫丫和懒懒筋恭恭敬敬地齐声回答："知道了，敬爱的大王，感谢您！"

"上面有客人？"低沉的声音缓缓问道。

丫丫温柔地回道："禀报敬爱的大王，上面有个部落的老朋友，雪。"

"哦，"低沉的声音说，"扶我上去。"

丫丫恭恭敬敬地说："是，敬爱的大王。"

一只硕大的裸鼹鼠被丫丫和懒懒筋小心翼翼地推出洞口。阿雪、阿威和阿历克斯好奇地打量着多肉部落的新大王。只见她的身体比耐渴先生稍微大一些，比丫丫的身体粗了好多，也长了很多。

新大王抽了抽鼻孔，似笑非笑，没有说话，等待着。

阿雪问："斗战胜王，我们在追查安娜大王失踪之谜。耐渴先生认为是你谋害了安娜大王，他说得对吗？"

斗战胜王又吸了吸鼻孔，忍不住笑了："他说得当然不对。雪，你不认识我了吗？"

阿雪愣了，仔细打量斗战胜王。忽然，阿雪瞪圆了眼睛："牙牙！是你！"

"是我！"斗战胜王哈哈笑了，虽然声音浑厚、沉缓，但阿雪仍然辨认出牙牙爽朗笑声的影子。

阿雪："牙牙！这到底是怎么回事？安娜呢？"

牙牙沉痛地说："安娜被人类抓走了！"

阿雪："你怎么知道？你确定吗？"

牙牙："当然确定！我亲眼看见的！当时我正在服侍安娜大王小憩。你知道的，她年纪大了，睡眠越来越不踏实。一点预警都没有，大王寝宫顶部忽然开了个大天窗，一个铁夹子从天而降，把安娜大王夹走了！我虽然惊恐万分，但仍然立即反应过来，死命把大王拉住，无奈力气太小，反而和大王一起被拉出地面。一伙人类把大王装进盒子，把我扔到一边，嚷嚷着说什么，'臭手捉老鼠也是一把好手！一夹俩鼠！只要最大个的女神，吃了女神肉，长生不老！'"

阿雪："于是你就违背你善良的本性，发动了内战？"

牙牙："相反，遵循我尽职尽责的本性，我参与了内战。裸鼹鼠的部落一刻都不能没有大王。没有大王的部落，只有死路一条。万一大王不在了，在剩下的雌性裸鼹鼠中必须诞生一位新大王。我只是顺应了历史潮流，承担了我的责任，做了我该做的事，为了整个部落的生存。"

阿雪："你杀死了十几个姐妹？"

牙牙："不止十几个，三分之一的雌性工鼠在这场大战中丧命，但也不全是我杀的。战斗结束得越早，死伤就越少。所以，你应该和丫丫她们一样，庆幸我赢了，我那三个宝宝的出生宣告了我的正式加冕以及残酷内战的结束。"

阿雪："可是你素来温柔和顺，怎么可能在打斗中成为获胜的一方？"

牙牙："因为我是部落里第一个知道大王被抓走的雌性，这给了我战斗的先机。我是最早从效忠旧王的迷梦中清醒过来的一个。安娜大王就和现在的我一样，把自身分泌的荷尔蒙气味散布到部落的每个角落，借此团结起部落的每个成员，尤其是要抑制住其他雌性工鼠的生殖能力，使她们的卵巢停止发育，好让她们专心从事本职工作。当安娜大王不能再影响我的时候，我的生殖能力开始从迷醉中苏醒，8天后就迅速发育成熟，我是第一个开始找雄性交配并宣告自立为王的雌性。当其他的雌性相继从安娜大王的激素控制下清醒过来时，我早已完成了交配、选好了王夫。所以，确切地说，内战不是我引发的，而是那些自不量力的反贼引发的，我只不过是被动参与战斗，我怎么可能忍受去吃那些卑贱反贼的屎屁屁！不过我也有责任，那时我的女王荷尔蒙激素的浓度还太低，无法使她们更快地效忠于我。一切噩梦都过去了，产下三个小宝宝，我的气息现在已经遍布整个部落的角角落落。"她看了一眼丫丫，"她们，甚至已经彻底忘记安娜大王曾经存在过。"

阿雪再次打量牙牙："不仔细看，我根本认不出你了。你怎么一下子变得这么大？大得可怕。"

牙牙轻轻晃了晃身体，阿雪恍惚觉得，就在这轻轻一晃之间，牙牙似乎又变大了一些。

牙牙格格笑了："因为我要怀孕啊！原来的身体瘦瘦小小，哪有空间来容纳那么多新生命啊！在其他雌性觉醒之前，我的身体就开始变形、膨胀，我后背脊椎骨之间的空间持续扩大，身体越变越长。仅仅从体格上来讲，那些小不点儿反贼也根本没机会打败我。唉，不认命，就要白白付出性命。我第一次才怀了三胎，从今往后，我还必须不停地生育。持续的怀孕将不断拉伸我的脊椎，扩大我身体内部的空间，以便容纳更多的小生命。我的理想是，有朝一日，一次生30胎！到那时候，我的身体会比现在大一倍多，你就更认不出我啦，哈哈哈！"

"可是，"阿雪看了看在牙牙脚下贪婪嗅闻女王气味的丫丫和懒懒筋，"她们这样被你的激素气味催眠，糊里糊涂地活着，多可怜啊！"

牙牙又哈哈笑了："你不是她们，你无法体会，她们的内心现在有多充实，多安宁，多满足。战争总算结束了，所有部落成员现在都全心全意地感到极度的幸福和欢畅。你应该怜惜的，其实应当是我。身为一个女王，我就必须永不停息地捍卫自己的地位，不停地怀孕、生崽，释放各种荷尔蒙激素，拉出内涵丰富的女王粪便。在食物充足的情况下，部落鼠丁兴旺，我70多天就可以生一窝宝宝，用最高水平的荷尔蒙激发所有成员的爱心！增强部落的凝聚力！我必须不断地在通道里巡视，散布我的气味，用撕咬和推搡提醒大家谁才是女王，顺便密切监视部落成员，防止有哪个不顾死活的雌性或雄性工鼠胆敢摆脱我的激素控制，妄图恢复性发育、挑战我的地位！其实我好累啊，雪。但是我停不下来，一朝称王，我必须终身为王。"

阿雪轻轻说："这样的女王，我宁愿不做。"

牙牙轻笑一声："除非死亡能让我得到解脱。我活着，就必须为整个部落负责。这是我的天命，不可违抗。"

阿雪无言以对。

阿威："你们部落的处境现在很危险。抓走你们的人类不会轻易放过你们，也还有其他势力在觊觎你的力量。"

牙牙闪着大门牙灿烂地一笑："谢谢威探长的提醒。我知道我们已经暴露了。好消息是，我们马上就要搬家了。这儿的多肉块茎基本上全都被我们啃成了空心，我们本来就打算搬家了。很幸运，这几天持续下大雨，泥土松软，我们的工鼠四处打洞，现在已经找到了一大片新的大块茎，够我们吃好几年的。而且在那儿，我们还发现了好几只流浪的雄性裸鼹鼠！这太让我兴奋了！我打算把他们全部招为王夫，我相信我一定能成功降伏他们，我也必须要降伏他们，我们部落非常非常需要新鲜的基因。"

阿历克斯："要搬快搬！全世界都想吃女神肉！

嘎！"

阿历克斯觉得裸鼹鼠不是人类的进化方向，是退化方向还差不多。他真替人类发愁啊。

11

笑面虎很生气，旧女神被人类抢先一步抓走了，好不容易斗出来一个新女神，整个部落又神秘消失了。

"你们太没用了！"笑面虎呵斥二号，"五号有消息吗？"

"没，还没有。"二号战战兢兢地说。

"哼，我竟然被那个傻子长尾摆了一道。这家伙在人类盗猎团伙有老相识，我竟然把这一点给忘了。"笑面虎自言自语，"等着瞧！"

为了让笑面虎息怒，二号不失时机地转换话题："咱们的广告效果很不错！"

"呵，"笑面虎果然微笑了，"现在大家都知道这个故事了吗？冰中烈焰为了继承王位，指使一心一意仰慕她的堂哥怒焰残忍地暗杀了长爪。可是后来，怒焰受不了良心的谴责，自杀身亡。呵呵呵。"

二号："是的，是的！家喻户晓。大家最近都在热议这事儿呢。很多猫头鹰要求罢黜阿雪女王。"

"很多吗？"笑面虎饶有兴趣地问。

二号："啊……不算少吧，有好些呢！"

　　笑面虎："我最感兴趣的是，那个新上任的起名官言真话者怎么说？"

　　"这个嘛，嗯……"二号支支吾吾地说，"她公开谴责说，这是彻头彻尾的谣言。您知道，起名官都是由众鹰官推选、由女王任命的言论自由者，所以王国内绝大多数猫头鹰都很信任言真话者，愿意相信她的判断力。"

　　"呵呵，意料之中。"笑面虎嘴角弯弯，似笑非笑，"她是由阿雪女王任命的，当然会全力维护女王的利益。我们再给起名官也打个广告，叫做'黑暗女王的忠实走狗言假话者'，你看她这个新名号怎么样？哈哈哈，先让她身败名裂，失去信用，她支持的阿雪女王跟着也就臭了。这个世界上，只有不会抹黑的猫头鹰，没有抹不黑的猫头鹰。走着瞧吧，呵呵呵。"

第三章

蓝鳃太阳鱼的豪门恩怨

弥漫的毒素带给你毁灭，

末日的洪水淹没一切。

蓝鳃家的繁华决堤而来，

其势不可挡，轰轰烈烈。

——摘自呐喊的三宝诗集《动物快跑》之《永远的蓝静静》

1

绿野小湖今天显得很寂寥，安静得有些异样。往常不分寒暑，湖边总有很多人类在垂钓，今天却一个人影都没有。

阿威、阿雪和阿历克斯从鸟鸣涧一路飞来，打算到绿野小湖东南边的小码头去，蓝鳃太阳鱼蓝勤勤、蓝静静一家就住在那里。蓝静静一大早就拜托一只路过的小歌雀向阿威探长报案，说她的丈夫离奇失踪了。

"唔，水果糖西北角入河口什么时候筑了一道卵石墙？"阿威边飞边俯瞰着翅下辽阔的大地。

绿野小湖的形状宛如一颗被松松扎住两头的水果糖，蓝莹莹，亮晶晶，动物们也因此叫它水果糖小湖。松树河自东向西经过此地，它的一条小支流往南边拐了一个小弯，形成了这片美丽的天然小湖泊。

"嘎！不知道啊！我上个月来，还没有这道石墙呢！"

阿雪："你们看！石墙上好像还蒙了一层塑料布？"

"嘎！奇怪！我要去调查一下！"阿历克斯话还没说完就飞下去了。

阿威苦笑一下，只好也跟了下去。阿雪笑眯眯地说："去看看也好。今天水果糖有点不对劲儿，说不定蓝勤勤失踪案与此有关呢。"

"嘎！一块告示牌！但是……好多字我都不认识！不知道写的什么意思！"

阿雪："不止有一块，到处都是告示牌！河里还有很多浮标！人类今天肯定有大行动！"

阿威点头同意："看！这入河口新修了一道小坝，坝上铺了一层防渗纤维布。唔，防渗布一直延伸到湖底去了，看来人类这是想阻止湖水流入松树河。"

阿历克斯："嘎！没听阿海说今天这里有什么特别行动呀！把入河口堵住啦！那可怎么行！糟糕！湖水出不去啦！要发大洪水啦！"

阿威仔细观察："可是水位并没有明显升高，这说明……"他看向阿雪。

阿雪："说明上游的入水口也被堵住了。水果糖的两头被人类紧紧扎起来了！"

"嘎！大事不妙！我得去看看！"阿历克斯风风火火

地起飞了。

三只鸟儿掠过平静的湖面，向地势较高的湖东飞去。

远远地，连阿历克斯都看得清清楚楚，狭窄的入水口也堆起了一个小坝，从上到下蒙着塑料布。

"嘎！湖水变死水，要发臭啦！这可怎么行！乱弹……棋！"看来阿历克斯又学了新词，只是发音还需要好好练习。

阿威："我们先去小码头看看。大家时刻保持警惕。"

2

"阿威探长，你给评评理，谁家的丈夫不在小鱼苗孵出来之后继续守候？至少你也得守上一周，等宝宝们能自己游走都离巢了，你再去另觅新欢吧？蓝勤勤他这么做，不但浪费了他自己的生命，还浪费了我宝贵的卵子和青春，真是气死我了！"绿野小湖的豪门少奶奶蓝静静一看见阿威一行，就不停地抱怨起来。

蓝勤勤、蓝静静夫妇是绿野小湖新贵蓝鳃太阳鱼家族的新一代鱼爸鱼妈。说起来，蓝鳃家族本属外来户，一年前绿野小湖里连一条蓝鳃太阳鱼都没有。去年夏天，有一群头上绑着绿布条的人类，热热闹闹地把250条从鱼市买来的蓝鳃太阳鱼倒入绿野小湖，大声合唱"尘归尘，土归土，众生平等大慈悲，和平放归小动物"。从那以后，蓝鳃太阳鱼家族就开始在绿野小湖安营扎寨并迅速蔓延。现在，这种漂亮的小鱼不但已经把绿野小湖本地的太阳鱼和其他好几种更小的鱼类吃灭绝了，而且他们因为自身繁殖力超强，已经成为绿野小湖里数一数二、家大业大的豪门大户，连湖里的小昆虫、甲壳类动物的数量都由他们这个大家族说了算。

但是和人类社会一样，豪门自有豪门的烦恼。这不，一大早的，家住绿野小湖码头附近的蓝静静就报警说，她的丈夫蓝勤勤遗弃了刚出生的鱼宝宝，连夜离巢出走了。

"嘎！你怎么知道他是主动离家出走？会不会是被谁绑架了？"阿历克斯学着阿威的样子，做出沉思的样子。

蓝静静顿了顿："呃，也不排除绑架的可能！我们家族得罪的动物可多了！毕竟，我们什么都吃嘛！蜗牛、小鱼、小虾，虫虫……这些小东西都有可能联合起来造反！不管到底是怎么回事吧，求求阿威探长一定要帮忙赶紧把他找回来啊，不然我这几万个宝宝全完了！我这一季就白活了！"蓝静静急得快哭了。

阿威仔细观察现场。浅浅的水底下，被蓝勤勤留在身后的鱼巢里，有数不清的鱼苗蹿来蹿去，正在捕捉水里的微生物吃。

阿雪示意阿威留意从不远处急急忙忙潜过来的两条水螈。只见水螈游到没有鱼爸爸看守的鱼巢边，张开嘴，毫不客气地开始大吃特吃小鱼苗。蓝静静看得心痛万分，又咒骂起来："蓝勤勤这个坏东西！我就是看他勤快，能顾家，才决定嫁给他的！瞧瞧！半途而废，再勤快又有什么用！气死我了！啊啊啊！"

她叫喊着，想要赶走水螅。可是她平时养尊处优的，哪有力气和技巧干这种活，水螅一点都不在乎她，继续慢条斯理地享用美味又免费的鱼苗宴。眼看着来赴宴的水螅越来越多了。

"嘎！八成是这些水螅把蓝勤勤给绑架了！这样他们就可以肆无忌惮地吞吃蓝鳃家的鱼苗了！"阿历克斯激动得脸都红了，他觉得自己简直太聪明了，一下子就抓住了案件的本质。

"有可能！阿威探长，你立即去讯问他们！"蓝静静真不愧是豪门少奶奶，一激动，禁不住颐指气使，对着阿威发号施令起来。

水螅们却根本不用讯问，纷纷大笑着，奚落起蓝静静来："嘿，嘿，用得着绑架？就算有蓝勤勤在这儿守着，他又能把我们怎么样？"

"不能怎么样！就凭你，还想赶走我们？做梦！连你丈夫也办不到！"

"对！有没有蓝勤勤，我们都照吃不误！"

"吹牛！"蓝静静气得大叫。

有只个头很大的水螅咽下几条鱼苗，嘟嘟囔囔地说："嗯嗯，你们蓝勤勤和那个蓝强强到底是什么关系？前两天，蓝强强不是来得挺勤吗？现在哪儿去了？什么绑架，什么出走，哈哈哈，是不是他俩又一起娶亲去啦？哈哈哈，笑死我啦！”

蓝静静脸红了。

阿威盯着蓝静静："蓝强强是谁？这又是怎么回事？"

蓝静静羞羞答答地说："嗯，蓝强强是我们蓝鳃太阳鱼家族的强盗世家。说起来怪不好意思的。前几天我们不是要结婚吗？蓝强强是蓝勤勤请来的伴郎。哎呀，你们不知道蓝强强长得有多雄壮，个子大不说，还帅得一塌糊涂，那腹部的古铜色简直金光闪闪啊！真真迷死我了。"

阿历克斯："嘎！蓝强强长得帅跟你和蓝勤勤有什么关系？你又不是要跟他结婚！"

蓝静静更扭捏了："呃，呃，这个嘛，有了蓝强强，我才更愿意嫁给蓝勤勤的呀！"

阿历克斯更糊涂了："为了伴郎嫁给新郎？没逻辑！嘎！"

阿雪微笑着问蓝静静："这些鱼苗里面，大概有不少是蓝强强的后代吧？"

蓝静静害羞地点点头："嗯嗯，反正我一次就能排出好几万颗卵，蓝勤勤把鱼巢建好，借助蓝强强把我娶到手，他俩再一起给我的鱼卵授精，这样对大家都有好处嘛。"

阿历克斯："嘎！你家被强盗侵略了，对你能有什么好处？"

阿雪微微点头："是啊，听起来你很高兴蓝勤勤有个蓝强强这样的伴郎。"

蓝静静："当然！我很高兴我的宝宝里面既有勤勤这样踏实、靠谱的小资，也有强强这样高大、帅气的强盗。勤勤的吸引力不如强强，就必须靠勤快、顾家的优点来弥补嘛。现在鱼巢失守，他真是一点长处都没有了！哼，什么小资世家，一夜之间就变成了无产阶级！"

大个头水螅把一嘴鱼苗咽下去，腾出嘴来："没准蓝勤勤找蓝强强报仇去了！嗯，谁愿意辛辛苦苦耗掉十分之一的体重，去照看强盗的宝宝？反正我们水螅家族绝不干这种事。哈哈！前几天我看见，他俩闹翻了！蓝强强把蓝勤勤从巢里赶跑了！可是后来他俩又和好了，蓝强强又把巢还给蓝勤勤了。嗯，要是我，此仇不报，枉活一世！"

蓝静静嘟起小嘴："有可能！探长，你必须立即找到蓝强强问一问！没准他俩打着打着又混到一起去了！一定得把勤勤给我揪回来看家！"

想找蓝强强可不太容易。在这样炎热的夏日，像蓝强强这样大体型的蓝鳃太阳鱼早就沉到深水区乘凉去了。

蓝静静盯着幽暗的湖底，满怀敬畏地说："没有保护，我可不敢游到深水区去找他！"

3

一条大嘴鲈鱼大摇大摆地游了过来。"不好！鲈大嘴来了！我得赶紧躲起来！"蓝静静说着，一摆尾巴，迅速钻到一根倒伏在水面的大树干底下。

阿历克斯："嘎！为啥蓝静静这么害怕鲈大嘴？"

阿雪："说来话长。蓝鳃太阳鱼入侵水果糖小湖，不到一年时间就泛滥成灾，吃灭绝了好几种本地特有的小鱼，这令人类很烦恼。人类想了好多办法想要控制蓝鳃太阳鱼的数量，可是都失败了。我觉得最失败的莫过于给水果糖引进蓝鳃太阳鱼的天敌大嘴鲈鱼，结果不但没能控制住蓝鳃太阳鱼的快速增长，反而让大嘴鲈鱼也在湖里定居下来。大嘴鲈鱼的胃口可好了，又迅速吃灭绝了更多物种，水果糖的生态坏境就这样越治理越糟糕了。"

阿历克斯："嘎！鼠目寸光！采用这么愚蠢的办法，肯定没和阿海队长商量！一听就是乱弹……棋！阿海队长绝对会强烈反对这样的方案！"

阿威："如此说来，鲈大嘴的嫌疑不小。要是蓝勤勤被他吃掉了，倒也不奇怪。"

阿雪："是的。在水果糖小湖里，大嘴鲈鱼是蓝鳃太阳鱼的主要天敌。"

阿历克斯一听就心急火燎飞过去，对着鲈大嘴叫嚷："嘎！蓝勤勤是不是被你吃掉啦？"

鲈大嘴脾气挺好，笑呵呵地问："谁是蓝勤勤啊？是一条小鱼吗？我今天吃了不少小鱼呐，都吃撑了，哎，这会儿出来遛遛弯。我可能不记得吃没吃你说的这条啦。"

阿历克斯指指蓝勤勤留下的鱼巢："就是这家蓝鳃太阳鱼的鱼爸爸！他昨晚失踪了！"

鲈大嘴歪着脑袋看了看鱼巢："啊，你的运气真好！这条小鱼我还真记得！我没吃他！前几天我倒是想吃他呢，可他一溜烟就躲得无影无踪了。我虽然知道他迟早得游回来看护鱼宝宝，可是湖里有这么多美味，我也犯不上跟这么小一条鱼浪费时间，于是我就放过他，到别的地方去打猎了。他和他老婆都机灵得很，看见我远远就躲开了。要是我没看错，他老婆是不是刚才还在这里？"

阿历克斯："你的视力真棒！她现在还在这里！"阿威咳嗽了一声，阿历克斯立即意识到自己说漏嘴了。哎呀，要是鲈大嘴因为他阿历克斯提供的情报把蓝静静给吃了，阿历克斯一辈子都不会原谅自己。阿历克斯羞愧地用翅膀捂住脸。

鲈大嘴却哈哈一笑："你们不用担心，我已经吃撑了，就算她现在游出来，我也不会吃她的。实在吃不下了，嗝！"

听了鲈大嘴的话，蓝静静倏地从枯树干下面钻出来。

蓝静静急切地问鲈大嘴："蓝勤勤会不会被你们家族的其他大嘴给吃掉了呢？你知道吗？"

鲈大嘴摇摇头："这个嘛，我可不知道。但是，我可以算是我们家族最有头脑的成员了吧？连我都吃不了他，其他大嘴很可能也没这个本事。嗯，我看你家蓝勤勤保准能活到11岁的高龄！"

　　阿威："这个巢里过去几天还有另一条蓝鳃太阳鱼雄鱼出没，他个头比较大，可能看起来有些霸道，他叫蓝强强，你见过吗？"

　　鲈大嘴："我确信我见过！事实上，前几天我来的时候，两条雄鱼都在这里。小个子的那条先看见了我，立即咕噜咕噜地大叫，'强强快躲！'话音未落，他俩就一起闪得没影了。"

　　阿威："那么，能麻烦你把蓝强强从深水区找出来，带到这里来吗？我们有话想要问问他。"

　　鲈大嘴低头看了看湖底："哈哈，你们管那叫深水区吗？这湖里还有深水区？嘿嘿，小菜一碟，反正我也要消消食，就顺路帮你们一个忙吧！不过我可没法保证一定能把他带到这里来，他见了我躲得太快了。我只能尽力而为。不用谢！"

　　"我可以和你一起去！他看见我和你在一起，就知道你已经吃饱了，不会再躲起来。况且……"蓝静静红着脸，"我有些想他了，他也一定乐于和我重逢……再说了，我丈夫可能还和他混在一起呢！哼！这个不负责任的蓝勤勤！"

　　"那就没问题了。找到蓝强强以后，我就不上来了，我也顺便避避暑去！再见！不用谢！"说完，鲈大嘴一个猛子扎了下去。

4

没一会儿，蓝静静领着蓝强强游了上来。

蓝强强满脸不高兴，呵斥蓝静静："连避个暑都消停不了！真是的！烦死我了！要不是看你那么害怕独自游上来，哼，我才不愿意费劲参和你们小资家的烂事呢！"

蓝静静没精打采地说："哎呀！这也不仅仅是我家的事啊！跟你也有关啊！没有蓝勤勤，你亲生的宝宝们也随时都有生命危险啊！"

蓝强强听了这话，才又哼了一声，浮出水面，对阿威说："不是我吹牛，我的孩子们遍布整个水果糖小湖！当然啦，能活下来的越多越好，所以呢，我很愿意帮忙赶紧找到蓝勤勤。"

阿威："这么说来，蓝勤勤失踪与你无关？"

蓝强强："当然与我无关！他家巢里的鱼苗至少有一半是我的宝宝，我还要靠他帮我守护宝宝呢。"

阿威："听说前几天你们两个之间爆发了一些冲突，有这事吗？"

蓝强强："那是因为他说话不算话，我当然要教训教训他！他本来答应让我做伴郎，然后一起给蓝静静的鱼卵授精。可是等蓝静静被我哄得在他巢里下了卵，看着那些漂亮的卵宝宝，他又舍不得了，竟然反悔了！真是笑话，他以为他阻止得了我！我只是先礼后兵罢了，他敬酒不吃吃罚酒，自不量力非要挑战我，我当然就不客气啦！"

阿历克斯："嘎！听起来你真是个强盗！"

蓝强强得意地说："我是强盗我骄傲！有本事就来打败我！"

蓝静静崇拜地看着蓝强强，不住地点头。蓝强强见了，更加不可一世："鱼妹妹们都喜欢我！他找我当伴郎那是他聪明。能和平解决的问题，没必要耗费能量用武力解决嘛！不然，换了我那些好斗的兄弟们，可没这么好说话。要是没有我，他刚建好巢，根本来不及结婚，就会被我的兄弟们从巢里赶走，兄弟们引来雌鱼下卵，给大部分的鱼卵授精之后，才会把巢还给他。即便是那样，他也得乖乖地回来看护鱼巢、照顾鱼苗，帮忙培养我们强盗的后代。这就是他们小资家的命运，他们个头没我们大，就得谦虚一些，忍耐一些，替我们照顾宝宝！哈哈哈！"

蓝静静对蓝强强崇拜得简直要跪下来了。

阿威："好吧，我相信蓝勤勤失踪与你无关。既然你愿意帮忙把他找回来，那你能提供什么有用的线索吗？"

蓝强强想了想："绝对不是我们强盗家干的，这一点可以肯定！对我们没好处嘛！小资家就是我们强盗家的免费劳动力！嗯，会不会是小偷家干的呢？"

阿历克斯："强盗，小资，小偷……我都快被你绕晕了！你们蓝鳃太阳鱼家族怎么那么多名堂？"

蓝强强："我们是水果糖小湖的豪门大户嘛，家族大了，当然什么鱼都有！大家不都是为了更好地活下去嘛。"

阿雪："那么，小偷家是不是个子最小的蓝鳃太阳鱼呢？吸引不到雌鱼，又没有能力抢别家的鱼卵，只好偷偷给别家的鱼卵授精？"

蓝强强："您说得太对了！您怎么这么聪明！真不愧是生态学家！"

蓝静静惊呼一声："我想起来了！前几天，小偷家的蓝小蚕鬼鬼祟祟游过来，被蓝勤勤狠狠咬了一顿！不排除蓝小蚕为了报复而加害蓝勤勤！"

蓝强强："啊！还有这事？哼！胆敢对我的宝宝们不利！我知道蓝小蚕躲在哪里，今早我还看见他了呢！半死不活的，要是我那会儿就知道他半夜干的好事！哼！看我不咬死他！"说完，蓝强强斗志昂扬地向一片茂密的水草游去。

阿威连忙提醒："不能咬死！一定要抓活的！"

蓝强强："好！请您好好地审一审，让他赶紧把蓝勤勤交出来给我干活！"

5

蓝强强抓蓝小蚕，简直手到擒来。事实上，他根本不用擒拿，因为蓝小蚕还和早晨一样半死不活地躺在那片水草叶子底下休息，压根儿就没挪窝。

蓝小蚕身负重伤，已经这么躺了两天。被蓝强强生拉硬拽地拖到案发现场，令蓝小蚤痛苦万分，呻吟不已。

蓝静静一见蓝小蚤，就气势汹汹地质问道："你把我家的蓝勤勤怎么啦？谋杀了还是绑架了？看你这副鬼样子，就知道你昨晚准没干好事！"

蓝小蚤有气无力地说："与我无关。我昨晚一直在家养伤，哪儿也没去。"

蓝静静："谎话连篇！强强，咬他！"

蓝小蚤急了："你看我这样子，都快死了！我绑架谋杀他？他杀了我还差不多！"

蓝静静还想发作，被阿威止住了。

阿威问蓝小蚤："你是怎么受伤的？"

蓝小蚤哭了："被蓝勤勤咬的啊！"

阿威："什么时候咬的？他为什么咬你？"

蓝小蚤："大前天……因为……我想偷他家的卵宝宝……"

蓝强强咬牙切齿地盯着蓝小蚤，威胁道："可恶的小偷！真想咬死你！"

阿历克斯："嘎！强盗和小偷！半斤八两！"

蓝小蚤叫起来："蓝强强你可别再咬我了！再咬，我真的活不过今天了！告诉你们，蓝勤勤失踪真的和我没——关——系！"

阿威示意蓝强强保持冷静，然后继续问蓝小蚤："请你说说当时的情况。此事和你到底有没有关系，我们自会判断。”

蓝小蚤：“大前天我躲在那堆树枝下面，一直偷偷看蓝勤勤和蓝静静跳婚礼圆圈舞。等到蓝勤勤直立起来，开始触碰蓝静静的腹部，我就知道，他俩已进入婚礼圆舞曲的尾声，在最后一节颤抖舞过后，蓝静静就会开始排卵。于是我做好了随时行动的准备。我的计划是等蓝静静排卵之后，偷偷溜进他家的鱼巢，快速给鱼卵授精，然后再悄悄溜走。可是蓝勤勤太机灵了，哪怕在他和蓝静静翩翩起舞的时候，都不忘留心看守门户。结果……虽然我个头这么小，这么不显眼，但我刚溜进去，就被蓝勤勤发现了，他把我一通好咬！我身负重伤，觉得自己快要死了。我拼了命才逃走的，蓝静静，我说的是不是实话，你可以作证啊！”

蓝静静显得有些犹豫：“当时你是被他咬得不轻。但谁知道事后你是不是因为偷卵不成而怀恨在心，休息好了又溜回来报复他！”

阿威问蓝小蚤：“那么，大前天被蓝勤勤咬过之后，你再看见过他吗？”

蓝小蚤：“那是我最后一次看见他。我好不容易逃走了，怎么会再回来自讨苦吃！我可再也不敢在他家门口出现了！唉，其实对他的失踪，我也很吃惊。我也很想知道，他到底去哪儿了呢？鱼苗没有鱼爸爸看护，可实在是情况不妙啊！唉！”

阿雪听了，心里一动："如果我没猜错，这鱼巢里有一些鱼苗，其实是你的孩子，对吗？"

蓝小蚤沉默片刻，垂下头，流下两行热泪："您说得没错。我冒着生命危险，好歹也给他家的一些鱼卵授精了。我巴不得蓝勤勤好好保护鱼宝宝呢。你们看，我可能很快就要死了，这可能是我这辈子最后一次传下后代的机会了。"

阿历克斯也落泪了，哇哩哇啦发表高见："嘎！肯定不是蓝小蚤干的！没必要！也不可能！你们看他这个样子！那么瘦小，那么虚弱，他说得没错，轮不到他谋杀蓝勤勤，他被蓝勤勤谋杀还差不多！"

阿威点点头："想必你也很想尽快探明蓝勤勤的下落。你有什么怀疑对象吗？"

蓝小蚤显得很迟疑。连阿历克斯都看出来了：蓝小蚤心里有想法！

"嘎！有话快说！你还想不想救你的鱼宝宝啦！嘎！"

蓝小蚤咬咬小牙齿，下定了决心："我怀疑，是我大哥蓝小聪干的！他个子比我大，长得比我帅！"

６

蓝静静尖声叫起来："完全不可能！你怎么能陷害你亲哥哥呢！你这个薄情寡义的家伙！你太会装了！"

蓝强强："蓝小聪是谁？我怎么没见过这号小偷？"

蓝静静："啊……这个呀，啊……我……也不认识……也没见过。我只是……嗯……觉得这个蓝小蚤陷害自家的亲哥哥，太可恶了！"

阿威问蓝小蚤："你怀疑你大哥，有什么证据吗？"

蓝小蚤："大前天，我亲眼看见蓝小聪在这附近出没，形迹可疑。据我所知，他和蓝勤勤有仇！"

蓝静静："胡说八道！我只看见你在附近出没！你才形迹可疑！"

阿威再次示意蓝静静不要乱打岔。

阿雪问蓝小蚤："据你所说，你哥哥的体型比你要大，他要是想当小偷可没你那么容易。你认为他为什么会在这附近出没呢？"

"为了当骗子啊！"蓝小蚤脱口而出。

阿历克斯："嘎！豪门是非多！强盗、小资、小偷还不够乱，又冒出来一个骗子！"

蓝小蚤苦笑："有什么办法，千辛万苦都是为了遗传后代啊！"

阿威："蓝小聪是怎么做骗子的？你为何说他与蓝勤勤有仇？"

蓝小蚤看了看蓝静静："请你问她。她最清楚了。"

蓝静静立即气愤地嚷嚷起来："你血口喷鱼！为了撇

清你自己，不但诬赖自己的哥哥，还把我扯进去！简直荒唐！我有什么理由对自己的丈夫不利？我这几万个后代，还要靠我丈夫保护呢！太可恶了！你们大家可别被他表面的弱小迷惑了！他绝对是在装可怜，心里鬼着呢！小偷都贼得很！一个比一个贼！我就不信这鱼苗里真有他的宝宝！他倒是想呢！他也配！"

蓝小蚤："你不信？真的吗？我还以为当时你在故意掩护我呢！要不是你分散蓝勤勤的注意力，挡住他的视线，我哪有机会接近鱼卵，肯定早早就被他赶跑了！其实我心里一直很感谢你呢。"

蓝静静："听听，越说越离谱了！就过来蹿了那么一下下，连我都没看清他偷到没偷到！胆敢污蔑我给他打掩护！没用的东西！蓝勤勤失踪，肯定是蓝小蚤捣的鬼！强强，咬死他！立刻咬死这个没用的东西！"

蓝强强认为蓝静静说得很有道理，冲上前去，就要攻击蓝小蚤。蓝小蚤哪里是蓝强强的对手，吓得哇哇大叫。

阿威对蓝强强大喝一声："慢着！到底是我在破案还是你们在破案！乱弹琴！"

阿历克斯："嘎！就是！乱弹棋……琴……书画，嘎，琴！"这回发音好像稍有进步。

阿雪："既然各方说法不一，何不找到蓝小聪问一问？"

蓝静静："他聪明着呢，可难找了！"

蓝强强："咦，你不是不认识他吗？你怎么知道他难找？说的好像你很了解他似的。"

蓝静静："我……我猜的……蓝小蚤刚才不是说了嘛，他哥很聪明……"

蓝小蚤："我哥是很聪明，但是……我好像没跟你说过他聪不聪明，好不好找……"

蓝静静："他的名字里面不是有个聪字吗？猜也猜得到他很聪明！"

蓝小蚤："那你名字里面还有两个静字呢，可是我看你一刻都静不下来……"

阿历克斯很不耐烦："嘎！你俩总是意见相反！不知道该听谁的！烦恼！"

阿雪笑着说："蓝小蚤，你哥再难找，也难不住你吧？你给大家带个路吧？"

蓝小蚤皱着眉头，想了片刻："好吧！顾不了那么多了，赶紧找到蓝勤勤要紧。你们跟我来！"

7

蓝小蚤拖着受伤的身体，在水草迷宫里曲折穿行。

蓝强强："哎呀，你带的什么破路啊！我都快被绕晕了。这会子要是让我自己回去，我肯定都找不到来时的路了！"

蓝静静："强强你看好他！我看他是想拖延时间，乘机逃跑！要不，我们别跟着他瞎转悠了吧？要赶紧找到蓝勤勤！那个什么蓝小聪，一听就跟这事没关系！咱们别瞎浪费时间了！"

蓝强强不同意："蓝小聪嫌疑很大！我要亲自去问一问。"蓝静静虽然心里不乐意，嘴上唧唧咕咕的，却也只好跟上。

阿威、阿雪和阿历克斯贴着湖面缓缓飞行，密切注视着三条小鱼的动向。

蓝小蚤穿过一道由茂密的伞叶草遮盖的秘密水道，轻轻扣了扣一块在阳光下闪闪发光的金色岩石，"请进！"一个虚弱的声音不知从哪个角落里传来。

透过伞叶草重重叠叠的叶片，呀！阿雪看见了一个隐秘的石巢！一只美丽、慵懒的蓝鳃太阳鱼正卧在石巢中休息，一时间分辨不出是雌是雄。

蓝小蚤带头，三条小鱼儿鱼贯挤入石巢。

蓝小蚤："哥哥，对不起了！蓝勤勤失踪了，大家都在找他。我想也许你知道他的下落，就带大家找到你这里来了。实在对不起！"

蓝小聪看了看蓝小蚤，病怏怏地说："亲爱的弟弟，没关系。我重病在身，不久就要死了。你来的正好，咱们兄弟俩可以再见上最后一面。"蓝小蚤落泪了。

蓝强强蛮横地指着蓝小聪："听说你和蓝勤勤有仇，他是不是被你绑架或谋杀了？快说！哼！"

蓝小聪不屑地看了蓝强强一眼，缓缓说道：“粗鲁的强盗，休要在我家如此无礼。蓝勤勤的事和我没有关系。我说过了，我马上就要死了。此生的使命已经完成，我可以无怨无悔地离开这个世界了，我没有任何动机绑架或谋杀任何雄鱼。”蓝静静听了这话，默默地流出眼泪。

阿雪见状，恍然大悟：“蓝静静的鱼宝宝里，也有蓝小聪的孩子！”

“那是自然，数量还不少呢。事到如今，也没有什么可隐瞒的了。静静，你后悔吗？”蓝小聪爱意绵绵地问。

蓝静静美丽的双眸充满了柔情溢满了泪：“亲爱的聪聪，我从来没有后悔和你在一起，以后也永远都不会后悔。我知道这事不是你干的，可是蓝小蚤这个白痴非要把你扯进来，呜呜呜……”

蓝小聪温柔地说：“别责怪他。他也活得不容易。他那么小，却那么勇敢，行动敏捷，头脑灵活。我相信，如果他能再活几年，一定能成长为另一个蓝小聪，哈哈哈……咳咳咳……”蓝小聪无力地闭上眼睛。

蓝静静心疼地说：“好的，我不怪他了。你快好好休息，先别说话了。”

蓝强强叫起来：“这到底是怎么回事？蓝静静，你最崇拜的雄性不是我吗？啥时候跟这个不雌不雄的东西勾搭上了？啊，啊！等等！我认出你了！蓝小聪，你不是蓝静静的那个好闺蜜吗？啊！原来你是雄性！这怎么可能！你太能装了！大胆毛贼！你简直是在我和蓝勤勤的眼皮子底下偷宝宝！"

蓝小聪微微张开眼睛，轻蔑地一笑，用软绵绵的语调说："你这个蠢货。我不用偷，也不用抢，是静静自己要把卵宝宝给我的。"

阿威："你和蓝勤勤的仇就是这么结下的吗？"

蓝小聪笑了："你高估那个蠢货了。他都不知道我跟他有仇，嘿嘿嘿。只有我这个机灵的小弟弟才能看出来我们有仇，呵呵呵，咳咳咳……"

阿威："聪明如你，是怎么骗过蓝勤勤的呢？如果蓝小蚤没有说谎，蓝勤勤对自家门户盯得可紧了。"

"小蚤当然没有说谎，蓝勤勤是盯得很紧。只是，他太蠢了，他甚至很欢迎我去他的巢里消磨时光。"说完这话，蓝小聪笑望着蓝静静，"可惜我就要死了，以后不能陪你了，只能把你留给一堆蠢货了。"

蓝静静泣不成声："在这个世界上，我最爱的雄鱼永远是你！"

阿历克斯："嘎！太乱了！蓝小聪怎么可能做得到在蓝勤勤的眼皮子底下偷卵宝宝？！"

蓝小聪微笑着："我当然做得到。给你演示一下也无妨。静静，让我为你最后舞蹈一次吧。"他说着，努力撑起病体，轻轻游动了几下。那轻盈的游姿，灵巧、曼妙，把蓝强强都看痴了。蓝静静发出衷心赞叹："亲爱的聪聪，你太有气质了，太漂亮了！我太爱你了！"

阿雪忍不住惊呼："天哪！你看上去就像一条雌鱼，比雌鱼还要柔美！"

阿威："难以置信！就连你的体型和颜色都跟雌鱼一模一样。"

蓝强强发呆良久，终于清醒过来："蓝勤勤夫妇新婚时，我看见你在他们的巢里大摇大摆地游来游去。那时我还以为你真的是蓝静静的闺蜜！我们都被你骗了，你这个超级大骗子！"

蓝小聪微微一笑，重新卧回石巢中间："是你们太蠢了。好了，我真的累了。我活不了几天了，让我安静地死去吧。再见了，小蚤。再见了，静静。"

蓝小聪疲倦地闭上眼睛，似乎再也无力睁开。接着，他似乎想起了什么，又慢慢抬起眼皮："蓝勤勤没事。我清早还看见他了，哭丧着脸，一副失魂落魄的样子。他没认出我，还跟我打了声招呼，但我没心情理他。他往五棵大树那边游去了。去吧，静静，只有你能把他劝回去。你的眼光不错，他的确是一个很有责任心的鱼爸爸，不会舍得他的宝宝们白白送命。"说完，蓝小聪闭上眼，一动也不想再动了。

8

五棵大树在绿野小湖西北偏北的河岸边。在去往五棵大树的路上，由各种小鱼组成的鱼群不时从蓝静静他们身边欢快地游过。这些小鱼们大约20只一群，结伴同行，一路嬉戏，看起来都非常快乐。小鱼群里有花鲫鱼、小翻车鱼、小嘴鲈鱼，当然也不乏蓝鳃太阳鱼家族的小伙伴们，他们热情洋溢地和蓝静静一行打着招呼，但蓝静静、蓝强强和蓝小蚤各怀心事，都没有心思回应。

蓝小蚤和蓝静静一直都在默默流泪。蓝强强则满脸怒气，却无处发泄，只好绷着脸自己生闷气。

阿威忽然注意到在东南方向，有一队全副武装的人类出现在小码头附近。阿雪眼尖，立即认出领头的正是刚从监狱里保外就医的二柿子。阿威和阿雪交换了一个警戒的眼神。

阿历克斯可没注意到码头的动静，他一直在专心凝视水面。湖水清澈，映出三只鸟儿飞翔的英姿，阿历克斯陶醉地欣赏着自己的倒影，觉得自己俊美极了，忍不住"嘎嘎"欢叫起来。

蓝静静心烦意乱地游过一小片沙石浅滩，下意识地回头，看见了一个熟悉的身影。"嗨！你搔首弄姿的搞什么鬼名堂？"她大喝一声。

蓝勤勤正殷勤地围着一条小小的雌鱼转圈，不时咕噜咕噜地唱几句情歌。小雌鱼犹豫不决，似乎并不太想跟蓝勤勤进入下面的鱼巢。当蓝强强他们三个冲过去的时候，小雌鱼的注意力立刻被蓝强强吸引过去了，她又敬又怕地看着蓝强强，把蓝勤勤完全忘在了脑后。

蓝强强总算找到一个发泄对象，对小雌鱼嚷嚷："滚滚滚！一边去！我现在没时间搭理你！"小雌鱼吓得迅速转身，一溜烟儿游走了。

蓝静静简直不敢相信自己的眼睛。对自己忠心耿耿的丈夫蓝勤勤，竟然在大树荫下的浅水里新建了一个漂亮的鱼巢！在鱼巢的正中间，有一个用砾石和沙子精心堆砌的温馨产床！看起来似乎比自家的巢和床还要舒适美观！

岂有此理！蓝勤勤正在招募新娘！

"瞧你这副德行！搔首弄姿，丑态百出！你不嫌丢鱼现眼，我还替你害臊呢！你不好好在家守护宝宝，跑到这儿来浪费能量！你昏头了吗？真气死我了！快跟我回家！"蓝静静跟往常一样，冲着丈夫一迭声地呼喝着。

蓝勤勤冷冷地说："回家？这儿就是我的家！"

蓝静静愣住了，蓝勤勤从来没有用这种冰冷的语气跟她说过话，哪怕在她排完卵、蓝勤勤毫不客气地把她赶走时，都没有这么冷淡。

蓝静静："你是不是得了遗忘症？你的几万个宝宝正等着你照顾呀！"

蓝勤勤漠然注视着蓝静静："我的宝宝？几万个？你确定吗？"

蓝静静瞪着丈夫，气得说不出话来。

"还有我的宝宝！怎么啦？你又反悔了？还想再打一架是吗？快回去干活！"蓝强强杀气腾腾地训斥蓝勤勤。

蓝勤勤淡淡地说："你确定还有你的宝宝吗？"

蓝强强："你什么意思？"

蓝勤勤痛苦地看着蓝静静："你以为你瞒得了我一辈子吗？你问心无愧吗？你的闺蜜真的是一条雌鱼吗？"

蓝静静也爆发了："嘚，你不就是发现了蓝小聪的事吗？那又怎么啦？我不是比上一季多产了三倍的卵吗？都快十万颗啦！就算送给蓝小聪一些，剩下的也足够你用了啊，你亲生的宝宝一个都没少啊。"

蓝勤勤幽怨地说："这么说，他的真名叫蓝小聪喽？我真不明白，那个不雌不雄的家伙哪点比我好？你竟然会为了那么一个小不点儿欺骗我。"

蓝静静："哎呀！你真小心眼！谁让你的孩子孵出来之后长得没有人家的快嘛！离巢的时候，你的小鱼比人家小聪的小那么多！你又不是不知道，小鱼宝宝体型越大，存活率就越高！体型大的小鱼也更能忍饥挨饿，更善于捕食，更能躲过天敌的捕捉。你说哪个当妈的不想有这样的宝宝呢？小聪的小鱼宝宝生存机率比你的宝宝高三倍，这点你不能否认吧？你说我能不动心嘛！水螅就等着吃你的小个子宝宝呢！你竟然待在这儿跟我赌气！"

蓝勤勤面露犹豫之色。蓝静静趁热打铁："别生气啦！谁让你摊上了我这么一个又漂亮又能干的老婆呢？要是我没有信心一下子排那么多卵，我也不会跟你玩那么多游戏啦。你自己不是也觉得很好玩吗？你能娶到我，不是也很自鸣得意吗？这么一大份家业你真的说扔就扔掉不要啦？你喜欢踏踏实实地当爸爸，这正是我选择你的原因啊！我玩的游戏越多，你不是越觉得新鲜刺激有成就感吗？怎么忽然就想不开了呢？真是的。"

蓝勤勤嘟囔着，指了指蓝小蚤："我现在高度怀疑这个小东西，也在你的掩护下偷了我的卵宝宝。我万万没想到，你的闺蜜也是你的秘密武器！要不是宝宝们孵出来后发出的气味不对劲，我一直都被你蒙在鼓里！"

蓝静静："哎呀，都是生存游戏嘛！反正你也没什么损失！你等着瞧，明年我能排更多卵出来！10万颗起步！有缘你就再来找我！你现在这么跟我较劲，咱们的日子还过不过了？"

蓝勤勤动心了，却又很不甘心："我豁出性命保护卵宝宝，就算有天敌来了也不怕跟他们搏斗！连人类潜水员我都敢攻击——要是他胆敢靠近我的鱼巢！你说，我容易吗我？顾不上吃顾不上歇，你看我都瘦成啥样了？要是我守护的都是别家的宝宝，你说我图啥呢？"

蓝静静听了，摆摆尾巴，故意用轻松、平淡的语气说："我来的时候，水螅大军正在吃你的鱼宝宝呢。哎呀，这么长时间过去了，也不知道你那些可爱的小个子宝宝还剩下多少？"

"啊！"蓝勤勤跳了起来，"你怎么不早说！咱们赶紧回家去！快点！"话没说完，他就急急忙忙地动身向小码头方向游去，蓝静静紧随其后。

蓝强强伸了个懒腰，慢慢向水底沉去。他还想再去凉快会儿，好养足精神，继续到下一个小资家去打劫。

蓝小蚤打量着蓝勤勤留下的新居，决心不劳而获，占为己有。他的伤势似乎也没那么严重了，一改半死不活的蔫样，精神百倍地游进鱼巢。刚游进去，他就看到一条小蓝鳃太阳鱼妹妹好奇地朝他游过来。"你好啊，想跳舞吗？"蓝小蚤学着哥哥蓝小聪的样子，用甜蜜的语气和美妙的舞姿，情意绵绵地跟小鱼妹妹打了个招呼。他暗下决心，一定要设法让小鱼妹妹留下来，和他一起跳婚礼圆舞曲。

9

阿历克斯好不容易从自己的倒影中抬起头来，发现蓝静静他们已经全都散了。他暗暗责备自己太自恋，"嘎！破案了吗？蓝勤勤是被绑架还是被谋杀了？谁干的？"

阿雪笑着说："他是离家出走了。看来，蓝静静从一开始就知道这一点。也许她不是第一次遇到丈夫离家出走这种事了。"

阿威点点头，接着皱起眉头："水果糖小湖里的蓝鳃太阳鱼数量越来越多，真不知道未来会发展成什么样子。人类会坐视不管吗？"

阿雪："人类不是正千方百计想要控制蓝鳃太阳鱼家族的数量吗？但我认为他们很难成功，蓝鳃太阳鱼家族太强大了。他们不但后代多，还活得久，有案可查的最长记录是11岁。他们差不多一岁左右就性成熟，然而如果条件适宜，才四个月大的小鱼就可以开始繁殖后代。简直不可战胜。"

阿历克斯："嘎！如果蓝鳃太阳鱼数量太多，以后水果糖容不下了怎么办？"

阿雪："如果真到了那种程度，蓝鳃太阳鱼的体型会逐渐变小。以后没准蓝强强后代的个头只有蓝小蚤那么大呢。"

阿威："人类倒是很喜欢吃蓝鳃太阳鱼，也很享受钓鱼的乐趣。也是奇了，这种鱼一年四季都能钓得到，不管是在冰天雪地的北方，还是四季如春的南方。"

阿雪："是啊！为了控制蓝鳃太阳鱼的数量，绿野市政府鼓励市民多吃这种小鱼，市政府还免费分发蓝鳃太阳鱼食谱呢。可是没用，蓝鳃太阳鱼家族实在太能生，人类吃不过来。"

阿历克斯："我听说人类专家还专门研发了几种特制的渔网用来捕捉蓝鳃太阳鱼，半年捉了三千条！"

"什么味道？"阿威忽然大叫一声，一飞冲天。阿雪和阿历克斯也高高飞起，想看看到底出了什么状况。

小码头的方向，空气中飘散着一道橙黄色的气雾，在阳光的照射下，幻化成深红色，刺鼻的气味越来越浓烈。

紧接着，三辆摩托艇嘟嘟嘟地从小码头出发，分别向着西、西北、北三个方向驶去，二柿子戴着防毒面具，就站在中间那辆小艇上，做出指挥行动的模样。三辆摩托艇一边慢慢行驶，一边向湖里倾入某种成分不明的化学药剂。每辆摩托艇上都有个动力强大的搅拌棒在不停搅动，使化学药剂在湖水里迅速扩散开来。小艇们驶过的湖水顿时失去湛蓝的色彩，变得浑浊不堪，臭气熏天。

"鱼藤酮！真不敢相信！人类要灭绝湖里的一切生物！"阿雪惊恐地大叫起来。三只鸟儿高叫着，和其他被惊飞的鸟儿一起逃向高空。

很快，被熏晕的鱼儿密密麻麻地漂浮在水面上。阿威锐利的双眼看得清清楚楚，鲈大嘴、蓝勤勤夫妇都在其中。数不清的微生物、小鱼苗、水生昆虫、两栖类的小动物就更不用说了。

阿雪沉痛地说："水果糖小湖被毒死了！"

10

第二天，绿野市议会紧急召开听证会，论证"灭绝绿野小湖入侵物种蓝鳃太阳鱼快速见效方案"是否科学环保、弊大于利。

这个项目原计划用时十天、分两次向绿野小湖释放鱼藤酮杀虫剂。第一次释放之后，那些没被杀死的鱼卵将陆续孵化出来，因此十天之后的第二次释放将把这些鱼苗赶尽杀绝。不得不说，这个计划毒辣、周密，堪称完美。

但是第一次释放毒药就把绿野市民给吓坏了，举报电话把市政府所有的便民热线都打爆了。

这次听证会后，市议会需要立即做出决定，是否允许这个方案继续推行，九天之后是否还要往绿野小湖里第二次释放鱼藤酮。

阿海作为质询专家参加了听证会，阿威、阿雪和阿历克斯列席——当然是在议会大厅宽敞的窗台上。

项目实施方绿野污水处理公司聘请的顾问公冶仁是答辩方的主要发言人。公冶仁同时也是这个项目的环评报告审核专家之一。此前，有人曾质疑公冶仁作为利益相关方，是否适合审核并通过这份报告，但很快这个质疑就不了了之了。

质询专家首先代表忧心忡忡的市民发问，鱼藤酮是否会影响人类的健康？

公冶仁先生微笑着回答："请大家放心。鱼藤酮是一种纯天然的化学药剂，人类已经用它来捕捉、控制鱼群好几个世纪了。它是从热带和亚热带某些豆科植物的根部提取的自然化合物，只会影响用鳃呼吸的生物，如鱼类、两栖动物和水生昆虫。通常剂量下，哺乳动物、鸟类和爬行动物都不会受到影响，原因很简单，因为这些动物的皮肤无法吸收鱼藤酮。即使万一人类不小心吸入了鱼藤酮，我们消化道里的酶也会把少量的鱼藤酮分解为无害的成分。所以市民们完全不用担心鱼藤酮会伤害咱们人类的健康。"

阿海："那么大剂量的鱼藤酮，是否会污染环境？污染水源？"

公冶仁："没事！它不会对环境有影响的，纯天然的嘛！它只会杀死入侵的小鱼。当然啦，就像我刚才所讲的，其他一些用鳃呼吸的、无脊椎的动物可能也会被杀死，但那些小东西都是咱们本地的物种，项目完成后，施工方将把小湖的入水口和出水口重新打通，松树河的新鲜活水一流进去，咱们本地的物种很快又会长回来的。所以大家完全没有必要担心环境污染问题，纯天然的啊，用了好几百年啦。"

阿海追问："你们怎么保证小湖里不会有鱼藤酮的残留呢？如果有残留，鱼藤酮必将流入松树河，杀死更多的本地物种，可能对脆弱的生态环境产生不可扭转的损害！"

公冶仁仍然笑眯眯的："不用担心，事后我们会在小湖里再加一些高锰酸钾，这样就可以中和鱼藤酮的毒性。当然啦，我们也需要在临近小湖的河水里再加一些高锰酸钾，就在防渗纤维壁垒的下面。这样一来，虽然费用更高了，但可以保证完全中和掉鱼藤酮的毒性，最大程度地减少对环境的影响。这是项目实施方以人为本、践行社会责任的崇高举措。什么？那位女议员询问高锰酸钾的安全性？啊，这个问题问得好！大家完全不用担心，我们净化自来水用的也是这种化学物质。完全不用担心。呵呵呵。"

阿海："昨天第一次释放之后，湖里几乎没有活着的水生动物了。你确信，高锰酸钾可以完全中和掉残留药物的毒性吗？你们是否充分研究过残留药物进入松树河的后果？我想大家都没忘记，松树河是我们绿野市的母亲河，绿野人祖祖辈辈喝的都是松树河水。"

公冶仁笑得非常灿烂："残留药物进入松树河的可能性根本不存在，所以没有研究这个问题的必要。不过，我们还有个很好的解决方案，可以消解一切安全隐患。"他故意停顿三秒钟，成功地把现场所有人的注意力都充分吸引过来，"施工方已经花巨资在绿野小湖上游的松树河上修建了一道大水坝，大水坝已经提前储存了巨量的河水。在鱼藤酮第二次释放之后，小湖的两个扎口一打开，施工方就会同时在大水坝上开闸放水，届时松树河的流量将达到历史最高。即使有任何鱼藤酮残留进入松树河主水道，也会被湍急的河流立即冲走，被完完全全稀释掉，完全不会对绿野市民产生任何不良影响！绝对不会产生任何严重后果！这个大家可以完全放心。"

阿海："据我所知，为了推动这项灭绝计划的实施，绿野污水处理公司的新老板齐齐前期做了很多游说工作，也付出了不小的经济投入，以至于这个计划的规模也越滚越大，前期签过字的官员都不清楚后期的变化。我可以负责任地说，这个项目已经变成了一个完全失控的巨无霸工程。请问，为这个灭绝计划专门修建一条大水坝，这件事是否经过了充分的论证？听说齐齐先生将拥有大水坝100年的使用权，请问这样做合理吗？是否有盗窃公共资源的嫌疑？"

公冶仁板着脸："这是商业机密，这个问题与我们今天听证会的议题无关。"

阿海："我不认为两者无关。毕竟，齐齐先生借此不但挣了一大笔项目费，还几乎免费得到了一座大水坝！"

公冶仁："今天的议题是环保，而不是经济和商业。"

阿海："鱼藤酮作为杀虫剂是被限制使用的。请问齐齐公司有使用执照吗？"

公冶仁头上冒汗了："这个嘛，他们正在办理。不过他们有高锰酸钾的使用执照，这个是确定无疑的！"

正说着，大厅里忽然一片骚乱。几个议员站起来，激动地举着手机："刚刚得到的消息，松树河新坝决堤了！被冲垮了！绿野小湖全被淹了！现在已经没有绿野小湖了！一片汪洋！"

"嘎！发大洪水了！我早就说过！大事不妙！嘎！"阿历克斯在窗户外面的喊叫被大厅里嘈杂的人声淹没，没有人听到他说了什么。

11

接下来的日子发生了好几件事。首先，绿野市的市民都不敢喝味道古怪的自来水了，大家抢购桶装水、瓶装水，甚至啤酒、白酒、红葡萄酒，绿野市所有超市、小卖部的所有饮料都被抢光了。这种情况持续了三个月。洪福齐天公司眼明手快，迅速运来100卡车矿泉水，以50倍高价出售，供不应求，又发了一大笔横财。

其次，愤怒的市民爆发了大游行，抗议市政府竟然做出这样伤天害理的决策，人们指责希希市长在其位不谋其政，强烈要求希希立即引咎辞职。而走在游行队伍最前面的，是举着一面大旗的二柿子，大旗上红底黑字写着"把希希关进监狱"的字样。

灭绝计划当然被立即叫停。不停也得停，因为现在松树河、绿野小湖已经完全融为一体、不分彼此了。听说项目施工方组织了强大的律师团，要求市政府赔偿其前期的所有投入以及由此产生的损失和利息。因为有官员的签字、政府部门的公章，据估计市政府将不得不依法给齐齐的公司支付巨额赔偿费。

至于蓝鳃太阳鱼们，他们并不属于绿野小湖里对鱼藤酮最敏感的鱼类，所以损失不算最大的。尤其是他们的卵宝宝——包括蓝小蚤和那位好奇的小鱼妹妹的卵宝宝——顺利逃过这一劫，和许许多多幸存下来的成年蓝鳃太阳鱼一起，被大洪水冲入汹涌的松树河，随波逐流，迅速蔓延。

三年以后，蓝鳃太阳鱼家族将遍布松树河所有水系。当然，这是后话了。

第四章

杀死一头黑犀牛

你爬上高地老巢

抬起头再看一眼

那风光无限的大草原

在世界的尽头

残阳如血，红霞满天

——摘自呐喊的三宝诗集《动物快跑》之《战神诺诺》

1

王半仙儿满满斟了一杯酒，满怀敬意地端到齐齐跟前："齐齐市长，祝贺您赢得选举！希希下台，绿野市现在是您的天下啦！"

齐齐哈哈大笑，也举起酒杯："让人类再次伟大！兄弟们一起发财！"

王半仙儿偷偷对老婆金珍珠使个眼色，金珍珠连忙站起来，耳垂上一对做工复杂的巨大金耳坠令人眼花缭乱地晃荡着。她短短的脖子上挂着一条粗粗的金项链，每个手腕上都戴着三个沉甸甸的金手镯，浑身珠光宝气的。

金珍珠毕恭毕敬地对齐齐举起酒杯："很多人都说您赢得出人意料，在我看来，您赢得合情合理！顺应民心！您是上天选中的救世主！安娜的大王肉可以说是一个信号！那是上天特别赠送给您的珍贵礼物！吃了大王肉，果然有神效！祝愿您贵人多福！大吉大利！官运亨通！长生不老！"

这些话句句顺耳。齐齐二话不说，得意地和金珍珠对饮一杯。

王半仙儿："根据我侄儿王吉春的研究，被秦始皇烧掉的古书里有明确记载，吃了裸鼹鼠的大王肉，能延年益寿！心想事成！招财进宝！"

坐在王半仙儿下首位置的公冶仁听了，心中暗自嘀咕："古书记载？还是被秦始皇烧掉的？裸鼹鼠不是前几年才被人类发现的吗？"但他表面上笑嘻嘻的，什么也没说。

齐齐很满意地对坐在他对面的王吉春说："秦始皇烧掉了很多极有价值的古书啊，吉春啊，你们动物保护基金会的这种文化发掘很有意义！"他转向身边的王半仙儿，"你知道，我这一辈子只有两个爱好，第一是喜欢收藏良马，第二是喜欢品尝山珍海味、奇禽异兽。仙儿啊，自从吃了你们食府特意给我烹制的安娜大王肉，我还真感觉通体舒泰、神清气爽啊！不管做什么事都有如神助，顺心如意得不行，简直达到了心想事成的美妙境界！谢谢你啦！"

王半仙儿激动地说："您一点都不用跟我客气，咱俩谁跟谁啊，能全心全意为您服务那是我的福气，是我的造化！我感谢您让我为您服务还来不及呢！西北大草原有很多珍禽奇兽，个个都是十全大补之物、吉祥如意之兆啊！您是世不二出的天纵之才，真龙天子！全世界的珍禽异兽都应该贡给您品尝一下，使您集天地福气于一身，为全人类谋福利！"

齐齐："我的下一个梦想，是借着安娜大王肉的锐气余威，促成绿野紫光大联盟，并成为首任大盟主，让人类再次伟大！听说希希下台后去做了什么野生动物联盟的盟主，那叫什么玩意儿！不就是野生动物头儿嘛，越混越没出息！"

王半仙儿："我掐指一算，绿野紫光大联盟的大盟主，根本不在话下！未来您还将成为把地球统一起来的大救星，您统领的疆域将不再有边境线！您将是新时代的地球救星齐始皇！让人类再次伟大！我先干为敬！"说完一扬脖，"咕嘟"一口闷了一大杯酒。没想到这一口闷得有点太豪爽，他又急着要说话，一来二去的，嗓子眼儿的会厌软骨就没来得及闭合严实，一下子把自己给呛着了。王半仙儿脸涨得通红，"咔咔咔"不停咳嗽起来。

齐齐听了王半仙儿这番话满心舒坦："好，好！"他半开玩笑地说，"那以后为我增添神威的山珍海味，就全靠你了。"

王半仙儿越咳越厉害，没法说话，只好竖起一根食指，边咳边对着齐齐连连点头，唾沫星子都咳到齐齐脸上了。齐齐耐着性子，身子直往后仰。

王吉春见状，连忙说："万物皆备于我！人类是万物之灵，全世界所有其他动物生来就是供人类享用的。'让人类再次伟大！'多么振聋发聩的呐喊！多么深刻精辟的思想！"

王半仙儿这时候总算把气管里的口水沫、酒星子全咳出来了，又狠狠清了几下嗓子，声音尖细地说："可恨希希那个法西斯，却偏偏反其道而行之，活活把人类置于野兽之下了！五年前他刚上任就颁发了一纸禁运令，再不许把狩猎大游戏的战利品从西北大草原运回绿野市，真是莫名其妙！荒唐至极！近乎痴呆！"

王吉春连忙附和说："这个禁运令，就是一个不折不扣的恶法，西北旅游与环境局以及当地的老百姓，都呼吁市长您能废除恶法，促进西北狩猎业的发展壮大，更好地保护当地的珍稀动物。"

齐齐沉吟片刻，问公冶仁："会长大人是专家，这个问题你怎么看？"

公冶仁望了望王吉春期待的眼神。眼前这个已经开始发福的小伙子，十几年前刚刚研究生毕业时找不到工作，还是王半仙儿请公冶仁帮忙，把他硬塞进绿野市动物协会。王吉春在动物协会工作的那几年，对公冶仁忠心耿耿，把公冶仁服侍得比他亲爹还周到，公冶仁也很喜欢王吉春的殷勤和机灵，总是把一些最有油水可捞的项目交给他去做，而王吉春也总是很乖巧地把捞到的油水不声不响地转移给公冶仁，令公冶仁非常满意。可是好景不长，师徒俩愉快合作了没几年，这小子辞职创业去了，利用在动物协会积累的人脉，成立了"非营利组织"动物保护基金会，摇身一变，成了基金会主席，整天和一帮嗜血的富豪称兄道弟，迅速发家致富，再也不把小小的公冶仁放在眼里了。

2

"现在又求到我了是吧？"公冶仁酸溜溜地想。宴会之前，王古春塞给他厚厚一捆钞票，情真意切地说要"感谢师恩"。现在，公冶仁能感觉到那捆钞票正沉甸甸地躺在自己的口袋里，这种感觉让他很踏实，也很幸福。

看在钱的份儿上，公冶仁缓缓开了金口："实事求是地说，这个禁运令，在我们动物保护业内的争议是非常大的。主流意见认为，合法、规范的猎杀对珍稀动物的保护是有益的，不但可以激励当地社区保护好这个物种，还可以给当地的保护工作注入急需的资金。"

齐齐皱起眉头："假新闻媒体肯定会问，濒危动物本来数量就少，要是再放开战利品禁运，会不会鼓励游猎爱好者杀死更多珍稀动物？会不会因此加速这些物种的灭绝？"

公冶仁："这种争论肯定会出现，关键是我们要向公众阐明事情的真相到底是什么。现在西北大草原的盗猎非常猖獗，对盗猎团伙来说，越濒危的物种越能赚大钱，越有吸引力。盗猎团伙的财力都很雄厚，拥有全球最先进的武器和侦察装备，当地政府根本无钱与之抗衡，只能眼睁睁看着盗猎大财团的直升飞机在头顶飞来飞去。在这种无力保护的情况下，不可避免地，当地的珍稀动物会一天更比一天少。如果我们放开禁运令，允许狩猎战利品运回来，那么，西北旅游与环境局、动物保护基金会联合组织的正规、合法的'大游戏'拍卖会，就能吸引更多游猎爱好者前来竞标，从而带动拍卖价格的稳步上升。这些拍卖收入刨去运营成本，都将由当地政府专款专用，全部投入自然保护区的建设。可以说，这是百害而无一利，啊，不不，百利而无一害的事情。"

齐齐沉吟片刻："我其实不太赞成大游戏这样的活动，太野蛮了，不为吃也不为喝，就为了享受屠杀的快感，就杀死那么漂亮的大象、狮子、斑马、豹子，在我看来太残忍了。"

王吉春赶紧说："我们拍卖会的竞标物都是些年老体弱的动物，把他们淘汰掉，其实有利于种群的长远发展。比如我们近期打算拍卖的一头雄性黑犀牛，它已经失去了生育能力，可是却与年轻公犀牛自相残杀，妨碍年轻公犀牛交配，甚至会伤害柔弱的小牛犊。把这头老黑犀牛除掉，其实是为黑犀牛种群除掉一个祸害。"

齐齐犹豫不决："我知道你们年轻人的想法。你们的竞拍会，瞄准的都是濒危动物，越是濒危动物对你们的客户越有吸引力。说起来，我家兰兰也很喜欢打猎，特别喜欢收藏濒危野生动物标本，喜欢到了狂热的地步。她那个战利品博物馆，我都不敢进去，太吓人了。她确实一心一意想要去猎杀一头黑犀牛，跟我念叨过好几回了。"

　　金珍珠："是啊，现在的年轻人啊，就喜欢惊险、刺激！我家问圃也是这样！有什么法子呢，只有经历了风霜，孩子们才能真正长大成人呀！"齐齐听了不禁点点头。

　　王吉春笑道："兰兰公主也跟我说过，只要禁运令放开，她一定要赢得这次黑犀牛狩猎权拍卖。我还跟她开玩笑说，尽管放心，只要齐齐市长能放开禁运令，我一定能帮她拉到赞助赢得竞拍。"

　　王半仙儿："全世界的黑犀牛一共也没剩多少了吧？杀死了黑犀牛，你一定要提醒她给她爸带回来一块黑犀肉！我知道她想要陈列自己的战利品，那新鲜犀角呢，我们也不多要，只要送给我们一小块就行，我们好给她爸煲永昌药膳煲。"

　　王吉春笑道："完全没问题，只要战利品能被准许运回绿野市，我亲自安排这事。"

　　齐齐动心了，他一向对宝贝女儿百依百顺，而且又被罕见的黑犀肉和大补的犀牛角勾动了馋虫。但他还是有些顾虑重重，"就怕那些媒体乱报道啊，那些假新闻，哼，天天都对我赢得竞选的正当性说三道四，天天说我是骗子强盗和小偷，牛皮大王谎话精，真烦死我了，总有一天我要把那些假新闻媒体的执照统统吊销！最可气的是那个电视记者费义，迟早我要把他关进监狱！松树河新坝决堤，又不是我挖塌的，对吧？干嘛把矛头都指向我？！哼！政府给我的公司赔钱、让我发财，那是依法办事！"

王吉春笑道："您放心，我们会提前做好一切宣传工作，让以杀为救的先进理念深入人心。"

齐齐问公冶仁："取消禁令，给狩猎战利品开绿灯，你觉得，在政策上可行吗？"

王吉春又期待地看着公冶仁。公冶仁又感受了一下口袋里钞票的重量，觉得还值得再说两句："理论上是可行的，在实际操作上，还需要进一步做好详细、周全的规划。"他假装随意地看了一眼王吉春，这一眼意味深长，王吉春马上心领神会地冲他微微点了点头。曾经的师徒默契，又神奇复原了。

公冶仁于是继续对齐齐说："放开禁令是大势所趋。在这个新的世纪，有组织的狩猎已经成为最基础最重要的保护措施，这是'让人类再次伟大'的一次伟大实践。您凭着这个信念赢得了竞选，那么如果您放开禁令，也一定能赢得选民的充分理解和支持。我相信可持续利用的狩猎是保护某个物种永远存活的最好方式。我很现实，我认为我们不可能永远保护某一个具体的动物，那是纸上谈兵。保护和狩猎，二者百分之百可以合作，这是我们为子孙后代拯救那些濒危动物物种的最好途径。其实，保护与狩猎之间的合作，可谓历史悠久，符合天地之理、自然之道，它对于人类与动物的和谐共存，居功甚伟。"

齐齐觉得公冶会长说得真是太好了，不由自主鼓起掌来。满桌的朋友们也都跟着热烈鼓掌，公冶仁又是得意又是害羞，双颊红扑扑的。

王吉春拿起手机，笑着对齐齐说："我给您看一段视频，这是西北大草原当地的一个私人保护区业主录制的，大家都叫他司令。请您听一听当地百姓的呼声吧。"王吉春麻利地从手机上打开一段视频，递给齐齐。

一个皮肤黝黑满脸络腮胡的大汉出现在镜头里。"很长时间以来，我已经听过动物保护主义者太多废话。他们大声说要拯救犀牛，拯救大象，但是，我们才是把钱实实在在砸下去使拯救活动切实可行的人。"镜头扫向一片广阔的稀树草原。司令接着说："如果发达地区禁止了狩猎战利品进口，那么我们自然保护区公园就没生意了，我们就不得不关闭保护区，大象、野牛、狮子和豹子就会被盗猎贼肆意捕杀，从而数量锐减，直到杀得一只都不剩。最后的最后，野生动物栖息的广阔土地就会很可悲地全都变成牧场或农场。"

司令顿了顿，表情无比沉痛地继续说下去："五年前，绿野市发布了狩猎战利品禁运令。我真应该在那时候就离开这个行当，但是我的心属于这里。前市长希希声称我们可以依靠生态旅游来发展经济，也的确有很多非赢利机构在帮助我们发展生态旅游业。但我亲眼看到，生态旅游根本救不了任何动物，旅游者几年前就消失了，他们全都被当地的动荡政局给吓跑了。此时此刻，此地尚有野生动物存在的唯一原因，是狩猎战利品行业以及它所带来的大量真金白银。我坚定地站在保护野生动物的这一边，我过去一直在利用战利品狩猎得来的利润维持这个自然保护区的日常运行。但现在，从经济上来说，我们保护区离死不远了。气气新市长，请帮帮我们吧！挽救濒临崩溃的当地社区经济，全靠您了！"

齐齐一点都不介意自己被误称为"气气市长"。他已经领悟到，让选民们保持一种生气、仇恨、恐惧的状态挺好的，这是一种很可贵的社会状态，有助于凝聚人心，有助于集中人类的力量办大事，有助于让自己永远伟大。

齐齐问公冶仁："巧了，我今天刚接到一个提案，建议绿野市帮助发展西北大草原的生态旅游业。可是，按照这位司令的现身说法，生态旅游完全是死路一条啊！"

公冶仁一边假装陷入深思，一边在心里嘀咕："这个司令，比我还能说啊……真是一派胡言，西北大草原生态旅游收入就算在最差的年份也是战利品狩猎收入的15倍好吧？花言巧语，我只问你一句，杀掉了游客们千里迢迢跑去观赏的珍稀野生动物，谈什么挽救当地社区的经济？嘁！只能骗骗外行。"但他嘴上却说出另一番话："想要通过生态旅游业获取必要的保护资金，确实非常不可靠，很难达到人们希望达到的长期、稳定的效果。当地总是在打仗，战火不断，旅游业的确会随着战局起伏不定。而且，在我看来，西北大草原的大部分地区缺乏壮美的景色，交通也很不方便，生活环境远远谈不上舒适，更别提疾病肆虐、野兽吃人的可怕现实，这些客观因素都会制约当地生态旅游业的发展。"

本来齐齐看了司令殷切期盼他救助的视频，感动得眼泪都快掉下来了。听了公冶仁这番话，齐齐下定决心，一定要切切实实让人类再次伟大！

3

"嘎！汉斯！危险！确切消息！齐齐要派人来抓你啦！"阿历克斯　看见汉斯就人嚷起来。

汉斯微微一笑："让他们来吧！谁抓谁还不一定呢！"

"还有一个更加重要的消息要告诉你们！更加危险！嘎！"

阿威、阿雪和阿历克斯一起降落在野马坡大红袍将军临时战略指挥部。这是一片隐藏在密林中的山坡，是绿野大陆地自由马儿躲避人类追捕的藏身地之一。

大红袍小步快跑过来迎接老朋友们。阿威顾不上寒暄："齐齐偷走希希的市长职位，今天正式宣布解除狩猎战利品禁运令！一大批人类很快会端着猎枪冲过来，你们大家都要小心！"

大红袍将军甩了甩头顶俊逸的长发："谢谢你们特意赶来告诉我们这个可怕的消息。我们会立即通知所有西北大草原居民注意警戒！"说完，他仰天轻轻嘶鸣三声，汉斯、阿风还有其他六匹骏马闻声飞跑过来。大红袍对他们耳语一阵，八匹骏马风一般离去。

阿历克斯："人类电视台上周就播了！有个叫齐兰兰的神秘富婆在拍卖会上花40万美元，赢得一头野生黑犀牛的狩猎权！不知道这个齐富婆和那个齐齐市长有没有关系！"

阿威："肯定有关系！这次拍卖会不仅一反常态超级火爆，而且中标价格竟然一下子飙升到之前的三倍！那些家伙肯定已经提前得知禁运令即将被解除的消息！"

阿雪："是的！希希市长当年颁布禁运令之后，动物保护基金会的拍卖会中标价格直线下降，越来越乏人问津。前几天我看到拍卖价格高得如此离谱，就知道大事不好了。"

大红袍生气地说："动物保护基金会？现在都流行缺什么就吆喝什么了吗？人类好好保护濒危野生动物还来不及呢，齐齐有什么理由解除禁运令？难道他跟濒危野生动物有仇吗？绿野市的市民难道都和他一样愚蠢又冷血吗？"

阿威："动物保护基金会声称，要用这些钱资助野生犀牛的保护。齐富婆说，她很高兴她的钱将被用于黑犀牛保护区！"

大红袍："无稽之谈！每一头现存的黑犀牛都是无价之宝，杀一头就少一头，不杀是最好的保护！难道绿野市的媒体都不知道问一问，凶手们打算如何使用这笔狩猎费来保护犀牛吗？"

阿雪："问了，西北旅游与环境局新闻联络官回应说，'具体的资金使用细节尚处草稿阶段，但这笔狩猎费毫无疑问会用于当地的野生动物保护，未来一定会择机公示。'"

大红袍气得浑身发抖："厚颜无耻！'未来择机公示'，呵！他们这么折腾，还有未来吗？这是西北破坏环境局！这是新闻撒谎官！他们如果真想保护犀牛，直接把钱捐出来不就行了吗？这伙变态的人类，明明就是想要享受杀戮的快感！说得再漂亮也掩盖不了这个事实！"

阿历克斯："为保护黑犀牛，阿海他们已经募集了几千万美元，从来没有因此从黑犀牛里选出任何一只杀掉！"

阿雪："阿海他们的做法，应该成为所有动物保护组织遵循的原则。战利品有偿狩猎从一个已经严重濒危的物种里选出一个杀死，只会损害这种动物的延续，应该永远被禁止！"

阿历克斯很激动："大部分人类都没有记性！全世界的北白犀牛被杀得现在只剩母女两个！这两头母牛都没有生育能力！北白犀牛这个物种事实上已经灭绝！人类正打算用以前冷冻保存的北白犀精子帮她们繁育后代！还得找南白犀姑娘当代孕！生一个新宝宝至少要花900万美元！还不一定能成功！现在，嘎！他们只是为了游戏，花40万美元就可以杀掉一头黑犀牛！痛心疾首！痛不欲生！痛改前非！"

阿威长叹一声："希希市长当年跟西北当局多次商讨此事，可是西北当局坚持他们得先养活人类。他们说他们养不活这么多野生动物，也赶不走那么多盗猎贼，必须实行有偿狩猎，广开财路。"

阿历克斯："嘎！目光短浅！愚不可及！"阿历克斯最近频频用这两个词形容人类。

阿雪："西北当局也确实有他们的无奈之处。希希市长的努力毕竟也没有白费，这些年，西北当局每年只允许有偿猎杀五头犀牛，再加上各方捐款，黑犀牛种群得到了比较有效的保护，数量也开始缓慢回升。可笑的是，动物保护基金会竟然要揽走这全部功劳，到处宣传说，这些有益的改变都缘于他们的战利品狩猎活动。"

大红袍使劲跺跺蹄子："我们不能任由人类宰割！猎杀黑犀牛，就是猎杀我们的大地母亲！哪怕失去生命，我们也要反抗到底！"

阿雪："对！黑犀牛经过上千万年进化，对当地生态环境起着宝贵的驱动作用。要是黑犀牛灭绝了，很多其他动物也会跟着灭绝！"

阿威："帮助黑犀牛，就是帮助我们所有生物！黑犀牛再也经不起任何滥杀了。"

"对了，我也有个消息要告诉你们，"大红袍将军说，"我们有一个伙伴刚刚从山丹大草甸一带回来，他说有一小队猫头鹰正在那边打探白玉王后的冰宫。听说他们先前已经在王后峰一带寻觅了很久，却一无所获，这才又南下寻找线索。"

阿雪："这个消息证实了麝牛头领大壮壮的猜测，他们也曾经看见过这一队猫头鹰。根据他的描述，领头的正是笑面虎的女儿蓝铃。我已经托付大壮壮，请他加强警戒，帮忙保护好王后冰宫。"

阿威："这事不同寻常。很显然，他们想要从白玉王后那里得到什么东西。这里面一定有一个惊天的阴谋。"

"没错，"阿雪微微眯起犀利的大眼睛，"我们需要好好调查一下这件事。"

阿威："五号可以回到天空了。希望他这次能坚持正确航向，别再误入歧途。"

4

当绿野电视台记者费义提出想要全程随行采访大狩猎游戏时，齐兰兰爽快地答应了。为什么不呢？打猎是人类从事了几千上万年的活动，光明正大。她也很想向全世界展示一下自己智勇双全的狩猎女神风姿。

进入大草原的第一天早上，齐兰兰得意地给费义展示小助理阿福为她精选的网络留言：

"我的月亮女神，努力打猎！瞄准射击！干净利索地杀死那头野兽，不用向任何人道歉！祝好运！"

"祝贺女神赢得狩猎权！这是天下最棒的战利品！能把这么棒的动物成功带回来，真是千载难逢的机会！最大的幸运！羡慕！"

"热烈祝贺！一生只有一次的中标机会啊啊啊！我坚信，每一次战利品狩猎都会帮助那个物种更好地生存！必将带动所有野生动物的繁荣昌盛！这次也不例外！"

"向战利品冲刺！加油啊！你是最好的人类！让人类再次伟大！我爱你！勇敢的公主！永远的女神！"

……

费义："看得出来，你非常在意人们对你的批评。"

齐兰兰扬起下巴："我给你看的明明都是赞美……好吧，当然！有些批评真恼人！对于我天生喜欢打猎的事实，有些人的态度有问题。我们人类打猎都打好几万年了！"

费义："现在的情形毕竟和几万年前甚至一百年前大不相同。现在地球上人口爆炸，人类数量已超过地球的承载力，很多动植物因此失去祖先繁衍了数百万年的栖息地，纷纷走向灭绝。有很多野生动物在最近这30年里数量减少了一半。就拿黑犀牛来说吧，他们的祖先曾经遍布大草原，今天却濒临灭绝。"

齐兰兰："老生常谈！你们记者整天就知道瞎操心，没事找事，无事生非，耸人听闻，人为制造地球危机论！拼命吸引眼球就为多卖几个广告！请问你们累不累啊？在你们的眼里，动植物比人类更重要！当然，我也希望黑犀牛的数量越多越好，我相信这个物种能存活下去！我很高兴我本人能为此尽一份力。"

费义："你确定杀死一头年老体弱的公犀牛，真的有助于黑犀牛的存活吗？"

齐兰兰："当然！它已经没用了，又老又病，还要跟年轻的犀牛争夺资源，除掉它就是除害！是吧？悍泰！"

职业向导猎人悍泰耸耸肩，懒洋洋地嘟囔道："也许吧。"

费义点点头："我看到有人质问，冲着一头老病牛开枪算什么本事，这样的战利品狩猎就像穿着拖鞋在客厅里冲着沙发开枪一样。"

齐兰兰一下子涨红了脸，大声叫喊道："胡说！气死我了！谁要是敢当着我的面说这话，看我不一枪崩了他！你好好拍一拍这荒无人烟的野地！这险恶的地势！我建议把那个乱发评论的人扔到这儿来自生自灭，看他能不能活过三天！看他还敢不敢信口开河！这像是冲着沙发开枪吗？像吗？歇歇吧！黑犀牛是世界上最最最凶猛的动物，可以随随便便杀死一个最优秀的猎人！还'穿着拖鞋'，哼！哼！哪怕是一头老犀牛，也会吓得他尿裤子！就算是一头老犀牛，要想打死它也很不容易！这很残暴！很激烈！很英勇！是不是，悍泰？"

悍泰又耸耸肩，慢腾腾地说："打猎的时候也不是不可以穿拖鞋。大拖鞋打猎的时候，就永远都穿着一双夹趾大拖鞋。"

"听到了没有？大拖鞋！他可是西北大草原最凶残的盗猎贼！大名鼎鼎的西拖东娇两大魔头之一！"齐兰兰摆出一副冷峻的模样，盯着费义的镜头，"就是这么回事，这是真正的玩命！真枪实弹的战斗！你死我活的血拼！对，你把我这些驳斥的话都原样播出去！"

西北旅游与环境局新闻联络官老钱正在帐篷里亲手为客人煮咖啡，隐约听到齐公主在外面发脾气，赶紧跑出来看看是怎么回事。他一眼看到费义正在摄像，心头恼火，立即上前阻止："不能摄像！快停下来！"

齐兰兰："是我让他录的！电视台一路跟着我录！让全世界都看看，猎杀一头黑犀牛是不是跟穿着拖鞋冲着沙发开枪一样容易！哼！"

老钱陪着笑脸："当然，当然。"他转向费义，"录可以，但只能在狩猎成功以后播发！从现在开始，我们的行动要绝对保密！"

费义放下摄像机，好奇地问："为什么？怕舆论谴责吗？"

老钱："废话！我根本不在乎什么舆论谴责，我担心的是万一消息走漏，盗猎团伙获得目标黑犀牛的精确方位！他们很可能从你们的跟踪报道中掌握我们的行动路线！他们会提前动手，一点都不客气！那我们的前期准备工作就全都泡汤了！"

悍泰吸了一下鼻子："那我可就一分钱都挣不上了。"

齐兰兰："我的黑犀牛，绝不允许盗猎团伙打劫！大记者，你们每天的跟踪报道都要让老钱他们帮忙审一审，千万别暴露咱们的确切方位！跟我抢猎物的，可是大名鼎鼎的大拖鞋团伙！"

费义："好吧……没想到你的竞争对手竟然是盗猎贼，区别只是他们没有执照，而你有执照。"

齐兰兰："当然！法律绝对站在我这一边！"

5

大红袍将军的信使们马不停蹄，将报警信息散布到西北大草原的四面八方，接到警报的动物居民们继续把消息传向更遥远的角落，大家闻讯纷纷躲了起来。

汉斯他们全部安全返回后，带来一个重要情报：有两伙装备精良的人类狩猎小分队正同时向中部水源地大泥坑方向迅速移动。

"那里正是黑犀牛的主要水源地！"阿雪一飞冲天。

"你们也要注意隐蔽！疯子猎人不会放过任何一头活着的大型野生动物！"阿威一边起飞，一边对大红袍将军喊道。

大红袍仰天长嘶："保重！"眨眼间，阿雪和阿威已变成辽阔天空下的两个小灰点，阿历克斯奋力拍打翅膀追赶他们。

阿雪远远看到一团尘土在寂寥的大草原上空飞扬。在尘土下方，一队全副武装的猎人开着两辆野战车，正向西边一大片高大灌木林全速行驶，刺目的金属反光不时从厚厚的尘土中穿透出来。

"啄牛鸟！啄牛鸟！快快报警！有敌情！"阿雪大叫。

几只躲藏的啄牛鸟应声飞起，在空中胡乱盘旋一阵之后，将目光齐刷刷对准野战车驰来的方向，七嘴八舌惊呼："来了！来了！"

"养兵千日，用兵一时！快快给黑犀牛报警！"阿雪大喊。

啄牛鸟很讲义气，二话不说，一声接一声发起警报，更远处的啄牛鸟接力传递信息。很快，报警声一路传进灌木林。

"啄牛鸟真棒！呼哧呼哧嘎嘎！"从后面赶过来的阿历克斯叫道。

这些啄牛鸟平时最喜欢栖息在黑犀牛的背上，用扁平的鸟喙帮黑犀牛梳理毛发。他们当然不会白干活，在顺嘴帮黑犀牛清理掉跳蚤、蜱虫等寄生虫的同时，他们自己也填饱了肚子。何况还有天大的福利时不时降临呢。黑犀牛虽然有厚重的皮肤保护自己，但也难免会出现刺伤或刮伤，这时候，啄牛鸟在帮忙清理小伤口的同时，也会毫不客气地在伤口处啄吃几口新鲜血液，甚至把鸟喙当成利刃，故意把伤口慢慢扩大，这样就可以多吃几天新鲜血液。新鲜伤口永远是吸血虱子的最爱，这也为啄牛鸟提供了源源不断的美味小吃。

但通常情况下，凶猛的黑犀牛都会默默容忍啄牛鸟瞎捣乱，因为啄牛鸟不但是难得的清洁工，而且是尽职尽责的报警员。

此刻，啄牛鸟们刺耳的嘶嘶尖叫声已经让树林里所有长了耳朵的动物心跳骤然加速。

老黑犀牛豁耳朵本来正在自己领地的一块浓密树荫下打瞌睡。他老了，平日里只要情况允许他留在大泥坑附近的休息地，他就乐得省省力气，懒得再像以前那样跑到更远的藏身地去打瞌睡。他被啄牛鸟吵醒后的第一个动作，是竖起管状的双耳，并将它们缓缓向各个方向转动。从东边，他确信自己听到了危险的来临。他面朝东方，昂起头，张开巨大的鼻孔，尽力捕捉空气中的邪恶气息。接着，他毫不迟疑地站起身，悄无声息地向西方移动。他沿着秘密的林中小道，静静疾奔，时速超过每小时55公里，真是拼了老命。

豁耳朵是一头很有经验的老犀牛，如果不是头脑聪明，他也活不到今天。他左耳朵上的小豁口就是证据。那是一颗子弹留下的纪念，而那只是他无数次逃生经历中比较平淡无奇的一次。但他从不炫耀过往，从不自持聪明，也从不疏忽大意。他把每次逃生都当成是最后的一次，一丝一毫的机会都不放过，这才一次又一次突破了死神的重重包围圈。

他最近一直惴惴不安，和以前死神屡次在他耳根子上吹气时一样。自从半个月前那个熟悉的人类悄悄靠近他，给他拍了一张照片，又悄悄溜走之后，他就感觉情况不妙。虽然他说不清那个人类的举动为何如此诡异，但他绝对不会低估这些举动的危险性。每当和人类扯上关系的时候，任何不寻常的迹象都不可低估。他不知道自己这次能否捡回一条命来，但他无论如何也要试一试。

豁耳朵继续隐身在密林中疾奔，灰色的背脊与树枝融为一体。他在十字路口沿着山坡南下，继续狂奔。听一听，嗅一嗅，似乎那危险已经被他远远抛在身后。他略略松了口气，慢下脚步。他感到有些口渴，但他决定忍一忍。为了生存，他可以一连五天滴水不进。他绝对不会在这个危机重重的时刻，冒险回到大泥坑喝口水。很可能他刚刚把头低下，还没来得及够到水，就已经没命了。

"你也许可以从鳄鱼的嘴里挣脱，也可能从狮子的爪下逃离，但你绝对躲不过人类的子弹。"豁耳朵轻声自言自语。

他觉得自己跑得已经足够远了，就选了一处浓荫卧下来。这是另一处他比较喜欢的休息地。

哎呀，刚才那一通没命的狂奔，怪累的。老喽！没一会儿，豁耳朵继续打起盹来。

与此同时，大拖鞋正观察着一堆杂乱的黑犀牛脚印，沮丧地吐了一口唾沫："咱们动静太大，把这老家伙吓跑了。"他挥了挥手中的照片，上面有一头年老的黑犀牛正在打盹儿，一长一短前后两只角都非常完整，非常漂亮，甚至最后面还有小小的第三只角，一只耳朵缺了一块——正是豁耳朵。

"那怎么办？"大拖鞋的跟班问道。按照大拖鞋的辈份，今天这样简单的小活儿，根本用不着他亲自出马，但他喜欢这种比野兽还野兽的快感，尤其是亲手撂倒一头雄性黑犀牛的满足感，那简直是无可比拟的享受。于是他还是来了。既然来了，下属当然事事都要征求老大的意见。

大拖鞋看了一眼精巧的卫星通信设备："还能怎么办？找个阴凉的地方等金夫人的消息。他们有好几个目标备用呢。通知大家休息一下，保持绝对安静。"

没一会儿，跟班竖起耳朵，凝神倾听，小声说："有动静！"

大拖鞋没有作声，只是简洁地把右手食指放在唇边。所有盗猎人训练有素，沉默得像一堆石头。

除了几声急促的鸟叫，林子里一片沉寂。

整个世界只剩下微微的风声，吹得有气无力。过了许久，卫星通信设备静静闪烁了一下。

"一个新的方位坐标。他们要南下。"大拖鞋悄声说，"他说他会帮我们拖一会时间。出发！"盗猎小队悄悄拐出丛林，扒开用树枝掩盖的野战车。没一会儿，野战车马达轻轻启动了。

6

丛林茂密，能见度很低。战利品狩猎队伍一行六人，悍泰带路，司令断后。

费义端着摄像机的手掌里全是汗，他意识到，随时随地都有可能从不知什么方向冲出来一头大黑犀牛。他咬紧牙关抑制着内心的恐惧和转身逃跑的本能。

齐兰兰紧紧跟在悍泰身后，声音颤抖："要是没留神，忽然冒出来一头黑犀牛，朝我追过来，我该怎么办？"

悍泰示意她安静，然后毫无幽默感地回答道："躲开它，别让它把你给踩平了。"费义听了这话，感觉心脏实实在在地疼了一下。

齐兰兰费劲地咽了一口口水："我们非得在这种鬼地方打猎吗？我啥也看不见啊！不能去视野更开阔一些的地方吗？"

悍泰再次示意齐兰兰闭嘴。他静静蹲下来，调动全身的感觉细胞。他的目光落在一条窄窄的小径上。那几乎算不上是一条小径，茂密的灌木枝条几乎把它完全遮蔽了。但悍泰知道，这是一条大象和黑犀牛共享的小道，这是大型动物们觅食以及去往水源地的交通要道。那一米多高的残缺树叶，正是被黑犀牛尖而弯曲的上嘴唇啃掉的。据悍泰的观察，黑犀牛的食谱包括220多种植物，眼前这种树叶是他们比较爱吃的一种。

在他上次拍摄照片的浓荫下，没有老黑犀牛的影子，只有一堆新鲜的脚印。真狡猾！还有一堆人类的脚印，到处都是！悍泰仔细观察一番，心跳猛然加速。那个大拖鞋印，比最凶猛的野兽还让悍泰心惊胆战。

悍泰走到一边，闭上眼睛，深深吸一口气，树林中的各种味道统统涌入他的鼻孔。他又来回仔细观察那些脚印，终于做出决定。他像一只野豹子，灵活、利落地在林中疾行。齐兰兰和费义紧随其后，发出很大的动静，令悍泰时不时不满而无奈地翻个白眼。

悍泰忽然停了下来。一大堆被拱散的黑犀牛粪便。哎，岂止是拱散了，简直是被那个心怀嫉妒的家伙故意甩得到处都是啊。悍泰不由露出微笑。

"找到线索了吗？"齐兰兰紧张地问，尽量压低声音。

悍泰摇摇头，悄声说："不是我们要找的那一头。"他继续微笑着，"一母，一公，都很年轻，他们正在谈恋爱。"

齐兰兰想了一下，喃喃道："当然，万一有黑犀牛追我，如果我们能确定它就是我要杀的那头，我就会杀了它。要是我们不能确定，我会试着跑掉。要是感觉跑不掉，我会杀了它。"

悍泰简单地说："不行。"虽然他只吐了两个字，语气里却透出一股可怕的杀气。

齐兰兰不作声了。司令无所谓地笑而不语。老钱赶紧打圆场："齐公主放心，咱们杀掉的，肯定是我们的目标猎物。"

齐兰兰焦虑地看了费义一眼。杀错了黑犀牛，那将是最坏的场景，绿野市的舆论会判她终身监禁。对齐兰兰来说，她的战利品狩猎必须完美无缺。

"当然，要是我猎错了，批评家还不得活剥了我。"齐兰兰说。

老钱："不会的。咱们有悍泰呢，他是全世界最顶级的向导猎人，从来没有失手过。您就放心吧。"

悍泰继续快速而警觉地在密林中穿梭，司令悄悄看了一眼指南针，他们一直在向西行进。如果继续往前跑，很快就要跑出他的私人保护区地界、进入国家自然保护区了，但他打算暂时什么都不说。

在一个十字路口——当然，只有悍泰能看出那是一个十字路口——悍泰满意地停下脚步。

"他跑到南边的老巢去了。我们快要逮到它了。"悍泰对大家说。

"有准确的方位坐标吗？"司令问道。他是狩猎队伍的司机。

悍泰随口报出一个坐标。

这里视野相对比较开阔，齐兰兰提出，她肚子饿了，想要就地休息一小会儿。老钱立即附议，说他也感觉又累又饿，很想坐下来歇歇脚。

小助理阿福连忙为齐兰兰铺好午餐垫，递上美味的午餐。"您先吃着，我来抢发几张您的丛林持枪照！英姿飒爽！动感十足！简直美极了！"

"千万别透露我们的方位！"老钱从来不怕别人嫌他婆婆妈妈。

阿福："知道！我只发几张照片，把地点信息全都隐藏掉！哈，网友们又发了很多积极评论。齐总，我现在就给您存下来，等您有空的时候再慢慢看。"

齐兰兰吃饱喝足了，可是小助理还在通讯设备上折腾，都还没顾上吃东西呢。

悍泰蹲在地上，耐心地等着客人们。

阿福总算摆弄好了，该上传的都上传了，该下载的也都下载了。他关上设备，拿起一块三明治。

"快点，别磨磨蹭蹭的，我们都在等你呢。"齐兰兰不耐烦地说。

"好！好！"阿福三下两下收起食物。"呀！"阿福满脸艳羡地叫起来，"悍泰，你的猎枪和齐总的一模一样啊！我给你们合张影吧！你俩帅呆了！"

悍泰正伸长脖子凝神倾听，空气中似乎飘来一些奇怪的动静。他微微眯起眼睛，正打算更加集中耳力倾听的时候，听到阿福的叫喊。他转过头来，嘟囔道："嗯，是同一个型号。"悍泰的猎枪和装备都是高价从大拖鞋那儿买来的。他很好奇，大拖鞋的大批先进武器装备又是从哪儿买的呢？

和硬汉合影的提议让齐兰兰情绪高涨起来："来，悍泰！合一张影！咱们这杆特快，火力大，速度猛，是绿野步枪联盟今年推出的最新款呢！"

"梦之队！酷！"阿福拍完照片，大声赞叹着，拿给齐兰兰欣赏。齐兰兰很满意，同意再等小助理一小会儿，好让他把新照片及时发布出去。这样等下次再登录时，她就可以看到网友的大量赞美了。

"坐标要保密！"老钱又一次喊道。

这时，司令等得不耐烦，刚下肚的冷餐也让他的胃感到很不舒服，于是他钻进旁边的一片密林里，说是要去打个野猪。

悍泰的脑袋再次转向东边，眉头越锁越紧。他听得专注极了。隐约的嗡嗡声，分明是汽车马达声。远处似乎有车队正从大路上经过，往南边去了。

好不容易，每个人都万事大吉了，老钱这才又召集大伙上车，一路南下。

7

密切监视大拖鞋一伙动向的阿威和阿雪从空中看到，

大泥坑方圆几里的林子里，竟然困着好几头来喝水、滚泥坑的黑犀牛！幸好大拖鞋他们不知道这个情报，而且他们似乎也没打算费劲儿去搜索一下附近有没有黑犀牛出没。他们只是悄悄坐在那儿干等着，真奇怪。

阿雪："黑犀牛们的警惕性还不够高。你看那对母子，竟然还在四处溜达。"

阿威："那个年轻的妈妈是想藏起来的，可是那个小家伙太好动了。"

"嘎！我去提醒他们一下吧！"

阿雪忙说："你千万别吓着他们了，请一只啄牛鸟去吧。"

"好咧！找一只最棒的啄牛鸟去！"阿历克斯高高兴兴地飞走了，"我总是发挥关键性的作用！嘎！嘎！"

没一会儿，阿威和阿雪看到，一辆西北旅游与环境局的豪华越野车开了过来。

阿雪："第二队杀手到！！"

阿威看到大拖鞋他们在树荫里变得更安静了，一动不动，像一堆石头。阿威不禁纳闷："难道两队人马要火并？"

阿雪："现在火并对他们双方都没有好处。他们只是想抢在对方之前下手。"

阿威："看起来，大拖鞋一伙在暗，西北局一伙在明。大拖鞋他们在等什么？"

阿雪："等情报！"

阿威："飞近去看看！"

阿威和阿雪静静栖在大拖鞋一伙头顶的树枝上。他们看到，大拖鞋时不时不为人觉察地扫视一下手中的通讯装备，他的十个脚趾头毫无血色，紧张地抠紧了他的夹趾大拖鞋。

"嘎！又一伙猎人！啄牛鸟已经再次发布警报！黑犀牛们全都藏好了！嘎！"阿历克斯边喊边飞了过来。

阿威示意阿历克斯安静。

大拖鞋一伙忽然行动起来，野战车笃定地驶向南方，阿威和阿雪立即跟着起飞。野战车速度极快，阿威和阿雪眼看着追不上了，阿历克斯更是远远地落在后面。

阿威："阿历克斯，你待在大泥坑帮大家监视敌情！两伙猎人动向不明！再次请啄牛鸟发布紧急通知，请大家千万不要放松警惕！"

"嘎！呼哧，嘎！呼哧！"阿历克斯上气不接下气地叫道，"放心吧！我会发挥……关键性的……作用！"

大拖鞋得到的情报非常精确。他们下车后，快速徒步入林，静悄悄地径直奔向坐标地。在新坐标的树荫下，他们发现了被惊醒的豁耳朵。豁耳朵这一次被死神牢牢摁住，五颗子弹同时射入他的身体。

大拖鞋的手下用燃油锯声势浩大地割去了豁耳朵的大半张脸，极度高效地取走了豁耳朵那醒目的一长一短两根犀角，就连那第三只小小的后角也没放过。大拖鞋他们只需要能卖大价钱的犀角。

阿威和阿雪远远听到五声枪响，接着听到"轰轰轰"的一阵噪声。他俩不知发生了什么事，奋力疾飞。过了一会儿，从同一个方向又传来两声清脆的枪响。他们急急忙忙拼命向这一切声响传来的方向飞去。

8

老钱他们也听到了这两阵枪响。齐兰兰不明所以，也懒得理会。

悍泰却反常地面露焦虑之色，神色之间好像被谁狠狠揍了一拳。他下意识地用怀疑的目光把同伴们的脸快速扫视一遍，不出所料，他捕捉到了一个惊慌的眼神。"完了！"他心情沉重地想。悍泰并不急于向众人指出内奸，他可不想轻易得罪凶残的大拖鞋，何必给自己惹麻烦呢。

"在这儿停车！"悍泰大吼一声。车子还没停稳，他就跳下车，向树林里奔去。他抬起头，看到两只灰白色的猫头鹰在天空中愤怒地高叫着，转了一圈又一圈。

悍泰猛地停下脚步，难以置信地看着眼前的血案现场。就在他半小时前报出坐标方位的地方，一头失去大半张脸的黑犀牛死气沉沉地躺在一大片可怕的血泊中。不远处的一小块泥地上，还生死不明地躺着一位身穿自然保护区巡逻警卫队队服的男人。警卫队员的胸口被杀伤力极大的猎枪开了两个大洞，血肉模糊，惨不忍睹。悍泰心跳如狂，他不愿意相信自己的直觉。

悍泰疯狂地向警卫队员奔去。他跪倒在警卫队员跟前，最可怕的噩梦应验了。这个被打倒的战士不是别人，正是悍泰家的"老三"阿忠。悍泰和哥哥穆泰与孤儿阿忠一起长大，哥俩儿和阿忠是情同手足的好兄弟。穆泰和阿忠都是附近的国家自然保护区警卫队员，经常和老拖鞋的人马正面交锋，悍泰常常梦见他俩都被老拖鞋乱枪打死了。

胸口洞开的阿忠脸色灰白，已经没有任何生命征兆。悍泰的眼泪止不住地滚滚而下。他哭得那么脆弱，好像又变回了过去那个吃不饱穿不暖的小可怜孩子。阿忠已经不能再坐起来，抱着他，安慰他。

老钱和司令没有打扰痛哭流涕的悍泰，他们径直越过悍泰，去观察那头死去的黑犀牛。黑犀牛虽然被割走了大半张脸，但那只豁耳朵赫然在目。

"糟了！糟了！"老钱连连叹气。司令也一脸惋惜之色。这里是司令的私人保护区与国家自然保护区的交界地带，要是能在这里猎到一头黑犀牛对他而言是一件很划算的事。

齐兰兰饶有兴味地看着悍泰，很吃惊硬汉悍泰竟然有这么可笑的时刻。

"怎么了？"齐兰兰也越过悍泰，走到死犀牛身旁。

老钱："我们的目标猎物被盗猎贼杀死了！唉！"

　　"什么？"齐兰兰勃然大怒，"盗猎贼偷走了我的猎物！我的漂亮展品被毁了！！哼！怎么可能！气死我了！"

　　"一定是有人走漏了风声！"老钱咬牙切齿地说。他也用怀疑的目光，把除悍泰之外的所有人统统扫视了一遍。他惊讶地发现，所有人也都在用同样的目光扫视所有人，除了那位记者。费义正忙着拍摄眼前这一切令人震惊的场面。老钱恨恨地想："难道是这位记者通的风报的信？这些反对有偿狩猎的记者，没有一个好东西！"

　　老钱走到悍泰跟前，悄声说："豁耳朵死了。我们必须启动B计划。"

　　悍泰不愧是第一流的职业导猎人。他点点头，擦干眼泪，给自然保护区打了个电话，通知他们来为阿忠收尸。

　　齐兰兰对着镜头大声呵斥："内奸你给我听好了！我发誓，我绝不会饶过你！胆大包天，竟然偷到我的头上来了！我会让你偿命的！颤抖吧你！早就知道你没安好心！"

　　司令对齐兰兰说："政府给我们批了两头老黑犀牛指标。咱们还有一次机会。"

　　齐兰兰："得把内奸先挖出来！不然下一头还是会被盗猎贼偷走！"

　　老钱一脸铁青地走过来："所有人，上交一切通讯设备！你，记者，别拍了！摄像机也上交！所有电子通讯设备，都给我！"

阿福："可是，我还要给齐总抢拍狩猎照呢，那可是难得的历史资料！将来都要陈列在齐总的战利品博物馆呢！"

齐兰兰："对！他的设备不能上交。我的也不能上交，万一我和你们走散了怎么办？我可不想在这鸟不拉屎的地方自生自灭！"

老钱无计可施。悍泰面无表情地说："上路！"

司令："什么方位？"

悍泰默默不语地代替司令，坐在司机的位置上。

9

战神诺诺正在和慧神阿霞谈恋爱，他们已经在一起待了好几周。这是他们第二次谈恋爱了。四年前，刚满6岁的阿霞宣告成年并打算第一次做妈妈的时候，她就选择了力大无穷、战无不胜的黑诺诺做自己的第一任男朋友。今年，她又一次选择了黑诺诺。

诺诺不时用他那硕大的脑袋和锐利的犀角使劲摩擦树干，或者把尿液大大咧咧地撒在树干上、灌木丛里，尽可能地把自己强烈的雄性气息散布在领地的角角落落，警告其他雄性离远点。这片栖息地的食物和水源都很富足，所以黑犀牛们都无需贪心地霸占很广阔的地盘。尤其是诺诺，他虽然强壮，但并不仗势欺牛，他喜欢图省事，麻烦事能少则少。然而属于自己的领地，那可得一是一、二是二地标记清楚，边界线绝对神圣不可侵犯，豁出性命也要守护得严严密密、周周全全。

一阵独特的气味飘过来，很显然，阿霞刚刚又拉了一大堆富含雌性荷尔蒙的粪便，诺诺不禁又是爱怜又是恼怒地叹了口气。

阿霞现在的粪便气味太特殊了，就算是嗅觉最差的雄黑犀，也能一下子就闻出来：阿霞正处在宝贵的发情期，这几天只要能和她成功交配，就有可能使她怀上自己的孩子。诺诺绝不允许其他任何雄黑犀靠近他的阿霞——尽管阿霞自己其实也非常厉害，绝不会向她不喜欢的雄性屈服，她会用她美丽的犀角把那些想欺负她的雄犀牛打得落荒而逃。

于是，诺诺开始耐心地对付这一堆新鲜粪便，用蹄子踢，用长角挑，直到把它们撒得到处都是。这下子，阿霞的气味就飘向了四面八方，其他雄黑犀再想要跟踪阿霞的行踪，可就不那么容易喽。

他们还有几天就要分开了，接下来的15个半月，阿霞将怀着他们的孩子，独自照顾自己。诺诺很珍惜和阿霞在一起的每一分钟。

这会儿，趁着阿霞正陪着他们快三岁的大儿子乐神星星去大水坑喝水、滚泥坑，诺诺决定到他那阴凉的隐秘高地去躺上一会儿，打一个小盹儿。毕竟，太阳暴晒半天了，天气越来越热，他很渴望去那凉风习习、视野开阔的高地老巢舒服一会儿。

沿着窄窄的小路，诺诺一边啃食树叶，一边悠闲地踱向高地老巢。他打算只睡一小会儿，很快就回来陪阿霞。像诺诺这样的壮年雄性黑犀牛，总是特别喜欢睡觉，睡眠时间常常是阿霞这样成熟母犀牛的两倍之久。

大水坑附近的黑犀牛粪便很多。这里是公共地盘，有了这些粪便的气味痕迹，黑犀牛们就能清楚地嗅出来还有哪些黑犀牛在此地出没，是成年还是未成年、雌性还是雄性、年纪有多大了，等等。黑犀牛的粪便和尿液，是他们彼此之间很重要的交流方式。

星星下水前，特意在水坑边拉了一大泡屎。他是个渴望成熟的小家伙，一心打算在自己年满三岁之后，在妈妈生下小宝宝之前，就离开妈妈去独立生活。妈妈刚刚满怀喜悦地告诉他，她已经怀上了一个小宝宝。接下来的几年，妈妈必须用全部的生命能量孕育、照顾小宝宝。星星是阿霞的第一个孩子，在抚养星星的过程中，阿霞也学到了不少新技能，现在她已经是一个很有经验的黑犀牛妈妈。星星相信，自己的小弟弟或小妹妹们，一定会和他一样，很幸福地在妈妈身边长大。

星星喜欢在泥坑里打滚。又凉快，又刺激，还能给自己全身裹上一层新泥巴。这层泥巴，既是天然的防晒霜，也是高效的防虫剂，简直是最帅最实用的大披风。

唯一煞风景的是那只蓝绿鹦鹉，他一直在旁边啰唆，劝大家赶紧躲起来，说什么有两伙猎人都想要猎杀黑犀牛。啄牛鸟们叽叽喳喳地跟他争辩了好久，嚷嚷说两伙猎人不是都走了吗？为什么不能放松一些呢？就算是野生动物，也不能把生命无休无止地耗费在担惊受怕上面啊！那样活着还有什么意思！但是那只傻头傻脑的鹦鹉就是不听，非说危险还没解除。最后，啄牛鸟们烦死他了，全都不理他了。只有阿霞好心地跟他聊了半天，被他鼓动着，催星星差不多了就赶紧上岸来，好去树林里躲起来。大水坑的确没有树林里面安全，但星星不是还没玩够吗？他就不能再多玩一小会吗？真是的。

星星赖在水坑里就是不出来，把阿霞给急的哟，跳下水坑去推他上岸。星星咯咯咯笑着，和妈妈打起了水仗。

悍泰领着客人们，在茂密的荆棘丛和高高的鼠尾草中快速移动。烈日炎炎，干燥的丛林散发出各种独特的草木清香。悍泰紧闭双唇，缓缓呼吸，一丝出气声都没有。他身后客人们粗重的呼吸声却异常刺耳，悍泰不时微微皱皱眉头。他一言不发，简明地打着手势，指示前进的方向。

齐兰兰尽量模仿悍泰悄无声息的走路方式，尽量放轻脚步。但她踩在林地上的每一步，都发出沙沙沙或者哗啦啦的响动。悍泰不由回头看了她一眼，示意她保持绝对安静。齐兰兰虽然知道悍泰严格要求大家是因为黑犀牛的听觉灵敏异常，但她还是对悍泰无声的批评感到恼怒。

悍泰悄然蹲下身，仔细研究目标犀牛的脚印，1400公斤左右，步态非常悠闲。很显然，这头老犀牛并没有感觉自己受到了威胁。这是一个很好的迹象。

他们已经连续走了四个小时。悍泰已经连续两次无情拒绝了齐兰兰想要休息一下的提议，他阴沉着脸，目露凶光，搞得齐兰兰都不敢再撒娇了。

悍泰伏下身，双手轻轻按在地面上，嗅了嗅草丛里一个新鲜的犀牛脚印。他回头做个手势：注意！目标现在5公里以内！狩猎正式开始！

齐兰兰的心咚咚咚急跳起来。跟在她身后的阿福不小心绊倒了，他想抓住一棵树，却被树刺狠狠扎了手掌，忍不住大叫一声，动静很大地一屁股跌坐在草丛上。草丛里竟然也全都是刺，尖刺一瞬间把他的屁股全扎满了，他又控制不住地大叫好几声。齐兰兰气得恨不得杀了他。

这么大的动静，不用啄牛鸟报警，也不用阿历克斯狂叫，树林里的黑犀牛们全都听了个清清楚楚。

星星慌慌张张地从水坑里跳出来，跟着妈妈冲进树丛，没头没脑地撒腿狂奔。

悍泰目瞪口呆地看着受惊的小星星出现在射程之内。齐兰兰满脸通红，已经本能地举起了那杆最新款的特快猎枪。

"不要开枪！"悍泰低喝一声。他话还没说完，齐兰兰的枪声就已经响了。她太惊慌了，没有击中目标。她端着枪，双手发抖，瞪大眼睛，在浓密的枝叶间搜索目标，时刻准备再次射击。

10

　　一道灰影如同一缕飘忽的幽灵，从齐兰兰和小星星之间掠过。灰影过后，星星消失了。接着，从齐兰兰的右侧传来极大的响动，树顶之上蓦然耸起一个可怕的巨大黑脊背。齐兰兰浑身颤抖，大脑一片空白地又开了一枪。枪声之后，黑色背脊神秘消失，无影无踪。

　　悍泰心里大声叫苦，他知道这个大幽灵是谁。悍泰认识很多黑犀牛，黑诺诺是他最熟悉、最喜爱的一头。悍泰可一点都不想让客人把漂亮的黑诺诺杀死。可现在的情况是，客人已疯，诺诺已惊，局面已经开始失控。悍泰只能稳稳站在大地之上，浑然忘我，全神警戒，随时准备应对突发险情。

　　诺诺的身影闪来闪去，忽左忽右，快如风，逝如电，状如邪灵，形同恶鬼，现场所有人的后颈寒毛都倒竖起来。

　　虽然悍泰一直在低声怒吼"别着急开枪，镇静，镇静"，但齐兰兰还是狂乱地又胡打了三枪。当然，没有一枪击中目标。现在悍泰担心的是齐兰兰在慌乱中会误伤某个同伴，那可就太糟糕了。悍泰从齐兰兰的眼神里可以看出，此人已完全失去自控力，根本听不见悍泰的任何警告。向导猎人最头疼的就是这种在关键时刻丧失阵脚的客人，胆小如鼠却轻举妄动，一窍不通还自以为是。稍有不慎，她就会连累其他队员。悍泰心里紧张极了。

齐兰兰杀红了眼，双手紧紧握住步枪，颤抖的手指过于用力，显得微微发白。灰影再次从左侧闪过，无与伦比地靠近，齐兰兰又开了一枪。黑犀牛又跑了。绝对的静寂，似乎能听到空气嘶嘶嘶流动的声音。

费义拍摄的画面在不停颤动。他感到，恐惧如同电流，刺透了皮肤，击穿了心脏。他快要抵达心理承受的极限，仅存的一丝理智使他严格遵守悍泰的警告，全身尽量保持纹丝不动。相比之下，齐兰兰的动作就太醒目了，她惊慌失措地端着枪，不停地转动身体，枪口好几次瞄准了费义，吓得费义一身冷汗，一阵哆嗦。

"齐公主！"老钱在队伍的最后面低声惊叫。

齐兰兰冷不丁看到这个2米多高的巨大野兽离自己这么这么近，全身都僵了，不知不觉尿了裤子。诺诺庞大地站在齐兰兰的正前方，耳朵后绷，双肩高耸，喘着粗气，低头咆哮，愤怒至极地死死盯着她。齐兰兰不由自主地想躲到费义身后去。这个笨拙的小动作刺激了诺诺，诺诺尖叫着，顶着利剑一般的犀角径直向齐兰兰猛冲过来。齐兰兰的特快猎枪掉到了地上。她本人此刻刚好处在悍泰和犀牛之间。

悍泰声如洪钟，大叫一声："趴下！"齐兰兰此刻已完全崩溃，但悍泰的怒吼却鬼使神差地砸进她凌乱的大脑。她本能地卧倒，一声清脆利索的枪响。诺诺应声倒地，痛苦地呻吟了一声。

第四章　杀死一头黑犀牛

诺诺低吼两声，摇摇晃晃站起来，再次钻进茂密丛林。

悍泰垂下猎枪，低声命令："所有人都不要乱动。"其他所有人刚才都被他那一声大吼吓趴在地，此刻全身瘫软，不用他叮嘱，想动也动弹不了。

齐兰兰控制不住地簌簌发抖。她失去时间概念，说不清这一切用了多长时间，是30分钟？还是一个小时？或者只有短短的10分钟？10秒钟？

悍泰爬上附近最高的一棵树，在50米外的一个高地上看见了诺诺。诺诺已经死在了自己的老巢里。

悍泰发出警报解除的信号。齐兰兰站起身，走上前，端起枪，摆好姿势，向斜卧在高地上的诺诺射出几颗子弹。悍泰和司令他们都没有说话，阴沉地看着她射击一头死去的黑犀牛。

确定黑犀牛彻底死亡之后，齐兰兰走到黑犀牛身后，在它旁边半蹲半跪下来。"每次你杀了一个野生动物，都是一件很动感情的事。"她对着费义的镜头，满怀诗意和哲理地说出一番早就准备好的台词，"或者是时光，或者是盗猎贼，或者是其他的黑犀牛，或者是其他的狩猎人。在黑犀牛倒地的那一刻，就像一朵玫瑰的凋零，任谁都无能为力。"

司令上前检查诺诺的尸体。他确定地说，这正是政府批准猎杀的那头老犀牛。老钱舒了口气，和悍泰握了握手。钱到手了。

齐兰兰意气风发，让阿福为她发布一条新消息："我很高兴自己为黑犀牛这个物种做了一件大好事。不管毁誉如何，对于让全世界都了解黑犀牛、认识到保护黑犀牛的紧迫性，我认为没有谁比我的功劳更大。和谐共存，让人类再次伟大！"

齐兰兰只需要黑诺诺的犀牛皮、头颅和犀角。她想到这些世所罕见的纪念品不久之后就会显赫地陈列在她的战利品博物馆里，不禁亢奋异常。

阿福让屠夫把诺诺后腿上最好的一块肉旋下来，装入他从绿野市一路带过来的特制小冰箱。这块肉是要特意带回去送给齐齐市长的，吉春主席亲口答应的事情，一定要办到。

剩下的牛肉，齐兰兰慷慨地捐给了当地老百姓。村里家家户户都派了妇女孩子来排队领肉。孩子们好奇而羡慕地端详着齐兰兰随意拎在手中的猎枪，村妇们眼中流露出感激和羞涩，男性村民们则站在稍远的地方，一边抽烟一边充满敬畏地偷偷打量着齐兰兰。这一刻，齐兰兰真的感觉自己高贵极了，就像一位普度众生的活菩萨。

悍泰还能闻到一股尿臊味。他冷冷地观察到，齐兰兰裤腿上的尿痕还没干透。好大一泡尿啊！

11

"这次我没有发挥关键性的作用，黑诺诺，呜呜嘎，我很抱歉……"阿历克斯哭得悲痛欲绝。

"这不是你的错，"阿威的眼泪止也止不住，"眼睁睁看着豁耳朵和阿忠死掉，我也很抱歉……"

阿雪眼中怒火熊熊，热泪滚滚："真是造孽！人类自己天天唠叨犀牛是地球的活化石，全都濒危，却总也杀不够！"

大红袍将军仰天长嘶："人类会付出代价的！会遭到报应的！对于这一点，我万分确信！"

辽阔的大草原一片寂静。红霞渐渐退去，夜幕开始降临。

第五章

森林里的种田人

没有树木的大森林，啊，多么寂静的大森林。

敞开胸怀拥抱你呀，嗨，天下姐妹一条心。

——摘自呐喊的三宝诗集《动物快跑》之《超级姐妹》

1

主巢高坡上，巢里巢外一片死寂，连一个忙碌的身影都看不见。金蝶停下脚步。出事了！

没有一个工蚁姐妹大老远跑过来给她做一番安全检查，用触角触碰她，用前腿抚摸她，用嘴巴试探她，把她的气味从里到外研究得清清楚楚，然后欢快地接受她，忙上忙下为她舔干净这一路的风尘，带她进入一个新扩建的蚁巢，使她如愿以偿地成为一个新蚁后，准备为部落产下一代又一代小宝宝，数十年如一日，直到老死。那是她一出生就开始梦想的生活。她肥大的后腹里现在装满了已授精的蚁卵，足足有好几百万颗，够她用一辈子的。

金蝶舞动起两根灵敏的触角，探测空气中飘浮的信息素。她没有捕捉到任何异样。空寂的蚁巢里仍然满是熟悉的老家气味，舒适的微风慢悠悠地在错综复杂的通道间流动。

身后传来几声尖叫："金蝶，你做了什么？"金蝶回头，几只和她一样刚刚从大草地返回的未来蚁后姐妹惊恐地盯着她。聪慧的金蝶跑得最快，比她们几个早到了几分钟。

"不要吃了，有毒啊！有毒啊！"林蚁们没有耳朵，金蝶用脚部的感受器听到不远处的右侧通道传来一个小姐妹微弱的哀嚎。空气中同时飘来一丝微弱的报警信息素，立即被她的触角捕捉到了。

金蝶顾不得跟其他女王姐妹们解释，冲向报警信息素发源地。

她骇然发现地道里到处都是工蚁姐妹的尸体。那只小小的工蚁躺在地道的最外面，她只有金蝶的五分之一大小，很显然是一个专门负责在巢里照顾女王和宝宝的姐妹。小工蚁那两只大眼睛紧紧闭在一起，六条小细腿时不时无力地抽搐一下。

金蝶扑上前去，用触角轻轻触碰小工蚁的圆脑袋，用两条前腿温柔地抱住她："嗨！姐妹，你怎么了？家里发生了什么事？"

小工蚁听到金蝶的呼叫，费力睁开眼，急切地喃喃："有毒啊！毒啊……危险！您快走……快离开……这里……"

保护家园和部落是林蚁姐妹最强烈的本能，金蝶不可能稀里糊涂地仓皇逃离，她下决心留下来查明真相，报仇雪恨。但是命运留给她的选择并不多。

小工蚁又抽搐一下，痛苦地凝望着金蝶，咽气了。其他女王此刻也都涌上前来，她们围住金蝶，沉默地注视着她。没有触碰，没有拥抱，也没有抚摸，只有微微僵直、挺立的后腹部，那是敌意与战争的象征姿势。

金蝶抬起头，看着女王姐妹们："我也不知道发生了什么事！我到的时候她们就已经死了！"

一只漂亮女王凑上前来，满脸冷冷的杀气："你这个叛徒，你到底对部落做了什么？你想独吞这一大片领地吗？"

金蝶认识她，亲爱的金福姐妹。早春三月，冰雪开始消融，从冬眠中苏醒的老女王，在蚁巢最深处的产房生下今年第一批工蚁后代。那些陪着老蚁后过冬的老工蚁姐妹们把第一代工蚁养大成年后，部落里蚁丁兴旺，劳力充足，于是老蚁后紧接着产下一批成年后将长出翅膀的特殊蚁卵。在这些特殊蚁卵中，那些受过精的蚁卵会发育成与其他工蚁一样的雌性，也就是金蝶、金福她们这一代新女王，而那些没受精的蚁卵，则发育成生命短暂、没有名字的雄蚁。

这些未来女王是全部落的珍宝。金蝶和金福肩并肩，从小小的蚁卵长成胖乎乎的幼虫，她们胃口极好，饭量是同期那些普通工蚁姐妹的好几倍。接着，她们又一起吐丝、结茧、羽化。随后，她们一起展开晶莹的翅膀，拖着肥大饱满的后腹，从草尖上起飞，开始她们一生中唯一一次飞行，那惊险、难忘、浪漫的婚礼飞行。在神秘本能的召唤下，她们一起飞往大草地。和普通林蚁部落不同，在她们这个超级进化的超大部落里，她俩不是竞争对手，而是相亲相爱的好姐妹，一直都是，直到此时此刻。

金蝶无法接受亲爱姐妹的翻脸无情。她急切地解释道："我也才刚刚回来！在大草地的时候，咱俩不是在同一棵鼠尾草上和雄蚁们交配的吗？就算你怀疑我，我也没有作案时间啊！请你们相信我。"

其他女王们你看看我，我看看你，激烈地挥动触角，商讨许久。结果，四分之一的女王以金芳为代表，相信金蝶是无辜的。一半的女王半信半疑。剩下四分之一以金福为代表，坚信金蝶采用某种恶毒的阴谋诡计，利用大草地集体交配的时机，制造出虚假的不在场证明，实施了一次残忍的灭绝计划！

金福的触角激烈触碰金芳的触角："哼，要不是咱们几个顺利回巢，带着满腹的卵宝宝们东山再起，那整个超级部落都要被金蝶抹杀了！她这么可恨，你竟然还替她说话！别傻了！"

金芳谨慎地说："要是这么说，那每个回归的女王其实都有同样的嫌疑！不能因为金蝶最先到家，就怀疑是金蝶干的。"

金福："那她必须证明自己的清白！在此之前，她必须离开这里！不然我们生下来的宝宝都不安全！"

金蝶没有作声，眼下她无法证明自己的清白。她改变不了自己第一个回巢的事实。

金芳摇摇头，对金福说："你想过没有，咱们生下来的小宝宝，将来由谁来照顾？姐妹们都灭绝了，对金蝶也没好处啊！她也需要工蚁姐妹的照顾，才能顺利始建一个新的小家庭啊！"

金福："特殊时期，只好特殊处理，她又不傻！要是忙不过来，可以从别处抓奴隶工蚁嘛！实在不行，大不了第一批后代少生几个，自己亲自照顾！她肯定也是这么打算的！"

金芳："我再说一遍，问题是，如果冤枉了金蝶，不就等于放走了真正的凶手吗？"

但是在群情激愤的情况下，金芳的声音很快就被淹没，那一半将信将疑的女王，在激烈的触角碰撞之下，都开始头脑发热，想把金蝶活活撕成碎片。最后女王们互相妥协，达成了一个共识。

金福代表其他女王对金蝶宣布最后通牒："你走吧！这个部落不欢迎你！你不配待在这个文明的部落里！那些野蛮的部落也许更适合你！"

金蝶："我走没问题，可是，金芳说得有道理，如果没有查明真相，你们的宝宝可能也会面临同样的厄运！"

金福冷冷地说："呸呸呸！不许你诅咒我们的孩子！不用你操这个心了，管好你自己吧！从此以后，你再敢踏进这个部落一步，我们的孩子一定会把你撕成碎片！

滚！"

在一片敌视的目光中，金蝶与金芳哀伤、同情的目光对接了一秒。金蝶轻轻摆动触角，和姐妹们无声道别，慢慢退出蚁巢。

外面阳光明媚，六月的大地即将进入一年里最生机勃勃的时节。

金蝶茫然四顾，去哪儿呢？她从没想过要离开这个温暖、可爱、包容的超级部落。只有那些普通林蚁的新女王才会在婚礼后流落他乡，或者孤独自封，侥幸熬到第一代工蚁长大；或者九死一生地侵占一处田蚁的巢穴，繁衍出一个新家庭。而金蝶和她的新一代女王姐妹们只要能在婚礼后安全回来，就总有一处整洁舒适的新巢穴在等着她们。

或许，她最好和普通林蚁一样，现在就去征服一处小田蚁的巢穴，用她卓越的伪装技巧和强大的女王信息素哄骗田蚁的工蚁们帮助她繁衍后代，重建一个日益壮大的新部落。

但她的心空落得厉害。

在重新安顿自己之前，她必须查清楚，到底是谁杀害了她的姐妹们？是谁那么彻底地毁灭了她们心爱的家园？她本能地觉得，死亡的幽灵依然在地下老巢里飘荡着。

她想起育婴房里亲爱的老姐妹们给她吟诵的那些史诗，那些早春时节发生在西部边境线以外的惨烈战争，那些普通林蚁部落之间的无情杀戮。她不禁打了个寒战。金蝶的超级部落从来不主动发动战争，她们善于用包容与和平解决一切争端。难道她们的善良仁慈被好斗的部落给利用了？

路途漫漫。金蝶的翅膀在集体婚礼结束后就已经蜕掉，现在只剩一节翅膀根了。

她只能一步一步趟过所有艰难险阻。

金蝶又回头看了一眼老家的洞口，将悲伤埋下，一鼓作气冲下高坡，向超级部落边境西线跑去。

2

"呜呜嘎！阿威，阿雪，不好啦！阿海被警察抓走啦！被关进监狱笼子里啦！呜呜呜呜呜——嘎！"

阿威和阿雪转动脑袋，用最佳角度收集阿历克斯的喊叫声。要不是看见阿历克斯哭得上气不接下气，他俩准会认定阿历克斯这是在练习脱口秀呢！而且还是最恶俗的那种！

见阿历克斯神情凄惨，阿威有些着急："你说反了吧？阿海怎么可能被抓进监狱？从来都是他把坏蛋抓进监狱呀！"

阿历克斯："反了，是反了！全都反了！阿海被坏蛋抓进监狱啦！呜——嘎"

阿雪："别着急，慢慢说，到底是怎么回事？"

阿历克斯努力克制激动的情绪："警察局里面有坏蛋！阿海说他打草惊蛇啦！幸好他留了个心眼！没跟警察局说他知道此事和金夫人集团有关！为防止泄漏情报，他让我来向你们求助！请你们秘密协助调查！"

阿威和阿雪越听越莫名其妙，只好一边轻轻安抚，一边慢慢询问，免得阿历克斯越着急越说不清楚。

阿雪："喝口水，慢慢说，慢——慢——说，先说说阿海怎么打草惊蛇了？"

阿历克斯就用最慢最慢最慢的语气说："阿海不是怀疑警察队伍里有败类吗？他请绿野市警察局调取王半仙儿在护林大队突袭半仙食府时的所有短信和电话记录，结果竟然一无所获！于是阿海开始怀疑警察局高层也有坏蛋！坏蛋害怕被阿海抓住，决定先下手为强，就诬陷阿海是盗猎团伙的黑帮老大！嘎——！"

阿威长啸一声："荒唐！这怎么可能！坏蛋警察有什么证据？！"

阿历克斯不知不觉再次激动起来："他们说，阿海一直是盗猎团伙在警察系统的卧底！和大黑熊贩子、麝牛贩子、穿山甲贩子全都是一伙的！要不然他怎么能那么料事如神呢？情报怎么能那么准确呢？他们说阿海太可疑！他们还说，事实上，为了提高自己在黑帮的地位，扩大自己的势力范围，阿海故意告发团伙成员，利用警方力量剪除异己，他自己现在已经成为黑帮老大！"

阿雪："一派胡言！贼喊捉贼！"

阿威怒目圆睁："混淆是非！颠倒黑白！这些坏蛋有什么证据？！"

阿历克斯："坏蛋的证据来自一个被阿海抓捕的黑熊贩子！阿海说这个黑熊贩子在盗猎集团的代号是养熊人臭嘴，名头不小！还是老娇那个大坏蛋给他们三兄弟起的臭外号！老娇说，三个臭兄弟，熏死一个诸葛亮……"

阿威越听越着急："这个养熊人臭嘴提供了什么证据？"

阿历克斯："臭嘴在狱中提条件，说他要供出非法养熊场真正的幕后黑手，换取减刑机会！臭嘴声称自己和阿海有不清不楚的金钱关系！他说阿海曾亲口答应他，等到把黑熊贩子们都抓起来之后，抢占空出的地盘，之后二人平分好处！臭嘴还说阿海报假警把黑熊贩子们都投入监狱之后，却并没有按照事先的约定与臭嘴分钱，更没有信守诺言想法营救臭嘴出狱，还独吞大笔奖金！阿海还收买报社和电视台记者，成功洗白！臭嘴说他遭到阿海背叛后，如梦初醒，痛定思痛，决心改邪归正，弃暗投明，揪出阿海这个警察队伍里的大败类！呜呜嘎！"

阿威气得大叫："这叫什么证据？这叫肆意诬陷！这叫血口喷人！真是一个名副其实的臭嘴！"

阿雪首先冷静下来："阿海想让我们如何协助调查？他留下了什么线索吗？"

阿历克斯："有一条线索！他请你们帮忙赶紧找到森林里的种田人！阿海的线人告诉他，种田人臭脚最近在猫头鹰联合国一带的古老密林里活动！种田人臭脚和养熊人臭嘴、宰牛人臭手是亲兄弟，三个臭兄弟全都和老娇有重大关联！阿海曾经救过臭脚的命！找到臭脚，就能证明阿海的清白！还有机会抓住老娇，扳倒王半仙儿！阿海请你们注意保密，不要打草惊蛇！"

阿威也冷静下来："森林里的种田人……唔，我从来没有听说过有这号人物。阿雪你听说过吗？"

阿雪也摇摇头："奇怪，一个种田人，与盗猎团伙能有什么瓜葛呢？再说，老森林里哪来的种田人？"

这时，阿玉"呼"地飞过来，她已偷听多时。"我也有线索！最近联合国密林的各大昆虫家族频繁遭遇意外死亡，有无法证实的传言说，这都和一个古怪的种田人有关！我本想先初步调查一下事情原委，再向你们报告。可惜我还没有来得及完成调查，这几个大家族就都消失无踪了！我怀疑他们已遭灭族！"

阿雪："啊！联合国老林竟然也会出现这种怪事！这事不简单，咱们一定要查清楚！而且要尽快！你估计这些家族是怎么被灭族的？"

阿玉："我还不能完全确定！这事或许和阿海要找的种田人有关！我建议咱们到林蚁超级部落去问一问。他们子嗣众多，分布广泛，消息灵通。"

阿雪：“事不宜迟，咱们立即出发！”

阿威：“我马上通知肉球与猴面，请他们速去联系红喙队长，联合国老林里没有什么事能瞒过红喙大侠的耳目！”

3

在生态学家阿雪的眼里，超级部落是绿野森林林蚁世界的一个进化奇迹。这个部落历史悠久，宽厚包容，善于利用和平而非战争解决争端。

当普通林蚁部落为了一点点地盘在边境线上斗得你死我活时，超级部落敞开胸怀，友好收容迷路的流浪蚁。工蚁姐妹嘴对嘴给流浪蚁喂食，流浪蚁由此获得超级部落独特而宝贵的化学信息素，从此被所有部落成员视为姐妹中的一员。超级部落甚至会接受异族的女王，为素不相识的女王修筑专门的产房，毫不介意辛勤抚育异族女王的宝贝们。超级部落因此具有超级丰富的基因多样性，巢里同时居住着上百万个女王。充满活力的超级部落不断将领地向森林深处推进，甚至进入林蚁世界以前从来没有涉足过的地域。

在那些只有一个女王的普通林蚁部落里，女王的死亡意味着部落的终结。一旦没有新生命的诞生，短短几周之后，等所有成年工蚁全都死去，部落就彻底湮灭。而在超级部落里，永远有小宝贝源源不断地生出来，将部落的气息撒播到四面八方。阿雪说，或许有一天，林蚁世界会进化成一个地球超级和平大联盟。

"马上就到主巢高坡了！"阿玉一路飞在最前面。

主巢高坡是一个施工复杂的建筑物。这是林蚁超级部落的主洞口，由工蚁们用松针、草杆、树枝搭建而成。阿雪几天前还专门来这里观察过林蚁们一年一度的婚礼飞行仪式。她当时惊奇地发现，部落里新一代长翅膀的公主和王子们，大部分展翅飞往大草地去参加集体婚礼，但也有一些则根本没有离开高坡，主动放弃那一牛只有一次的飞行，直接选择在本部落出生的佳偶，在主巢高坡上完成了交配。交配之后，雄蚁王子很快死去，公主们则用后腿后脚扯去自己的翅膀，由工蚁姐妹牵引着去往地下专属产房，开始蚁后生涯，雌雄双方因此都省去了婚礼飞行往返途中的一切麻烦和危险。

当时阿雪不禁感叹，也只有在基因多样的超级部落，才能有这种超级的便利。现在，部落正处于一年中大量添丁进口的兴旺时期，每一张小嘴巴都在等着喂食，工蚁们一定都忙得脚不沾地呢。阿雪暗暗决定，调查工作必须简洁明快，千万别耽误工蚁们的宝贵时间。

"奇怪！怎么高坡上一只林蚁都没有？"阿玉在前面大叫。

啊？怎么可能？情况不对！

大家急急飞到主巢高坡顶上，低空盘旋。高高的建筑内外，果然一片死寂。

阿历克斯："嘎！好像冬眠了！"

阿玉："不可能！她们从冬眠中醒来还不到三个月，今年的好日子才刚刚开始！"

阿威："快看，巢口趴着几只蚁后！"

阿雪："呀！是新蚁后们！她们从产房里跑出来做什么？就算要晒太阳，也应该爬出洞口在高坡上好好晒啊！"

阿历克斯："嘎！全都一动不动！真的冬眠了！"

阿玉也疑惑了："就算要提前冬眠，也应该去蚁巢深处啊！洞口多危险！"

阿雪："不正常！咱们快去看看！"

大家小心降落在高坡上。

阿雪惊呼："金芳，金福，金平……你们怎么了？工蚁姐妹们呢？"

听到阿雪的声音，金芳艰难抬起头："死了，全死了！我们想逃走，但我们爬不动了。头痛欲裂！腹痛如刀绞！我们也全都要死了，嘤嘤嘤……"

金福有气无力地喊叫道："死金芳！你现在哭还有用吗？都怪你！是你放走了凶手！"

金芳继续哭泣："超级部落完了……"她看着阿雪，"雪，永别了！"

阿雪急了："这到底是怎么回事？凶手是谁？"

金芳流泪："我真的不知道……"

金福大叫："你怎么会不知道？死到临头还这么糊涂！事情不是明摆着吗？是金蝶干的！"此刻，傲气的金福也满脸泪水，"雪，金蝶她一定会再回来的，等我们全都死绝之后！她想要独霸超级部落！我真后悔没把她撕成碎片！"

这时，金福身后的金平痛苦地呻吟一声，猛烈抽搐一下，死了。

阿历克斯崩溃了："金蝶在哪儿？她和种田人有什么勾搭？必须赶紧抓到她！"

金福无力挥一挥触角，指向西方。"她和西部林蚁家族有勾结，可耻地背叛了部落，唉……"金福长叹一声，闭上眼睛，昏死过去。

4

经过一天的长途跋涉，金蝶来到超极部落西部边境线上。她只顾着赶路，一整天没有吃东西。她从一开始就打定主意不要为打猎耽误时间，如果遇见过路的小虫子就顺便抓一只来充饥。可是邪门了，这一整天她都没有在路上遇到合适的小猎物。倒是有几个大猎物本来可以一试，金蝶一眼就能看清他们的伪装，别看他们一动不动，假装自己是一片叶子或一块泥土。但是他们个头太大了，金蝶凭一己之力很难驾驭。"会浪费太多时间，先算了吧，赶路要紧。"她每次都这么告诫自己。

她一路留心，希望能遇到几个幸存的本族姐妹，却一无所获，内心一阵阵的悲痛难以自抑。

在超级部落西部边境之外，一南一北有两个普通林蚁小家族。这两个家族都知道超级部落惹不起，也从来不敢贸然进犯。但每年春天，刚刚从冬眠中苏醒的南北两个家族必然会在边境线上来一场殊死大战，因为一觉睡醒，每个家族都怀疑另外一个家族偷偷抢占了好大的便宜，于是就稀里糊涂地宣战了。

这一仗打得昏天黑地，尸横遍野，直打到双方对重新划定的边境线感到满意为止——不，或许两个家族从来都没有真正满意过，他们只是打不动了。天气越来越暖和，百废待兴，还有好多好多比打仗更重要的事情等着赶紧去做呢！没时间也没兵力继续打下去，于是双方就稀里糊涂地休战了，都打算等明年春战再把今年吃的亏补回来。

完全不像友好的超级部落，南北两个林蚁家族一旦在领地里发现异族气味的工蚁，必然赶尽杀绝，最后还要把"入侵者"的尸体拖回去给自家宝宝们当零食。

此时，金蝶孤身一蚁，独闯敌营，她知道自己必须万分小心。如果她大摇大摆直接冲向两大家族的巢穴，还没等她进去，就会被一群脾气火爆的工蚁撕成碎片。她需要以智慧取胜。

金蝶决定先去离她较近的南家族看看。南家族比较兴旺，也更加好斗，更有可能是伤害超级部落的凶手。只要一想到空寂的老家，金蝶心里就又恨又怒。

她谨慎地在草丛底下移动，随时准备对付外出觅食、巡逻的南家族工蚁。奇怪，她潜行良久，一个小工蚁都没遇到！

金蝶疑惑不已，更加谨慎地南下。

诸事顺利得简直不正常。金蝶计划中的策略一条都没用上，就已经来到南家族的入口。

她小心地把脑袋探进洞口，里面空荡荡的，透着寒气的黑暗扑面而来。她回头望了望寂静的碧野，头顶烈日高照。她决心进洞里去看个究竟。

巢内的空气感觉比较正常，虽然有些过于寒冷，但通风流畅，空气还算清新。金蝶迅速从空气里捕捉到这个家族的化学信息素密码。她自信可以轻而易举地复制出来，以假乱真，让南家族的工蚁们分不清谁才是真正的蚁后。

但这次，她却根本没有复制信息素的必要，因为没有任何工蚁需要她去迷惑、去征服。

金蝶沿着宽敞的走廊一间间屋子挨个探查。到处是工蚁的尸体！在一间间育婴室里，不论是卵宝宝、幼虫宝宝还是蛹宝宝，都已死去多时。

金蝶屏住呼吸，继续往巢穴深处爬。更多的林蚁尸体。这不是蚁巢，这是蚁墓！

最后，她站在蚁后的产房门前，深吸一口气，慢慢挪进去。

蚁后耷拉着大脑袋，僵死在地，前腿中间还抱着她生下的最后一个卵宝宝，卵宝宝已经干枯。

金蝶大骇，疾速转身，一路狂奔，冲出洞口。

她趴在洞口的开阔地，让明亮、热烈的阳光满满地照射到全身，把恐怖和寒冷从里到外全都晒走。

太可怕了！她好不容易平静下来。这到底是怎么回事？难道是北家族干的？这是什么攻击技法？她毫无头绪。

金蝶又看了一眼南家族的洞口。对林蚁来说，这是一个很好的巢穴，很适合创建一个新家。但她不能留下来。洞里有莫名的威胁，像耐心的猎手，在黑暗中眼睛一眨也不眨地盯视着她，等着捕获她，而她灵敏的触角无法看透这鬼影重重的黑暗。

在真相查明之前，她不能在任何地方留下来。她必须继续寻找，继续跋涉。

金蝶掉头北上。

5

金蝶缩在一块小石头下面的泥巴缝里过了一夜。天一亮，她再次动身。

夏日艳阳一大早就暖融融的，金蝶冻了一夜的身体很快暖和过来。就这样在阳光下不住脚地奔走，让她感觉很舒畅。

如果史诗唱得没错，穿过前面的一小片树丛，就是北家族的南大门了。

金蝶一鼓作气爬进树丛，林子里一片阴凉。热辣辣的阳光被一重重绿叶遮挡，偶尔洒下一道道金色光芒，在林间燃起点点闪烁的光斑，把小道映照得暖洋洋的。

无边的寂静，整个世界似乎失去知觉，昏昏睡去。金蝶仿佛能听到时间流淌的唰唰声。

太安静了，就连暖融融的阳光也恍惚透出一丝丝怪异的邪气，在林间幽幽飘浮，显得有些不真实。

不对劲。不对劲。金蝶警觉地停下脚步。

她长大嘴巴，舞动触角，试探林间的各种气息。她举起两条前腿，竖起身体前部的肢节，竭力远眺。她的四条后足紧紧扒住地面，凝神倾听。但是她没有捕捉到任何有价值的信息。怪了。

"难道是我的经验不够丰富？还是我太疑神疑鬼？"金蝶平生第一次感到不自信。她很不安，大祸临头的不祥预感越来越强烈。

她站在原地，转头回望，来路寂寥无声。她下意识地抬起头，一时之间好像视线模糊，出现了幻觉。她摇摇头，定定神，仔细再看一眼她认为自己肯定看错了的东西。

没错，在那里。在她头顶大约25厘米高度的地方，一排排蚂蚁尸体吊在树叶背面，齐刷刷地全都正对着她，无数双失神的大眼睛在树叶下静静注视着她。

金蝶魂飞魄散，失声惊叫，一声一声又一声。

大森林默默无语，任她疯狂尖叫，没有试图阻止她，也不打算安慰她，等着她自己收拾情绪，恢复平静。她喊啊叫啊，直到她累极了，再也喊叫不出声音来。

她伏在地面上，大口喘着粗气。周围仍然静悄悄的。终于，她壮起胆子，鼓足勇气，颤抖着，再次看向那一大片可怕的蚂蚁尸阵。

首先可以告诉自己，这是一个蚂蚁空中墓园。其次可以确定，这些蚂蚁不属于林蚁家族，嗯……她们活像育婴房老姐妹吟唱过的一首童谣。一想到育婴房里那些可亲可爱的老姐妹，金蝶顿时感到一阵温暖自心底升起，她不再是孤独一蚁，眼前这阴森恐怖的蚂蚁尸阵忽然间也没那么可怕了。她仿佛感到那些老姐妹正在轻轻地拥抱她，陪伴她，给她全身注入新的能量。她终于放松下来，开始仔细观察蚂蚁尸阵。

金蝶这时才注意到从死蚂蚁大眼睛上方长出的那一株株干枯小蘑菇。蚂蚁们临死前不知承受了什么痛苦，全都张大嘴巴死死咬住叶子的主脉。在蚂蚁们浑身各个肢节处，曾经长出过许多小蘑菇的菌丝，把蚂蚁尸体牢牢固定在树叶下面。但很显然，这些菌丝也早已干枯多时，此时都松松垮垮地耷拉在死蚂蚁的身体上，等待着林间细菌的分解。

金蝶明白了，这的确是古老童谣中的一个离奇故事。传说有一种看不见摸不着的入侵者，乘着隐形的飞行器在空中偷窥。当他们发现沿着固定路线行进的工蚁队列时，就会悄悄降落在其中一只工蚁身上，侵入工蚁身体内部，在工蚁的肌肉里驻扎下来，然后分泌出成千上万种效力强大的化学信息素。这些信息素如潮水般涌入工蚁的大脑，令工蚁迷失自我，变成活僵尸，听任入侵之主的摆布。工蚁僵尸们像喝醉了一样乱跑，脱离部落队伍，向着最完美的死亡之地前进，光线、温度和湿度，都必须非常适合入侵之主的生长需求。

在这个赴死的过程中，工蚁僵尸度秒如年。她们想摆脱被奴役被控制的僵尸命运，却身不由己，每一次反抗，都给自己的肉体和精神带来更大的痛苦。在入侵之主化学信息素的无情鞭打之下，她们跌跌撞撞往树上爬，时不时抽搐着掉到地面上，又不得不再次挣扎着继续往上爬。每一次跌落，都会使她们遭受入侵之主的严厉惩罚。

掉下去，再爬上去，就这样反反复复很多次后，工蚁僵尸终于来到了让入侵之主满意的合适地点。在主子的命令下，她们爬到叶子背面，一口紧紧咬住叶子主脉。然后她们就再也没有一丝继续生存的意志，一动不动地停在那里，等着被主子干净利索地杀死，只求得到彻底的解脱。生命逝去，所有曾经的不甘和反抗，就这样烟消云散。

眼前这些死不瞑目的可怜姐妹，是弓背蚁家族的后代。那个可恶的神秘入侵者，就是这一朵朵可爱的小蘑菇。

很显然，那第一朵小蘑菇祖奶奶成功奴役了一只弓背蚁姐妹，也成功地从那个姐妹的头部长出了一朵水灵灵、娇滴滴的真菌子座，最终生出了无数的小孢子娃娃。小孢子娃娃们也成功发育为新一代入侵大军，乘着各自的隐形飞行器离开小蘑菇祖奶奶，四下散播开去，奴役了更多工蚁来到这片完美墓园。看眼前的阵势，极有可能附近有一整个弓背蚁部落被入侵者抹杀。

但是不知为何，最后这一代真菌入侵者，明明已经成功控制了大量弓背蚁姐妹，最终却并没有发育成熟，在生出孢子娃娃之前，就全都死去了。似乎另有一种可怕的怪物，用更加轻松的手法，抹杀了整个真菌家族的生命。

金蝶不敢在此地继续逗留，她迅速爬出树丛。

啊，外面的阳光多么明亮啊。

6

为了绕过蚂蚁空中墓园，金蝶不得不在墓园西侧的草地上兜一个大圈子。如果不出意外的话，她最快将在中午时分重新回到几天前离开的集体婚礼大草地，之后她需要马不停蹄地继续北上，才能在天黑前赶到北家族。

她必须抓紧时间，一刻也耽误不得。

可是现在她感到饥肠辘辘。她知道自己必须先好好吃一顿，否则将没有足够的能量完成这次越走越长的旅程。就算遇到的是一只大虫子，她也必须先花时间冒险打一架。

　　她留意着草丛中疑似昆虫的阴影和形状。然而走了很长时间，她连一只昆虫都没找到。一天前还清清楚楚藏在路旁的大昆虫们，现在也都没影了。她不禁又开始怀疑自己是不是没有足够的野外生存本领，无意间漏掉了大自然留下的重要线索。

　　金蝶走得更慢了，开动全身所有的感受器，更加专注地寻觅食物。

　　忽然，她舞动的触角捕捉到一阵微弱而美妙的气味，接着她的六足隐约听到几只苍蝇贪婪的嗡嗡声。就在正前方！她大脑发热，一大堆营养丰富的食物就在附近！

　　啊，快爬呀！冲啊！这无法抗拒的诱惑！细细探究，有好几种美好的气味彼此交织在一起，啊！一种比一种更香醇！好大一堆肉啊！这一定是足够一大窝蚂蚁吃好几个月的食物储备！金蝶埋头奔向那未知的动物尸体。

　　腐肉的味道愈加浓烈，但苍蝇的嗡嗡声却不知何时消失了。天地间只有风声，急一阵，缓一阵。金蝶又生出一丝不真实的幻觉。但她摇摇头，抛掉那些虚无缥缈的忧虑，暗笑自己真是太疑神疑鬼。"想必是那些苍蝇只顾着吃，顾不上唱了！"想到这里，金蝶更加急不可耐，感到肚子更饿了。她一心一意向着食物狂奔而去。

　　她先看见一座庞大的肉山耸立在草地上。天生的嗅觉告诉她，那是一只红狐狸妈妈。红狐狸大张着嘴，支棱着四腿，静静瘫在草地上，已经开始微微发臭。接着她看到另外两座羽毛覆盖的肉山，那是两只曾经凶猛的秃鹫，此刻他们耷拉着脑袋，铁爪松弛，歪倒在红狐狸身旁，肉质还很新鲜，显然死去没多久。最后金蝶看到她刚才听到的那几只苍蝇，他们六爪朝天躺在地上，就这一会儿的工夫已经死透了。

金蝶不明白这一切到底是怎么回事，她不确定自己该不该上前去大吃一顿，然后赶紧上路，离开这个不祥之地。她本能地告诫自己放弃这一顿美味，可是太难了，她很饿。或许她可以不动那些大家伙，只吃半只苍蝇，但她的大脑却持续地发出一个轰隆隆的大问号："为什么苍蝇死了？为什么？是谁杀死了他们？"

她想起小工蚁姐妹临死前的告诫："不要吃，有毒！"

腐肉散发着无敌的香气，金蝶一时间拿不定主意，就那么举着前足，长着嘴巴，愣愣地瞅着眼前这一座座让她饥火难耐的肉山。

"金蝶，你在这里做什么？"她听到一个熟悉的声音从空中传来。

"嘎！这些都是你的猎物吗？我本来不相信你能独霸超级部落！就算你有贼心也没那金蝶……刚钻！现在我信了！连秃鹫都能杀死！你好厉害！你真是一个超级杀手！可怕！发抖！"另一个声音不住气地惊呼着。

金蝶抬起头，阳光下翩翩飞来四只鸟儿，最前面的那只身形灵巧，白羽净洁，正是几天前在老家的主巢高坡上与自己聊过天的猫头鹰生态学家阿雪博士。那时候自己还是个刚出窝的自信小公主，这才短短几天的时间，金蝶的生活已经发生了如此天翻地覆的巨变，真真恍如隔世。

阿雪还没落稳，就急急问金蝶："这里发生了什么事？"

金蝶："我也不知道。我到的时候他们就已经死了。"

阿历克斯展开推理："你跟金芳她们也是这么说的！为什么你所到之处，都遍地死尸？而且全都是你到之前就已经死掉的？这也太巧了吧？世界上哪有这么多的巧合？可疑！"

金蝶："我说的全是实情。不过，刚刚我确实听到这些苍蝇的嗡嗡声，可是等我赶到这里，他们竟然全都死了。我也觉得很奇怪。"

阿雪听了，神情一下子变得非常严肃："大家小心！不要动这里的一草一物！阿历克斯，不许吃地上的死苍蝇！快扔掉！"

阿历克斯从没见阿雪对自己这么凶过，吓得爪子一哆嗦，死苍蝇又掉回地面。

阿雪小心观察死在地上的动物，惊叫起来："毒！有毒！他们全是中毒死的！"

阿威："很显然，红狐狸先中毒死了，秃鹫吃了红狐狸的腐肉，接着也死了。而苍蝇吃了几口秃鹫，跟着被毒死了。这是一起连环中毒案！"

阿玉："我之前观察的那些昆虫家族也全都是这种死法！看来也都是被毒死的！"

阿历克斯大声质问："金蝶，你到底用了什么超级毒药，把这么多动物都毒死了？你吃得了这么多吗？吃不完的都归种田人吗？"

金蝶这时候才恍然大悟，不是她没有经验，也不是她疑神疑鬼，是大森林真的不对劲！她大喊起来："大森林中毒了！我们超级部落！还有林蚁南家族！还有寄生弓背蚁的真菌部落！全都是被毒死的！"

阿历克斯："你这算是自首吗？这些全都是你的功劳吗？你是要把整个大森林里的动物全都据为己有吗？金福说得没错！太狠心，太贪心！"

阿威示意阿历克斯别乱叫了。阿威对金蝶满怀同情，他感到心底一阵阵发怵："金蝶也是受害者。施毒者会是谁？除了人类，还有谁本事这么大？！"

阿威和阿雪都从对方眼中读出极度的恐惧。

7

种田人臭脚一大早就开始忙碌。他先给长势喜人的大麻田透透地浇了一遍水，五千多棵鲜嫩的大麻苗就像永远也不知满足的小宝宝，急不可耐地把蓄了整整一夜的溪水一口气全喝光了。绿油油的大麻叶子吸足水分，显得更加生机勃勃，令臭脚非常满意。清晨的空气中弥漫着浓烈的草药香气，好闻极了，臭脚不禁贪婪地深吸好几大口。之后他戴上大口罩，稀释了一小袋克百威农药，给一排排半人多高的大麻苗从头到脚细细喷洒一遍，就连大麻田四周的枯树枝围栏也没放过一个死角。

"绝不能让一只小动物跑来祸害大麻田！犯我田者，格杀勿论！嘿嘿嘿！"臭脚一边自言自语，一边使劲按压出一股股毒雾，心里溢满了杀死害虫的快感。

臭脚知道克百威在绿野大陆地早已被列入"药品和其他化合物禁用清单"，据科学家说，一小勺克百威就能毒死一只成年的大黑熊。听说在紫光大陆地，农民们也仍然在用这种毒药杀死妨碍他们生活的大象和狮子。臭脚相信自己使用这种毒药也是迫不得已。

森林里各种馋嘴小动物，尤其是那些啮齿类的野东西，特别喜欢吃含糖量极高的绿色大麻植株，还喜欢啃咬臭脚辛辛苦苦铺设了十几公里长的塑料浇水管道。太可恶！那可都是钱啊！就拿水管来说吧，新管子一卷300米长，零售价要250美元，如果保养不好老换新管，老板会狠扣臭脚工资！大麻田刚开垦那一年，臭脚没少因此被扣工资。

臭脚心疼钱，所以他死命使用毒药。只要能把那些讨厌的野东西赶走，臭脚才不管什么禁用清单呢，反正鼠药的钱由组织出，他想要多少老板就能给他提供多少。而且鼠药多便宜啊！比起换水管的花费，买鼠药的钱简直可以忽略不计。

忙了一上午，总算可以歇一歇了。臭脚喜滋滋地看着这一片片油亮的大麻叶子，真是灰扑扑的原始森林里一道美丽风景线啊！要不是怕中毒，天生喜欢植物的臭脚真想上前去摸一摸、嗅一嗅、摘下一片嚼一嚼。臭脚尽量不去想那些吸食非法大麻的消费者。选择更便宜的还是更安全的货物，那是消费者自己的事，跟他臭脚无关，他只是一个打工的。

老板一开始就丑话说在前头，威胁臭脚要是不好好听话干活就会连累老婆孩子——名义上臭脚的老婆孩子现在都作为人质被老板扣押了，直到大麻收获他们才能重获自由——但臭脚一点都不担心，也从来都不害怕，因为他真心实意想要好好干的。整整五个月，每天能挣150美元，这样的美差再上哪儿找去？这可比他以前在农场和葡萄园里打工挣得多多了。

臭脚和大哥臭嘴、二哥臭手都是年轻力壮的非法移民，以前他们在种植园打黑工，每个壮劳力一天只能挣几十美元，一家人真是过够了苦日子。再说了，在他挣大钱的这五个月里，老婆孩子在老板的秘密组织里享受着免费的食宿，这又省了多大一笔开支啊！在臭脚眼里，那根本算不上扣押，更不是护林队所说的绑架，而是货真价实的福利。

当然，臭脚知道老板挣得更多。虽然随着大麻种植合法化的推广，最近十几年非法大麻价格下跌过半，但以时价计算，这5千多棵大麻仍然价值8百多万美元呢！这每一片叶子都是一沓钱啊！但是臭脚绝对不会嫉妒老板，也不会贪得无厌，他知道自己跟老板没法比。老板承担的风险多大啊！要是大麻田被护林队发现了，臭脚作为种田人撒腿跑了就是，而老板的巨额投资可就全泡汤了。这样的事随时可能发生，老板每年都会因此损失好几块大麻田，那可是上千万美元的损失啊！正因如此，老板才会命令臭脚躲得远远的，跑到最深最黑最荒无人烟的老林子里去开荒种田。

不管老板自己损失有多大，该给臭脚的工资从来没有含糊过，第一年老扣工资那也是合情合理的，那是为了给臭脚一个必要的教训，让臭脚变成一个成熟、合格的种田人，臭脚对此很理解，心服口服。所以臭脚非但不抱怨，反而对老板心存感激，一心一意想要好好干活好好报答老板。臭脚小心侍弄这些金贵的绿色植物，比对待自己那一双小儿女还要上心。

臭脚如此知足常乐，知恩图报，老板自然看在眼里，因此也很喜欢他，不但开恩把他那两个同样忠诚的穷哥哥也先后招募进组织，而且还亲自给他们三兄弟起了个响亮的江湖名号。"三个臭兄弟，熏死一个诸葛亮！嘿嘿嘿，真心感谢老板的信任！呵呵呵。"臭脚裂开嘴，笑出声来。一个人呆在荒僻的老林子里，臭脚常常自己跟自己说话，自己对自己笑。他超级喜欢三个臭兄弟的名号，想起来就忍不住笑个不停。

算起来，臭脚已经做了三年多的种田人，今年他将迎来第四次收获，也是最大的一次收获。这块大麻田营地是他从无到有一点点修建起来的，臭嘴和臭手两个哥哥也帮了不少忙。

那年春天，三兄弟背着行囊，徒步在原始森林里走了五天五夜，才进入这片从未有过人类足迹的古老林地，选定了这一处山岩上面有三眼自然水泉的营址。他们齐力砍掉苍老的参天巨树，耐心平整一块块倔强的土地，洒下无数的化肥、除草剂、杀虫剂、老鼠药，挖掘池塘，开凿水泉，想尽一切办法给喜水的大麻田储备更多水资源。小池塘一年比一年深广，今年已经能拦截整整一条林间小溪啦。他们还创造性地在池塘上面盖上树枝和防水布，尽最大努力防止水分挥发到空气中去，存下每一滴宝贵的水资源供给大麻田。

一点一滴的努力积累出今天的成果。看看，绿油油的大麻田面积一年年扩大，取代了一大片灰扑扑的老森林，大麻产量自然也是一年更比一年高，给三个臭兄弟全家和组织都带来了滚滚财富。一想到这些，臭脚就觉得自己吃再多的苦、受再多的累、忍耐再多的寂寞，也都值了。

三兄弟竭尽全部智慧，热心保护大麻田。兄弟们还未雨绸缪，修筑了防御工事。在大麻田附近的高地上，最喜欢舞枪弄棒的臭手选中了一个战略狙击点。他们为自己装备了各种武器，从十字弩到自动步枪，应有尽有，只是这些武器一次都没派上过用场。这里太偏远了，三年多来从未有外人发现过这块大麻田。就算偶尔有一架小飞机掠过头顶，飞行员也很难在苍茫无垠的大森林里辨认出一丝异样。

臭脚的营地生活条件也在一点点改善。现在，他有一个简陋的帐篷，几把折叠椅，一个睡袋，一罐液化气，成箱的罐头，小半袋大米……他甚至还有一张床垫，架在用那些灰扑扑的老木头搭建的"床板"上面。

臭脚非常知足，感到很幸福，整天有使不完的劲儿，一点都不觉得累。

臭手差不多两个月给臭脚送一次补给，陪他聊聊天。以前臭手和臭嘴两个兄弟有时候会一起来，但去年臭嘴被冤枉入狱了。如果非让快乐的臭脚说说有什么心事，那他唯一想说的就是很想念臭嘴哥哥，希望他能早点出狱。

臭脚从浇水管里接了一盆清水，坐到休闲椅上，甩掉运动鞋，把臭烘烘的双脚洗了洗，用一块肮脏的抹布擦干。他举起最后一罐脚气喷雾金属瓶，晃了几晃，对着左脚，从脚底到脚趾缝，尽量节省地喷了一遍。没一会儿，他的左脚上就裹满了白色的杀菌粉末，免不了的，有些粉末飘落在脚下的土地上。脚气瓶轻飘飘的，臭脚怎么使劲也喷不出药雾来了。唉，用完了。臭脚无奈地看着只喷了一个脚掌的右脚。臭手兄弟约好这几天就会送新物资过来，要是顺利，今天应该能到，希望他没忘了再捎几瓶来。这玩意儿真管用，在这闷热的原始森林里，整天劳作的臭脚，脚气病一年比一年严重，走到哪儿臭到哪儿。

臭脚顺手把空罐子扔到帐篷后面如山的垃圾堆里。那是他三年多来积累的所有生活垃圾，他从没打算清理，那里面已经堆了至少20个脚气罐。

烈日高照，农药的味道熏得臭脚有点昏昏欲睡。

8

阿历克斯一心想着赶紧找到种田人救出阿海，所以虽然他也知道森林中毒案事关重大，却不免有些失望：“连环中毒案！看来此事与种田人无关！金蝶，我要找的线索不在你这里！唉嘎！”

金蝶：“无论如何，我必须找到毒源！否则我们林蚁将永无宁日。”她望望死去的红狐狸，“否则咱们的大森林会一点点被毒死！”她又想起育婴房老姐妹吟唱的一首童谣，不知不觉哼出声来：“没有树木的大森林，啊，多么寂静的大森林。”

此时此刻听到这首熟悉的歌谣，阿雪心里一动，轻呼一声：“奇怪！”她转动灵活的脖颈，凝神细听。

阿雪的眉头越皱越紧：“我记得这附近有一条小溪。现在正是汛期，水量大，水流急，可是为什么听不见一点点流水声？太安静了！不对劲！”阿雪顾不上多说，展翅飞起。阿威和阿玉紧随阿雪向北边飞去。

阿历克斯正要跟着离开，低头看到金蝶凄凉的眼神，于是他轻轻伸出大爪子：“我帮你飞，来吧！”

金蝶赶紧爬到阿历克斯的爪子上："谢谢你！我顺便帮你消灭一些寄生虫吧！"饥肠辘辘的金蝶真心实意地说着，一头钻进阿历克斯漂亮的羽毛里。也是，这几天阿海被抓，阿阳也整天不着家，阿阳妈妈杨云医生也在儿童医院忙得团团转，没人照顾阿历克斯，他风里来雨里去，两翅脏脏八趾黑，身上难免长了不少寄生虫。

"谢谢你！"阿历克斯一边飞一边强作欢快地安慰金蝶："放心吧，有了阿威和阿雪，咱们一定能把那个放毒的坏蛋找到！要是那个坏蛋碰巧认识森林里的种田人，那咱们顺藤摸瓜，就更好了！嘎！嘎！"他说着说着又萌发出新的希望，心情变得愉快起来。

阿雪凭着记忆，很快飞到小溪上空。确切地说，是曾经有清澈小溪昼夜奔流的溪谷上空。

小溪断流了。窄窄的河床裸露着，昔日莹润的水下鹅卵石在烈日的暴晒下，变得粗糙、黯淡。溪岸枯黄一片，喜水的杨树、柳树、野杜鹃全都只剩下干枯的树枝。往年这个时节，整个溪谷地带绿意盈盈，溪边总是热热闹闹地开满了五颜六色的花朵。有一株株梦幻般的金丝桃、猩红猴花、波状叶火焰草，还有一丛丛优雅的黄色鸟足花、粉色头盔花、紫色治愈花。在长满野杜鹃树的湿润溪崖上，一簇簇暖暖的桃色花球贴着地面悄悄盛开，那是罕见濒危的溪岸野薄荷。但是眼前，所有花草都枯死了。不用说，小溪里那些珍稀的本地小鱼儿，漂亮的鲈鱼、鳟鱼、石斑鱼……也全都灭绝了。

阿雪的眼泪一串串掉下来。她扑下熟悉的溪谷，希望能找到一个活着的老朋友。不管是植物还是动物，哪怕有一个还活着呢。但溪谷里万物俱灭，一片死寂。

阿雪不甘心，她重新振翅，沿着溪谷一路缓缓往上游飞，仔细搜索地面。"老朋友，你们都逃到哪里去了？"

"小渔父！小渔父宝宝！"阿威忽然大喊起来。阿雪一眼瞅见那只穿着浅色斑驳夏装的小渔父宝宝。小渔父看起来才两个月大，可能都还没断奶呢，孤零零地躲在一堆烂木头里。

大家都冲着小渔父直飞下去，小渔父眼看自己已经暴露，吓得想逃跑，可是焦枯的大地失去了对小渔父的有效保护力，他只要一动弹就会更显眼。小渔父无处可逃，只好下定决心与来犯之敌决一死战。他高高耸起又长又粗毛茸茸的大尾巴，四条小短腿更低地伏在地面上，抬起稚嫩小脸，瞪着黑亮双眸，呲出小尖牙，低声咆哮，努力做出一副凶狠的模样，希望能把敌人吓跑。

"哈！你是好猎手的小儿子！"阿雪认出了小渔父，"胖胖，你不认识我了吗？你怎么变得这么瘦？你独自在这里干什么？多危险！你妈妈呢？"

阿雪一声声温柔的问候让小渔父胖胖顿时感到好委屈啊，他卸下强悍伪装，哇哇大哭起来："妈妈生病了，我来帮妈妈打猎！我和妈妈整天挨饿！"

阿里斯克落在阿雪旁边："小可怜，溪水断流，鱼儿都死了，你没法帮妈妈捉鱼啦！"

胖胖："我们渔父不吃鱼，吃鱼太费劲！"

阿历克斯好生奇怪："你们名字叫渔父，却不吃鱼？那你们吃什么？"

"我们吃小动物，吃昆虫，吃莓子干果野蘑菇，我们很喜欢吃鸟儿……"胖胖贪婪地打量着阿历克斯。阿历克斯吓得一激灵，展翅飞到空中，"嘎呀，怕你了！我得离你远一点儿！再远一点儿，嘎！"

阿雪问胖胖："你妈妈生了什么病？"

胖胖："生了好多病！妈妈头晕，恶心，呕吐，肚子痛，眼睛看不清东西，整天睡不醒，还发抖、抽筋儿，我看了心里好害怕。哇哇哇，我饿呀！"

阿历克斯在高空大声问："你爸爸呢？他不管你吗？"

胖胖："不管！只有妈妈管我，天天给我喂奶！上周妈妈还教会我吃固体食物！我从来没见过我爸爸！我妈妈说，生下我之后没几天——那时候我还是瞎子呢，我三周前才睁开眼睛——她和我爸爸见过一次面，后来她再次见到我爸爸时，我爸爸已经发臭，死了！我妈妈亲眼看见一只红狐狸妈妈把我爸爸拖走了！"

阿雪："你太小了，还远远没到出窝的时候。快回家去吧，不然你妈妈该担心你了。"

胖胖："是妈妈逼我走的，呜呜呜。妈妈说她也快死了，不能继续照顾我，让我远远地离开这个地方，越远越好，呜呜呜……我不想离开妈妈，我想照顾妈妈，给妈妈找到一些好吃的。可是我什么都找不到，我饿呀，哇哇哇……"

阿威："你妈妈现在哪里？"

"在家洞里。"胖胖说完，警觉起来，偷偷打量阿威一眼。迟疑片刻之后，胖胖谨慎地说："但是我绝对不会告诉你们我家的树洞在哪里！妈妈说这是她和我之间的秘密，谁都不能告诉！"

阿雪微笑："我知道你家的树洞在哪里。走吧，我们送你回家，去看望你妈妈。"

胖胖生性多疑，他在原地灵活地转了一个圈，判断阿雪的话中是否有诈。

阿雪笑着说："放心吧，你妈妈和我是好朋友。你刚出生的时候，我还去看过你呢。你是4月5日出生的，对不对？"

胖胖："对。那你们在前面飞，我在后面跟着。"

阿雪展翅向北边的老松林里飞去。这是一片针叶林与阔叶林混杂的古老林地，地面上堆满了长年积累的枯枝落叶，从来没有人类的足迹踩踏过这片林地。

"这里的自然环境多好，你应该在这些枯树枝里找吃的，不用跑到干枯的溪谷地带去。"阿雪对胖胖喊道。

胖胖边跑边仰头说："我也喜欢在这里找食啊！我一

点都不喜欢开阔的溪谷地带，藏不好！一下子就被你们发现了！可是妈妈不让我在这里觅食，妈妈说这片森林中毒了！"

阿雪闻言，加快了飞行速度。

胖胖家的树洞在一棵五百多岁的老红松里。胖胖噌噌爬上树去，比阿雪他们晚一步到达洞口。

胖胖："妈妈，我们回来了！"

好猎手迷迷糊糊的声音从洞里传出来："你和哥哥姐姐一起回来了吗？可是他俩刚出生就死了啊！"

胖胖很奇怪："我有哥哥姐姐吗？我还以为我是独生子呢！有几只香喷喷的鸟儿来看望你！"

好猎手清醒过来，厉声叫道："不能吃鸟儿！有毒！"

阿雪连忙说："好猎手姐姐，别激动，是我，阿雪！"

好猎手却叫得更激动了："雪，快逃！逃得远远的！这里的猫头鹰差不多全都中毒了！你的好朋友红喙大侠也生病了！和我一样，她的小宝宝们还没出生就死了！快逃啊，快啊！"说到最后，好猎手简直是尖叫起来。

阿雪："老密林里到底发生了什么事？"

好猎手禁不住一阵发抖和抽搐，激动地喊道："森林里的种田人又回来了！一连四年，他每年春天都来，一年比一年更毒！一年比一年更霸道！他的臭脚踩到哪儿，毒素就散播到哪儿！"

阿历克斯比好猎手更激动："森林里的种田人！种田人臭脚！他在哪儿？"

好猎手："沿着断流的小溪往上游走，在三眼泉的悬崖下面！千万千万不要靠近种田人，否则必死无疑！胖胖爸就是血的教训！小胖胖，跟着阿雪博士逃到北方去，逃到种田人的上游去！"

胖胖哭得伤心极了："我不想离开你，我不想出窝……"

好猎手："妈妈不能再给你喂奶了，妈妈的奶汁里有毒！其实你已经吃了好几周的毒奶，可是现在妈妈连毒奶也没有了。好孩子，以后你只能靠你自己了！"

9

希希市长下台前办的最后一件实事，是帮助火焰岛的孩子们在绿野市公立学校插班入学，接受正规的义务教育。小耳朵和小叶子现在是绿野市骢马市学校的住校生，每周末回火焰岛与父母团聚。他俩特别高兴和阿阳成为校友，三个好朋友没事就凑在一起嘀嘀咕咕，不是切磋动物通用语和猫头鹰语，就是探讨绿野大陆地环境保护的各种话题。兄妹俩还隔三差五去阿阳家吃晚饭，阿云阿海把他俩当自家孩子一样看待，抚慰了两个小住校生的想家之情。

这天放学后没多久，阿阳又心急火燎地返回学校，告诉小耳朵兄妹俩，阿海被警察抓走了！阿阳决定独闯猫头鹰联合国老密林，找到森林里的种田人，救出爸爸！

小耳朵保持了一贯的冷静："那里不通车，人烟稀少，你一个人怎么去？森林那么大，你打算怎么找种田人？找到他之后，你打算怎么劝说他帮助阿海队长？"

阿阳一点计划都没有，急得跳脚："可是我不能眼睁睁看着爸爸坐冤狱啊！这世道，太气人了！"

小耳朵和阿阳争论不休的时候，小叶子一直默不作声，皱着眉头想主意。她感觉有一个好主意就藏在自己脑袋里，这个主意和来自火焰岛的那个古怪老猫头鹰长尾有关。

在骡马市学校旁边，有一个社区公园，学校允许住校生晚饭前在公园里活动，三个好朋友放学后经常一起在公园里玩会儿。他们仨曾经好几次在公园里看到过长尾，第一次看见时，他们简直不敢相信自己的眼睛。长尾总是卧在一个小个子男人的肩膀上，好像成了那个男人的宠物。长尾还总是跟主人撒娇，主人待长尾也很好，始终和颜悦色的，还不停给长尾喂食。那副场景实在太有趣，三个小伙伴见了，忍不住会偷偷跟着他们看一路、乐一路。有几次，他们看见长尾驾驶着主人进了附近的一个小区地下室，于是猜测或许那人就住在地下室的出租屋里……

小叶子竭力捕捉那个藏在脑袋深处的好主意："嗯，三个臭兄弟……种田人臭脚……养熊人臭嘴……宰牛人臭手……臭手！在哪儿听到过这个名字呢？臭手……对了！想起来了！"小叶子高兴地一拍手，"长尾有一次就管那人叫臭手，千真万确！"

小耳朵："长尾？臭手？"

小叶子一口气说下去："长尾的那个主人啊！你们还记得吗？有一回，长尾一路上跟那个人说话，说的全是偷猎的事！什么安娜大王长生不老之类的。咱们当时还笑话长尾真是说了一大通废话，那个人又听不懂猫头鹰语。长尾当时还抱怨那个人该杀的没杀，不该杀的倒是杀了一大堆，长尾气急败坏地骂了那人一句什么来着？'臭手'！还有还有，阿玉最近不是新成立一个女童子军团吗？本周女童子军团聚会时，阿玉告诉我，她偷听到阿雪姐姐说，阿雪姐姐有个代号为五号的卧底说，长尾在盗猎团伙有联络人！如果长尾的联络人就是种田人臭脚的哥哥宰牛人臭手，那通过宰牛人臭手，我们就有可能找到种田人臭脚！"

阿阳的眼睛闪闪发光："有道理！太好了！咱们现在就去找臭手！"

小叶子纠正："是'疑似臭手'！长尾的主人到底是不是宰牛人臭手现在还不能百分之百确定。"

小耳朵："咱们现在就去公园侦察！先查清楚长尾骂的臭手和宰牛人臭手是不是同一个人！"

三个小伙伴一直蹲守到学校晚饭时间，都没见到长尾和主人。阿阳大失所望，小耳朵垂头丧气。小叶子建议大家先回去吃饭，明天接着蹲守，"男孩子们，别泄气，要有耐心！"

就这样，三人在公园连续蹲守三天，甚至还轮流跑到小区地下室入口侦察，却一直连长尾和他主人的影子都没见到。阿阳急得都快失去信心了，可是大家讨论半天，只有这个死办法可行。

终于，功夫不负有心人，第四天放学后，他们一到公园，就惊喜地看到长尾和"疑似臭手"正在老地方散步！长尾蹲在"疑似臭手"肩上，呱啦呱啦嚷得正起劲呢！三个小伙伴假装不经意地凑上前去，只听长尾一个劲儿在抱怨："我可不想连续三个晚上独自待家里！说不定我不告而别，几个月不回来！哼，我才刚回来，你就要连夜出发去看你家臭脚，还带走那么多我爱吃的好东西，那我怎么办？我嫉妒！"

三个小伙伴瞪大眼睛，交换了一个难以置信的眼神。"你家臭脚"！看来这个男人果真是盗猎团伙里的宰牛人臭手！哎呀，好运气！一下子就查清了臭手的身份！多亏小叶子合理的侦察方向！小耳朵悄悄给妹妹赞了一个大拇指。

臭手虽然对长尾的哇啦抱怨一句也没听懂，却看得出来长尾不太开心，于是臭手和气地笑着，一边给长尾喂食，一边柔声细气地说："我最快后天晚上就能回来。你看你，一飞走就好几个月不露面，每次回来都瘦上一大圈。你好好在家休息，我给你准备了很多好吃的。哎，我从森林里给你带回来一些鲜货怎么样？你可一定要等我回来哟！"

长尾和阿威一样，能听懂人类的语言，但是懒得说。他气呼呼地兀自叫到："你带来的鲜货有毒，我才不吃呢！哼！"

臭手虽然听不懂，但能看懂长尾生气了。于是臭手轻轻抚摸长尾变形的脖子，柔声安慰他："我给臭脚的补给都已经装好了。我这就送你先回家，然后我早去早回，行吗？哦，对了，我今天还专门给你买了几罐你最爱吃的金枪鱼罐头，走，咱们给你卸货去，呵呵。"

臭手说着站起身，快步向公园外走去。三个小伙伴和平时一样，一路偷偷跟着长尾他们。

臭手来到小区停车场，打开一辆重度改装过的黑色小货车，取出一个小纸箱，扭头笑着对长尾说："小乖乖，包你满意！"

臭手拎着纸箱，把车厢合上，也没锁车门，就带着长尾快步走向地下室入口。

小耳朵叹道："太巧了！这家伙今晚就要去森林里给臭脚送货！"小耳朵说着爬上货厢，仔细检查一番，"大部分是化肥和农药！还有些食物和日用品！"

阿阳二话不说跳进货厢："我今晚就坐这货车去老森林，找臭脚！你们两个回学校去吧！"

小耳朵：“怎么能让你一个人去，要去一起去！”

小叶子：“你们俩这是要逃课吗？算我一个，救阿海队长最重要！”她指了指自己的背包，“我准备了食物和水。”

三个人合力把一袋土豆和两袋化肥扔下车，拖进旁边的绿篱里藏好。然后三人迅速重新爬上车，挤进货厢的最里面。刚藏好，他们就听到快速而至的脚步声和车门开启声。没一会儿，货车启动了。

车子平稳行驶，三个小伙伴没一会就睡着了。

他们被剧烈的颠簸震醒。从车厢缝望出去，天已蒙蒙亮，臭手正在没有道路的森林里横冲直撞。小叶子心疼地看着各种奇花异草被粗大的车轮碾倒在地。

10

长话短说，在三个小伙伴分别不好意思地尿了三回裤子之后，小货车终于停了下来，天色已近黄昏。他们听到臭脚下车和另外一个人高声打着招呼，脚步声随即远去。三人赶紧连滚带爬跳下车，车厢里活动空间有限，他们腰酸背痛，双腿都要僵了，抻了好一会儿才渐渐恢复行动能力。

他们好奇地四下打量这个奇特的地方。

“非法大麻田！”阿阳指着坡下一大片绿油油的高大植物，倒吸一口凉气，“我知道臭脚为啥叫种田人了！原来是个毁坏原始森林偷种大麻的罪犯！”

　　小叶子掏出小手机，看一眼，没有信号，电量只剩一半。她想起阿海队长有一次说，去野外勘探时，如果没信号，他就会把手机调成飞行模式，否则手机会一直自动搜索信号，那样的话就特别费电，手机很快就会没电。于是小叶子把自己的小手机设置为飞行模式，然后打开摄像功能："我要把这些犯罪证据全都录下来！不让一个坏蛋逃脱！"

　　三个小伙伴注意到，货车停在一块比较平整的高地上。在高地的缓坡下方有个破破烂烂的营地帐篷，里面隐约传来说话声。

　　小耳朵观察到高地的另一头是一面陡峭的悬崖，在悬崖边上，有一个用绿色塑料布搭建的隐蔽所，里面赫然架着一挺狙击步枪。小耳朵来不及多想，飞快地跑过去。火焰岛的孩子都会玩枪，小耳朵麻利地打开子弹匣，嚯，装得满满的！小耳朵把子弹一股脑全倒出来，装进口袋，又把空匣子安回去。

　　整个过程中，小叶子一直在录像："咱们去帐篷那边，听听他们在说什么！"

　　"好！"阿阳一心想找到臭脚，撒腿跑在最前面。他们绕到帐篷背面，老天爷呀，好大好大一堆垃圾，真是臭死人了！三人强忍着恶臭，把耳朵贴在帐篷外面，两个臭兄弟久别重逢，正高兴着呢。小叶子想了想，轻轻趴下来，试探着把正在摄像的小手机从四处漏风的帐篷底下悄悄探进去，她慢慢调整，直到可以在手机屏幕上亲眼看见两个臭兄弟的现场直播。

臭脚：“哎呀呀，总算把你盼来了，快给我脚气瓶！我这臭脚啊，痒死人了！”

臭手：“哎呀，忘记给你买了。上次带了好几瓶，我还以为今年都不用再买了呢。你怎么用这么快！你再忍忍，反正宝贝还有不到两个月就可以收获了。”

臭脚；“那好吧。唉，要是臭嘴哥哥就不会忘记给我买。我真想他。”

臭手：“别丧气了，告诉你一个好消息，他马上就可以出狱了。”

臭脚：“啊，真的？这么好！你怎么不早点告诉我！”

臭手：“谁让你一上来就跟我纠缠脚气瓶的事。”

臭脚：“他怎么能这么快就出来，不是判了整三年吗？”

臭手：“多亏咱们老板足智多谋！老板教他一招‘立功赎罪’！嘿嘿嘿，把屎盆子全都扣到那个值得信赖的阿海头上去了，哈哈哈哈哈！上面刚好有人要整阿海，臭嘴一口咬定阿海是自己的后台老板，是黑社会老大，嘿嘿嘿结果，那个傻傻的阿海，就因为臭嘴的口供被老板白道上的好朋友给抓起来了。哈哈哈，他也有今天！臭嘴兄弟就是被他亲手抓起来的！还有我们大猎麝牛那次，托你的福，要不是我急急忙忙出门给你送补给，那天我也会被他亲手抓走！那次就跑了老板和我两个人，其他弟兄都被一窝端了。哼，想想我就来气！"

臭脚："哎呀呀，解气倒是挺解气，可是，那咱们不是就陷害忠良了吗？阿海可是个好人啊，说起来以前还救过我一命呢。"

臭手："那你想不想让臭嘴出狱？一命换一命，咱们换还是不换？救臭嘴，还是救阿海？你选！"

臭脚没话说了。

臭手："别想那么多了。先把咱们兄弟换出来再说。阿海那边，总有一天会真相大白，他会没事的。到那时候，咱们兄弟三个也早就逃到天边去了，皆大欢喜。"

臭脚转忧为喜："嗯嗯，有道理！"

臭手："走，给你卸货去！明天天一亮我就得赶回去。"兄弟两个说着走出帐篷。

臭脚："怎么不多住两天？好好陪陪我嘛。"

臭手拍拍臭脚肩膀："家里有事，得赶紧回去。好在你不用熬太久了，下次我和臭嘴一起过来帮你收割！"

三个小伙伴见两兄弟走远了，就从帐篷底下钻了进去。老天爷啊，真臭啊！比后面的垃圾堆还要臭一千倍。他们爬进去的角落里刚好堆着一大堆食品罐头，闻起来就像动物死尸。小叶子可万万受不了这份臭，嚷着要快快出去。阿阳却好奇地在帐篷里翻找起来，他看到"床"上有一个卫星通讯仪，如获至宝地揣进口袋里。

小叶子憋着气暂停呼吸，在门口一个劲儿催促："快点！快点！快离开这个臭地方！我都快中毒了！"

"来了！"阿阳跑向小叶子，一眼发现门边的钉子上挂着一张十字弩。他二话不说掏出小军刀，三下两下割断了一根紧绷的弓弦。

三人跑出帐篷，咳，外面的空气也不怎么样！门外不远处就是大麻田，空气中弥漫着一种奇特的怪味，难闻极了。

小叶子忍受着怪味，跑向大麻田，她要录下完整的证据。但是她刚录了几秒，脚下不小心踩到一个陌生的容器。这个容器里面装着磷化铝，一种用来杀死啮齿类动物和昆虫的有毒粉末。在烈日下暴晒一整天后，毒粉慢慢汽化，渐渐膨胀。在小叶子踩到容器的那一瞬间，容器爆炸了。小叶子本能地跳开，汽化的粉末有一半直接炸到她身上。幸运的是，小叶子的面部没有被喷到。

小叶子这一跳，就跳到了大麻叶子的中间，哦哟，好闷热啊，小叶子有些喘不过气来。这个气味怎么这么恶心啊，小叶子禁不住扑倒在地，哇哇哇地呕吐起来。

一声大喝从天而降："你们这三个小毛贼，捣什么鬼？"

糟了！动静太大，被两个臭兄弟发现了！小叶子听到小耳朵和阿阳的喊叫声和挣扎声，她赶紧把小手机藏进身边的大麻叶子底下。下一秒钟，她就整个地被臭手拎到了半空中。

臭脚："天哪，天哪，我们该拿这些小孩子怎么办？"

臭手："杀掉。反正我的臭手又不是没宰过人。"

11

搜完身，把孩子们都绑起来之后，对于到底要不要干掉这三个不知死活的破小孩儿，臭手和臭脚之间爆发了激烈的争吵。臭手执意要杀人灭口，一了百了，臭脚却不忍心，这三个小孩子让他想起了自己的一双小儿女。

臭手生气了："那你说该怎么办？放了他们？这些小鬼东西敢偷偷蹭我的车进来，肯定有来头！要是走漏了风声，你这块大麻田就保不住了！你舍得扔下这一大片宝贝跑路吗？你不想年年发大财了吗？"

臭脚都快哭了："当然舍不得！但我也绝不要杀小孩子！我宁愿跑路！我这就去收拾东西，咱们快跑吧？"

臭手冷笑一声："你说得轻巧！这6千棵大麻，可是800多万美元！你以为你跑得了初一，跑得了十五吗？老板要是知道你是自己把自己给吓跑的，你老婆孩子还有命吗？你自己选吧，是要这三个自己找死的小破孩死，还是要你老婆孩子替他们死？"

臭脚："都不要！能不死人吗？你一向智勇双全，求求你想个万全之策吧！"臭脚看看被绑在一起扔在田埂上的三个小伙伴，"赶紧先把这几个小孩子放了吧，万一他们有个三长两短可怎么办啊！”

臭手很不耐烦：“车轱辘话一大堆！胆小如鼠！我能有什么万全之策，除非这三个小破孩能守口如瓶！哼哼，你自己去劝劝他们，让他们一辈子为你保守秘密！”

臭脚于是蹲在三个小伙伴跟前：“唉，你们不好好上学，干嘛要到这里来呢？真难办！要是我们放你们走，你们能不能发誓永远不跟别人说起今天发生的事？”

阿阳：“绝不可能！要杀要剐随你们的便！杀了我们，你们兄弟两个和臭嘴一样，都得进监狱！”

臭脚吃惊地问：“你怎么知道臭嘴？”

阿阳：“臭嘴陷害了我爸爸阿海！我奉劝你们悬崖勒马！立即改邪归正！老老实实自首，说不定还能少蹲几年监狱！”

臭脚：“我又没做任何坏事，为什么我要蹲监狱？”

阿阳气坏了：“你对大森林做的坏事还少吗？你这个大麻田，是非法的！”

臭脚不服气：“我也搞不清合法还是非法，我只知道，我辛辛苦苦种下这片大麻田，是多赢的事啊！你看，我挣钱了，家里生活改善了，绿野森林的绿化面积也并没有减少啊！事实上，绿化面积肯定增加了啊！你们也都看到了，有了大麻田，森林反而变得更绿了！原生的植物哪有这么绿油油喜洋洋的！哪有这么茂盛！哪有这么好看！”

阿阳气得大叫起来："砍掉古树！破坏环境！污染土地！掠夺水源！你害死了多少珍贵的野生植物和动物！这是多赢吗？这是多输！你毁了原始大森林！你会被关进监狱，至少10年！"

臭脚大吃一惊："10年？你这是瞎说的吧？"

阿阳："我没瞎说！这是我从电视上看到的新闻！你种了六千棵是吧？比电视里报道的还多了一倍！你会被法官判得更重！"

臭脚："天哪，我不想坐牢啊！要是当初知道做个森林里的种田人会坐牢，我就算再穷也不会干这一行啊！现在后悔也来不及了，那我该怎么办呢？"

阿阳："自首是你唯一的出路！我知道你的后台老板是老娇，你要是能把事情真相原原本本告诉警察，不但可以解救我爸爸，还可以解救你自己！解救你全家！"

臭脚："天哪！不可能！我老婆孩子都在老板手里当人质呢！"

阿阳："好警察会把你老婆孩子也解救出来！你说出真相，就能帮好警察把坏警察都抓起来！"

臭脚："嗯嗯，有道理……"

臭手听不下去了："嘿，嘿，嘿！什么情况？我让你来劝劝他们，你反而被他们给劝走了！你想砸老板的饭碗，你还想不想活了？老板的后台有多硬你知道吗你？"

臭脚："不知道。有多硬？"

臭手："硬到能把值得信赖的阿海队长抓进监狱！"

臭脚彻底绝望了："天哪，这也不行那也不对，我该怎么办！"

臭手抓起十字弩，玩弄着一支狩猎箭，黑色箭头寒光闪闪，足以杀死一只大棕熊。"你什么都不用做，臭脚兄弟。去好好睡一觉。"他阴森森地盯着孩子们，"我送他们上路。有了上好的肥料，明年你的大麻会长得更壮更旺，更好看。"

暮色中飞来几只漂亮的鸟儿，哇啦哇啦乱叫着。臭手发现，三个小孩子的眼睛一下子全都亮了，脸上都露出欢喜的笑容。"知道你们马上就要离开了，很高兴是吗？"臭手阴恻恻地嘲讽道。

小叶子欢快地说："是的，我们马上就要离开了，嘻嘻！"

忽然间，臭手觉得眼前一黑，接着脸上一阵剧痛，他不由啊啊大叫起来。臭手听到臭脚哭喊着："鸟类愤怒袭击！最可怕的噩梦！哇哇哇，快逃啊！"臭手勉强睁开眼睛，抬起头，只见一只羽毛长长的灰白猫头鹰张着有力的翅膀，伸着锋利的双爪，如闪电般向他再次扑了过来。

臭手举起十字弩，想弯弓搭箭把阿威一箭射穿，咦，箭怎么搭不上啊！他低头一看，啊，臭脚这个废物，什么时候把弓弦搞断了！这时阿威的第二击已经结结实实地抓在臭手的头皮上，铁爪一扭，翅膀一掀，臭手跌倒在地。

臭手拿着弓弩乱挥乱打，另外一只体型较小的猫头鹰照着他挥弩的右手狠狠啄了一口，臭手手背上顿时鲜血直流，十字弩咣当落地。

臭手看到臭脚在另外两只鸟儿的追击下，一边大喊大叫，一边连滚带爬地往高地那边撤退，于是也跟着跑了过去。那两只如鬼影般敏捷的猫头鹰一刻也不放过臭手，凶狠地追着他又撕又啄，又扇又打，臭手一辈子也没吃过那么多苦头。臭手忍着伤痛，用双臂护着头部，不顾一切往前冲，一心想要拿到狙击步枪，把这些可恶的野东西一梭子全都打死！

臭脚钻进货车，关紧车门，躲在驾驶室里发抖、哭泣。臭手冲进绿色隐蔽所，卧倒在步枪旁，瞄准直扑过来的阿雪，狞笑着扣动扳机。怎么是哑弹？再扣，还是哑的！啊，步枪失灵了！臭手暗暗叫苦。阿雪扑过来，在臭手的右脸上狠啄一下，他痛叫一声，滚出隐蔽所，然后一轱辘爬起来，直冲小货车，"快开门！快给我开门！"他歇斯底里地连声狂叫。

臭脚手忙脚乱地帮臭手打开车门，臭手跳上车，猛然关上车门。

臭手满头满脸剧痛，血流不止，那四只疯鸟不停拍打驾驶室窗玻璃，令他胆战心惊。他正在犹豫下一步该怎么办，妈呀！正前方飞来一大群恶狠狠的猫头鹰！遮天蔽日！臭手哆嗦着启动车子，猛地一踩油门，小货车倾斜着拐个急弯，飞一般冲下高地。

“嘎！千万不能让种田人逃走啊！阿海需要他！”

小耳朵大叫：“放心！逃不掉！我们知道他们住在哪儿！”

“我们还录下了所有证据！三个臭兄弟的后台也跑不了！”小叶子笑得别提有多灿烂了。

刚才阿威把臭手打倒在地时，阿阳看到被臭手搜走的卫星通讯仪从臭手身上掉出来，甩进了大麻田。阿阳大喊：“阿威，快帮我们松绑，我要立即联系护林队！”

从空中看着眼前发生的一切，金蝶站在阿历克斯的大爪子上，长舒一口气：“我终于可以安定下来了。阿历克斯，谢谢你，我会报答你的。”

第六章

冰中烈焰

没有鲜红的火舌，你的烈焰默默燃烧千里

没有浓黑的烟雾，你自顾自释放温室气体

你不是幽灵，也不是恶魔

你是从万古冬眠中苏醒的地球之子

——摘自呐喊的三宝诗集《动物快跑》之《古植尸焰》

1

起名官言真话者用了整整一个月的时间，才完成"中西部老森林大麻田污染事件"的现场记录。这份现场记录，将正式归入猫头鹰王国五千年历史档案。

此次事件，猫头鹰世界受灾惨重。以古老的北方斑点林鸮家族为例，八成林鸮体内有毒素残留。亲鸟体内的毒素传给下一代，导致下一代先天不足，病死率上升，幽谷大侠红喙的宝宝就是因此夭折的。红喙万万没想到，那片不起眼的古怪大麻田，被有毒的化学物质浇灌、滋养，不但毒害了她自己的身体，还破坏了整个老森林流域的生态环境。解救三眼泉那天，她带领绿林卫队的勇士们，一直把臭兄弟的货车赶出大森林才收兵。

阿雪接过言真话者的现场记录簿："金蝶安顿下来了吗？"

　　言真话者："超级部落灭绝了，金蝶是唯一的幸存者。幸运的是，她在邻居北家族的蚁巢附近发现一群失去蚁后的工蚁。她带领工蚁们北迁，组建了一个新部落，每天都产下许多卵宝宝，现在孩子们正源源不断地长大成蚁，部落越来越兴旺发达。另外，老密林里幸存的工蚁姐妹们，不问出身，只要来到她们的领地，她们都敞开胸怀接纳，部落规模正在迅速扩大。"

　　阿雪："真是太好了。大麻田营地的臭垃圾都清理完了吗？"

　　言真话者："还没有。垃圾实在太多了，运输也是一个大问题。因为地点荒远，没有公路，阿海和他的队友们只能背着工具徒步进入，把大麻苗砍倒、拔除，把垃圾归类、打包，再由直升机一点点运出去。阿海坚持一定要拆除全部浇水系统，一方面避免种田人卷土重来，更重要的是要把宝贵的水资源还给大森林。那十几公里长的水管，即使在大麻收割之后，仍然昼夜浇灌荒芜的大麻田，浪费了大量水资源。听阿威说，为了清理那些垃圾，不包括人工费，只是装备和运输就已经花了2万多美元。现场的各种有毒有害化合物因为属于高危物品，需要额外申办运输许可证，再由人类专家监督，一一甄别、装运，所以到现在都还堆在原地没有运走呢！"

　　阿雪眉头紧锁："那天我去看望红喙，在她家的大树下，我竟然发现几株活着的大麻苗！那几株小苗是自己长出来的。很显然，曾经有一颗大麻种子落在树下，它熬过冬雪和寒风，最终开花结籽。我从那几株小苗的叶子里检测出克百威残留，应该是从土壤和溪水里吸收的。这意味着，大麻田毒素在老森林里存留的时间，会比人类现在预估的要久远得多。"

言真话者："阿海队长也意识到了这个问题，他正在打报告申请更多经费，加大对非法大麻田的森林稽查密度。可是在我看来，只要非法大麻田还能赚到高额利润，种田人就不会绝迹，光是去年护林大队就在森林里拔除了100多万棵非法大麻，执法费用高达1200万美元。人类走私集团的一切目的就是为了钱，他们会一直在森林中寻找下一个目标。"

阿雪叹一声："阿海是好样的。三个小朋友的情报真是准确，现在三个臭兄弟在狱里相会了。我听说老娇也被抓起来了？"

言真话者："是的。但是和三个臭兄弟一样，他入狱后也守口如瓶，把罪责都自己承担下来。据我的可靠消息，他们都将出现在齐齐市长的年底特赦名单里，老娇排在名单第一位。"

阿雪："岂有此理！明目张胆放走坏人，人类以慈悲为怀的特赦制度竟然变成罪犯的保护伞！小叶子的视频不是清清楚楚说明，老娇背后另有后台吗？让老娇的后台同伙来审判他、特赦他，这不是天大的笑话吗？"

言真话者："齐齐市长理直气壮得很呢。他公开在电视上谴责小叶子提供的是假视频、假新闻，说什么'色彩不对！视角别扭！衔接生硬！一看就是演员表演的！我知道我看见的是真人真事还是蹩脚电影！'"

阿雪叹道："黑白颠倒的人类啊！"

言真话者："黑白颠倒的不只是人类。坚信我是'黑暗女王的忠实走狗言假话者'的猫头鹰现在也不少。看起来历史轮回，我们又进入了一个谣言满天飞、谎言遍地走的时代。"

阿雪微笑："我们猫头鹰王国保留的五千年历史记录清清楚楚地表明，在这颗星球上，每一次时代巨变发生的时候，都免不了出现煽动恐惧和仇恨的动物。"

言真话者也笑了："野生动物和人类一样，日子不好过时，就会在饥饿的驱使下，变得更加自私、短视，一门心思想要找到一个替罪羊来怪罪、撕咬，对真正的问题反而没有记性、精力和智慧去深究了。"

阿雪："是啊。因此，我成了一只谋杀叔父和堂兄的猫头鹰黑女王，而你成了黑女王的忠实走狗。"

言真话者："不得不说，这是我的荣幸。"两鹰都笑起来。

阿雪："谢谢你，言真话者，我的姐妹。越是在这样的时候，我们越需要你坦率的真话。"

言真话者："我尽力而为。要求我闭嘴的呼声也很高。最新的谣言说，是冰中烈焰导致了这一切动物世界的不幸以及植物世界的衰亡。你是罪魁祸首，而我助纣为虐，咱俩都必须被立即罢黜并接受审判。"

阿雪："说起动物世界的不幸和植物世界的衰亡，最近山丹大草甸一带报案的动物非常多，我和阿威、阿历克斯正要去查一查其中真正的原因。你愿意同行吗？"

言真话者："乐意之至。"

2

阿雪、阿威、阿历克斯和言真话者自鸟鸣涧一路向东飞行。比起两年前，整个绿野大森林真是大变样了。环山公路所经之处，人类开发区像癌症一样迅速蔓延。大量原始树木被砍掉，一片片整齐的农田在森林消失的土地上冒出来，把残余的大森林分割为一块块绿色孤岛，看起来就像大地母亲破衣烂衫上的一块块小补丁。新开工的矿场一座接着一座，机器轰鸣，尘埃漫天，绵延不绝。

越往东部飞，开发区越密集。大地被挖得千疮百孔，面目丑陋。

言真话者："人类自称，这是摆脱贫穷落后、走向繁荣富强的壮举，是让人类再次伟大的伟大胜利。"阿威和阿雪默默叹息，心情抑郁。

四个伙伴降落在雪枭岭北麓的麋鹿坡上。雪枭岭以北地势险峻，还没有通公路，因此人烟稀少，保持了一派可爱的自然风貌。麋鹿坡西边是郁郁葱葱的河狸谷，东边是水流湍急的白杨溪，而在北方遥远的地平线上，大北雪山的轮廓在蓝天下显得梦幻般美丽，如同一脉飘浮在天空中的仙山。

听几只小鸟欢快鸣叫，看万千花朵咧嘴微笑，四个伙伴受到感染，不禁也微笑起来。阿历克斯抖动翅膀，让山风掠过身上的每一根俊羽，"嘎！嘎！"他也唱起了无字的欢歌。

然而仔细观察就可以轻易发现，这一带的生态环境并没有猛一眼看起来那么"原始"。荒草丛生，生物多样性单调……似乎有一只无形的巨手三抹两擦，把丰富多彩的大自然给简化了。

阿雪轻蹙眉头："不应该是这样的啊！"

阿威："河狸夫妇河勤、河恳报案说，他们赖以为生的柳树和杨树越来越少，孩子们开始饿肚子了。如果实在活不下去，他们只好放弃河狸谷，搬到别的地方去。"

阿雪："大灰狼已经被重新引进20年，按照人类的设想，一切都应该恢复正常了啊。"

阿历克斯："引进大灰狼？这又是人类干的好事吗？大灰狼不是最最最凶恶的野兽吗？逮谁吃谁！可怕！大事不好，我要报告阿海队长！"

阿雪笑了："你不知道，当年你家阿海刚刚大学毕业，正是重新引进大灰狼的积极参与者呢。"

阿历克斯糊涂了："是不是阿海年轻时还没有学会聪明，糊里糊涂办了错事？人类需要不断学习才能变得聪明！要是人类都跟我一样就好了，我虽然天生聪明，但每天仍然求知若渴！不断学习让我变得更聪明！"

阿雪："在我看来，重新引进大灰狼的举措很聪明啊。"

言真话者点头："把大灰狼全都杀光才是人类办的错事、蠢事。"

阿历克斯："阿雪，到底是怎么回事？我要听聪明对付大灰狼的故事！"

阿雪："人类100多年前就开始懂得要保护野生动物——虽然懂得有点晚，但他们的确像你说的那样，需要不断学习历史经验教训才能变得越来越聪明。然而起初，像大灰狼这样的捕食者并不受人类保护，那时候人类认为大灰狼的存在会妨碍其他动物的保护，所以护林员们都在有计划地猎杀大灰狼。"

阿威："大灰狼是食物链的顶级猎手，把大灰狼抹去，生态系统肯定会出乱子。"

阿雪："确实如此。90多年前，这一带的大灰狼被人类杀光，恶果也很快就显现出来。大灰狼是麋鹿的主要天敌，大灰狼消失之后，麋鹿数量剧增。柳树、杨树遭到麋鹿的过度啃食，尤其是幼苗和新芽，那是麋鹿最喜欢吃的部分，全都被啃光了。"

阿历克斯："麋鹿应该去吃草！肯定是麋鹿太多，草不够吃了！我是不是很聪明嘎！"

阿雪："是的。河边柳树林消失的后果太严重了，因为它们是河狸的筑坝材料和过冬食物。没了柳树，河狸没法过冬，就会搬走。没有河狸建水坝蓄水，河水流得太急，不仅造成水土流失，而且不能充分滋润两岸的土地，导致地下水位下降，树木干枯，荒草泛滥，森林就这样变成了荒原。"阿雪用翅膀尖指了指山坡四周那一片辽阔的荒原。

阿威："20年前，大灰狼在整个绿野大陆地已经消失70多年。阿海他们从哪儿引进的大灰狼呢？"

阿雪："全都来自紫光大陆地。第一批引进14只，其中就有咱们的好朋友阿尔法的曾曾曾外公外婆。第二年又引进17只，里面包括阿尔法的曾曾曾爷爷奶奶。"

阿历克斯："大灰狼重新引进是不是根本不管用啊？看看，这一带还是树木干枯、荒草泛滥！人类白辛苦了！又一次！"

阿威："话也不能这么说，如果没有重新引进大灰狼，今天这里的情况也许更糟。唔，至少麋鹿的数量现在是少多了。是这样吧，阿雪？"

阿雪点头："大灰狼刚引进那会儿，这一带的麋鹿70多年没见过大灰狼，早忘了该怎么对付大灰狼，采用的还是对付郊狼的防御办法：站稳了，用头顶，用脚踢。这招对体型娇小的郊狼有效，对高大威猛的大灰狼可不管用。那些被引进的大灰狼就像进入了一个鹿肉天堂。后来麋鹿们总算汲取血的教训，学会了提防、躲避大灰狼，不再肆无忌惮地去河边啃食树苗。10年后，这一带慢慢长出新的柳树林和杨树林。有了树林，就有了更多的鸟。最重要的是，需要柳树过冬的河狸又回来了。河狸建造水坝蓄水，形成了很多天然小水库，适合鱼类、两栖类和水禽的生长。河流不再像以前那么湍急，河岸泥土得到更好的保存、滋润，这样一来，更多的树木开始在河边生长……乐观的人类当时预言，生态的完全恢复，似乎只是时间问题了。"

言真话者："如果事情真有这么简单就好了，只需要把一个原本抹掉的关键物种——大灰狼——再放回去，被破坏的生态系统就会逐渐再恢复正常。可惜，这只是另外一个不切实际的人类浪漫故事。"

阿雪："是啊，这些年来我曾多次来这一带考察，就是想彻底弄清楚生态系统恶化的各种症结所在。希望我们还来得及挽救这一片古老而独特的生态环境！"

阿历克斯着急地说："真相到底如何呢？阿威，我们赶紧去找报案的河狸问一问吧！也许是因为他们不好好干活，导致河狸水库里蓄的水太少了！八成就是这样！"

3

阿历克斯远远看见两只河狸弯腰弓背地在水库边找食，活像两块圆圆的石头，他觉得很有趣，忍不住笑出声来。

两只河狸听到动静，抬起头，目光茫然，嗅嗅空气，发出几声急促的尖叫，然后一翻身，钻入水中，一边用扁平的尾巴击打水面报警，一边不慌不忙地游到水库中央的深水区。

阿威连忙大喊："河勤，河恳，不用担心，是我！"

河勤与河恳一家子全都是近视眼，但同时也都是顺风耳、千里鼻，听觉和嗅觉都顶呱呱。听见阿威的叫喊，两只河狸马上又游回岸边。

阿历克斯问："河勤河恳，哪个是丈夫？哪个是妻子？"

阿威："河勤是妻子，河恳是丈夫。"

阿历克斯落下来，对那只个头比较大的河狸说："那么，你就是河恳喽？"

那只河狸笑眯眯地说："不，我是河勤。这位，"她指了指身边那只比较小的河狸，伸出后爪上一只指甲分叉的小指头，温柔地帮他梳理了几下刚刚甩去河水的浓密毛发，"这位才是我的丈夫河恳。"

河恳憨厚地一笑，转头对着水面大声吆喝起来："来者是友！小可爱们，你们可以出来啦！"

他的话音刚落，一群小河狸冒出水面，唧唧吱吱叫着，嬉戏打闹起来。哈，刚才他们都在水库中间那座较小的半圆形小屋底下躲着呢。

阿威与河狸夫妇打了声招呼："你们今年生了几个小

宝宝？"

"四个！"河恳骄傲地看了一眼河勤，"待会我要带小宝宝们去短途旅行！让他们熟悉一下附近的地形，再观察一下我是怎么啃断一棵小树的！"

河勤满脸幸福地看了一眼河恳："你可真是一个称职的好爸爸。"

阿历克斯："嘎！我数了好几遍，水面上好像有九个小河狸崽崽！难道是我数错了吗？不好意思，我的数学不太好！"

河勤大声说："那四个中不溜大小的，是我们去年生的大宝宝。那个最大的呢，是前年那一窝里最小的妹妹百合。百合的哥哥姐姐都已经一个接一个毕业，她也马上就可以拿到我们夫妇联合颁发的工程师毕业证啦！一毕业，她就可以离家独立生活啦！"

河恳："该学的她都已经学到手了，我只是舍不得她走，还想让她再住几天。离家之后，她就得独自四处流浪，直到找到新的落脚点。哎呀，那可是孩子们一生中最危险的时刻呀！大灰狼，郊狼，灰熊，老鹰……哎呀，没有家庭保护网，遇到天敌绝对凶多吉少！要是不小心跑进其他河狸家族的地盘，免不了被人家痛打一顿！"

河勤倒是很乐观："嗯，我在想，小百合是去河狸谷的上游好呢，还是去下游好呢？算了，到时候让她自己决定吧。儿孙自有儿孙福，我们也不能替他们操一辈子的心。"

阿历克斯："嘎，请问你们忙吗？"他其实是想问，你们有没有好好干活，给本地的动植物们营造出足够大的栖息小水库？

憨厚的河恳对阿历克斯的言外之意浑然不觉，热情地说："当然忙啊！我们要花很多时间维护、修理我们的水坝和小屋，瞧，我们有两个小屋呢！这个做工相对粗糙的呢，是我们的夏屋，那个更结实更宽敞的，是我们的冬屋。我们还要趁着夏日的美好时光，尽可能多收集一些食物储存起来，为过冬做准备。哎呀，整天都忙死了啊！夜里也不休息呢！"

河勤："河恳说得极是啊！我这个冬天还打算一鼓作气，再生上四个小宝宝呢！不存够食物可不行啊！"

阿历克斯："你们的食物储存在哪儿？我只看见两个小水坝，水里还有两个半圆形小屋顶！水中央有一个，岸边有一个！小屋子不是还要住一大家子吗？哪还有空间存一冬天的食物呢？"阿历克斯的疑心更重了。

河恳："哈哈，我们那些带着新鲜叶子的树枝全都插在水底的食品储存室里呢，你在岸上，当然看不见啦！"

阿历克斯瞅了半天，忽然发现了一个大问题："你家的小屋修得不合格！没门没窗！"

阿雪忍不住笑了："大家公认河狸是仅次于人类的建筑大师，没有好好调查之前，你可不要轻易质疑人家的建筑物质量哟。"

阿历克斯不服气："这不是明摆着吗？他们家的小屋就是没门啊！那我再去近距离调查一下！"他说着，展翅飞到冬屋顶上，仔细观察一番，又急急忙忙飞回来，还没落地就大喊大叫："只有屋顶正中间有个小洞洞，连烟囱都算不上，最多算一个通风孔！难道你们一家子都会变形吗？说变就能变，变成一股股青烟飘进去吗？哈哈嘎嘎！"他觉得自己这个玩笑开得很聪明，河勤河恳不一定能听懂。

河勤笑了："我家小屋的入口在水底下，这样天敌才没法进到我们家里去啊。"

阿历克斯开始进行逻辑推理："不合理！水下面黑咕隆咚，听说你们还都是近视眼，你们怎么能找到回家的路口呢？万一淹死了怎么办！别家门没找到，小命先没了！你们又不是鱼，又不会水下呼吸，对吧？每一次回家，都是一次生死考验！极度不合理！"

河恳眨了眨眼睛："我们有第三层眼睑，透明的瞬膜！珍贵的自我！其实你们四个也都有，但是你们没有可以闭合的鼻孔和耳孔，所以你们没法潜下水去用瞬膜看清水下的世界！"

阿威："河狸能在水下憋气15分钟，这个本领我们可都没有。阿历克斯，你放心，河狸们在水下比在岸上还自在，他们不会轻易被淹死的。"

阿历克斯转了转漂亮的脑袋："还是不合理！冬天水库都结冰了，你们不是都要被困在小屋里面出不来了吗？还怎么到水底下的食品柜拿吃的呢？"

河勤与河恳对视一眼，一丝忧愁同时爬上夫妻俩的脸庞。他们恬静、单纯的笑容消失了。

河恳："只要水足够深，哪怕水面结冰了，水底不会结冰，我们还是可以从水底的入口自由出入储藏室的。"

河勤："可是今年这条小河的水量实在太少，我们已经修了两座水坝，还是没有存到理想的水位。"

河恳："水少，食物资源就少啊。就算一天到晚忙着找食，恐怕存下来的食物也不够冬天吃啊！除了我们自己的孩子，我们还收留了两窝流浪鼠，一窝麝鼠，一窝睡鼠，他们都需要填饱肚子啊！"

河勤举起两只小巧灵活的前爪，那两只小爪子看上去就像一双人类宝宝的小手："阿威探长，阿雪博士，拜托你们了，请帮帮我们吧！不然我们这一大家子，可怎么熬过这个冬天啊！"

<h2 style="text-align:center">4</h2>

这时，阿威警觉地向西边望了望。水库边上有几棵稍高的幼树，更远一些，稀稀拉拉立着几棵枯树。枯树之后，枯草连天。荒原苍茫，阿威凝神极目远眺，若有所思。

阿雪问河狸夫妇："你们来这里安家有好多年了

吧？”

河勤：“九年了。那一年，我和河恳都刚刚离家，就是在这里，我俩一见钟情，发誓共度余生。”

河恳：“这里到处都充满了我们的美好回忆，我可真舍不得搬家啊。好吧，也许过于恋旧并不是一件好事，唉。”

河勤又温柔地给河恳梳理几下毛发，没有作声。

阿雪：“九年前……我记得那时河狸谷的柳树、杨树、槭树、野樱桃树刚刚长回来。人类和野生动物们都对未来充满了期待。”

河勤：“是啊！记得我们刚刚流浪到这里的时候，发现这里有吃的有住的，太适合建造一个完美的家园，我们两个都高兴极了。”

河恳：“更幸运的是，那时，浅浅的河水中间竟然有一座小坝遗址，看起来已经被废弃多年。我们定居下来之后，没花多少精力，轻轻松松就把小坝修好了。第一场霜降后，我们还及时加固了小屋，在屋顶上又涂了一层厚泥巴，整个小屋一夜之间被冻得结结实实。当年冬天，我们就在小屋里生下了第一窝小宝宝。”

河勤也动情地回忆起往事：“记得那个冬天，经常有大灰狼从冰面上走到我们的小屋前。他们能听到我们一家的欢笑声，也能看见我们一家呼出的热气从通风孔飘出，可是没有一条大灰狼能挖开我们坚固的小屋子。”

河恳用小爪子指给阿雪他们看："呶，就是我们冬屋旁边的那个水坝，我们每年都会修补、加固。唉，往事如烟，多么美好的回忆啊。"

阿威："已经住了九年，为什么忽然就住不下去了呢？"

河勤："我也不知道啊，是天降的雨水太少了吗？还是流淌过来的地面水变少了？总之，缺水啊，柳树又陆陆续续枯死啦。唉，好发愁啊。"

河恳："我知道为啥！都是麋鹿和驼鹿们的错！他们把树苗、树叶都啃光了！"

河勤不确定地点点头："这也是一种可能。"

阿雪："大灰狼被重新引进之后，麋鹿和驼鹿的数量不是得到控制了吗？"

河恳："麋鹿是比以前少了，可是架不住树苗更少啊，根本不够他们啃的！"

言真话者一直凝神静听河勤与河恳的对话，这时候，她轻轻叹道："大家都得吃饱肚子活下去。生死相依，命运相连，互相平衡，生生不息，这才是自然之道。"

阿雪沉思着："人类曾经做过一个对比实验，他们测量了三处河边柳树的生长情况。一处和平时一样，麋鹿可以吃到柳树。一处围起来不让麋鹿吃到柳树。还有一处除了不让麋鹿吃到柳树，还仿建了一个河狸水坝蓄水。结果发现，仅仅是不让麋鹿吃到柳树，对柳树的生长并无影响。需要同时有河狸水坝，才能刺激柳树的生长。柳树正常生长不仅需要防止麋鹿过度啃食，更重要的是，要有足够的地下水。"

言真话者："这一带的地下水位已经低到柳树根系再也吸收不到的程度。要恢复原貌恐怕已经太迟了。"

河勤："有些年景是挺好的，雨下得比较多，树木活得也很好。我不知道为什么，这几年夏天越来越热，尤其是今年，特别干旱，唉，都没有好好下过几场雨。"

河恳："我知道为什么！请探长去问问麋鹿家的小鹿崽子！小鹿们的数量实在太多！看到他们我就心烦！"

阿威："可是，这一带的麋鹿先生埃尔克报案说，他们的种群数量也大幅减少，快活不下去了。"

河恳："啊！还有这回事？不会吧？我不知道啊！"

阿历克斯："嘎！咱们快去找埃尔克问一问！我从一开始就觉得这事跟他们麋鹿家族有关！竟然贼喊捉贼！"

5

阿历克斯的大嗓门渐渐远去，蓝铃从河狸谷西边的荒草中缓缓现身。她展开双翅，悄无声息地从河勤河恳头顶掠过，尾随阿威一行向麋鹿坡北坡飞去。十多名猫头鹰护卫紧随其后。

蓝铃飞翔的身姿轻盈、优雅，如同一只绚丽的精灵，尾巴上九个小蓝点像铜铃花一样张开。长尾不禁看呆了，直到蓝铃消失在视野中，他才醒过神来，心里莫名感到一丝隐隐的惆怅。

长尾一直试图杀死蓝铃，为宝贝儿子怒焰报仇。但在火焰岛王宫超大火灾之后，蓝铃似乎从地球上蒸发了。长尾的部下几天前才在山丹大草甸再次查探到蓝铃的踪迹，他们一路跟踪蓝铃来到河狸谷，耐心等待刺杀蓝铃的最佳时机。长尾绝不能让蓝铃再一次逃脱，他渴望让蓝铃尽快死掉，最好能一击毙命，就像她杀死怒焰那样。三秒钟之内，把她从这个世界上永久抹去，那一刻该有多么痛快！血债要用血来偿。

长尾："这个妖精跟踪阿雪做什么？就凭她那两下子，再增加十个护卫，也不是阿威和阿雪的对手。咱们又不是没试过。"当年在火焰岛南海岸，长尾带领一大队猫头鹰武士偷袭阿威和阿雪，结果却遭遇惨败，死的死，逃的逃，他自己也被宝贝儿子怒焰用他亲自传授的"导弹撞"撞入大海，差点丧命。往事不堪回首，想起来全是痛。

三号心腹："根据我偷听到的情报，蓝铃的举动似乎与大灰狼头领阿尔法的失踪有关。蓝铃似乎认定阿尔法肩负着特殊使命，而阿雪则是幕后主使。所以笑面虎他们才放出风去，造谣说冰中烈焰正在帮助人类实施北方物种大灭绝计划，想借此引诱阿雪北上，利用阿雪找到阿尔法的下落，最终得到阿尔法奉命日夜守护的绝世珍宝水雷。"

长尾："水雷？这是什么玩意儿？"

三号："我还没有打探清楚，蓝铃他们一说起水雷就开始使用一套暗语，这套暗语和人类的语言似像非像，我们还没能完全破解。表面上听起来，水雷似乎是一种已经灭绝的远古生物的水晶骨头，整个星球上，只有白玉王后遗体上才有一枚。"

长尾无来由心慌了一下："白……白玉王后？笑面虎的最终目标竟然是白玉王后的遗体？"

三号肯定地说："是的！这一点应该是确定无疑的，但他们想要得到的只是白玉王后遗体上的水雷。"

长尾急切地对五号说："我命令你立即去调查清楚，水雷到底是什么东西。"

五号完全没有头绪："好……好！"

长尾："好！好！那你还傻等什么，快去打探！"

"是！是！"五号一边答应着，一边急急忙忙飞上天去，一时却没有目标，只好在空中没头没脑地兜了两圈。后来五号迷迷糊糊觉得还是应该去找蓝铃打探，就一展翅，也往麋鹿坡北坡飞去。

长尾气得长叹一声。他正要指挥部下去追击蓝铃，忽见蓝铃从相反的方向飞了过来。长尾心里不由大吃一惊，这小妖精来去如此神鬼莫测，莫非真的修炼成精了吗？长尾打声呼哨，众部下把渐渐靠近的蓝铃团团围住，只等长尾一声令下，就一起把蓝铃活撕了。

"不要误会！休战！我投降！是我！长尾大哥，你不认识我了吗？"这个声音听起来甜蜜、动听，好似以前在哪里听到过。虽然声音里有些惊惧和急迫，却仍然不失优雅，甚至比蓝铃的声音还要高贵三分，还要韵味十足，只是比蓝铃的声音显得苍老一些。

不对！这不是蓝铃！可是，看看那优美的身姿，再看看那九个绚丽的小蓝点，不是蓝铃又是谁呢！啊呀呀！长尾忽然明白过来。

长尾心脏突突急跳，声音颤抖："九尾仙狐，怎么会是你？你是鹰是鬼？你不是早就死了吗？！"

九尾仙狐飘然落地，声音幽怨："你还活着，我怎么舍得去死？"

长尾愣了一下，这话什么意思？不过，这九尾仙狐说话向来颠三倒四，不用过于当回事。于是长尾叫道："大家都以为你早就死了！"

九尾仙狐："哼哼，大家都被笑面虎那鹰渣给骗了。尤其是你，总是被他欺骗、耍弄，却总是对他信以为真，言听计从！"

长尾见九尾仙狐神色凄然，不由生出一丝怜惜之情："他也骗了你吗？你……别后一切可好？"

九尾仙狐很干脆地说："不好！一切都不好。"

长尾一时接不上话来。沉默片刻，长尾从活见鬼的震惊中清醒过来，狐疑地问："你失踪多年，忽然现身，到这里来做什么？"

九尾仙狐："来找你！求你看在咱们以前的交情上，放过我的小女儿蓝铃。在这世上，我就只剩这一个孩子了。求求你放过她。"

"不行！"长尾咬牙切齿，"她跟我有血海深仇，此仇不报，我枉活一世！"

九尾仙狐："你这个傻子！你被笑面虎摆弄了一辈子，到老了还不醒悟！求求你，别跟他斗了！你斗不过他的！"

长尾生气了："你就是觉得我不如他狡猾！你总是笑话我应该把'狡猾的长尾'这个名号送给笑面虎！从来都是！你宁愿给他当小妾，与他私奔，也不愿意相信我！"

九尾仙狐叹口气："直到今天你还在受笑面虎的愚弄，一举一动，一思一虑，还在被他操纵！告诉你，第一，我从来没有爱过他，第二，我没有和他私奔，我是万般无奈，从他身边逃走的！都怪你！"

长尾："奇怪！这跟我有什么关系？"

九尾仙狐："你这个傻瓜，你难道不知道，我爱的是你！可是你却眼看着笑面虎把我骗了！以至于我这一生，一错再错，无法回头！"

长尾愣住了。他不是不知道年轻的时候九尾仙狐对自己有些好感，但他对此并未放在心上，他这一辈子的心思都在打打杀杀、建功立业、阴谋诡计、报仇雪恨这类事情上。何况当时九尾仙狐是笑面虎魂牵梦系的追逐目标，他长尾帮着笑面虎成全这桩美事还来不及呢。再说了，当年九尾仙狐无时无刻不在嘲笑他没有笑面虎聪明，那些嘲讽连笑面虎自己都当笑话看，那时笑面虎总说自己不如长尾聪明勇敢，可是九尾仙狐却总是唠叨个没完！所以，长尾心里对九尾仙狐至今还有老大的不满呢。

九尾仙狐苦笑一声："这么多年了，你我都没有变。笑面虎虽然从你最好的朋友变成了你最恨的仇敌，但他对你的控制丝毫没有减弱。你依然是他的玩物，他依然在利用你！"

"胡说，你又来了！你有完没完？"长尾气得浑身发抖。此时此刻，他尤其不能忍受九尾仙狐说这种话。

九尾仙狐："好吧，忠言逆耳，我不说了。我什么都不说了。你相不相信我还是你的好朋友？你相不相信我不会害你？"

长尾听了这话，心里反而拉响了警报。此时的长尾，不会百分之百信任任何一只猫头鹰，没有任何猫头鹰值得他托付全部的信任。

长尾面无表情地说："这还用问吗？你们九尾家族几千年来一直都忠诚于火焰家族。"他心里却恨恨地想，笑面家族也忠诚了几千年！哼！都是假冒忠良！

九尾仙狐见长尾忽然冷若冰霜，心里明白了。"家族，呵呵呵。罢了，我自己的女儿变成现在这个样子，是我自作自受。我只是无法忍受我最爱的两只猫头鹰自相残杀。"

长尾冷笑："算不上自相残杀，你放心，我会活下来，死掉的将是蓝铃，紧接着是笑面虎。"

九尾仙狐流泪恳求道："长尾大哥，这么多年过去，我一直无法忘记你，一直做梦能和你在一起。求求你，别跟笑面虎斗了，带着我离开这纷繁的争斗，好吗？我愿意跟你浪迹天涯，无怨无悔。"

长尾："不可能！不亲爪杀了蓝铃和笑面虎，我活着还有什么意义！"长尾脑袋里已经警铃大作，他高度怀疑九尾仙狐是笑面虎使出的美鹰计。

6

一只四腿修长、鹿角威严的雄鹿跑上山坡。"阿威探长，总算把你盼来了！阿雪博士，要是情况继续恶化，我们就真的要濒危了！一点都没夸张！"

阿历克斯迅速飞上前去："埃尔克，你真高啊！目测从蹄子到肩膀就有两米高！是不是你贼喊……啊……崽崽孩儿变少了？是不是因为你们把河狸家的柳树都啃光了，你们自家崽崽也吃不饱了？"

雄鹿有些莫名其妙，微微摆动几下大鹿角，疑惑地看着阿历克斯。那奇特的大角从一端到另一端足足有2米宽，像一片片厚实的大树叶，造型非常优美，阿历克斯一下子被迷住了。

阿威笑道："这位不是麋鹿先生埃尔克，这位是驼鹿先生大角牧师。不过，最近这一带报案的非常多，驼鹿家的崽崽确实也面临困境。"

大角牧师："岂止是面临困境！我家的雌鹿们愿意当妈的越来越少了！今年小鹿宝宝的出生率史上最低！"

阿威："别着急，到底是怎么回事，慢慢说一说。"

大角牧师："慢不下来啊，太多重要的案情要跟你细说！急死我了！哎呀，草坡上太晒，热得我心慌意乱。咱们去那边林子里说话吧！"

阿历克斯扇扇翅膀，明明才28摄氏度，不冷不热，多么凉爽的夏日，不能更舒适了！他正要发表高见，阿雪连忙止住他："驼鹿先生天生怕热，咱们大家先到林子里去，路上我再慢慢给你解释。"

大家跟着小步轻跑的驼鹿先生，向树林里转移。阿威转动灵活的脖子，往身后瞄一眼，哼了一声。阿雪笑道："看来这一趟，需要查明的真相还真不少。"

阿历克斯："早就听说驼鹿是世界上体型最大的鹿，名不虚传！我只想知道，作为世界上最高大勇猛的鹿先生，大角牧师为什么这么娇气？才28度，就哼哼唧唧！"

阿雪："驼鹿天生喜欢比较凉快的天气，他们的身体就像是为抵御北方的严寒专门设计的。你看看牧师先生高大的体型，他们身体表面积和体积的比率非常低，这意味着他们的身体散热很慢。他们的皮肤很厚，毛发还是中空的，这就像穿了一件厚厚的毛皮外套。而且他们永远都不会出汗，没法像别的动物一样通过出汗散热。他们和野牛一样，有四个胃，消化道里忙碌的发酵活动也会产生大量热量。如此一来，过于炎热的夏天就难免会让他们心烦意乱啦！"

说话间，大家已进入小树林。大角牧师鹿不停蹄，一头扎进一个小池塘里，"哎呀，凉快！凉快！痛快！痛快！"

阿雪问："这就是你变得这么瘦的原因吗？想必雌鹿们也因为怕热，只顾着乘凉，都没心思找食物了。"

大角牧师："阿雪博士你说得太对了！我瘦一点还不打紧，雌鹿们要是营养不足，她们就没有足够的能量怀孕、生崽！现在我们有许多成年雌鹿体重过低，几年之内都无法怀孕！"

阿威："可是你自己也不能太瘦了。没有足够的能量，接下来的冬天你怎么熬？"

大角牧师："没办法啊，夏天一年比一年热，我是真的没胃口！"

阿威："那你也得努力吃啊，到了九月份，你还得好好打架呢。"

阿历克斯："嘎！为什么要打架？有话不能好好说吗？"

大角牧师认真地说："不能！秋天的架不打不行，只有打赢了，才能赢得那一小群雌鹿的芳心！等打完架，我们雄鹿几乎会失去全身所有的脂肪，身负各种大大小小的伤口——去年我全身的伤口一共有58个，夺得了年度最受伤冠军奖。"

阿历克斯："可怜的大角牧师！要是你打赢了，那些雌鹿会帮助你疗伤吗？"

大角牧师笑着摇摇头："她们顾不上管我，如果怀孕了，她们还得一心一意孕育下一代。我们在接下来的寒冷日子里独自疗伤，那些化脓的伤口可能几个月都好不利索。即便如此，我们心甘情愿，还有比延续后代更重要的事吗？"

阿历克斯正大摇其头，大角牧师忽然在池塘里发起火来，"滚开，滚开！你们这些可恶的小东西！我诅咒你们！"

阿威忙问："发生了什么事？"

大角牧师："这些可恶的蜱虫，搅得我一刻也不得安生！我整个夏天尽量待在水里，除了图个凉快，也是为了赶走蜱虫，躲开马蝇，这些害虫如今都泛滥成灾了。赶不走我就淹死他们！太可恶了！"他说着一头扎进水里，越扎越深，看起来还顺便在水下找了一嘴水草。阿历克斯见状，不禁担心起来，"嘎！别赌气，快上来！小心蜱虫没淹死，倒把你自己淹死了！聪明的我认为，你应该也没有河狸水下憋气15分钟的本领！"

阿雪对阿历克斯说："放心，大角牧师能憋30秒。他的鼻孔也能在水下封闭起来，在所有鹿家族里，只有驼鹿家有这个本事。"

哗啦啦，大角牧师从水里抬起头来，果然吃了一嘴水草，他三下两下把水草咽下去，"啊呀呀，真真痒死我了！"大角牧师冲上岸来，高大的身体顶着一棵大树，使劲蹭来蹭去。

阿历克斯咕囔："咱们正跟他说话呢，他跑去标记领地。真没礼貌！"

阿雪："你不要误会他，事情没那么简单！"

大角牧师蹭得那么用力，一块块毛皮被蹭下来，一条条小伤口渗出血迹。血淋淋的现场让阿历克斯不忍直视，他害怕地闭上眼睛。

蹭树虽然暂时缓解了大角牧师身上的奇痒，但那无处不在的瘙痒无休无止，蹭破的伤口不停流出更多鲜血，他忍不住发出阵阵痛苦的呻吟。

阿雪飞上前去，只看了一眼，就惊叫起来："天哪！你身上叮满了蜱虫！至少有20万只蜱虫在吸你的血！换了谁都扛不住啊！你已经失血过多，你会贫血而死的！"

大角牧师神色凄惨："这正是我急于向阿威探长报告的案情。十年来，我们的种群数量已减少一半。现在，减少的速度越变越快！"

阿威也飞上前去仔细查看，哎呀！可怜的大角牧师浑身密密麻麻地长满了蜱虫，每一只蜱虫都把小尖脑袋钻进大角牧师的皮肉里，几乎小半个圆滚滚的身体也钻进皮肉，贪婪地埋头吸血。阿历克斯头皮发麻，魂飞魄散，大叫着一飞冲天。他要离得远远的，越远越好，他可不想让任何一只蜱虫钻到自己肉里来！

坚韧如阿雪，看了此情此景，也不禁心惊肉跳，她大叫："这到底是怎么回事？此地怎么会有这么多蜱虫？太可怕了！"

大角牧师："夏天越来越热，越来越漫长。冬天越来越暖和，越来越短暂。蜱虫因此一年比一年泛滥，看，还有这无数嗡嗡嗡的吸血马蝇，我们眼看着就要被这些小虫子打败了。"

阿雪："这一带以前几乎没有蜱虫，他们到底是从哪儿跑来的？"

大角牧师："都是白尾鹿惹的祸！"

阿历克斯在空中大叫："可爱的白尾鹿，漂亮的梅花鹿，那是我最喜欢的鹿宝宝，他们也被蜱虫欺负了吗？"

7

阿威惊讶地问："白尾鹿不是生活在南边吗？"

大角牧师："你有所不知，他们已经悄悄扩张了版图。我们这里的冬天变得又暖又短，白尾鹿也能挨下来了。他们顺着人类新修的公路，成群结队北上。其中一些沿着人类新开辟的远足小径，到了我们这里。"

阿雪叫道：“可是，他们携带的寄生虫和病原体，你们以前根本没有应付过啊！”

大角牧师：“是的！而我们现在不得不要学着应付了！但我们实在应付不了啊！最可怕的还要数肝吸虫和脑膜蠕虫。感染了肝吸虫，我们必然会死于肝衰竭。感染了脑膜蠕虫更痛苦，我们会变成瞎子，找不到食物，活活饿死！”

阿雪：“白尾鹿是脑膜蠕虫的天然携带者，脑膜蠕虫影响不了白尾鹿的生活，对你们却是致命的威胁！”

阿历克斯向下喊话：“白尾鹿携带的脑袋蠕虫，怎么能跑到驼鹿脑袋里去？不合理！嘎！”

大角牧师：“白尾鹿排泄的时候，蠕虫借机入侵我们的土地，有些还进入蜗牛体内。我们驼鹿找食时，吃了带蠕虫的蜗牛，就会被感染。”

大角牧师一边说着，一边一刻也不停地在树干上蹭痒。

阿威实在看不下去，劝说道：“你能不能忍住，尽量少蹭几下？这样下去，你的毛发脱落得太厉害，再加上这么多割伤和淤伤，到了冬天很容易被冻伤。要是伤口感染，你会有生命危险。”

雄壮的大角牧师一时都快落泪了：“我停不下来啊！我八成也会英年早逝，除非你和阿雪博士能帮我们扭转败局！”

阿雪："河狸和驼鹿的艰难处境都跟气候迅速变暖有关！现在的问题是，为什么气候加速变暖了呢？"

"都怨大灰狼！都怨大灰熊！"一个气喘吁吁的声音高叫着。眨眼间，一只头顶尖权鹿角的年轻雄鹿闯过来。"埃尔克！我们正要找你呢！"阿威喊道。

"胡说八道！跟我们有什么关系！明明是你们干的！河狸的怀疑合情合理，是麋鹿把草都啃光了，把树都啃死了！把气候都啃暖了！你们是罪魁祸首，我先把你吃了！"另一个气喘吁吁的声音吼道。话音未落，一只高大而灵活的年轻母灰熊对着埃尔克直冲过来。她全身是深棕色的，背部和侧肋部的秀气毛发有着纯金色的尖端，在林间阳光的照射下，泛出一片柔和的金色光芒，漂亮极了。"金尖！是你！两年没见，你怎么跑到这里来了？"阿雪惊喜地叫道。

"嘎！乱套了！我聪明的脑袋都被你们搅糊涂了！我可没感染脑袋蠕虫！你们都别打了！有话好好说！有问题一起解决！团队精神！团队精神！"阿历克斯在头顶喊话。

阿雪："金尖，你先喘口气！情况紧急，案情复杂，信息越全面越好！大家确实需要团队精神，请轮流发言！"

听了阿雪的话，金尖站住了，气鼓鼓地瞪着埃尔克，不再追着打他了。

阿威："埃尔克，你先说说，到底发生了什么事？"

埃尔克悲愤地指着金尖："麋鹿家的小宝宝，能活过一岁的只有三成！三成！邪恶的大灰熊，抓走了六成！六成！看，我年轻力壮，她竟然连我都不肯放过！如此赶尽杀绝，我们麋鹿还有活路吗？"

大角牧师也满腔悲愤地作证："没错！我家的小宝宝更惨，只有一半能活过6周，大部分被大灰熊猎走！"

阿历克斯高空喊话，怕大家听不见，他声嘶力竭地嚷嚷："我听说吃掉麋鹿和驼鹿的明明是被重新引进的大灰狼！怎么爱吃莓子的大灰熊也有份啊？奇哉怪也！不合理！嘎！"

埃尔克高声叫道："大灰狼也很可恶！可是大灰狼抓走的麋鹿小宝宝还不到两成！大灰熊占了大头！"

大角牧师："我们成年的驼鹿最好身体健康，没病没伤！不然，稍微行动缓慢一点，也得被大灰熊猎走！"

埃尔克："就算是没病没伤的成年麋鹿，也逃不过大灰熊的尖牙利爪！他们不用亲自动爪，等大灰狼把我们猎倒了，他们就跑过来把我们当战利品抢走！他们胃口那么大，我们怎么禁得住被他们胡吃海塞！"

8

"轮到我说话了吗？"金尖冷冷地问。

"嘎！金尖你快说说！你不是出生在南边吗？怎么也

跑这里来了？”

　　金尖抬头看了一眼阿历克斯，她的视力不算太好，但看清阿历克斯绰绰有余。见阿历克斯像滑翔机一样，忽上忽下，想下来又怕下来，金尖觉得很滑稽，哈哈大笑起来。

　　金尖：“实不相瞒，两年前人类开始在南边搞大开发，把森林砍光了，我实在活不下去，就一路北上来到这里，现定居在白杨溪一带。白杨溪本来是我弟弟黑尖的领地，但他跑到北洲去了。他从小就特别惧怕人类，跟我说这儿的人类越来越多，让他心慌意乱。他还说，北洲那边没有人类的踪迹。哎呀，说不定哪天我也会继续北上，移民到北洲去。”

　　阿历克斯：“怎么两年不见，你就迷上吃鹿肉了呢？你以前不是很喜欢吃人类的垃圾吗？”

　　金尖：“鹿肉好吃啊！我总得吃肉啊！不然冬眠的时候不吃不喝，哪有能量撑过整个冬天啊！今年我还打算第一次生小宝宝呢，光吃莓子可没法保证在冬天来临之前增加180公斤的体重！我本来也很喜欢吃鱼，但是，美味多汁的鲑鱼不是不再回来了嘛，这里的鳟鱼也特别狡猾，都躲在溪底水最深的地方，轻易根本逮不着。只有一些小鲈鱼可以让我打打牙祭，但也确实只够塞牙缝。”

　　阿雪敏锐地捕捉到金尖话里的一条奇怪信息，连忙追问：“这一带原产的切喉鳟一直是灰熊家族最主要的蛋白质来源，灰熊宝宝最喜欢的食物就是切喉鳟。切喉鳟喜欢在水面活动，所以连灰熊宝宝也能轻易逮到。为什么他们忽然喜欢躲在水底连你也逮不到了呢？"

金尖："我也不清楚啊。我刚来的时候，这里的鳟鱼就已经喜欢躲水底了。对了对了！我想起来了！黑尖的确曾经跟我提过一句，听说好多年以前，这里有一种好吃又好捉的鳟鱼，后来不见了。现在溪里生活的是另外一种鳟鱼，叫什么湖鳟。湖鳟太狡猾，我试过很多次，只逮到过一条！太不划算，放弃！去灌木丛里寻找刚出生的小鹿崽，反倒更容易些。鹿妈把鹿崽藏得很好，还把鹿崽全身舔得干干净净，连我都闻不到一丝气味。但是鹿崽们可没有湖鳟沉得住气，嘿嘿，只要我不停地找，总能惊出一只站都站不稳的小鹿宝宝。"

埃尔克对金尖怒目而视。

大角牧师："鳟鱼的事我知道！都怪人类！在我还很小的时候，我妈有一个睡前必讲的恐怖故事，常常吓得我睡前失眠。那是她第一次见到人类的亲身经历，当时可把她吓坏了，让她一辈子都忘不了。故事发生在大灰狼还没被重新引进的无忧岁月。有一天，有一群直立行走的猴子——后来我妈才知道，那个物种叫智人——说说笑笑来到这里，领头的叫什么王半仙儿，他们嘴里念叨着阿弥陀佛，把几大袋湖鳟放生在白杨溪里。湖鳟可凶了，捕杀切喉鳟很有一套，所以湖鳟很快霸占了切喉鳟的资源，切喉鳟被湖鳟杀得濒临灭绝。"

阿威看着阿雪："这说明，当初麋鹿和驼鹿的数量急剧减少，并不全是引进大灰狼造成的，至少还与大灰熊的食谱变化有关。只不过时间巧合，使人类忽视了其他的重要原因。"阿雪默默点头。

埃尔克："自从大灰狼被重新引进，大灰熊的数量也大幅增加！"

大角牧师心酸地说："有大灰狼帮他们打猎，吃得饱长得胖，放开肚皮生宝宝，数量能不大幅增加吗？！"

金尖："胡说！大灰狼哪里是帮我打猎，明明是我主动打劫他们的猎物！我抢的可都是死鹿，那可不能赖我！"

埃尔克怨恨地看了金尖一眼："因为忌惮大灰狼，大灰熊爱吃的莓子啊什么的，我们不敢明目张胆去吃，也吃得少了，所以被大灰熊霸占的食物资源越来越多！我们既怕大灰狼，又怕大灰熊，精神高度紧张，又不敢在开阔地逗留太长时间吃草，以至于母鹿内分泌严重失调，因此生育率持续下降！哼！简直欺鹿太甚！"

金尖："嗨，就数你最小心眼！又开始胡乱怪罪别的动物！自己胆小怕事还有理了，我根本就不信你这一套！阿雪博士你说，母鹿难以怀孕是被我们吓的吗？难道母鹿越进化胆子越小吗？被我们吓一吓连孕都不敢怀了？那不是自己把自己吓灭绝了吗？"阿雪还没回答，大角牧师先摇起头来，但他不想伤麋鹿兄弟的感情，就暂时没说话。

阿雪：“人类也曾经推测可能是大灰狼的惊吓改变了母鹿的内分泌，让它们难以怀孕，但是后来的研究否证了这一点。大灰狼的存在对母鹿的怀孕并无影响。导致母鹿怀孕率下降的原因更可能是由于气候变化带来的严重干旱，荒草减少导致母鹿吃不饱，营养不良。毕竟，荒草才是麋鹿的主食，柳树、杨树幼苗只能算他们的零食。”

言真话者对埃尔克说：“大家都要心胸宽广，不能一味指责金尖和阿尔法。他们也是大自然的一部分，也得活下去。而且，作为顶级捕食者，他们对生态环境的影响是决定性的。如果失去他们，我们的整个生态系统会随之坍塌，最后将没有幸存者。”

金尖连连掌击地面：“就是这个理儿！我们也得活下去啊！埃尔克，大角牧师，你们也要感谢我呢。如果不是我控制着本地大小猎物的数量，防止森林和草地被食草动物过度啃食，保证让迁徙的鸟儿有足够的草籽和昆虫可以享用，让鸟儿们帮忙授粉、传播种子，那咱们又怎么能保证让郊狼和狐狸有小兔子、小老鼠可以吃？怎么保证这些啮齿类小动物别再火上浇油，把青黄不接的植物啃到寸草不生？告诉你们吧，我小时候就见识过大地母亲生重病的样子，那简直太太太太太可怕了！大家伙儿都得饿肚子！我可不想再体验第二次了！”

阿威问金尖：“你刚才说，黑尖跑北洲去了。他能忍受北洲的寒冷吗？能找到足够的食物吗？”

金尖：“他跟我说，听说北洲变暖和了，翻过大北雪山，那世界尽头的北洲森林正在燃烧，针叶林正在慢慢被落叶林取代，非常适合我们灰熊生存。"

大角牧师："我也听说了！"他迟疑一下，看着阿雪说："听说……是冰中烈焰做了这一切。很多灰熊把你奉若神明，还成立了一个冰中烈焰教，说是多亏了你，他们被人类霸占的大片栖息地，可以在变暖的北方补回来。"

阿雪微微点头："我必须亲眼去看看冰中烈焰到底做了什么。"

阿威："咱们继续北上，去大北雪山！"

阿历克斯："我根本不信阿雪做了什么坏事！我也必须亲眼去看一看！可是，我怕冷！终年积雪！嘎！发抖！"

大角牧师凄然一笑："你不用担心。今天的北洲夏季已经不同以往，就算一只鹦鹉，也会觉得凉爽舒适。我听说，有不少鹦鹉也加入了冰中烈焰教！"

9

一路向北，大北雪山一带果然暖意融融。一道道古老的冰川融化了，剩下一大堆碎石头，默默裸露在山谷之间。娇艳的冰川翠雀花像一群群身披紫纱裙袍的精灵，在碎石坡上随风摇摆。

前面是一带连绵的小山峰。往年，这些小山峰的峰顶都终年积雪不化，但现在所有山顶都覆盖着一片暖暖的绿意。

融化的雪水汇成清澈的蓝绿河，河水时宽时窄，时缓时急，沿着山谷地势蜿蜒出山，一路南下，最终流向星宿大沼泽地。阿威阿雪一行逆着蓝绿河流向，往群山深处飞去。在好几处陡峭的峡谷地带，蓝绿河转入地下，失去踪迹，眼前只有悬崖万丈，前路莫辩。多亏有阿雪带路，大家总能准确找到进山的秘道。

正飞着，忽听远处传来一声沉闷的巨响。隔了一会儿，又是一声。就这样轰轰了十多次。

"嘎！晴空霹雳！这是什么情况！"阿历克斯紧张地喊道。

阿威："这是大壮壮在跟他的挑战者顶牛！他们先一起后退，各退20多米，然后以每小时50多公里的速度冲向对方，头撞头，角对角，顶一会儿，再次后退，再次冲刺、碰撞，一次又一次，直到一方认输离开，顶牛大战才算结束。考虑到雄性麝牛们身高1米半、体长2米，加上四百多公斤的体重，还有肩膀上的大肌肉团，每一次顶牛，都跟两辆高速行驶的小汽车相撞没两样！"

"嘎！可怕！这么撞几下，还不把脑袋都撞碎了！"

阿威："放心吧，麝牛的头骨非常坚硬，雄麝牛的整个前额是两角相汇之处，骨头有17厘米厚，就像一块坚硬如铁的厚板保护着大脑。"

阿雪："麝牛脑颅里还有一大块中空地带，可以缓冲撞击力。"

阿历克斯："嘎！或许我也可以试一下！或许我的脑袋里也有中空地带！不试一试怎么能知道？啄木鸟脑袋里也有小缝隙，所以不怕撞！啄木一下相当于以每小时25公里的速度撞墙！虽然比不上麝牛，但还是让我非常羡慕！敬佩！想仿效！"

阿雪赶紧说："别！不管麝牛和啄木鸟进化出了如何精巧奇妙的身体构造，常年撞击脑袋难免会造成脑损伤，影响智力和精神健康！何况你的脑袋压根儿不是用来撞墙的——除非，你想变得不如现在这样聪明快乐？"

阿历克斯："不要变傻！不想疯狂！可怕！发抖！"

又飞了一会儿，拐过一道弯，只见远山叠嶂，幽峡宽广，大家顿觉天高地远，如临仙境。阿历克斯忍不住高声欢鸣。

这里就是蓝绿河的发源地。群山环抱之中，散布着十几个大大小小的湖泊。在北洲短暂的夏季里，一面面湖水晶莹、纯净，好像天外神仙遗留在世间的一块块蓝宝石。从蓝宝石里溢出的雪水一路流淌，哺育了沿岸无数的生灵。山坡上生长着茂密的北方针叶林，湖岸边绿草青青，一簇簇北洲特有的寒带野花在明亮的阳光下怒放。秀丽的王后雪峰手持一把长长的利剑，静静站立在蓝宝石湖畔，守卫着繁衍于此地的生灵。

这里也是麝牛头领大壮壮一家的夏日栖息地。十几头麝牛分散在草木繁茂的山坡上，有的在悠悠然吃草，有的正懒洋洋闲卧，好一派宁静祥和的美景。

大壮壮看见老朋友们飞过来，大老远就喊起来："阿雪女王，阿威探长，王后冰宫安然无恙！"

几年前，为躲避盗猎人的追捕，大壮壮带领一群麝牛逃到北洲。当时在白玉王后秘密冰宫附近开始出现一些不明来历的猫头鹰武士，阿雪和叔父长爪国王不放心，就把这块山间宝地的进山秘道告诉给大壮壮，并拜托大壮壮在此定居后帮忙照看白玉王后的冰宫。

大壮壮重情重义，一诺千金，这几年驱逐了不少不速之客，前一阵还把蓝铃一伙赶走。现在见了阿威和阿雪，顾不上客套，第一句话就开门见山，直接向老友交待受托之事。

阿雪深受感动："谢谢你，大壮壮！你们大家都好吧？"

大壮壮回头望了一眼生意盎然的湖岸山坡："唉！很好！今年夏天这里依旧草木繁盛，我们每天都尽情享用美味的野花和青草。看，我的妻子们都吃得胖乎乎的。我希望她们今年都很乐意怀上小崽崽，明年春天能有更多的小崽崽在这里玩耍！"

"嘎！你刚才在和谁打架？大概很好看，但是我不敢看！"

大壮壮："一个自不量力的后生小子。已经被我赶跑了。"

　　阿历克斯仔细观察大壮壮的厚板额头，主要是想看看大壮壮的脑袋上面有没有裂痕。"那个小子呢？没被你撞得头破血流吧？他还活着吧？他没傻没疯吧？"

　　大壮壮："头破血流不至于，垂头丧气那是一定的！顶几下牛死不了，我们崇尚的是不流血的输赢。他滚回次等羊群去了，哼哼，那才是他该待的地方。次等羊群正在山坡后面觅食呢，那是我们前几天吃草的地方，昨天我开恩把那面山坡赏给他们了。"

　　"嘎！我听说你是上百只麝牛的大首领，这里怎么只有十几只，都被你顶跑了吗？"

　　大壮壮："哦，外界误会了。上百只麝牛的大首领不是我，是我老婆超级大脾气，哎，就是卧在火焰花丛里打盹的那位。哈，禾花雀夫妇黄豆子和金穗子正嘀哩哩在她身上捉虫子呢！就算那样都吵不醒她，她真可爱。现在是我们的繁殖季节，我们分成小家庭活动，最高等级的家庭成员只包括我和妻子们，当然还有我们未成年的羊羔羔。我呢，只是这个夏季小家庭的小头领。其他麝牛确实都被我顶跑了，我当头领的时候，最见不得其他公羊在我跟前耀武扬威。"

　　阿历克斯急了："嘎呀！太莽撞！上百头麝牛聚在一起才能在严冬抱团取暖，才能组成无敌阵势让大灰狼无法靠近！就你们这十几头麝牛，除了你全是妇女儿童，天寒地冻的时候，还不得冻死？来一群大灰狼，小羊羔一个都跑不掉！不合理！"

大壮壮一挺胸膛："哈哈，谢谢你的关心！这儿地势有点低，到了冬天雪太厚，所以天一冷我们就和其他麝牛小家庭一样，都得迁徙到北方高地去。在那里，猛烈的山风会刮走很多积雪，方便我们刨食。我们将在高地重新聚成大群！到那时候，做出一切重要决策的就是超级大脾气和她的雌性顾问团啦！就连围成圆圈对抗天敌的队形阵列，也都由她来指挥。谁冲在最前面打头阵，谁在第二排替补，谁在第三排接应，全都由她说了算！"

阿历克斯："嘎！嘎！大脾气真棒！顶呱呱！"大脾气微微睁睁眼，又睡过去了。

阿雪悄悄说："别打扰她。她正在反刍、沉思呢。"

阿威："这两年北洲的冬天很暖和，雪也很薄，你们可以轻轻松松从雪里刨出食物，冬天应该没以前那么难熬了吧？"

"恰恰相反！"大壮壮欢快的情绪消失了，"更难了，唉，更难了！"

阿雪忙问："此话怎讲？"

大壮壮："原因很多，一言难尽。最难受的是雪上雨。你知道的，我们不冬眠，也没有洞穴之类的藏身之地，大冬天无论遇到多么恶劣的气候，我们都只是站在野地里硬扛。冬雨落在我们厚厚的羊毛外套上，很快结成冰，有时候坚冰都能直接把小麝牛给活埋了。最糟糕的是，雨水渗进松软的白雪里，把白雪结结实实冻成了冰，我们的大蹄子根本刨不开坚冰，也就吃不到下面的苔藓和草根，很多怀孕的母麝牛因此营养不良，生出来的宝宝也都很瘦小。你们看看我这几个新生宝宝，唉，脑袋瓜儿都要比十年前的新宝宝小一圈儿啊。其实，我都不确定超级大脾气她们今年冬天还愿不愿意怀小宝宝。唉！"

阿雪："真替你们难过。你们受苦了。"

大壮壮："苔原上的苔藓和地衣也越来越少了，冰中烈焰蔓延很快，把北洲变黑了。这件事让我一想起来就心神不安。我有一种不祥的预感。未来会怎样，心里真是没底，也只能先过一年算一年了。"

一听这话，言真话者振了振双翅。

阿雪忙问："这个冰中烈焰，你亲眼见过吗？"

大壮壮："当然见过！穿过王后峰的一线天峡谷，不远处的北方苔原上就有一个！"

阿历克斯："嘎！北方有很多冰中烈焰吗？"

大壮壮："当然啦！有很多！很多！"

"嘎！嘎！太好了！那些冰中烈焰果然不是我们的冰中烈焰！我们的冰中烈焰只有阿雪一个！"

大壮壮有些莫名其妙："我们的阿雪当然只有一个，是谁说北洲的那些冰中烈焰就是阿雪？真荒唐！"

阿雪问大壮壮："你能领我们去看一看那些冰中烈焰吗？"

大壮壮犹豫了一下："当然可以，但我还得放牧我的妻子们，不能让她们乱跑，也不能让那些乳臭未干的臭小子来打扰她们。"

阿历克斯叫道："我可以帮你放牧！非常乐意！我害怕寒冰，冰会冻死我！我更怕烈火，火会烧死我！发抖！嘎！"

大壮壮点头答应："也好，你飞得高，看得远，头脑灵活，嗓门儿大，天生是个放牧好手。有情况就大喊大叫，我马上就能跑回来。"

阿历克斯高兴坏了。阿威却不放心把阿历克斯单独留下，可是阿历克斯一心想要放牧麝牛群，死活也不愿意再继续往北飞了。想到没有王后峰的阻挡，阿历克斯也许确实承受不了北方的寒冷空气，阿威最后也只好同意了。

阿威千叮咛万嘱咐："今天有一伙来路不明的猫头鹰一路跟踪我们，数量不明，很可能来者不善。你千万要多加小心，时刻保持警惕！有情况就赶紧大声报警，打不过就赶紧逃跑，千万别逞能。"阿历克斯满口答应。

阿雪悄悄与阿历克斯耳语几声，告诉他万一遇到危险，如何尽快绕进王后雪峰秘道，躲到白玉王后的冰宫去。

阿雪："见势不妙就大声呼救，这样我们才能及时赶回来救你，不然你在王后冰宫待太久，就变成鹦鹉冰棍啦。"

阿历克斯拍着胸脯保证，所有的叮咛都记住了，自己一定会注意安全。"嘎！嘎！我要放牧啦！我总是发挥关键性的作用！"

10

阿历克斯哼着歌，从一块块蓝宝石湖面掠过，纵情欣赏自己在湖中的清晰倒影。难道世界上还有第二只这么漂亮的牧羊鹦鹉吗？他觉得自己的倒影简直太帅太帅太帅，沉醉得都快要掉到湖水里去了。

咦？怎么有几个重影？不好！是猫头鹰！个个满脸横肉！目露凶光！

阿历克斯还来不及喊叫，那聪明伶俐的大嘴巴就已经被蓝铃的部下紧紧扎住。紧接着，他还来不及挣扎，双腿和双翅也被捆绑起来。两只雄壮的猫头鹰武士各抓住一个绳头，把阿历克斯吊在半空中。

"嘎呀！大事不好！被绑架了！"看到蓝铃笑眯眯地飞到自己前方，优雅地飘浮在空中，阿历克斯心里暗暗叫苦，却一声都喊不出来。他焦急地向母麝牛们望去，希望她们能帮忙报声警，但所有的母麝牛和麝牛崽崽们都无动于衷，该干嘛干嘛，就像什么事都没有发生过一样。也难怪，她们见过太多夏日的打斗和争执，早就修炼出一副天塌地陷都与我无关的超然心态。

蓝铃的声音还是那么悦耳动听："好久不见，大嘴鹦鹉！"

阿历克斯瞪着蓝铃，心里着急怎么才能给阿威和阿雪他们通风报信呢？一路跟踪他们的，竟然是这个家伙！看看她精致又冷酷的笑脸！究竟是谁给她起了这么一个不符合实际的名号？什么圣洁的蓝铃，假的，都是假的！明明是邪恶的蓝铃！

蓝铃笑吟吟地说："我都看见了。阿雪是不是告诉你王后冰宫的秘道了？只要你告诉我，我就立即放了你。否则，我就把你扔下去喂鱼！"

阿历克斯心想："我先假装答应她，只要她把我的嘴巴解开，我就立刻发出警报！为了阿威，我视死如归！死而无憾！死得其所！永垂不朽！"

见阿历克斯点头答应，蓝铃甜甜蜜蜜地说："非常好。识时务者为俊杰，贪生怕死是本能。你就用你那漂亮的小脑袋给我们指路吧。我知道，秘道很绕，但我想你漂亮的小脑袋一定能给我们指明方向。"

阿历克斯的计策落空，心里非常生气。为表示不满，他一撅屁股，使劲拉了一泡鹦鹉屎。那一串稀屎屉屉飘得又高又远，形成一道优美的弧线，呈放射状散入空中。蓝铃惊叫一声，迅速飞起，但还是有几滴屎屉屉溅到了她的尾巴上。现在，她引以为傲的尾巴上有了不止九个小点点。

蓝铃气坏了，沉下脸，美丽的脸庞扭曲了。她柔美的声音变得僵硬，冷冷下令："打他！给我狠狠地打！"

几只猫头鹰武士上前去，劈头盖脸对着阿历克斯一通胡撕乱咬。阿历克斯疼痛难忍，羽毛凌乱，浑身鲜血淋漓，却只能干挨着，一声痛都喊不出来。

蓝铃盘旋在阿历克斯上空："敬酒不吃吃罚酒，滋味怎么样？招还是不招？"

阿历克斯怒目圆睁，真想再来一次稀屎攻击，可是一来刚刚拉过，一时半会儿没法立刻实施第二次攻击，二来蓝铃也学精了，高高地飞在他的上空，就算他成功实施了攻击，也不能把蓝铃怎么样。阿历克斯无计可施，只好瞪视着蓝铃。

蓝铃恢复了美妙、优雅的嗓音："还不服？继续打——"她说"打"字的时候，就像唱歌一样愉快。

阿历克斯被折磨得死去活来。但他一点屈服的意思都没有，他的目光告诉蓝铃："有本事打死我好了，想让我出卖朋友，没门儿！嘎！"

这下轮到蓝铃无计可施了。她想不通为什么这只被她看不起的贪生怕死又爱慕虚荣的傻鹦鹉能有这么坚强的意志。她下令："再狠点儿！往要害处打！"

阿历克斯被打得昏死过去。蓝铃还不想现在就杀死阿历克斯，这家伙是阿威和阿雪的好朋友，留着他就是一张王牌。

蓝铃正为阿历克斯的浑不怕死而气恼，眼角忽然瞥见一颗冰川小碎石向她斜斜飞来。她尖叫一声，一翻身躲开了。这石子的投掷手法她很熟悉，也跟着怒焰练习过，那分明是怒焰的飞石功！只是准头比怒焰差多了，只比她可能好了那么一丁点儿。

蓝铃高鸣一声，所有护卫纷纷聚集到她周围，他们刚刚排列好队形，长尾就率领部下攻上来了。两伙猫头鹰顷刻间斗得你死我活，混乱中，阿历克斯重重地摔落到湖面上，宁静的湖水激起一朵小小的水花，淹没了昏迷不醒的阿历克斯。王后雪峰默默地俯视着这一切。

11

大壮壮领着阿雪一行穿过一道狭长的山谷，从一线天捷径穿越大北雪山，来到北洲苔原地带。

北洲真的变绿了，而且天气非常暖和，简直和南方一样，阿历克斯如果来了，肯定也会觉得很舒适。阿雪发现，大北雪山北麓几个月前还郁郁葱葱的高大针叶林，竟然被一片片落叶松幼苗所取代。"这里的森林生态结构变化太快了！"阿雪惊呼。

大壮壮："这两年不是天气暖和嘛，北洲森林总是发大火，离这里不远，西边有片原始大森林，前一阵才刚刚烧过一次。火灾过后，不知道怎么回事，原先的针叶林没有恢复，土壤里发出的新芽全都是大北雪山南部更低纬度的树种。"

"因为气候太暖和，不适于针叶林的生长！现在南方物种显然更适应这里的气候！"阿雪看到，在大片焦化的土地上，除了落叶松幼苗，还新长出来许多其他来自南方的植物。那一丛丛北方森林特有的火草被南来的植物簇拥着，努力向上探着头，绽放出一串串玫红色的柔媚花朵。看，更北边的苔原上，那些原本矮小的北洲赤桦木和花柳，比以前足足高了两倍！显然是因为生长季节延长，使它们有机会嗖嗖嗖地疯长一气。

很快，更令阿雪吃惊的景象出现在翅下。大地在坍塌，坚固的地面好像变成了一大锅浓汤，或者说，变成了一块块布满蜂窝的奶酪。一片片水洼出现在苔原的冻土之上，一汪汪碧水清清浅浅，不知道该叫它们湖泊还是水塘，有些水洼还汩汩地冒着气泡。

"马上就到了！"大壮壮叫道，加快速度继续向北方飞奔，苔原在他的蹄下发出"铿铿铿"的奇妙回响。

"那些水洼是怎么回事？那么多气泡又是什么东西？"阿威边飞边问阿雪。

阿雪："永久冻土在融化！那些气泡是甲烷！是冰封的古代有机物被细菌分解后释放出来的！"

言真话者大喊："太可怕了！"

大壮壮抬头喊道："更可怕的在前面！都是冰中烈焰们干的好事！"

不再需要大壮壮发布预警，阿威、阿雪和言真话者都已经从空中清清楚楚看见了，在前方辽阔无际的永久冻土之上，赫赫然冒出一个巨大天坑，状如恶龙，深不见底。

这个巨坑不属于人间，这是地狱之门，这是恶魔之口。

大壮壮："幽灵巨坑！这是冰中烈焰的又一个分身！它每时每刻都在长大！苔原迟早会被它们全部吃进肚子里去！我有不祥的预感！"

冰封了几千年的冻土在燃烧。这是真正的冰中烈焰，它没有鲜红的火舌，没有浓黑的烟雾，没有快速移动的火线。它静静悄悄地在地下闷烧，速度缓慢地在苔藓、树叶淤泥和其他地表沉积物之间蔓延，耐心而沉稳地扩大着自己的地盘，并向冰封大地的更深处缓缓推进。

言真话者惊得脸色煞白："这是无火的冰中烈焰！正在重新塑造整个苔原大地，甚至整个地球！"

大壮壮："冰中烈焰会不断在地下生育出新的小幽灵！每一团烈焰都永不熄灭！他们整个冬天都在地底下悄悄游荡，到了春天，小幽灵们忽然就出现在我们完全料想不到的地方！这样的幽灵巨坑每年都在增加，每一个巨坑每时每刻都在不住气地壮大！"

阿威："看！大地变黑了！苔藓都被烤死了！"

大壮壮："没错！听说北洲驯鹿已经饿死了一半！"

阿雪："地表温度不断升高，冰中烈焰会加速向深层冻土蔓延！冰封了成千上万年的碳，还有汞，正加速往空气中释放！"

阿威："后果会有多严重？"

阿雪："北方森林和苔原占地球表面积的三分之一，

土壤里封存的碳含量是全球的一半，比地球现在所有植被中储藏的碳含量还多，光是永冻土中封存的汞就是现在海洋、陆地、空气中汞含量总和的两倍！如果以眼前这种速度释放，大气中碳、汞等含量必然会急剧增加，就算人类不再为气候是否在变暖而争争吵吵，就算他们能够最大程度地实施所谓的减少碳排放全球计划，马上停止燃烧化石燃料，也终将无济于事！"

就在这时，王后雪峰方向传来一声猫头鹰姑娘的尖叫，紧跟着又是一声高鸣，接下来，是一片混乱无序的打斗声和嚎叫声。

阿威惊呼："糟了！糟了！阿历克斯危险！"

大壮壮："奇怪，他怎么没报警呢？"

阿雪："咱们快回去！快！"

大家迅速穿过一线天峡谷，远远看见宁静的蓝宝石湖岸变成了一片血腥的战场。长尾和蓝铃斗在一起，一只与蓝铃长得很像的猫头鹰大婶夹在两鹰中间，狂叫不已，看不清楚她到底在帮谁。

"阿历克斯！"阿威和阿雪一起大叫着，急速飞向战场。到处都没有阿历克斯的身影！阿威心头生出巨大的惊恐，他在战场中四处穿梭，瞪大锐利的双眼，努力搜索阿历克斯的下落。

蓝铃早看见阿雪了。她急促尖叫几声，贴身武士们知道这是下了死亡令，便立即团团围住长尾，每一次攻击都使出了致命的狠招。长尾顿时显出败相，九尾仙狐舍命替长尾抵挡杀招。

长尾本来就寡不敌众，蓝铃留着他，只是为了让笑面虎看好戏。现在蓝铃忽然看见自己最最最痛恨的冰中烈焰女王近在咫尺，并且满脸焦虑，举止惊慌，显然毫无防备，蓝铃便立即起了杀心。机不可失，失不再来，蓝铃一秒也懒得再与长尾继续缠斗，把他丢给武士们，就要来偷袭阿雪。

阿雪知道阿历克斯一定是凶多吉少，不然不会事先没有发出哪怕一声警报。她一面替阿威做后应，一面迅速扫视现场局势。啊！她看见阿历克斯了！这个家伙，他正和超级大脾气一起躺在火焰花丛里晒太阳呢！呀，旁边花丛里，黄豆子家的鸟宝宝们在巢里都吓得直哆嗦呢。阿雪心头一块大石头落地，她高叫着，及时向阿威传递自己的最新发现。她看见阿威很好笑地一边笑着一边流下如释重负的眼泪，于是她自己也忍不住笑了。忽然，她看见阿威的脸色变了，目瞪口呆地看着她，不，是看着她的身后！

阿雪微微摆头，凝神细听，感受到身后那几不可闻的细微响动。她没有回头，而是一个猛子向湖面扎下去，然后矫捷地斜斜掠过水面，白羽飘飘，身体早已灵活翻转180度。她看见蓝铃向自己投射的一枚暗器落空了，气急败坏的蓝铃已投出第二枚。阿雪微笑着，轻松自在地飞升，她看得清清楚楚，这第二枚暗器准头太差，力道太弱，根本用不着躲避。果然，暗器有气无力地落入湖中，只惊散了几条小鱼。

蓝铃气疯了，哇哇大叫，指挥部下立即过来围攻阿雪。可是她的部下此刻都正跟长尾一伙缠斗呢，根本分不开身。蓝铃失去理智，厉声嘶叫，部下们只得慌慌张张撤出原先的战斗，陆续退回到蓝铃周围，在撤退中难免被对手趁机狠狠报复一通。

一阵乱糟糟的兵力部署之后，蓝铃却找不到阿雪了，连阿威和阿历克斯也都失去了踪迹。

蓝铃也没有看见言真话者。言真话者此刻一动不动地高高蹲立在王后峰宝剑的剑柄上，与岩石堆融为一体，冷峻地注视着眼前的乱局。

长尾又不要命地扑向蓝铃。好一场混战。九尾仙狐替蓝铃挨了重重一爪，尖叫着跌入湖水，加入了那一大群在水面扑腾的受伤猫头鹰行列。长尾和蓝铃都像没看见九尾仙狐落水一样，继续指挥部下狠命地打，打，打。

言真话者摇摇头，更新了猫头鹰世界之前的两个认知，为这两只猫头鹰重新起了名号：疯子长尾，邪恶的蓝铃。

除了静卧在火焰花丛里慢慢反刍的超级大脾气，谁都没有注意到，在言真话者下方的一条岩石缝里——就在王后微微飘扬的战袍褶子里，还藏着一只老猫头鹰。那正是五号，他刚刚惊奇地看见阿雪、阿威带着阿历克斯，像变魔术一样，凭空消失在王后战袍的另一道暗淡的褶子里。

但五号暂时还没打定主意，到底要不要把这个情报说出去。毕竟，他也是阿威和阿雪的卧底。毕竟，谁也没给他下过命令，让他去调查王后峰的密洞。

第七章

一网打尽

数公里大网巨嘴大张

等着你们千里迢迢自投罗网

无处可逃，有翅难翔

你们以另一种方式抵达南方

不是在金黄的田野里

而是在饕餮人类的餐桌上

——摘自呐喊的三宝诗集《动物快跑》之《金沙子》

1

"嘎！有陷阱！快躲开！"阿历克斯见阳光下寒光一闪，连忙乱叫着飞到一边，躲进一片草丛。他定下神来四处观望，阿威和阿雪却连一点影子都没有。怎么回事？难道他们被人类逮住了？杀害了？嘎！情况不妙！

"扑！"一张大网忽然落下，不偏不倚落在阿历克斯头顶，把他严严实实罩住了。

一只胸脯金灿灿的漂亮小鸟在不远处和阿历克斯一同落网，发疯一般死命扑腾，凄声狂叫："急喳喳！急喳喳！我命休矣！"

"金穗子！王后峰一别，好久不见！你怎么孤零零一个在这里游荡！你的伙伴们呢？嘎！"一见金穗子，阿历克斯立即忘了他自己也正身处险境，只顾着替金穗子着急了。"这会儿你们不是应该集体往南方迁徙的吗？你为啥落单了？是太贪玩还是太贪吃了？嘎！要是不及时赶到南方，你怎么过冬啊！"阿历克斯恨铁不成钢，喋喋不休。

金穗子："过什么冬！我的生命里再也没有冬天！也没有春天！没有夏天！没有秋天！我马上就能到达南方，直接抵达人类餐桌！喳！"

阿历克斯大奇："没有春夏秋冬，难道你要定居南方？你到人类餐桌上去抢食吗？太冒险！还不一定能吃饱！嘎！坏主意！"

金穗子羽毛蓬松，双眼圆睁："我要被人类吃掉了！人类说我们禾花雀是天上人参，补肾解毒！延年益寿！贪吃鬼！总也吃不够！吃了几十万，现在轮到我啦！啊喳喳——"

阿历克斯魂飞魄散："嘎呀呀！我是天上帅哥！我不想被贪吃鬼吃掉！可怕！发抖！救命呀！阿威阿雪，救命的有没有啊！"

阿威和阿雪一前一后飞过来，他俩刚才去检查寒光闪闪的陷阱，发现那是一台崭新的挖掘机。看来齐齐市长让人类再次伟大的北部大开发计划进展神速。

阿威大喊："阿历克斯，你在哪儿？"

阿历克斯："这里！网子下面！被逮住嘎！天上帅哥要直接抵达人类餐桌！"

阿雪惊呼："到处都是网子！天哪！至少铺了好几公里！在庄稼地里铺满网子，人类这是发的什么疯！"

阿威这时一眼瞅见在网下扑腾的阿历克斯和金穗子。他快如闪电，急扑下去。可是网子实在太大，又非常结实，阿威又抓又咬，就是没法把阿历克斯和金穗子救出来。金穗子和阿历克斯见状，更加惊慌。

阿雪沿着大网缓缓飞行，仔细观察："网子边缘在这里！阿历克斯，出口在这边！别着急，镇定！慢慢往这边挪！"说着，她和阿威一起使劲，爪扯喙叼，掀起网子一角，给阿历克斯抬起一条细长的网下通道。

阿历克斯领着金穗子，一边尽量镇定地狂呼乱叫，一边连滚带爬，从掀起的网缝钻出来。

金穗子："谢天谢地！三位大侠，请帮忙搭救我的伙伴们！500多只禾花雀，一网打尽！只单单逃走我一个！快快！再迟恐怕就来不及了！急喳喳！"

"嘎！快快！十万火急！你的伙伴们在哪里？"阿历克斯已经飞到空中。

金穗子："松鼠林村！盗猎贼低价收购！高价出售！"金穗子的话还没说完，阿历克斯已经飞得没影儿了。

2

本届禾花雀洽谈会由一身名牌户外装的二柿子先生主持。他一直殷勤地给村民递烟递水果，但见多识广、经验老道的松鼠林村村民们并不买账。

胡子的嗓门最大："禾花雀一年比一年稀少，10年前一网子下去能抓400多只，现在一整天也只能捕五六只，有时候一整天连一只都抓不到！你把价钱压这么低，还不够我们喝凉水的！"

王全仙："就是就是！太好笑！你今年的价格不升反跌，你当我们是乡巴佬吧？我大儿子王吉春是研究生，专门研究动物的！我什么不知道！"

二柿子点头哈腰："我哪儿敢啊！我知道你们都是大爷！这不我们老板今年流年不利，亏损了好多钱嘛，唉，真是亏大发了。再高的价钱，他实在也出不起啊！"

胡子："哎呀，别跟我们哭穷！你们老板是谁我们还不知道吗？！真是的！就算他进了监狱，人家老娇也还是齐齐市长的铁哥们儿！朋友全是富豪！腰包照样鼓鼓的！人脉照样广广的！哼！尽知道从家里人身上抠钱，就这点儿出息！"

胡子老婆小娇眼泪汪汪："要是我哥哥来谈判多好，自家人总是好说话。阿弥陀佛。"

胡子瞪小娇一眼："好说话？更好宰吧？行话叫杀熟！"

王全仙："就是就是！我家老二王半仙儿也是这德性，在别人跟前大方得很，对家里人却贼抠门儿。我儿子王吉春可不像他，总惦记着给我捎来各种山珍海味。我啥没见过？我啥都吃过！"

　　二柿子抱拳作揖："呵呵，呵呵，扯远了，扯远了！此事与王半仙儿老板一点关系都没有啊！与齐齐市长更没关系。老娇老板也想亲自来照顾大家的生意，可是记者们不是盯得太紧了嘛！人脉广的朋友们也不好立即给他办保外就医，人言可畏！所以只好赶鸭子上架，由我这个新手出面，若有得罪，敬请各位大爷海涵啊！"

　　小娇："阿弥陀佛！那我哥真得在监狱蹲几十年？"

　　二柿子："不用！最迟年底就能特赦出狱！这个绝对是板上钉钉儿的事儿，你可以放一百个心。"说着，他递给小娇一个苹果。

　　胡子："不管谁出面，市场在那儿摆着呢！供不应求！你别以为我们不知道，你们把雀子运到绿野市，上了餐桌，每只要价上百块。你只给我们每只15元，还不够我们的网子钱！绝对不行！"

　　王全仙频频点头，小娇不停念阿弥陀佛。

　　二柿子讪笑："一个网子才15块钱，你们卖掉一只雀子不就回本了嘛。"

　　王全仙的小儿子王吉国是个急脾气的年轻人，对这些车轱辘来回的讨价还价听得很不耐烦："我听吉红姐说，他们东郊镇收购价一只30块！25块一只，你买就买，不买就滚。反正等着买的人多的是！"

　　二柿子："别上火，别上火！这样吧，我擅自做主了，唉，等着回去挨老板的批吧——还按去年的价钱，20块钱一只怎么样？"

胡子和王全仙对个眼色，喊道："23块！不能更低！"

二柿子假装痛下决心："好！我豁出去了，成交！权当跟你们交个朋友！"

价格谈妥，大伙儿一起去验货。村民们捕捉的所有禾花雀都集中在王全仙家的大仓库里。哎呦！四面墙上全是一排排木架子，架子上密密麻麻拴满了急喳喳的禾花雀，足有好几千只。二柿子眼前一片饱满的金黄，他感到非常满意。

胡子："我们已经催肥好多天了。禾花雀从北洲一路南下，你可没见，飞到我们这儿都瘦成雀干儿了。现在你再瞧瞧，这些金黄的小胸脯，多肥的膘！多嫩的肉！全是我们用好粮食养出来的！现在粮食有多贵你又不是不知道！真被你捞了个大便宜，哼！"

二柿子："多谢多谢！那你们这就把它们全都闷死装箱吧，老规矩，100只一箱。一定要小心别闷太久啊！免得肚子发黑，影响卖相！一闷死就赶紧倒出来晾凉！"

胡子有些气恼："知道！还用得着你说！"

二柿子陪笑："嘿嘿，不好意思，我如实转达老板一而再再而三的吩咐，有劳各位大爷了！"

小娇："阿弥陀佛。"

3

　　"急喳喳！黄豆子！"二柿子一行人刚关上仓库门，金穗子就从通风口钻进仓库。

　　"急喳喳！金穗子！我在这儿！"金穗子马上听到崽崽妈的回应。

　　金穗子循声飞过去。啊！冰中烈焰神明保佑！只见黄豆子栖在木架子上，今年夏天刚在蓝绿湖畔孵出的四只鸟崽崽和妈妈紧紧贴在一起，周围那些挤挤攘攘的禾花雀，有认识的，也有不认识的。急急喳喳，沸反盈天，显然这里关押了好几群南迁的禾花雀。

　　随着阿威和阿雪也飞进仓库，吵成一团的谷仓瞬间鸦雀无声。

　　"嘎，一网打尽！十万火急！我们来救你们了！可是数量这么多，办法在哪里？发愁！"阿历克斯的漂亮脑袋刚钻出通风口，大嘴巴就不停嚷嚷起来。

　　阿雪轻轻落在中间的房梁上："可能有些禾花雀听不懂人类的语言。人类刚才说，他们计划把你们装袋闷死，然后装箱运往餐馆。"

　　听了阿雪的话，禾花雀们反应不一。黄豆子和一些伙伴一听就炸锅了。但也有一些禾花雀保持沉默，警惕地观察着这三只可疑的外来鸟儿。

　　阿雪："大家别着急，我有办法救你们！咱们还要顺藤摸瓜，把盗猎贼的黑窝点一网打尽！免得他们继续祸害禾花雀！”

“我不相信你。你是谁？”一只膘肥体壮的雄禾花雀高声问道。

金穗子急忙说：“金沙子兄弟，休得无礼！这位是生态科学家阿雪博士！火焰岛的冰中烈焰女王！”

“啊！”金沙子大叫，“原来你就是冰中烈焰！你害得我们好惨！你害得整个北方好惨！你怎么敢出现在我们面前公然散布谣言？我们虽然弱小，可是我们绝不害怕与你同归于尽！”他说着张开翅膀，蓬起全身的羽毛，做出一副要打架的样子。金沙子的话在禾花雀中引起一阵骚动，有强烈反对的，有热烈支持的，也有啾啾冷笑旁观的。

阿威：“金沙子，你上当了，眼前这个冰中烈焰不是祸害北方的冰中烈焰！”

阿历克斯：“这个冰中烈焰只有一个！飞在空中！北方的冰中烈焰有好多好多！都藏在地底！你完完全全误会了！嘎！”

金沙子：“不！我没有上当！也没有误会！我亲耳听见火焰岛的猫头鹰朋友们说，祸害北方的正正就是眼前这个冰中烈焰黑暗女王！还有她的走狗言假话者！”

阿威生气地说：“你们都被笑面虎洗脑了！”

金沙子冷笑一声：“你应该就是长毛灰影快如闪电的阿威探长吧？浪得虚名！哼哼！你才被洗脑了，亏你还是个探长！我可没那么容易被欺骗！我们在这里吃得好喝得香，人类把我们养得肥肥壮壮，他们为什么要杀了我们？哼哼，如果我没搞错，把几十万禾花雀杀得只剩十分之一的，正是冰中烈焰吧！！"

阿历克斯快气死了："嘎，一派胡言！你根本不知道你在说什么，狗食！"阿历克斯第一次骂脏话，骂得实在不怎么样。这可不是个好兆头，幸好他骂得不怎么样。

阿雪没有气恼，她沉静地说："我是哪个冰中烈焰并不重要。眼下最重要的是，你们面临生命危险。听着，盗猎贼把你们装袋以后，我们会帮助你们透气。然后盗猎贼会回来晾凉你们，到时候，请你们务必装死，否则可能会再次遭到毒手——那时就算我们想救你们，可能也没机会了。"

黄豆子和伙伴们使劲点头："我们记住了！谢谢您，阿雪博士！"

金沙子和同伴们则不以为意，啾啾冷笑："说的跟真的一样！纯碎是阴谋论！在你冰中烈焰跟前装死，我们活腻了吗？省省吧，我们不需要你搭救！"

这时，门外传来人类嘈杂的脚步声和大声吆喝声。阿雪和阿威齐声轻呼，带着阿历克斯和金穗子钻出通风口。

<h2 style="text-align:center">4</h2>

王吉国笑嘻嘻地张开口袋："来吧，金蛋蛋们！迎接好运吧！"就算是金沙子，看见张开的袋口也有些惊慌失

措。但没别的出路，只好走一步看一步，暗暗祈祷好运。人类也压根没给禾花雀们思考其他出路的机会，所有禾花雀很快被装进几十只大塑料垃圾袋，哗啦哗啦，垃圾袋封口一个个被扎紧。禾花雀们在袋子里徒劳地想挣扎，却连挣扎的空间都没有；想喊叫，却连足够的氧气也没有。不大会儿，一些比较弱小的禾花雀开始昏死过去。

胡子："咱们去泡壶茶喝。然后再来晾凉。"一行人说说笑笑走出门去。仓库里安静下来，只时不时从某个垃圾袋里发出一两声微弱的扑腾声。

阿威从通风口疾飞而出："快！快啄破袋子！"

四只鸟儿拼命猛啄。阿历克斯的大嘴巴可管用了，一啄一个大洞洞。金穗子的表现也毫不逊色，经过几千万年的进化，禾花雀的喙都长成了特别适合咬开谷壳的圆锥形，微微向内弯，啄洞洞还挺好使，就是力气有点小，啄出来的洞洞小小的。

没一会儿，所有垃圾袋都被阿威他们啄出好几个洞洞。他们一刻没歇，挨个又把每个袋子多啄了很多洞洞。他们拼命啄啊啄，尽可能让袋子里的禾花雀呼吸到更多氧气。

一壶茶的功夫，人类回来了。

王全仙："发财啦哈哈哈！老林傻了吧！非说禾花雀快被人类吃灭绝了，非不参加咱的统一捕猎计划。哈哈，等咱香喷喷的钞票赚到手，让他眼馋后悔去吧！我家吉春都说了，人类的捕食根本灭绝不了禾花雀，禾花雀数量骤减，那是禾花雀自己不适应环境变化。"

胡子："就是！咱们每年才能捉几只禾花雀呢？我这一辈子连一只禾花雀都没吃过！禾花雀灭绝可不赖人类！人类可不背这个锅。"

王吉国已经麻利地解开了好几个垃圾袋："赶紧倒出来，别发黑了影响品相，让二柿子那老鬼又唠唠叨叨烦咱们。"哗啦啦，哗啦啦，禾花雀们被倒在仓库地面上。

黄豆子和伙伴们两脚朝天、身体僵硬地装死。这可是他们的拿手好戏。

那些不相信阿雪的禾花雀们刚一被倒出来，就急急喳喳地叫嚷起来："喳喳喳，憋死我了！"

金沙子更是义愤填膺："冰中烈焰果然阴谋论！人类根本没打算要杀死我们！看，把我们放出来了吧？！"金沙子甚至用禾花雀语向人类报警："黄豆子他们在装死！你们快去把通风口堵住！有入侵之敌出入！"幸好这些人类都听不懂禾花雀语。

王吉国他们很惊讶，嘿，这一波禾花雀怎么这么命大？这批垃圾袋质量也太差了吧？被小鸟嘴儿啄出这么多洞洞！

人类二话不说，拿来几个新垃圾袋——为保险起见，每个垃圾袋外面又罩了两个——把那些依然活蹦乱跳、七嘴八舌的禾花雀再次装进垃圾袋，把袋口扎得更紧。然后，他们赶紧开始把其他那些僵直的禾花雀平铺开来，确保死鸟羽毛通风透气，保持鲜艳亮丽。

等人类这边晾完，那边三层垃圾袋里已经全无动静。人类把那些命大的禾花雀再次倒出来，这回全都死透了，好，赶紧晾凉。

所有禾花雀准时晾凉完毕，二柿子亲自监督装箱。崭新、透气的纸板箱，每箱不多不少100只。

小娇对着满地准备上路的死鸟箱子双手合十："阿弥陀佛。"

二柿子那个啰嗦鬼，都已经等不及开路了。

运货卡车天黑前按时出发。山路颠簸，拐入环山公路后，路况变得好多了。阿威他们悄无声息地栖在箱子上，搭便车一路南下，下定决心直捣盗猎贼黑窝点。

5

齐齐市长近来心情大好。一来，正值天上人参禾花雀迁徙季节，他每天都能从王半仙儿的新胜仙野私家小厨房美美吃上一顿荷花宴，小日子过得可滋润了。二来，自从当选为绿野市市长，他就主动回避，把洪福齐天公司移交给女儿齐兰兰运营。齐兰兰真能干，整天忙着打猎、逛街、化妆美容、吃喝玩乐——以及在社交媒体上大晒特晒自己狩猎女神兼玩乐女神的风采，可公司生意却一点都没耽误，好得一塌糊涂，各种业务在整个绿野大陆地遍地开花，财富如流淌的松树河水，源源不断涌入洪福齐天公司。

　　"我真是天选之子啊！还有谁比我更人生顺遂、有如神佑吗？"齐齐自得地看着阿蛮端上来的一盘清汤雀嘴，嘴里嚼着一块黄雀开屏，手里掰下一只香烤雀串，吃得直喘粗气。

　　他比上次猪圈逃跑时胖多了，横向扩大将近一倍。要是现在再让他像上次那样逃跑一回，他肯定没那么灵活自如、亮皮鞋不怕热猪屎了。

　　不过，他也再不必为吃口野生珍稀动物而横穿猪屎阵了。自从上个据点被阿海他们一窝端掉之后，王半仙儿全面改造了半仙食府，索性把新私厨和秘密储藏间都设在了共善堂的后院里。那个猪圈被改造成一个优雅的室内热带植物园，客人踱着步，穿过室内热带花园，通过小铁门，越过遮天蔽日的植物长廊，就能直达新胜仙野。万一再发生什么事，客人只需从容地放下餐巾，大摇大摆地从共善堂药房的前门堂而皇之走出去就是。

　　共善堂是政府资助的老字号企业，生产的都是令绿野人扬眉吐气的传统药物，产品销量大、利润高，是纳税大户，更是人人衷心爱戴的著名慈善企业，为各项公共事业捐了很多钱。没有人会怀疑共善堂后院有个小小的违法私厨，出入的都是达官贵人。就算有所怀疑，没有确凿证据，也没人敢轻举妄动。

　　王半仙儿："您最爱的雀舌小炒、凉拌两吃，马上就上！哎呀，都是今天傍晚刚到的新鲜货！个个金黄艳丽，就像还活着一样！绝对延年益寿、强身健体！这样的好料，只有您这样懂行的美食家才配享用。别的那些吃货——您知道我说的是谁——就算多出十倍的价钱，我也不太情愿做给他们吃呢，纯属暴殄天物。"

齐齐一边细品嘴里的禾花雀肉，一边庄重点头。他市长当得越久，就越有一种高贵、沉稳的派头，常常目无表情、两眼呆滞，显得特别莫测高深。有时候他觉得自己的演技真是不错，真想给自己颁发一个小金人什么的。

王半仙儿："费义那个记者，还盯着我儿子王问圊呢。胡说什么问圊的医疗保险公司谋取黑暴利，是社会福利体系的吸血鬼，还大肆搜刮穷人的油水，不管穷人死活。"

齐齐："天下人人平等，凭什么要给穷人更便宜的医疗保险？同样的机会，同样的制度，穷人为什么会穷？富人为什么会富？这个问题值得大家好好先研究清楚。我一贯认为，给穷人太多福利，无疑会增加富有纳税人的负担，对富人极其不公平。最重要的是，穷人会越养越懒，最后会被养成饭来张口的寄生虫。这对人类的未来极度不利。"

王半仙儿："您说得太对了！依我看，穷人饿肚子、流离失所、看不起病，都是因为他们自己不努力！咱私下偷偷说，甚至可以归结为他们先天基因不好，天性愚钝！就应该被淘汰！医疗福利真应该统统取消，凭什么让我们这些辛辛苦苦干活挣钱的纳税人替躺着吃白食的懒人买单？凭什么不能让问圃这样聪明肯干的年轻商人好好挣钱？”

齐齐又塞一嘴食物，含糊不清地说：“王问圃的生意手续合规合法，政府给他提供巨额补贴也是为了让人类再次伟大，促进社会幸福和谐，统统光明正大！费义他一个小记者捣什么乱？”

王半仙儿添油加醋：“他还捣你的乱呢！他今天发了个新报道，说齐齐家垄断了绿野大陆地的矿山交易。”

齐齐瞪起眼睛：“什么？绿野大陆地的矿藏都姓齐了吗？我家有钱，想买啥就买啥！不能因为我当了市长，就不许我家买东西了吧？媒体尽知道说我坏话、造我的谣，把社会问题政治化，把经济问题也政治化，要是他们知道我喜欢吃禾花雀，他们会把禾花雀也上纲上线政治化！统统都是假新闻！政治迫害！捣乱的记者应该统统进监狱！”

王半仙儿：“您没看报道吗？费义还说他们有证据，洪福齐天公司把公共的土地据为己有……”

齐齐快气炸了：“胡说八道，那是我家兰兰买的！再说一遍，难道我当了市长我女儿就不能买东西了吗？”

王半仙儿：“报道原话说，‘洪福齐天公司巧取豪夺、只象征性地花了一点点钱……’”

齐齐快跳起来了：“那是因为我买的地本来就不值钱

好吧？那是我有商业眼光、瞅准了时机好吧？"

　　王半仙儿："还有呢，说你幕后运作，故意先设法让土地贬值，然后乘机中饱私囊……"

　　齐齐气得噎住了："……造谣！假新闻！就是为了败坏我的名声，哼！想搞臭我，好从中渔利！我得查查他们背后的利益集团是谁！背后推手极有可能是紫光大陆地的势力！费义这个记者太可恶！无事生非！"

　　王半仙儿："他上次跟着兰兰公主去猎了头犀牛，回来把我们兰兰公主那一通抹黑哟，到现在都还没消停呢……网络上一大堆人起哄说兰兰是尿骚公主……"

　　齐齐把筷子啪地拍在桌子上，气得暂时不吃了。谁惹他的宝贝女儿，就是要他的命，他可绝不能轻饶。

　　齐齐咬着牙根："总有一天，我要把这个费义扔进监狱！一辈子都别想再出来！拉钩上吊，说话算数！"他想起曾经被抓进去又不得不放出来的高阿海，恨得牙根痒痒。他夹起一大筷子小炒雀舌，狠狠塞进嘴里，嚼得一阵格格脆响。

6

　　货车进入绿野市后，七绕八拐，停在共善堂后门。

　　四只鸟儿静静栖在屋脊的暗影下。

　　阿威："奇怪，他们到这里来干什么？难道共善堂是黑窝点？不会吧！"

阿雪："巧合吗？离猪圈黑窝点只有一墙之隔。"

阿历克斯："猪圈黑窝点现在洗白啦，看！屋顶是透明的！玻璃下面全是花花草草，还有好多彩灯，真好看！"

这时，金夫人领了一帮喽罗出来，小声对二柿子说："快点卸货！留一箱，待会儿你给WC送去！"

二柿子："哎呀，夫人，这么晚了，您老怎么亲自出马了？有事吩咐一声，再苦再累我们替您做！"

金夫人撇嘴："被高海和费义那俩小子害的！伙计们有一大半都待在监狱里出不来，害得老娘我半夜三更亲自布置这些小活儿！不过感觉也不赖，仿佛回到了年轻时代！"

二柿子："夫人您永远年轻！永远朝气蓬勃！杀气腾腾！"

金夫人脸色舒展了一些，粗大金项链在肥胖的脖颈上晃荡闪烁；"别贫嘴了，快干活！你送完礼箱，赶紧回来继续值班。夜长梦多，争取今晚就把这些货都分销出去。哦，对了，你多少钱收购的？"

二柿子："25块！"

金夫人满意地点点头："不错嘛，你这小子有前途，每只给我省了5块钱。"

这时候，王半仙儿从私厨后门溜达出来，问二柿子："一路顺利吧？没被人类或者奇奇怪怪的猫头鹰、蓝鹦鹉什么的瞅见吧？"

　　二柿子："放心吧！夜色掩护，整个行动密不透风！"二柿子心里很是得意，自从老娇入狱，自己在组织里的地位眼看着迅速蹿升，挣钱就像从地上捡钱那么容易。瞧瞧！大老板、二老板都这么器重自己，老娇最好一辈子都待在狱里别出来了。

　　王半仙儿笑着悄声对金夫人说："我还得赶紧回去陪客人，辛苦老婆了。对了，咱问圈的事摆平了！另外，我今晚给费义那小子上了不少眼药，老齐头已处于完全应激状态。哈哈哈，费义小子等着去吃牢饭吧！敢报我们的黑料，让他吃不了兜着走！"

　　金夫人也笑了："干得好！我还可以再供些优质眼药：费义暗中给盗猎贼大拖鞋通风报信，害死老犀牛豁耳朵，这账还没算呢！"

　　王半仙儿："好好好！老婆真是神机妙算！恶有福报！"夫妻俩会意地哈哈大笑。

　　货车里只剩下一箱禾花雀。

　　金夫人吩咐二柿子："人多眼杂，你一个人去，老地方。快去快回！"

　　"好嘞！夫人放心！我马上回来！"二柿子麻利地坐进驾驶舱，货车重新发动了。

　　阿威悄悄说："咱们兵分三路。阿历克斯，你用最快的速度去通知阿海，请他联系那个谁都不怕只爱真相的记者费义，到这里来一锅端盗猎贼黑窝点。阿雪和金穗子，你俩在这里留守，黄豆子和伙伴们大部分都困在这里，你们见机行事，暗中保护好他们。我去跟踪二柿子，搞清楚那个神秘的WC到底是何方神圣！争取今晚，大家齐心协力把犯罪团伙一网打尽！"

阿历克斯欢快轻呼："好嘎嘎！我总是发挥关键性的作用！"

7

阿威和阿历克斯离开没一会儿，共善堂幽暗的后门外面又驶来几辆车，从车上下来几个东张西望鬼鬼祟祟的人影。

一个人影轻轻叩门三下。金夫人的喽啰打开门，彼此没有对话，几个人影全都闪进门去。

阿雪悄声对金穗子说："这些应该是黑窝点分销商。咱们过去看看。"

阿雪和金穗子悄悄跟在这几个人影后面。喽啰领着这些人径直走到后院阴暗角落处的一扇小门。门里面，灯光晦暗，这个房间紧邻半仙食府旧猪圈。

金夫人关上小门，众人立即开始轻声讨价还价。谈判很快达成一致，80元一只。

金夫人："我真是亏大发了！这差不多是收购价，我根本没挣几块钱！这可是友谊价啊！"

众人说说笑笑，跟着喽啰们开始领箱子。黑商人都想赶紧拿了货离开。

忽然，窗户外传来一阵动静很大的扑棱翅膀声。金夫人抬头一看："咦，外面怎么还有一只禾花雀？！还是活的！快去捉！那可是80块钱呐！"喽啰们一窝蜂扑向房门。

房门刚一打开，"扑棱棱"！愣头愣脑冲进来一只小鸟——也许是两只？小鸟露着金黄色胸脯，急喳喳地叫着，在屋顶飞来飞去。众喽啰一股脑围过去，要活捉金穗子。

阿雪趁着金穗子以令人眼花缭乱的夸张姿态吸引走现场所有人类的注意力——这对金穗子来说也是拿手好戏——她自己如同一道鬼魅灰影，悄然飞到堆放禾花雀箱子的墙边。阿雪双爪猛一扯，利喙猛一啄，一个箱子应声裂开一个大洞。黄豆子一秒都没耽误，领头从箱子里挤出来，跟着金穗子在屋顶乱飞。

哎呀呀！金夫人急了，怎么这么多禾花雀从箱子里飞出来了呢？而且越飞越多！它们不是应该都被闷死了吗？二柿子这个蠢蛋是怎么搞的？"肯定是他怕影响品相，还没等死透就催着捕鸟人赶紧倒出来晾凉，唉！也怪我，我对他强调太多次了。大蠢货！"

阿雪悄无声息把所有箱子都撕开了，只要是活着的禾花雀都开始在屋顶乱飞。

金穗子一边飞，一边喳喳哩哩给大家介绍经验出主意："他们喜欢钱，舍不得弄坏咱们的羽毛！不要害怕！自由地飞吧，飞到他们头上，飞到他们脸上！嘀哩哩哩！"

鸟群疯了。本来这些黑商人看到这么多新鲜活泼膘肥体壮的禾花雀，都两眼放光，想趁乱偷偷抓几只藏口袋里，赚个小便宜。可是现在看来，这些禾花雀一点都不怕人，攻击性还挺强，根本不好抓。

这可是一屋子黄金在飞啊！这些人一辈子从没见过这种场面，都感觉特别兴奋，于是都高高兴兴地与禾花雀斗起法来，追追逃逃，斗得不亦乐乎。

有几个黑商人开始感觉情况好像不太对劲，想溜，却又实在舍不得离开这满眼的黄金，犹犹豫豫地慢慢往门边挪。

"谁都不许开门！谁放走了我的禾花雀，谁给我赔钱！"金夫人气喘吁吁大喝一声，紧接着凄声哀嚎一声，哎呦妈呀！屋里怎么还有一只大猫头鹰啊！正正地在她手上啄了一口！她好不容易才抓住一只禾花雀，这下子又飞走了。啊！这只猫头鹰一看就是个极好极罕见极珍贵的品种！多好的品相，肯定值很多钱啊！金夫人高兴疯了，心里话不知不觉喊出声来："二柿子你这臭小子，送我一个意外大礼包！真不赖！"

正在这时，窗外又现出一只漂亮鹦鹉的影子，张牙舞爪，嘎嘎乱叫。"嘎！打起来了！斗起来了！"外面忽然灯光大亮，好像还有人端着摄像机？

金夫人这才感到大事不妙。哎呦妈呀！谁敢来共善堂捣乱？难道又是那谁也不怕只爱真相的傻小子费义？她心慌起来。

门被撞开，在屋里狂飞乱叫的禾花雀们叽叽喳喳嘀哩哩哩，一窝蜂冲出门去，被费义的摄像机拍了个正着。

摄像机进门后连续拍摄，那靠墙的几十只箱子里，僵死的禾花雀们被一一摄入镜头。镜头里还有所有那些黑商人、盗猎贼，他们都被警察戴上了手铐。金夫人深深垂下肥硕的脑袋，摄像机只拍下她肉囊囊的后颈，粗项链金光闪耀。

8

"吱扭"，阿雪清清楚楚听到院子里某处打开了一扇门。她疾飞出去，一眼看见王半仙儿一脸迷茫地站在一扇小门旁边，似乎正试图搞清楚发生了什么事。小门做工精致，上面挂着一个淡雅的门匾，黑底绿字刻着"胜仙野"三个字。

阿雪立即猜到这小门里面是什么地方。她锐声大叫："阿海！快来！非法小餐厅在这里！"说完她向王半仙儿直扑过去。

王半仙儿冷不丁看见一个大灰影向自己疾飞而来，吓得腿一软跪在地上。灰影越过王半仙儿头顶，径直飞进小餐厅。

小餐厅里金碧辉煌，一个超级大胖子正坐在桌边胡吃海塞，嘴里鼓鼓囊囊，想惊叫却叫不出声来。费义的镜头正正拍过去，把齐齐市长大吃荷花宴的现场图全都摄下来，当然包括那满桌的禾花雀尸体。

这时，阿雪敏锐的耳朵又听到后门外有货车渐渐驶近，阿威在锐声长啸。

二柿子见情况不妙，想倒车逃跑，但后路已被警察堵住。阿威飞过去，俯在前挡风玻璃上，用人类的语言清清楚楚地告诫二柿子："盗猎贼，你们已被一网打尽！投降吧！"二柿子吓得魂飞魄散，这世道怎么了？怎么猫头鹰会说人话？他以为自己是在做噩梦。等警察把他押进黑窝点，他看到大老板、二老板都戴着手铐蹲在地上，才确定这不是噩梦，而是无情的现实。

二柿子忍不住嚎啕大哭起来："我什么都不知道啊！你们想知道什么，我全招！饶了我吧！"

金夫人和王半仙儿都在心里长叹一声，完了。那么，他们拿什么救自己呢？他俩不约而同不由自主地向对方望去。

阿雪问阿威："看清楚WC是谁了吗？"

阿威："他一开门我就认出来了！WC就是解救大黑熊表彰大会那次，上台给阿海颁发奖章和奖金的那位副局长！"

阿海："啊！我们的吴诚副局长！这怎么可能！"

阿威："最好现在就去起获赃物！越快越好！"

等阿威领着阿海、费义他们来到吴诚家僻静的小别墅，吴诚正开箱欣赏那满满一箱新鲜禾花雀呢。他正专心盘算着要送这些宝贝禾花雀去巴结哪些人，好让他顺利高升为公安局局长，费义的摄像头对准了他。

阿威大喊："大家都安全了！飞吧！"哗啦啦，箱子里所有装死的禾花雀齐刷刷飞到空中，激动地大声喳喳哩哩，嚷个没完，憋了这么久，心里憋了好多话呢。

不愧是超级卧底WC，吴诚在短暂的震惊之后，很快恢复常态。"这是栽赃！"一身正气的吴诚对着费义的摄像头诚恳地说，"到底是谁把这箱东西偷偷放进我家来的？这件事关系到广大市民的人身和财产安全，必须立即立案侦察，全力、深入查明幕后黑手。当然，我本人会申请回避，由别的局领导具体负责此项侦察工作。"阿海惭愧地意识到，要不是有阿威作证，自己真的会相信吴诚说的每一句话都是真的。

而一只猫头鹰的证词，在人类的法庭上是不可能被采纳的。

果然，后来二柿子交代说，他在金夫人的指使下，将一箱禾花雀伪装成快递送到吴诚家，是想栽赃陷害令盗猎贼闻风丧胆、寝食难安的吴诚副局长。为此，二柿子戴罪立功，减了好几年的刑——而且还缓期执行。庭审结束后，他当天就被释放了。

9

黄豆子："嘀哩哩，嘀哩哩，我们自由了！"

金穗子："嘀哩哩，嘀哩哩，我们安全了！"

阿威忧心忡忡："有消费就有市场。只要有利可图，一个盗猎团伙被打掉，还会有别的盗猎贼趁机填补空出来的领地。你们以后还是要加倍小心。"

阿雪愁眉紧锁："从北洲到绿野市，禾花雀分布在1500万平方公里的土地上，繁殖地和越冬地之间隔着整个绿野大陆地。在短短十几年时间里，你们从无危，到近危，再到易危，又到濒危，直至极危，连升四级，从几十万只到现在只剩你们几百只，濒临灭绝。只要还有贪吃的人类，你们的危险就不会解除。"

黄豆子："以后我们离人类远远的，见到人类就躲！喳喳！"

金穗子也转喜为忧："喳喳！只怕我们躲都躲不过啊！真希望冰中烈焰神明保佑，赶紧把北洲变得暖暖和和，这样我们就可以一直待在北洲，不用再来南方过冬了！"

阿历克斯："嘎！北洲变暖，人类也会跟去占领！前景堪忧！"

黄豆子："喳喳！我们再也不躲了！人类敢来侵犯我

们的繁殖地，我们所有北洲动物要和冰中烈焰站在一起，和人类正面开战！”

金穗子一甩脑袋，忽然想起什么，对阿雪嘀哩哩道："忙忙乱乱差点忘了！大壮壮托我给你带个紧急口信，他说九尾仙狐向蓝铃透露了王后峰的秘密，蓝铃已成功进入白玉王后冰宫，偷走了什么东西！"

阿雪："啊，九尾仙狐怎么知道王后峰秘道入口？"

阿历克斯："那个入口非常隐秘！打死我我都没告诉他们！"

黄豆子嘀哩哩道："这个我知道！那天我和崽崽们躲在火焰花丛里，看见你们三个趁蓝铃、长尾打群架的时候，飞进王后战袍。那个九尾仙狐，就在不远处目不转睛地盯着你们，她看了个一清二楚！"

阿雪："不知他们偷走了什么东西，到底想要干什么？"

阿威："我想我们很快就会知道！"

10

齐齐的电视讲话传遍了绿野市："我不知道我吃的是禾花雀，谢谢记者们告诉我关于禾花雀的故事，我为禾花雀的不幸遭遇感到非常难过。我不太认识那个店长王半仙儿，他说他那是荷花宴，我还以为我吃的是豆腐和莲藕。朋友们都知道，我一向吃素，他家饭馆有个名厨叫阿蛮，能用豆腐雕出各种植物、动物。和许多人一样，王半仙儿骗了我许多年，我根本不知道他和盗猎团伙有牵连。这个两面人，我其实一点都不了解他。"

齐齐有一大群拥护"让人类再次伟大"的铁杆支持者，他们相信齐齐市长说的每一个字。这些支持者连续几周在司法局门外举旗抗议特别检察官对齐齐市长的调查。

这些支持者不知道也根本不愿意相信的是，根据特别调查官掌握的信息，齐齐倒卖土地、违法开采矿山的犯罪事实铁证如山。当然，这些信息有不少是由王半仙儿夫妇提供的，尤其是金夫人，她本人和洪福齐天公司有着非常密切、广泛、深入的合作。

二柿子招供太彻底，把王半仙儿夫妇卖了个底朝天。其他小喽罗也没坚贞到哪儿去。

王半仙儿夫妇发现，他们的犯罪事实检察官几乎全都掌握了——毕竟金夫人盗猎团伙的所有成员现在差不多都在狱里，差不多都知无不言言无不尽——他们夫妻双方无论如何都没法依靠出卖对方来保护自己，即便如此，他们还是不约而同地试了一试，彼此狠狠陷害了一通。同时，他们为求自保又不约而同地把矛头指向了齐齐，爽快同意特别调查官，要好好做齐齐的"污点证人"，力求将功补过、戴罪立功。夫妻俩竹筒倒豆子一般，有证据没证据的，热切地把他们所知道的有关齐齐的一切恶行罪状统统供了出来。

齐齐心慌意乱，深感大祸临头，破天荒地连吃美食的胃口都没有了。他开始认真考虑一个问题：他该供出谁以求自保呢？WC吗？再好好想想——WC家族的势力在整个司法系统盘根错节，那可是真正的百年老店。齐齐偷偷把自己的八本护照细细检查了一遍。

据费义报道，最终齐齐和齐兰兰谁会承担洪福齐天公司的罪责，目前尚不清楚。齐兰兰已经发布声明，声称她只是一个名义上的总经理，公司的一切事务，她一概不知，一律没参乎。

共善堂也发表了一份声明，声称对后院有个盗猎贼非法黑窝点完全不知情，感到非常震惊、气愤，那是一个临时工擅作主张自己偷偷干的，那名临时工已经第一时间被开除。

方寸大乱的齐齐市长直到和老谋深算的吴诚副局长秘密见过一面之后，才算定下神来，有了主心骨。两人像拴在一起的蚂蚱，订立了一个周密的攻守同盟，彼此捆绑，互相掩护，一荣俱荣，一损皆损。吴诚支招说，齐齐有市长豁免权，不管特别检察官掌握的证据有多确凿，只要齐齐还坐在市长位置上，法律就不能把他怎么样。齐齐要想一辈子不被追究法律责任，只有一条路可走：成功竞选连任，并设法修改绿野市大宪法，将市长任期改为终身制。齐齐特别喜欢这个建议，越琢磨越喜欢。他浮想联翩，摩拳擦掌，下决心不惜一切代价孤注一掷。

这一天，洪福齐天换了一个财务总监。

11

　　蓝铃小心翼翼地递给笑面虎一个小包包，里面装着她亲自从白玉王后爪中取下来的那颗姐妹十珠。笑面虎戴着手套，小心接过小包包。

　　笑面虎严肃地问："你没碰到这个东西吧？"

　　蓝铃笑盈盈地说："没有！爸爸放心吧。我知道这上面有传染性极强的病毒，曾经毒死了白玉王后。我全程都带着手套和口罩。"

　　笑面虎满意地笑了："它将生儿育女，不断变异进化，毒死更多无用的生命。"说着，他转过身，把包包递给同样戴着手套的二号："按照原定计划，立即开始行动。"

　　二号接令而去。

　　蓝铃掩面咳嗽几声："这次旅途日夜兼程，我感觉很累。我先去休息了。"

第八章

死亡岛

今天危机重重，

皆缘昨日播种。

——摘自呐喊的三宝诗集《动物快跑》之《白骨珊瑚虫》

1

阿历克斯尖叫着冲进来："火焰岛南海岸海底发生不明原因剧烈爆炸！阿海已赶往爆炸现场！他说事关重大，请你们喊上老威廉，火速前往支援！嘎啊——"

阿威和阿雪还来不及回应阿历克斯，阿玉急急忙忙飞进来："不好了！老威廉爷爷失踪了！紫荆小海龟姐妹紧急求救！急急急！"

正说着，大灰翅——上个月起名官言真话者已正式给婚后的小灰翅更名为勇敢无畏的大灰翅——心急火燎撞进来，上气不接下气："火焰岛……猫头鹰王国……惊现致命传染病！大批猫头鹰……被感染！死亡数不断攀升！疫情正……加速蔓延！快快快！"

智慧的长眉高举着《猫头鹰联合早报》，疾飞而来，后面紧跟着机灵鬼肉球和大嗓门猴面。

长眉："大批死鱼被海浪冲上火焰岛东海岸！原因不

明！”

猴面：“齐齐政府巨额补贴渔业公司，以科研为名，到火焰岛西海岸捕鲸！”

肉球：“西海岸是多种鲸鱼的冬季繁殖地！鲸鱼繁殖季节马上就到！一尸就是两命！”

噩耗不断，亲爱的故乡火焰岛，多灾多难的火焰岛啊！

阿历克斯团团乱转，把大家看得头晕眼花：“火焰岛变成死亡岛！嘎！”

长眉闭上眼睛：“不要惊慌！阿历克斯，镇静！”

阿雪望着阿威：“多事之秋！事不宜迟！”

阿威振翅：“咱们现在就出发！”

阿雪展开净洁白羽：“大家同去！帮助火焰岛度过劫难！”

<h2 style="text-align:center">2</h2>

阿威一行疾速南行。他们飞过松树河口，那里已被齐齐政府正式批准为商业旅游区，沿岸古老高大的松树全都被砍掉，一排排时髦的临海度假酒店拔地而起。海滩上，潮来没顶、潮去花开的红树林里，铺设了四通八达的凌空木栈桥。大伙儿没有停留，径直越过红树林旅游景区，继续南行，一气儿飞向孤高的火焰岛北峰。

阿历克斯奋力扇动翅膀，却还是越落越远。他实在跟不上了，看着伙伴们渐渐远去的身影，喘着气大喊："我会……发挥……关键性的……作……用……嘎……"

刚刚越过火焰岛北峰，大家远远就望见一艘艘捕鲸船如同一把把屠刀，倒插在西海岸幽暗的海面上。

阿雪："大灰翅，你去通知惊涛，率领王国卫队，速到西海岸集结！"

大灰翅得令而去。

大家飞得更近了才发现，捕鲸船比想象中的更雄伟，各种现代屠宰工具闪着寒光。船头那一面面洪福齐天公司的大旗，猎猎飘扬在略带寒意的海风中。

紫荆家族的小海龟姐妹慢腾腾和腾腾慢，躲在西海岸高崖下的藏身地，正眼巴巴地盼着阿威阿雪他们的到来。

腾腾慢："呜呜呜，老威廉失踪已三天！"

慢腾腾："哇哇哇，捕鲸船杀鲸不眨眼！"

海面一片血红，不远处的一条捕鲸船正在处理一头年轻的灰鲸准妈妈，她早早来到这片安静幽深的温暖水域，本来是为了产下腹中的鲸崽。

三天前，老威廉想去给陆续赶来的鲸鱼老友们发警报，却一去无返。

水面"哗啦啦"一阵响，一艘捕鲸船收网，又套上来一只灰鲸准妈妈！船长三柿子哈哈大笑。

三柿子原本是火狐狸村的渔民，后来希希政府为了保护海洋鱼类，出台法令限制渔民每年捞鱼的数量，渔民们仅靠捕鱼再也养活不了家人，于是纷纷把捕鱼份额卖给洪福齐天这样财大气粗的企业，洪福齐天很快垄断了绿野大陆地沿岸的捕鱼业。只有极少数像三柿子这样身强力壮、经验丰富又有些后台门路的渔民，还勉强能在现代化的捕鲸船上找到工作，大部分沿海渔民失业了。失意的渔民一气之下都投了齐齐的票，如愿把希希市长选了下去。没想到齐齐上台，渔民们的日子更不好过了，捕鲸船设备越来越先进，占用的份额越来越多，雇佣的渔民却越来越少。渔民们怨声载道，决心下次换届把齐齐也选下去。

灰鲸准妈妈戚戚哀嚎。惊涛率领猫头鹰王国卫队悄悄赶到。这是一支训练有素的猫头鹰军团，攻击人类特别有经验。

阿雪锐声长啸，数百只猫头鹰武士扑向三柿子的捕鲸船。连老长眉都怒啸着出动了，而阿玉的机敏和凶猛一点都不比阿雪差。无须详细描绘战况，船员们都感觉能落入海中喂虎鲸，算是比较好的结局。灰鲸网又重重落回海中。三柿子拔锚远遁。好汉不吃眼前亏，他早听说火焰岛的猫头鹰都成精了，最近才知道它们没准连人话都能听会说，万万惹不得。

小海龟姐妹游向刚刚逃出罗网的灰鲸阿姨："呜呜哇哇，请问你见过我们的老威廉爷爷吗？"

灰鲸阿姨："他被困在那边礁石旁的缆绳里！我没法割断缆绳救他出来！我今早刚到这里，他让我快逃，快去警告其他鲸鱼别来这里，可是我不能丢下他等死！"

"嘎！嘎！我带来一个好帮手！"嗨！那不是松树河口的鳄鱼姑娘妞妞嘛——阿历克斯永远的铁杆好友。

"嘎！妞妞，请你一定帮忙把老威廉爷爷救上来，拜托了！"

妞妞："阿历克斯，我一定不辜负你的信任！"妞妞一头扎进海水，向海底巨石堆游去。灰鲸准妈妈随后沉入海中。慢腾腾和腾腾慢二话不说，也一个猛子扎进海水。

"小海龟姐妹要当心！见势不妙就回来！小朋友安全第一！嘎！"阿历克斯高空喊话，他很担心已没入海水的小海龟姐妹们听不见他的重要警告。

小海龟姐妹都听见了，而且听得清清楚楚。海水是光线的敌人，却是声音的好朋友，声波在海水中的传播速度是空气中的4倍，而且衰减得更轻微。也因此，拥有一副音乐家耳朵的小海龟姐妹一入水，哎呀呀，耳朵里立即灌满了捕鲸船的可怕噪声。

腾腾慢："吵死了，我的耳朵要聋了！"

慢腾腾："受不了！我的脑壳快炸了！"

小海龟姐妹眼看着灰鲸阿姨和妞妞的身影越来越模糊，老威廉爷爷连影子都还没看见呢，海里的强大噪音已经快把她们轰成碎片了。

姐妹俩不得已又游回海面。一露头，阿历克斯的高空喊话落下来："你俩听我好言相劝回来啦！我总是发挥关键性的作用！"

灰鲸一路潜向海底巨石，带着妞妞来到一大堆废弃缆绳跟前。妞妞吃惊地发现，这里的海床已经变成一片大垃圾场，破渔网、旧缆绳、废塑料到处都是。来来往往的捕鱼船就像陆地上的推土机，一遍遍从海床上耙过，所经之处，略无活物。这片曾经繁荣昌盛的海底世界，正在快速死去。海中巨岩周围，更是层层叠叠挤满了各种人类垃圾。

灰鲸露头叶一口气，用巨大身体的侧面掀开一堆漂浮的废缆绳："在这里！要不是他喊我，我根本看不见他困在这里！"

妞妞赶紧游过去。老威廉爷爷被一捆缆绳紧紧缠住，动弹不得，只有脑袋勉强露出水面。

妞妞二话不说，张开大嘴，伸出利齿，咔嚓咔嚓咬缆绳。粗壮缆绳很快被妞妞咬得七零八落。老威廉一扭身，从缆绳堆里钻了出去。

老威廉："谢谢你妞妞！我还以为这堆缆绳就是埋葬我这把老骨头的坟墓！"

3

老威廉第一次见到长眉，他长吸一口气："庄严的雪山国王！你怎么在这里？难道我已经死了吗？"

长眉也长吸一口气："啊！啊！珍稀无比的紫荆大海龟！我不是火焰岛的雪山国王，我是图书馆的长眉。今生有幸遇见你，我真是太高兴了！"

腾腾慢："紫荆花的美丽正在慢慢消亡！"

慢腾腾："但是我们没那么容易死光光！"

老威廉愁眉紧锁，没有作声。他的眼睛里又被海风吹进沙子了。

腾腾慢："老威廉爷爷，三天不见，密密麻麻，你身上长了什么鬼东西！"

慢腾腾："好像是植物，好像是动物，黏黏糊糊，好像根本就不是东西！"

老威廉："是入侵的海鞘！他们喜欢随着温暖的海流四处蔓延，覆盖每一寸能附着的表面！"

阿历克斯："嘎！恶心！发抖！"

老威廉在石头上蹭海鞘，却蹭不掉："我被困三天，就被他们糊满了！真难受！全都是跟着捕鲸船入侵过来的！"

阿雪："海鞘害怕阳光，也不喜欢淡水。你在阳光下暴晒，就能晒死他们。或者洗个干净的雨水澡，也能洗死他们。"

老威廉："谢谢你的智慧，阿雪。唉，大海生病了。"

长眉也很伤感。"我听说一堆堆死鱼正被海浪冲上南海岸和东海岸。"

阿雪："我正想请教老威廉。你游得远、见得多，你知道为什么火焰岛海岸会出现那么多死鱼吗？"

老威廉："因为缺氧啊！鱼儿也离不开氧气啊！大海变了，温度太高，氧气越来越少，二氧化碳越来越多，海水酸性也越来越强。南海岸风高浪大，还算好的，因为海浪可以给海水增加氧气。风平浪静的东海岸，情况更糟糕，不但死鱼多，那里的珊瑚群也正在成片死去，森森白骨绵绵无绝，情形恐怖，凄凄惨惨。"

阿雪秀眉紧锁："东海岸的海水也比较浅，鱼群陷在温暖的浅水里，缺氧导致行为不稳定，这些挣扎会进一步消耗海水里的氧气！"

老威廉："正是！我亲眼看见，东海岸的鱼群在疯狂挣扎中窒息而死。人类只看见了东海岸的死鱼，在他们看不见的地方，死鱼事件更多！"

"嘎！那可怎么办？发愁！悲伤！"

老威廉："除了离开，还能有什么办法？很多海鱼都游到北方的冰封海峡去了。灰鲸姑娘，你也赶紧走吧，请尽快通知你的族类，远离这片繁殖地。面对人类的疯狂入侵，咱们也只有逃离这一条生路。"

灰鲸："好的！这儿海水温度有些太高，我待在这里本来就感觉不太舒服，何况还有捕鲸屠刀！我会通知大家到更北边紫光洋的那片无人海湾去过冬。"

腾腾慢哼一声："这里是我家，我哪也不去，我要坚守故乡！”

慢腾腾吼一声：“阿威要破案，阿雪有难题，我想努力帮忙！”

老威廉：“都是紫荆家的好孩子。”

阿历克斯一心惦记着阿海：“说到帮忙，老威廉，请你速去南海岸给阿海帮忙！那里发生了不明爆炸！”

老威廉大惊：“啊！阿海去南海岸了？！危险！我被困海缆时听到了爆炸声，也尝到了火之味！南海岸附近海底有火山正在喷发！更大的爆炸随时可能发生！鱼儿虾儿们早跑了，得赶紧通知阿海火速撤离！”

阿历克斯早已腾起：“嘎——阿海，你要当心啊！”唉，就算阿历克斯嗓门儿大，离那么远，阿海哪里听得到啊。

阿威抓起腾腾慢，阿雪抓起慢腾腾，带翅膀的朋友们忽忽一大群，疾疾飞向南海岸。老威廉和妞妞走海路，沿着海岸线以最快速度游向南海岸，幸亏此时海潮流向恰恰好，可以助他们一臂之力。

4

笑面虎嘴角弯弯：“水雷计划进展顺利吗？”

二号：“非常顺利！病毒已经开始在全岛扩散！迟早传遍绿野大陆地！”

笑面虎：“那些喜欢抱怨的猫头鹰们现在都在抱怨些

什么？”

二号笑了：“他们比我们预料得更有创意！他们抱怨冰中烈焰女王亲爪制造并释放了致命病毒，有解药也留着不给大家用——就为了消除异己，巩固自己的权势，完全不顾天下动物们的死活。他们像饿死鬼一样吞下我们散布的毒饵信息，要求立即举行公投，罢黜阿雪女王。”

笑面虎：“呵呵，不错。那个很快就要被罢黜的女王还没来吗？”

二号：“您料事如神！她果真来了！探子说，她和同伙已到西海岸，召去了国王卫队要和捕鲸人决战。”

笑面虎：“呵呵，妙哉。人类将把这笔账算在火焰岛猫头鹰头上，他们一直在酝酿的大除害运动一触即发。到时候，岛上爱抱怨的猫头鹰就更有值得抱怨的素材啦。”

二号：“好极了！岛上绝大多数猫头鹰支持冰中烈焰女王，让他们都去死吧！最后只剩下我们，肝脑涂地效忠于您！您将轻轻松松征服全世界！”

笑面虎微笑着沉吟：“南海岸正发生大变故，真是天助我也。我猜，他们下一步会先去情势最紧急的南海岸，呵呵，真像一群没头的苍蝇。他们不会轻易被南海岸的大灾难杀死，但他们注定逃不过咱们的小水雷。罢黜一个垂死的女王，倒也是一件极具观赏性的乐事。我倒要看看她死到临头还怎么摆出一副胸有成竹、安闲自在的女王模样！”笑面虎咂吧咂吧鸟喙，似乎在品尝新鲜猎物的滋味。

二号："大鹰真是神机妙算！末代火焰女王阿雪之后，将是笑面家族的美好新时代！"

笑面虎呵呵一笑："五号准备好了吗？"

二号："我看他是准备好了，今早已出现症状。"

笑面虎："好戏开锣。现在，五号可以意外听到阿雪来岛的消息，意外从监狱逃脱，意外将可爱又凶险的水雷送给阿雪和她那一帮傻朋友们——还有那些忠诚的王国侍卫队员们，让他们先去死，呵呵。"

二号："好一个环环相扣的计中计！佩服！"

笑面虎："圣洁公主病好了吗？她最喜欢阿雪灭亡，可别错过好戏。"

二号："公主好多了，就是还没好透，应该快了。肯定不会耽误公主看好戏！"

笑面虎："你们都打过疫苗加强针了吧？圣洁公主也都打了吧？这事可马虎不得。"

二号："我们都打过了。公主已经打过三针了。您放心。"

5

阿历克斯远远看见阿海他们的科考船停靠在南海岸边。"嘎！快！来不及嘎！"

船员们正在提取水样，阿海穿好潜水服，正准备和记者费义还有其他几个同伴下海勘察。

"阿海，极度危险！火速撤离——嘎——"这一次，阿历克斯的大嗓门竟然被阿海隐约听到了。阿海极目眺望北方天空，碧空如洗，只有几朵浓白的棉花云。阿海以为自己听错了，笑着摇摇头。

这时，费义率先翻身下海，阿海刚想随着费义翻下去，却见费义猛地浮出海面，抓住船舷，一轱辘又翻了回来。费义摘下呼吸面具，脸色蜡白："妈呀，水下有条大鳄鱼！龇牙咧嘴！"

阿海把着船舷往海里观望，水花四溅，"扑！"跃出一只老海龟！

费义他们失声大叫。阿海则又惊又喜："老威廉！"

费义："这世界上有你不认识的动物吗？"

老威廉用动物通用语大叫："海底火山喷发！快撤退！快！"

这时候阿历克斯也赶到了，这次竟然没掉队。他在阿海头顶喘着粗气乱嚷："危险！撤退！快嘎！"

阿雪和阿威老早就闻到空气中的古怪气味："火山！大爆发！马上！"

腾腾慢和慢腾腾感受到空气不寻常的颤动，注意到大海像一头正在抬头的巨兽，她俩一起哇哇乱叫起来。

腾腾慢；"风不太平浪不静！"

慢腾腾："海底地裂山要崩！"

长眉、肉球、猴面、阿玉、大灰翅、惊涛同时都在大喊大叫发警报，空中猫头鹰语一时间响成一片。

阿威和阿雪高高飞起，只见西南方向的海域一片沸腾，咕咕地冒着气泡翻着白沫。

阿雪："惊涛，请带领卫队为科考船空中导航！"

一大群猫头鹰武士立即在船头上空列队，向东海方向疾飞。

阿威边飞边喊："阿海，跟着我们！快！"

阿海早下令所有船员各就各位，立即起锚开拔。老威廉和妞妞随在船尾，利用船波动力，一路东飘。海水猛然间剧烈翻滚，海浪凶猛地扑打轮船。附近的海洋动物早已四散而逃，科考船东摇西晃地往东海方向撤离。

头顶是黑压压的鸟群，脚下是颤巍巍的大海，船员们不明所以，阿海也来不及多做解释，只简单地说，西南方向有海底火山即将大喷发。

费义："你怎么知道？哈哈，齐齐要是听到了，准说是你指挥海底火山大爆发的！"

阿海顾不上开玩笑："天上的鸟儿告诉我的！大家仔细听我指挥，全速前进！"

就在这时，西南方向传来一阵天崩地裂般的巨响，一声接一声。随后，科考船被一股无形的伟力高高抛向空中，又沉沉落入海里，海水哗啦啦从四面八方灌向科考船。紧接着巨浪又一次翻卷滚动，再次把科考船抛出大海，甩向空中。

"稳住！前进！"阿海在巨浪和巨响之间吼叫，海水一次次把船员们从头浇到脚。

鸟儿们在空中齐啸，声音盖过了轰天的巨响。阿海立即现场翻译："继续向东，全速前进！我们正在脱离危险！"船员们听了，信心大振，每个人都在自己的岗位上奋力坚持。海浪涌着科考船，飞一般冲向东海岸。

"嘎！火山喷发会释放汞！剧毒！可怕！发抖！汞嘎汞！"阿历克斯最近似乎学到了什么关于金属汞的新知识，阿雪猜测他也患上了比较严重的恐汞症，这种恐惧焦虑症正在绿野大陆地的动物当中流行。

费义浑身湿淋淋，紧紧握住船舷对阿海大喊："海底火山真是听你指挥的！你说爆它就爆！服气！看你的鹦鹉！混在野鸟堆里，披头散发，飞得多野！厉害！"

爆炸声持续不断，滔天巨浪一波又一波，科考船及时避开火山爆发引起的巨波大浪，安全抵达东海岸避风港。

6

大灰翅提溜着五号飞过来："半道上捡到这家伙！瘫到地上飞不动了。"

阿雪："五号，好久不见，你这是又要去哪儿替谁打探什么重要情报呢？"

五号哑着嗓子红着眼睛："阿嚏！我到处找你！"

阿雪故意看看四周："这里少不了笑面虎的耳目，你不怕笑面虎知道你在替我卖命吗？"

五号："阿嚏！我俩已公开决裂！他已经拿走我半条命！关了我好几个月——在我根本都还没暴露三面间谍身份的情况下！真真岂有此理！在牢房里我生病了，病得很重，嚏，他们说要另换山洞单独隔离我，也不把我一个病老头隔离到条件好点的地方，就扔到一个小脏洞里！幸好他们怕传染，走得匆忙，忘记锁住出口，我这才有机会逃出来！从今以后，我只给我心目中最伟大的女王当间谍！鹰生苦短，我想要过简单的生活……阿嚏！"

阿雪皱皱眉头："大灰翅，给他戴上口罩。五号，生病了就要好好休息，你在外面乱跑，一直打喷嚏还不戴口罩，你不知道现在岛上正流行致命传染病吗？"

五号隔着口罩揉揉清鼻涕："我有重要情报向你汇报！蓝铃她……"

五号话还没说完，阿历克斯早已一飞冲天，嘎哇乱叫："致命传染病！五号得了致命传染病！他故意来害我们感染的！别听他的！快把他隔离起来！"

阿威抬头对阿历克斯喊道："你说得不无道理！"

阿历克斯："那当然！我是全个侦探！五号忽然出现在这里非常可疑！"

五号："我没有要故意来害你们，冤枉！我真有重要情报给阿雪女王！"

　　阿雪："你怎么知道我在这里？"

　　五号不禁有些自得："把我隔离到小脏洞的卫兵闲聊，被我偷听到了！阿嚏……说你带着侍卫队正在南海岸一带活动！幸好我聪明，远远就看到侍卫队黑压压一大群一起往东飞，我就直接截过来，果然一截一个准！嚏！"

　　阿威："唔，你一定是被蒙着眼睛转移到小脏洞的吧？之前被笑面虎关在哪里，你自己也说不清吧？"

　　五号："是啊，你怎么知道？嚏！我觉得你和阿雪女王都有特异功能！可以穿越时空，洞察过去，预见未来！我是蒙着眼关进去，又蒙着眼运出来的，确实啥都没看见。"

　　阿威："你运气真好，该听到的都被你听到了，不该看见的你都没看见。"

　　五号："你说得太对了，我的运气确实一直比较好。俗话说，好心有好报，我从不干缺德事，枪口总是抬高一寸，有所为有所不为，嚏！"

　　阿威："好吧。至少你能准确说出小脏洞的位置吧？"

　　五号："小菜！那是我的职业基本技能！"

　　阿雪命惊涛记下小脏洞位置信息，速带一队卫士前去查看，寻找笑面虎一伙的蛛丝马迹。惊涛领命而去。

　　阿雪："你刚才说蓝铃她怎么了？"

五号："我早就想偷偷告诉你，可惜还没来得及行动就被他们关起来了！蓝铃上个月趁着大壮壮他们迁往冬季栖息地，冰宫没有看守，就从白玉王后那里偷走了绝世珍宝！阿嚏！阿嚏！阿嚏！"

阿历克斯飞得更高："嘎！我们早就知道了！这个情报毫无价值！"

五号："是九尾仙狐泄的密！她那次亲眼看见你们三个躲进去了。这个情报有价值吗？"

阿历克斯："没有！早就知道了！"

五号很沮丧。

阿威追问："蓝铃偷走了什么绝世珍宝？"

五号："水雷！据说是什么早已经灭绝的某种古老生物的水晶骨头，价值连城！"

长眉大惊："白玉王后？水雷？我想我知道火焰岛致命传染病是怎么回事了！猫头鹰图书馆档案室有详细记载，二十多年前，王半仙儿带领一伙动物权利保护狂热人士，冲击绿野市生物制药研究所，放走一大批实验动物，其中有几笼动物感染了人类正在研究的新型蝙蝠冠状病毒水雷！人类当时紧急抓捕这些实验动物，但混乱之中还是有不少动物逃走了。有一只被感染的小白鼠非常可疑地出现在长爪家里，幸亏白玉王后及时发现并处死了那只白鼠，但她自己却不幸染病身亡！"

阿雪："这下全明白了！长尾在笑面虎的操纵下，劝说长爪把白玉王后冰葬，完美地保存了水雷病毒！"

长眉："根据记载，当年水雷的首席研究员是公冶仁，公冶仁他们当时已研发出水雷疫苗！"

阿雪命令大灰翅："人类也正在调查火焰岛新型传染病的真相，我怀疑五号现在已被水雷感染。请你带几个队员，和阿历克斯一起，把五号送到阿海那里去做检测！告诉阿海关于水雷疫苗的事，请他帮忙尽快给火焰岛提供疫苗数据！"

阿历克斯很高兴："把五号直接扔到费义头上！大记者准以为我超有本事！抓了一只大猫头鹰送给阿海当礼物！哈嘎嘎！"

阿雪："不行！五号生病了，别折腾他，更不能让他成为超级传染源！"

大灰翅给五号严严实实套上防护服，带往科考船。阿历克斯一路高空伴随，嘎啦嘎啦叫个不停。

7

海底火山喷发引发的巨浪反复扑向火焰岛，从空中看，火焰岛好像变成了一条在大海上摇摆颠簸的大船。科考船带着病鹰五号紧急驶回绿野码头，阿历克斯和大灰翅一行飞往东海岸礁石堆与伙伴们会合。

"嘎！嘎！费义果然对我赞不绝口！嘎呀！好臭！怎么这么臭！？"

东海岸的海滩上到处是死鱼，臭气熏天。阿雪和阿威不禁想起前几年也是在这片海滩上，大量海獭因感染弓形虫而不幸惨死。

等阿历克斯发现死鱼堆里还有不少死鸟，吓得又一次直刺高空。"可怕！发抖！"

腾腾慢："阿历克斯别担心，死鸟无毒也无病！"

慢腾腾："只因误食废塑料，活活饿死腹中硬。"

阿历克斯："谁会傻到吃一肚子塑料把自己活活饿死？？"

腾腾慢："塑料分解散臭气，闻起来就像烂海藻。"

慢腾腾："鸟妈把废物当成宝，喂崽崽一肚子臭塑料！"

听了小海龟姐妹的话，阿历克斯虽然嘟嘎嚷嘎，但还是壮着胆子飞下来，仔细观察海滩上的死鸟："这只小信天翁不是死于误食废塑料！明显死于误食木头牙签！看，牙签刺穿了喉咙！可怕！发抖！"

腾腾慢忽然大叫："嗨，小海燕！海底火山大喷发，营养美味你乐哈哈！"

慢腾腾跟着大喊："咦？小海燕！火山喷发不用怕，你慌慌张张为了啥？"

黑螃蟹妹妹小海燕伸出带锯齿的长爪子，钩住小海龟姐妹脚下的黑礁石，麻利地翻出海水，横着爬上礁石，警惕地转头望向海面，神色之间惊魂未定，就像水下有厉鬼恶魔在追赶她。

小海龟姐妹见了，也趴在礁石边，向水下望去。她们什么都没看见，只有不断翻腾的浪花。

小海燕："吓死我了！成千上万的鲨鱼！像下冰雹一样落入大海！全是死鬼！慢慢沉啊沉，只有鱼鳍，没头没身体！活见鬼啊！"

阿历克斯可能是想象力太丰富，听了小海燕的话，吓得浑身发抖说不出话来。

小海燕尖叫："看！看！"一根截面整整齐齐的鲨鱼背鳍被海浪推到海面，擦过黑礁石，又无声没入大海。

阿历克斯面无血色。就连阿雪和阿威都忍不住惊叫起来。这情形太诡异了。

小海燕："就是这种鲨鱼死鬼！下面有成千上万！"

阿威："是谁在屠杀鲨鱼？意欲何为？"

阿雪："人类把鲨鱼鱼鳍叫做鱼翅，他们迷信吃鱼翅大补，到处捕捞鲨鱼。为最大化利用渔船储存空间，他们只割下鲨鱼鱼翅，把剩下的部分全丢弃回大海！"

长眉："既然已经为鱼翅害死了鲨鱼，现在为什么又把鱼翅也扔掉？人类发疯了吗？"

鳄鱼妞妞钻出海面，一眼就发现阿历克斯被吓坏了："阿历克斯别怕！都是死鲨鱼的鱼鳍，不会伤害到你的。"妞妞哪里知道，刚才那截切割整齐的鱼翅勾起阿历克斯的童年记忆，它对阿历克斯的伤害比被鲨鱼咬一口还深还重，给阿历克斯留下了终身难忘的心理阴影。

腾腾慢；"老威廉爷爷你别哭！"

慢腾腾："发疯的人类是屠夫！"

老威廉："死亡之岛，名副其实！尸分两地，惨不忍睹！"

阿威："谁干的？"

老威廉指着远处一条大船："从那上面扔下来的！只有鱼鳍，没头没身体！"

阿玉闻言，率先向大船飞去。阿里斯克不敢去，动都动不了，趴在礁石上发抖，妞妞留下来陪伴他，安慰他。

猫头鹰们盘旋两圈，静悄悄落在大船桅杆上。船上杀声一片，人类正在打架，叫骂不休，个个杀红了眼。

"你们这些叛徒！为了投靠新主子，忘了老恩人！"

"你们才是叛徒！把货物扔进大海，害我们白白辛苦好几个月，一分钱都赚不到！"

"再说一遍，不是我们干的！是奴工造反扔下去的！谁让你们把他们当牲口对待！"

"造反的奴工呢？我要亲自审问！"

"都逃到岛上去了！"

"我不信！我再也不相信金夫人！她自身难保，还连累我们！"

"忘恩负义，我替夫人杀了你！"

"来吧，今天不是你死就是我活！"

……

阿威："听起来，金夫人的老部下内讧了。"

阿雪："分赃不均，盗猎团伙在重新洗牌。"

8

齐齐的叫嚷整个办公区都能听到，很多公务员听了频频点头："吃鲸鱼是我们绿野人的悠久文化传统！绿野渔民世世代代捕鲸杀鲸，我们不允许猫头鹰替我们决定什么能吃什么不能吃！"

最近坏消息太多，洪福齐天公司损失了好多根本没必要损失的财货，齐齐市长非常心疼，特别生气，叫来公安局新上任的局长吴诚，令他立即彻查猫头鹰袭击捕鲸船事件。

齐齐："火焰岛致命传染病疫情越来越严重，这次疫情肯定和那群疯猫头鹰有关！我命令你们赶快摸清疯狂猫头鹰行踪，派人把它们一网打尽！一只都别剩！全杀了！防止它们进一步祸害人类！"

吴诚大声说："好的。请市长放心！"

齐齐蹀到门口，轻轻关上门。

齐齐小声问："王半仙儿和金夫人还有希望捞出来吗？"

吴诚小声说："铁证如山，看起来没法翻案了。您想捞他们出来？要是做得太明显，怕对您竞选连任不利。"

齐齐："不是不是！我跟他们撇清关系还来不及呢！我是担心他们被别人捞出来。他们居然都要做我的污点证人，哼，真错看王半仙儿了！我要你把他们的案子做成罪不容赦的铁案，让他们身败名裂、信誉扫地，就算作证也没人信——主要是让我那些人再伟信徒不要相信他们，一句都不听他们的。只要我能连任，大权在握一切都好运作。"

吴诚："明白。您本来就跟他俩几乎不认识。"

齐齐点头一笑，望着吴诚。

吴诚："一百个放心，都交给我。我明白。王半仙儿最近又翻供了，拒绝做污点证人，说您跟他们确实不认识。他之前咬您只是一时糊涂，全都是污蔑之词，他很后悔。"

齐齐点头不语，话锋一转："可惜了那一船鱼翅。"齐齐感觉嘴里有口水要流出来了。本来他晚餐就可以吃到那新鲜鱼翅的，唉，还是由王半仙儿亲手为他烹制的，鲜香味美。最近怎么事事都不如意呢？看来安娜大王肉的好运药效快过期了，要是能再来一碗大王肉该有多好！王半仙儿啊王半仙儿，老齐头真的有点想你啊。

吴诚："奴工造反，把事情全捅出去了。反正也保不住了，索性都算在金夫人集团的头上，到时候新闻发布会一开，全都是您打击非法盗猎的政绩，非常有利于竞选连任。"

齐齐："那下一步生意……？"

吴诚："已经和大拖鞋谈妥了，西北帮将全面接手。咱们占的点子更大，能比以前挣更多。所有罪责都算到金夫人头上，把西北帮洗得干干净净的，好好给咱当白手套。"

齐齐高兴起来，笑着点点头，接着满脸恨意："高海和费义，我要让他们全都进监狱！活活蹲一辈子！"

吴诚："只要您连任成功，咱们有的是时间和资源对付他们。"

齐齐："下一批新鲜鱼翅什么时候能到？"

吴诚："大拖鞋的人马已接手所有渔船，业务很快就能恢复正常。二柿子已经出狱，私厨现由他们夫妻二人打理，一切都已准备就绪，您不用等太久就能重新吃上新鲜鱼翅了。"

齐齐很满意，事情总算又开始重新走上正轨了。

9

笑面虎傻了，他要亲眼看到蓝铃的尸体，才能相信宝贝女儿真的死了。

"不是说打过三针疫苗了吗？怎么就死了？"一直嘴角弯弯的笑面虎再也笑不出来，变成了怒面虎。他两眼喷火，好像要把二号活活燎成碎片烧成灰。

二号也生病了，不停咳嗽："是打了疫苗，可能打晚了。可能……她在冰宫取水雷的时候就被感染了……我可能也被她传染了……"

笑面虎："你是说都是她自己的错？是她自己该死是吗？"

二号："咳，咳……我不是那个意思……当然是意外……可能病毒变异了……疫苗对她不起作用……可能疫苗质量有问题，发生了抗体依赖的增强作用……"

笑面虎一言不发，阴森森死盯着二号，二号心里发毛，脑袋发懵，嘴里冒出更多的"可能"……

就算找到原因又有什么用？她死了，已经死了，再也活不过来了。笑面虎低下头，看着自己那两只紧抓地面、痉挛不止的老爪子。此生竟是为了何事？说起来，流川也是二号直接下令处死的，这笔账一直留着还没算呢。一辈子的事业竟然都坏在这个下贱的奴才身上。

笑面虎腾空而起，倏地伸出利爪，掐住二号的喉咙。他不想再听到二号说出任何自我辩解的白痴话语。笑面虎狂怒的内心只有一个念头："不可原谅！不可原谅！不可原谅！"

二号再也咳不出声了。笑面虎呆呆瘫坐在地上。外面一阵骚乱，没有下属来通知他发生了什么事，二号的惨死吓退了所有部下。笑面虎也不关心外面发生了什么，一切全都完了。辛苦谋划20多年，眼看胜利在望，却全都白费了。没有蓝铃，他就算胜利了，又能把胜利留给谁？他恨自己，恨部下，恨全世界，恨造化弄鹰。

他忽然想起自己的爪下败将长尾，想起自己对长尾说过的话："好好品味宝贝儿子的死亡吧！好好享受思念宝贝儿子的痛苦吧！哈哈哈！哈哈哈！"

笑面虎天生泪腺不发达，所以此刻他也流不出一滴眼泪。他垂着头，眼睛余光注意到有一群猫头鹰闯了进来。他没有抬头，他不在乎。

"笑面虎大鹰……"惊涛轻轻唤他。

他醒过来。好吧，死就死了吧，他承认他这一生失败了。那么就死在这个他曾经假装当儿子来抚养的大鹰爪下吧。忠诚的惊涛，看看他现在长得多好啊！他的好兄弟流川死去多少年了？好像有一百年了。好好品味吧。

笑面虎摊开双爪，就像一只来日无多的病鹰，不再尝试挣扎，对命运缴械投降。

惊涛面对儿时的恩公，百感交集。他作恶多端，他也得到了足够的报应。他们两个之间的恩怨，将在今天彻底了结。

惊涛轻声说："你走吧。"

笑面虎耷拉着翅膀，乖乖地走出去。走到哪里去呢？不知道。

惊涛下令："仔细搜查，一定要把失窃的八颗姐妹珠全找出来。"

10

经过检测、对比，五号感染的果然是人类自以为早已绝迹的水雷病毒。这一研究结果震惊了人类世界。真没想到，一个20多年前从实验室逃逸的蝙蝠病毒，竟然能潜伏到今天忽然冒出来危害世界！

幸好有现成的疫苗，也幸好水雷没有发生重大变异。洪福齐天新收购的疫苗产业链抢占先机，加班加点，结结实实地发了一笔大财。

所有有关水雷病毒与疫苗的数据当年都曾经公开发表过。阿海第一时间将数据传递给猫头鹰世界。火焰岛很快控制住疫情，喜欢抱怨的猫头鹰们抱怨说，冰中烈焰女王果然早有解药！等大家受了那么多苦之后，才假惺惺拿出来，好让大家感恩戴德。哼，他们偏不感恩，偏要继续抱怨。尤其可恶的是，与女王阿雪交好的人类，现在开始不分青红皂白地跑到火焰岛上来扑杀猫头鹰，说猫头鹰全都是疯子！要格杀勿论！这样恶毒、无用的女王，留着何用？但是，号召大家举行公投罢黜阿雪的猫头鹰民间组织忽然失去踪迹，好抱怨的猫头鹰们一时不知道该怎么把罢黜女王的抱怨事业继续下去。幸好狡猾的长尾及时现身火焰岛，对阿雪的弊政口诛笔伐，令抱怨鹰们重又有了精神领袖。

姐妹十珠历经劫难，重新团聚，彼此吸引，熠熠生辉。阿雪请火焰岛最好的能工巧鹰帮忙，消去了蓝铃焊接在姐妹珠上的那些邪恶毒刺。

阿历克斯："嘎！嘎！真好看！姐妹十珠到底是什么来历？"

长眉："这几年我仔细钻研有关姐妹十珠的各种资料，据古文献记载，姐妹十珠的原材料来自王后雪峰山腹中的秘密宝矿，五千年前由笑面家族的能工巧匠精造而成，里面隐秘珍藏着对付古老细菌鲲冲所需的所有化学物质。"

阿威："鲲冲？传说中一万年前肆虐地球的神秘细菌吗？"

长眉："正是！但也有资料说它是一种病毒，或一种寄生虫——总之是一种凶险的病原体。当时多亏火焰岛猫头鹰王国的科学家们研发出抗鲲药，鲲冲才被控制住。但据记载鲲冲并没有灭绝，只是躲在阴暗、寒冷、无氧的地底深眠。猫头鹰世界一直防备着鲲冲的复活，所以在这稀世之珍中留下了抗鲲药方的秘密。但是毕竟时代太过久远，很多资料互相矛盾——甚至有资料说鲲冲是一种有益于环境的细菌，抗鲲药其实是鲲抗药——因此我常常感到十分困惑。在各种说法当中，一定有太多以讹传讹之处，需要实据验证、细加分辨。"

阿雪轻轻抚弄姐妹十珠："真有意思，我要好好研究一番。有必要先做一些实地考证。"

阿威："北洲正出现很多前所未有的奇怪传染病，民间传言有古老鲲冲混迹其中。现在的北洲变化实在太大，万年冰封之地屡屡有古老的动物遗骸、病毒、细菌重见天日。"阿威接过姐妹十珠，仔细观赏："这里面有太多疑问需要解答，而且要尽快。"

阿雪："未知的致命病毒在全球扩散，这是我一直最担心的事。北洲传染病不断蔓延，此事不同寻常。"

11

海底火山喷发给绿野市带来五百年一遇的超大洪灾，绿野市"水域面积扩大"，变成一片泽国。

在齐齐市长的领导下，过去不到一年的时间内，绿野市发生巨变，九成海岸线被建设成现代都市的一部分。毫不意外，这次洪灾过后，海岸新城全部被淹，人员伤亡和经济损失异常惨重。

事实上，绿野市海平面近年来一直在上升，专家一直在预警这类自然灾害的发生。这次的超大洪灾使得全体市民真正认识到问题的严重性。

专家预测，30年后，整个绿野市将和爪爪岛一样，完全淹没在海平面之下。市议会紧急通过决议，立即开始抢建万年大坝。一直跟专家唱对台戏的齐齐市长这次倒是很爽快地在决议上签了字。反正不管是填海造城还是修筑万年大坝，洪福齐天公司都能挣到钱，很多很多钱。

松树河口的度假村彻底被海潮摧毁。那些时髦的度假酒店如果还没倒塌，现在也就只剩下一个歪歪扭扭的楼顶可怜巴巴地露出海面。

小海燕跟着螃蟹家族大军，随着海潮漂流到松树河口。那里密密麻麻铺满每一毫米海床的海鞘，在可预见的未来，将成为小海燕家族的丰盛主食。

火焰岛水位自然也上升了很多，从空中看，火焰岛变小了。

大海似乎真的发怒了，决意要重新夺回原本属于它的一切。整个绿野大陆地都在变小。

每个动物都能感受到，世界正在发生急剧变化。未来会怎样，大家心里都没底儿。

小耳朵、小叶子和阿阳帮老威廉爷爷清理身上的海鞘，费了老劲，花了大半天功夫，才清下来一小部分。太阳出来了，小海龟姐妹陪着老威廉爷爷趴在太阳底下暴晒，最后终于把附在爷爷甲壳上的海鞘全都化成了一滩滩臭水。

充满正义的齐齐市长在抗击水雷疫情内部通报会上大发雷霆："那个高海怎么就这么神？他怎么知道致命传染病是水雷病毒引起的？他怎么知道公冶仁20多年前曾经研发出水雷疫苗？太可疑，高海必须接受调查！我们必须查出释放水雷病毒的元凶！"

吴诚："高海绝对可疑！要是事情没有败露，他很可能凭借水雷疫苗发一大笔横财！那个公冶仁要不要同时接受调查？"

齐齐："公冶仁就不必了。他没什么可疑的，调离生物制药研究所都好多年了，虽然当年研发出水雷疫苗，但他并不享有专利，此次也没有获利。他现在动物保护协会这个清水衙门养老，明显不是利益相关方。"事后，公冶仁对齐齐市长的关照感激不尽。

没多久，齐齐市长年底特赦名单公布，老娇和三个臭兄弟等一大伙前金夫人集团成员因协助警方破案有功，获得特赦。

大拖鞋集团日益兵强马壮。

第九章

冰不封海峡

你是谁家的聪明孩子

斑驳如同冰雪消融的大地

——摘自呐喊的三宝诗集《动物快跑》之《灰北极熊崽崽》

1

冰封万里，寒风刺骨。北洲的严冬二月，渐渐重新迎来暗淡的日光。天马上又要黑透透了，好冷啊！洪福齐天油气开发公司的工人们都想早点收工。

唉，还得检测倒霉的北极熊洞。因为北极熊濒危，法律明文规定油气公司在勘探、开采作业时，不得伤害冬眠中的北极熊。真麻烦。

工人们用红外线装置草草一扫。一个工人喊道："没有发现北极熊洞！开动！"

另一个工人喊道："明明这玩意儿检测北极熊洞的准确率只有一半，还非逼着咱们用，纯粹走过场！开动喽！"

"开动！""收到！""注意钻头！""雪铲就位！"……

机器轰鸣，巨大的金属钻头和钢铁大铲狠狠插进坚硬的冰雪大地。

雪下四米，曲折的雪洞尽头，温暖如春，北极熊妈妈雪霸正和快四个月大的双胞胎儿子抱在一起睡大觉。迷迷糊糊的母子三熊被强噪声惊醒，雪霸心跳加速，体温回升，新陈代谢重调，脑电波穿梭频率骤然提高，感觉器官灵敏度瞬间增强，雪上四米的各种气味涌入鼻孔，大脑预警系统立即进入紧急状态：大事不好！

雪霸受惊，一个急转身，从雪铲凿开的洞口蹿出，跳进茫茫雪原，夺路而逃。哥哥宝儿贝贝最机灵，想也没想就跟着妈妈一起爬出雪洞，一溜烟狂奔而去。白色毛皮为北极熊在冰雪世界里提供了最好的伪装，工人们都没有看见一大一小两只逃跑的北极熊，继续挖地。弟弟贝儿宝宝完全晕了头，只犹豫了两秒钟，妈妈和哥哥已踪影全无，一时间噪声大作，气味杂乱，贝儿宝宝根本无法辨别妈妈和哥哥究竟从哪个方向跑掉了。他大哭起来，还没哭几声，一个大铲子从天而降，将他拦腰斩断。

北极熊的毛皮外套厚密柔软、隔热防水，易于吸收太阳热量的黑色皮肤下还有厚厚一层保暖脂肪，所以北极熊不怕冷，怕热。他们体型庞大、沉重，奔跑时需要燃烧大量脂肪产生热量，所以为防止身体过热，虽然他们能跑得飞快，真跑起来每小时可以跑40公里，但通常他们只是慢悠悠地晃着走。他们经常休息，尽量避免长时间奔跑，也极少追逐猎物，他们打猎的时候更喜欢悄悄接近或耐心等待。

北极熊妈妈特别爱孩子，愿意为孩子奉献一切。新生的北极熊崽无法抵御北洲冬日的严寒，所以熊妈在冬眠的雪洞中生下熊崽，不吃不喝，把辛辛苦苦储存的脂肪转化成营养丰富的乳汁喂养孩子，直到她们自己失去将近一半的体重，变得瘦骨嶙峋、毛发零落。为保护孩子，北极熊妈妈甚至敢于和体型比自己大一倍的雄性北极熊拼命。

但是现在，在深眠中忽然受到人类强烈干扰的雪霸，疯了一样自顾自狂奔，时速50公里，好像全然忘记自己身后还有两个没断奶的小崽崽。

狂风呼啸，暮色沉沉，像个小肉球一样的宝儿贝贝跌跌撞撞，顾不得哭，也喊不出声，只牢牢盯住妈妈越跑越远的身影，撒开内八字小腿，使劲奔跑，跑啊，跑啊。妈妈的身影很快消失在茫茫暮色中，宝儿贝贝只能扬鼻拼命嗅啊嗅，追随着微弱的亲爱的妈妈气味，脚下不断打滑，跌倒了赶紧爬起来，一路向妈妈狂追而去。"妈妈呀，等等我呀！"他只能无声地在心里哭叫。

2

阿历克斯穿着一件麝牛丝绒小毛袄，戴着一个只露了两只眼睛和一个鸟喙的麝牛丝绒套头围脖，觉得北洲的寒冬真是清凉无比，舒服极了。这两样丝绒保暖品都是阿海的姐姐阿英特意给阿历克斯定做的。阿英维持着一个叫狗窝的麝牛农场，专门帮助来自上个冰川纪的麝牛家族适应急速变化的地球新环境，狗窝自产的麝牛丝绒制品，轻柔保暖品相好，在北洲一带很有名。

本来阿威坚决反对阿历克斯一起来北洲调查动物异常传染病之谜，对阿历克斯来说，北洲实在太冷，他根本受不了。但是当阿历克斯听说，连老朋友麝牛家族也开始感染一些奇怪的罕见疾病，他就怎么也做不到袖爪旁观，非要来发挥关键性的作用。阿雪于是亲自设计图纸，请阿英给阿历克斯定制了这套保暖套装。后来这套鸟儿保暖套装流传到人类世界，供不应求，洪福齐天公司揪住商机，抢注了阿雪的设计商标，发了一小笔横财。

阿历克斯的丝绒保暖套装无比轻盈，所以他飞起来一点都不费劲。而且他听从阿雪的嘱咐，紧紧跟在阿威和阿雪身后，充分利用他俩在前面飞翔时制造的气流，飞得还挺快，一点都没掉队。

他们远远听见群狼杂乱而狂野的叫声，循声飞过去，只见在苍茫冰原的尽头，有一个狼群正在狩猎。一大群野鹿四散奔逃，狼群很快放倒一头落单小鹿，野狼们纷纷围过去吞食猎物，狼叫声渐息。

阿历克斯很害怕。他不喜欢狼，尤其不喜欢狼笑起来露出的尖牙利齿。他不敢看凶光炯炯的狼眼，看见了就要发抖。但是阿雪和阿威在寂寥的北洲冰原飞了这么久，除了人类开矿工，什么动物都没看到，现在发现了一群狼，当然要飞过去看个究竟。阿历克斯只好跟着一起去看看，他把两个猫头鹰朋友跟得更紧了，脑袋恨不得快要藏在阿威翅膀底下去了。

阿威奇怪地叫了一声，阿雪也惊讶地叫了一声。头狼闻声抬起头，也大叫一声。

阿威："阿尔法，你怎么在这里？你不是前年就逃到紫光大陆地老家去了吗？"

头狼阿尔法仰天长嚎几声："冰封海峡冰不封，我们被困在这里了！"

阿尔法身旁的一只母狼也仰天长嚎，似乎在安慰阿尔法。那是阿尔法心心相印的伴侣艾尔莎。

阿雪落在艾尔莎身旁："怎么回事？每年这个时候冰封海峡都会冻成一座冰桥，你们当初的计划多周全！"

艾尔莎："狼算不如天算，前两年我们觉得冰封海峡的海冰冻得不结实，没敢过。没想到今年海水迟迟没有结冰，海涛汹涌，更过不去了。"

阿雪："北洲今年冬天的气温比十年前高了3摄氏度，真没想到竟然连冰封海峡都变成了冰不封海峡！"

阿威忽然又叫了一声："阿尔法，你们狼群怎么变黑了？你本来就有点黑，现在都显得没那么黑了！"

阿历克斯开始练习数数："1，2，3……算上艾尔莎，一共只有3只大灰狼！要是也算上半黑不黑的阿尔法，3加1只等于5只！哦不对，4只！其他全是大黑狼！"

阿尔法大笑起来："因为现在黑狼有生存优势啊！我父亲黑魔法师就是大黑狼，所以我也有黑狼基因！"

阿威："为什么黑狼会有生存优势？你们狼群的其他

灰狼怎么了？"

阿雪看到艾尔莎的眼睛里泪光闪闪。

阿尔法："被致命病毒杀死了！黑色毛皮的大灰狼对这种病毒的抵抗力更强！存活率更高！我也被感染了，但是我几乎没什么症状！只打了几个喷嚏！"

阿历克斯一飞冲天："鲲冲！鲲冲！鲲冲病毒！嘎！"

艾尔莎哀伤不已："我也被感染了，差点丧命。小小鹦鹉别担心，不是传说中的可怕鲲冲，是犬儒热！"

阿雪："北洲气候严寒，本来一年四季几乎没有什么疾病传播，忽然哪里来的犬儒热？"

阿尔法："都怪海獭！莫名其妙，得了奇怪的犬儒热，死在海滩上。我们等着冰封海峡结冰，等得肚子都饿了，就吃了死海獭，结果我们全都被感染了！倒霉的不止我们呢，所有吃了死海獭的狼群都生病了。现在这个狼群，其实是个由幸存者组成的新狼群。"

阿威："闻所未闻！我们北洲的海獭，以前可从来没有得过犬儒热！"

阿雪："别忘了现在紫光洋和北洲洋的冬海通道第一次打通了！在冰封海峡的另一端，紫光洋的环斑海豹一直在爆发犬儒热。海水通道一打通，他们就可以轻易游到北洲洋这一边。感染了犬儒热的环斑海豹把粪便排在北洲洋，就有可能感染这边的海洋动物。"

艾尔莎："为了这次出逃，我们已在冰封海峡附近侦查过很多年，今年确实是第一次在冰不封海峡见到从紫光洋游过来的环斑海豹！我还想着，要是我也和他们一样会长途游泳那该多好！"

阿雪："北洲洋的海洋动物以前没有接触过这种病毒，一点免疫力都没有。我想被感染的一定不止海獭一家。"

阿威；"类似的奇怪病例，报案的除了海獭家，还有本地的环斑海豹家，以及弓头鲸家、白鲸家，他们以前也都没有和紫光洋的环斑海豹接触过！"

阿历克斯长舒一口气，从高空降下来："不是鲲冲就好！我相信大灰狼家迟早会对这种新型犬儒热病毒形成群体免疫。要是鲲冲现身，那可就糟了，世界末日！束爪无策！"

阿尔法看着艾尔莎："别伤心了，病毒只能使我们进化得更强壮！我们不怕！你看咱们的狼崽崽都有黑色基因，都活得好好的。"

阿历克斯又开始卖弄学识："嘎！嘎！黑色还有利于吸收太阳热量，可以帮助大灰狼在寒冷的北洲过冬！"

艾尔莎笑了："好吧，黑狼在大灰狼的世界里，本来是罕见的种类。现在所有的大灰狼姑娘都只愿意和黑狼交配。"

阿尔法："土生土长的北洲狼姑娘也喜欢我们黑色大

灰狼！只要我们一直不停往北方迁徙，杂交黑狼也会越来越多！很快，北洲狼就要和香喷喷的麝牛一样黑啦！"

"嘎！麝牛们就住在最北方！我要尽快通知大脾气！麝牛家一定要加倍提防更加强壮的大黑狼！"

3

阿尔法："哈哈，小小鹦鹉你下来，我保证不吃你，你不是我的猎物，吃你还不够麻烦的。驼鹿足够我们吃啦！我们吃剩下的残肉都可以养活一大群乌鸦、渡鸦、红狐狸、北极狐！"

艾尔莎也笑着说："放心吧！别把我们想太坏。有我们在，麝牛家也会越来越强壮，老弱病残的被吃掉，剩下的就都是最顽强最能适应环境的强者。就像这头病鹿。"

阿雪这才顾得上去看一看那头刚刚被猎倒的野鹿，惊讶地发现原来是大角牧师家的一头年轻驼鹿："驼鹿竟然也迁徙到极寒北洲了！这么年轻的驼鹿竟然也被你们猎倒了。他得了什么病？"

艾尔莎："朊病毒啊，俗称的疯牛病也属于这一类……"

艾尔莎话没说完，阿历克斯又一飞冲天："嘎！可怕的疯牛病！那什么软塌塌的病毒，和鲲冲有没有关系？"

阿雪望着阿历克斯："朊毒体以前被称作朊病毒，其实它不是病毒，只是由蛋白质构成的致病因子，和鲲冲没关系。"

阿威：“闻所未闻，居然连朊毒体都跑到北洲来了！所有传染性海绵状脑病目前都无法医治！阿尔法，你们吃了生病的驼鹿，不怕被感染吗？”

阿尔法：“不会不会！我们大黑狼的肠胃是世界上最坚强的肠胃！病鹿被我们吃下去，等变成粪便排出体外，朊毒体就不到4%啦！”

阿历克斯往下落了落：“好样的！大黑狼的肠胃是自然环境的净化器！”

阿尔法：“那当然！我们还是驼鹿群的净化器呢！这头鹿刚刚被感染，人类的眼睛根本看不出这一点，可能连他们最先进的仪器都查不出来，但我们大灰狼一闻就能闻到他生病了！尤其是艾尔莎，嗅觉最灵敏，今天就是她最先瞄准了这一只！是不是，艾尔莎？”

艾尔莎：“阿尔法有点夸张，但确实，我们隔老远就能闻出疾病的气味。这只病鹿嘛，根本用不着闻，用我们大灰狼的锐眼仔细一看就知道，他目光呆滞，举动迟缓，就跟人类患了老年痴呆症一样。”

阿雪：“朊毒体的传染性很强，刚被感染的驼鹿虽然还没出现症状，但是已经能够传染同伴。你们在病鹿生病初期就早早把他们选出来吃掉，可以防止病鹿四处溜达多传染好几个月的疾病，这是人类一直想做却没做成的事。事实上，你们帮助驼鹿群体把疾病控制在一个较低水平，降低了朊毒体的传播速度和范围，最终提高了驼鹿的数量和健康水平。”

　　“嘎！嘎！披着黑皮的大灰狼，比披羊皮的好！”

　　阿尔法：“不值一提，也别把我们拔那么高，我们主要是因为病鹿体质弱、跑不快，才选他们做为狩猎目标的。客观上帮助他们剔除有害个体，只是自然规律在起作用而已，绝非我们特意为之。我们管不了那么多，只求自己能好好活下去。”

　　这时候，阿尔法狼群全都吃饱了。在旁边等得直流口水的乌鸦们一哄而上，一只膘肥体壮的红狐狸也夹着尾巴低着头，伸长脖子塌着肩，一脸媚笑地凑了过来。

　　阿雪惊呼：“火狐狸精，万万没想到能在这里碰见你！”

　　火狐狸精撕下一口新鲜鹿肉，纵情咀嚼几下，含含糊糊地说：“阿雪博士你好！阿威探长你也好！阿历克斯，请你千万不要滥用成语，让我好好吃肉！阿嚏！”

　　阿威：“你这一趟跑得够远的！几个月没见，你从大陆地最南端蹿到了最北端！”

　　火狐狸精：“吧唧，嚏，适者生存，整个绿野大陆地都是我的家！”

　　“嘎！你原来的家呢？你怎么舍得离开你那舒舒服服的火狐狸洞？你还是火狐狸村的居民代表呢！”

　　火狐狸精：“吧唧，咕咚，我谁也代表不了！火狐狸村没狐狸啦！先是火烧，接着水淹，这些都能忍，可是人类炸山开矿，实在住不下去啦！再舍不得也得离开！不提啦，天下的肉肉一样好吃！这得了朊毒体的鹿肉，比得了禽流感的北极熊肉，好吃多啦！阿嚏！"

4

一通猛跑之后，雪霸觉得肚子饿极了。她虚弱无力，头昏眼花。其实她体内的脂肪本来足够冬眠五个月用的，然而一旦醒来，新陈代谢水平恢复正常，她就满心满脑只剩下极度的饥饿感。

惊吓使她迷失了心智，她没有目标，毫无计划，乱七八糟地打发每个饥饿的日子。她追赶几只路过的雪雁，没追上。她追赶一只怯生生的雪兔，也没追上。她想抓一只躲在地底下的旅鼠，可是等她掘开地道，旅鼠早溜了。她还想追赶一只目不转睛对着她发呆的红狐狸，刚抬腿那红狐狸转身就跑了。每次她跑不了几步，就心跳如狂，气也喘不上来，只好停下来休息，眼睁睁看着可口的猎物远远逃走。

据说北极熊一半的时间用来打猎，狩猎成功率却只有2%。心烦气躁饥火难耐的雪霸，三天之内尝试了六十次狩猎，成功率0%。

她忽然听见身后有个小小的声音，她扭过头去，看见一个小小的身影，啊，肉！当然，她的嗅觉那么灵敏，能闻到2公里以外的肉味，能闻到冰下1米的肉味，她不是一直都闻到身后这块嫩肉的味道吗？她贪婪地盯着这一小堆肉，放低身体，垂下脑袋，把宽大带毛的熊掌完全张开，静静悄悄地在冰雪上慢慢移动，千万不要让猎物发现她在靠近！这次一定要成功！100%！

宝儿贝贝被妈妈吓坏了，他原地瘫痪两秒钟，看着慢慢接近的妈妈两眼露出凶光，他本能地后退几步。天哪，看呀，妈妈要扑过来了！

宝儿贝贝转身逃跑，雪霸只追了两步就停下来。唉，又被猎物发现了，实在跑不动了啊，又一次百分之百的狩猎失败。雪霸失望极了。她就地躺下，迷迷糊糊想就这样睡过去。冬眠一会会儿吧，再也不要醒来也行，睡过去就可以忘掉饥饿和痛苦，还可以做一个拥抱着两只幸福小熊崽的美梦。

宝儿贝贝躲在一个雪堆后面，他冷得要命，他想过去挨着妈妈躺下，却没有胆子。他看着妈妈，他也饿极了，他想吃奶，但他真的没有胆子。

他看见一只庞大的雄性北极熊快步走过来。妈妈可能太累了，没有看见这个大家伙。

妈妈太累了，妈妈没看见。怎么办？怎么办？宝儿贝贝没有胆子喊叫，他害怕这个大家伙会吃掉自己。妈妈刚好也饿了，也许妈妈可以把这个大家伙吃掉！别看妈妈的体型比大家伙小一半，可是他知道妈妈很勇敢！也很聪明！妈妈已经跟兄弟俩讲过无数关于生存的故事，比如，以前妈妈为了保护宝贝孩子，和大家伙们打过好几架，一次都没输过！再比如，妈妈带崽的时候可谨慎了，休息的时候一定会选一个视野广阔的斜坡，这样不论从哪个方向过来一只雄性北极熊，她和孩子们远远就能看见，早早就可以躲开。

大家伙悄悄靠近雪霸，一口咬在雪霸的脖子上。雪霸翻腾着挣扎几下，不动了。

宝儿贝贝看着大家伙撕吃妈妈的尸体。大家伙看起来也饿极了，吃得很急，但是吃得很挑剔，只吃肥肉最多的部分。大家伙终于吃撑了，一口都吃不下了，他慢腾腾地离开，把剩下的妈妈留给其他食腐的北洲动物，最先赶到的是前几天被妈妈吓跑的那只红狐狸。

世界如此疯狂，宝儿贝贝朝着与大家伙相反的方向狂逃而去。

5

"要不是顺路，天寒地冻的，我才不会浪费宝贵能量带你们来找这头倒霉熊呢！千万不要谢我！我不需要！"火狐狸精指着一副只剩残骸的北极熊尸体，"呶，就在那儿！"

阿历克斯高空喊话："你确定他死于禽流感？不是死于鲲冲？我不用谢！"

火狐狸精痛苦地摇头："求求你别再谢与不谢！千真万确死于禽流感！我一直跟着他，亲眼所见！他吃了好几只病死的鸟儿，很快就病歪歪了！"

阿威有些怀疑："北极熊死于禽流感？闻所未闻。"他飞过去仔细查看，从尸体残骸可以看出，这是一头体型庞大的公熊。"奇怪，这头公熊怎么会出现在这里？这个时候他应该在海冰上猎海豹啊！"

火狐狸精："哪有！这个我最清楚，因为我最喜欢跟着北极熊捡破烂！海冰早化啦！好多北极熊都在岸上待着呐！有的都跑到顶北的内陆去了！跟饿死鬼一样，到处找死鸟吃！活鸟他们也逮不着啊！等他们被死鸟毒死了，我就有吃的啦！"

阿雪望着阿威说："看来，这个冬天海岸结冰迟、融化早，北极熊没法在海冰上猎海豹，不得不饿着肚子长时间在内陆找食。"

火狐狸精："海豹也得了禽流感！也是吃死鸟吃出来的传染病！我这周就见到15只病死的海豹！可惜那些都轮不着我吃！"

阿历克斯稍微往下落了落："不合理！为什么北极熊吃了病鸟会死，你吃了病熊却一点事儿都没有？"

火狐狸精："我也搞不清楚北极熊怎么那么弱，看着高大凶猛，却连个小小禽流感都抗不住！我年年都得禽流感，年年都能自愈，我都习惯啦，阿嚏！说明我的免疫系统比北极熊强大！"

阿历克斯赶紧又往上飞一飞："我高度怀疑，你已经被禽流感感染了！"

火狐狸精：“确实，我也怀疑我中招了！不过我没事！阿嚏！禽流感病毒变异了，这是最新型的毒株，所以我也有些小小的症状！小小禽流感再怎么变化也打不垮我，等着瞧，过几天我就好啦。”

阿威对阿雪说：“每年春天海冰消融后，北极熊回到陆地，整个夏秋季节主要靠冬季积累的脂肪度日，按说这会儿正是他们在海冰上大吃大补的时候，却食物匮乏还在饿肚子，体内脂肪储备想必早已消耗殆尽。这的确是他们最虚弱的时候，精神压力大，对疾病的抵抗力难免会比较弱。”

阿雪点头：“还要考虑到北极熊以前从来没有接触过禽流感，没有针对禽流感的免疫力。禽流感病毒以前根本无法在寒冷的北洲生存。现在你看，连火狐狸精都能在北洲活得这么好，禽流感病毒能在北洲四处传播也就不奇怪了。”

火狐狸精：“不是自吹，我在哪儿都能活得很好！小小病毒怎么能跟我比！阿嚏！”

“嘎！北极熊白白净净，娇里娇气，没经历过病毒的考验，像寒室里的花朵！”

火狐狸精一听阿历克斯又生造词语乱打比方，再次头痛欲裂：“在疾病面前，北极熊确实比别的熊更脆弱！像温室里的花朵！——哎呀，这个比喻好像也不太对！”阿历克斯很得意，觉得还是自己的比喻又恰当又深刻。

火狐狸精："你们没事了吧？没事我先走了啊，我还有急事！嚏！"

阿雪："是你打算顺路去做的那件事吧？是不是离这儿不远，还有什么好吃的等着你？"

火狐狸精；"啊……嚏？你怎么知道？预言家吗？算了，反正你们也不会和我抢吃的，告诉你们也无妨。那边，稍微往北一些，还有一头垂死的北极熊大家伙！比这头更大更肥更壮！谁让他同类相食！刚好一周，嘿，寄生虫在体内成精了吧！病发了吧！倒霉了吧！"

6

大家伙果然看起来命垂一线。他个头确实大，但绝不像火狐狸精描绘得那么肥壮，而是骨瘦如柴肚子瘪，看起来虚弱不堪。

火狐狸精有点失望，禁不住唠唠叨叨起来："哦，还没咽气。阿嚏！夜长梦多，可别再被其他大家伙发现了！那样的话我就又只能捡些破烂吃了！比如那痴呆母熊，明明是我先发现的，却不得不让这个大家伙先吃！嗯，那个小崽崽也快了！哈哈谁能想到，在北洲，北极熊纷纷变成咱红狐狸的食物！"

大家伙抬头看了火狐狸精一眼，火狐狸精吓得一哆嗦，赶紧跑远，躲在100米之外，高声喊叫："来呀，来呀，有本事来追我呀！量你也没那个力气！你的肌肉里现在全是旋毛虫！哼！谁叫你同类相食！"

阿历克斯不知道旋毛虫是什么虫，听起来好像和鲲冲大有关系！他又直刺高空，嘎哇乱嚷。

阿雪望着阿历克斯："旋毛虫就是你学过的猪肉虫，不是鲲冲！"阿历克斯这才安静下来，他心中暗想："嘎呀，这趟北洲之行，阿历克斯你一惊一乍多少回了，像只惊弓之鸟！你要镇定！镇定！"他觉得很不好意思。

大家伙直起身，伸长脖子，扬鼻嗅了嗅。北极熊是红绿色盲，视觉不好，但是嗅觉一流，所以有时候他们竖起两条后腿直立，不是为了远眺而是为了远嗅。

"连鹦鹉都能在北洲过冬了，什么世道。"大家伙咕哝着，"熊落苔原被狐欺，可恶！"他不由自主哀叹一声，重又趴下了，好像身体某处在剧烈疼痛。

阿雪落下来，看见大家伙浑身脏脏的，布满了油污。

阿威问大家伙："火狐狸精说，你一周前吃了一头母北极熊，被旋毛虫感染，现在病发了。是吗？"

大家伙："也是，也不是。我是吃了一头母熊，但我体内本来就有旋毛虫，而且我吃的主要是几乎没有旋毛虫幼虫的脂肪部分，所以不存在被母熊的旋毛虫感染而病发之说。"他说完，往火狐狸精的方向看了一眼："我知道你吃了我剩下的母熊肉，你吃的可全都是肌肉！感染旋毛虫的是你！病死你活该！"

火狐狸精："哼，我才不怕旋毛虫！旋毛虫要是能毒死我，早就把我毒死了！谁不知道，你们北极熊对旋毛虫最娇滴滴，动不动就感染了！动不动就发病了！还嘴硬！不是旋毛虫感染病发，那你为什么生病了？"

大家伙懒得理睬火狐狸精。

阿雪："旋毛虫的确在北洲存在好几十年了，现在几乎所有北极熊体内都携带旋毛虫。"

阿历克斯："嘎！我学过！猪肉虫怕高温，使劲煮能煮死猪肉虫的幼虫！所以人类千万千万不能吃没煮熟的猪肉！要往死里煮！猪肉虫也怕冰冻，北洲就是个大冰柜，可以杀死一切猪肉虫！"

阿雪："但是旋毛虫在北洲进化了！北洲的旋毛虫不怕冻，冻不死！"

阿历克斯："嘎！可怕！发抖！"

大家伙："旋毛虫不可怕，弓形虫才可怕！我可能是被弓形虫害成这个样子的。"

一听"弓形虫"三个字，阿历克斯立即把刚才暗暗发下的镇定誓言全抛到九霄云外，又一次直刺高空。上回在火焰岛东海岸，因为受到弓形虫的极度惊吓，他都患了失语症。

阿威："北洲没有猫咪，哪来的弓形虫？闻所未闻！"阿历克斯心中暗想，其实阿威今天和他一样一惊一乍！只是没有表现出来而已！

阿雪："弓形虫可以感染一切温血动物。有可能是温暖的海流把病原体带到了北洲，也有可能是迁徙的大雁等鸟类带来的。"

大家伙："最近感染弓形虫的北极熊很多，别的熊是怎么感染的我不知道，但我肯定我自己是因为饿得实在受不了，吃了几只病死的旅鼠。那还是吃母熊之前的事。早知道有母熊吃，我就不吃肮脏的死老鼠了，谁知道死老鼠身体里面还有什么别的病菌。现在的旅鼠真多！很多是从南边跑来的，浑身上下里里外外全都是病菌！我还看见几只北极狐也被旅鼠感染了弓形虫。喂，红狐狸，你觉得你不会被弓形虫感染是吧？哼哼。"

火狐狸精没搭话，心里嘀咕："哎呀，这个大家伙真是无毒不有啊！怪不得闻起来那么恶心！弓形虫我也不怕！又不是没感染过！但是我确实需要再观察观察，一时半会儿他还死不了。"

7

阿历克斯："可怜的大家伙，我要是你，我宁愿去人类的垃圾桶里找吃的，也不吃弓形虫！"

大家伙："你以为人类的垃圾桶能有多干净？被人类垃圾毒死的北极熊，比被弓形虫毒死的多多了。"

火狐狸精："又嘴硬！你是害怕人类吧？不敢到人类社区去吧？"

大家伙冷哼一声："我们北极熊，在自然界没有天敌。我们谁也不怕，包括人类。我们是非常危险的动物，我——杀——过——人。"话音刚落，阿历克斯飞得更高，火狐狸精逃得更远。

大家伙呻吟一声，费力地在雪地上打了几个滚，他看看自己背后的油污，叹口气，又聚集力量，打了几个更使劲儿的雪滚，还格外在疏松的雪地上蹭了蹭后背。大家伙这是在洗雪浴呢，北洲的冰雪地是最干净的澡盆。

"嘎！大家伙果然爱干净！娇气！寒室的花朵！"

"我当然爱干净！"大家伙喊道，"我能不爱干净吗？生死攸关！油污破坏了我的隔热防水毛皮！本来就吃不饱，现在我还不得不花费更多能量保暖！"他说着，伸出舌头使劲舔拭侧肋部的一块油污。

阿雪连忙说："别舔！脏！有毒！小心器官衰竭而死！"

大家伙："不舔干净毛皮，我难受啊！我冷啊！"

阿威："你这一身油污，是从哪儿沾来的？"

大家伙："人类油船上泄漏的啊！海豹没猎着，反倒吞了一肚子原油，沾了一身油污。倒霉透了！"

火狐狸精："这话不假！我早就觉得你们北极熊都是倒霉熊！"

阿历克斯爆发出全个侦探的灵感："也许你生病，不是因为猪肉虫，也不是因为弓形虫，而是因为原油污染！"

大家伙："谁知道呢，也许吧。也许……我几个月前就病了吧。去年夏天，正在孵蛋的欧绒鸭爆发禽类霍乱，死了一多半。那时候，我正在霍乱爆发区四处偷吃欧绒鸭的鸟蛋。从那时起，我就觉得自己生病了，虽然没病死，但一直感觉不舒服。"

"嘎！禽类霍乱！鲲冲引起的吗？"阿历克斯尽量保持镇定，飞得那么高远，视力不佳的大家伙都瞅不见他了。

阿雪："快回来！小心别被大风刮跑迷路了！禽类霍乱是一种巴氏杆菌引起的，和鲲冲没有关系！"

阿威："北洲爆发禽类霍乱？闻所未闻！"

大家伙："气候太暖和了啊，现在我们北洲也变得很适合禽类霍乱的生存和传播！当然，欧绒鸭可能和我们一样，环境剧变导致压力增大，抵抗力变差，特容易生病。我也没想到我这辈子会和禽类霍乱搅在一起。有什么办法，去年春天海冰消融太早，我还没吃饱，只好到处找吃的。我刮过海星腿里的肉渣，抢过野狼猎倒的病鹿，搜罗过粉足雁、白颊黑雁的鸟蛋，咽过沾满原油的海藻……相比之下，欧绒鸭蛋还算比较容易充饥的好食材。"

阿威望着大家伙："作为北洲的顶层捕食者，环境变化对你们的影响可能是最大的。"

大家伙："是啊，我都连病带饿大半年啦！真的快没力气活下去了。同样是禽类霍乱，食草的麝牛就比我们北极熊的抵抗力强太多。"

阿历克斯大惊："麝牛怎么了？他们也被禽类霍乱感

染了吗？"

　　大家伙："这事红狐狸最清楚！去问问她那一身肥膘打哪儿来的！这年头麝牛患的病，一种比一种闻所未闻！"

　　"火狐狸精，请你快快带我们去找麝牛！我不用谢！你不用谢！嘎！"阿历克斯急得语无伦次。

　　火狐狸精头疼得不行："呃！好吧！去看看那个小家伙死了没有，白白胖胖，肉质上佳，肯定还没来得及感染弓形虫。他吃旅鼠？嘿嘿，旅鼠活吃了他还差不多……嚏！"

8

　　火狐狸精从来不好好走直线，东绕西转，但阿威和阿雪都清楚她一直在往北方移动。

　　他们经过了一只体型较小的北极熊尸骸，火狐狸精说，那就是被大家伙同类相食的痴呆母熊。"身上已经没肉了，不值得流连！"火狐狸精一步没停，跑过只剩一副骨架的雪霸。

　　火狐狸精忽然静静立住，似乎打不定主意要往哪个方向去，嘴里不住念叨："难办！难办！"

　　阿威和阿雪见状，不约而同极目扫视北方大地。他们很吃惊在如此偏远的内陆山区，竟然一下子就发现了四只北极熊。一个北极熊妈妈带着两个幼崽，正在啃食一堆黑黢黢的腐肉。在他们的下风口，裸露的岩石间，一动不动卧着一只小孤熊，不知是死是活。

火狐狸精喃喃自语；"好吧！好吧！老办法，先转移注意力！再寻找机会！"她打定主意后，向北极熊母子的方向跑去："你们不是要找麝牛吗？这母大熊吃的正是一只麝牛宝宝！"

阿历克斯一听，不管不顾冲过去。"麝牛要被北极熊吃灭绝啦！住口——"

火狐狸精痛苦摇头："母大熊和熊崽们又没有大喊大叫，住口的应该是你这只嘎哇乱叫的鹦鹉！"

三只鸟儿飞到北极熊母子上空，看见熊爪下果然是一只似乎还不满一岁的麝牛小宝宝。

母熊抬起头，威严怒吼："滚远点！等我雪煞母子吃饱了你们再来！我们吃剩下的都是你们的。连鹦鹉都来捡破烂，什么世道！"

火狐狸精目不转睛地打量着雪煞，若有所思地嗯了一声。

阿雪："麝牛群呢？这头小麝牛怎么孤零零的？"

雪煞："被我吓跑了呗，他们知道我跑不过他们，所以远远看见我们就逃跑了。但是这头小麝牛跑得太慢，一瘸一拐，一下子就被我们母子三个逮住了。运气真好！这两年，大群麝牛忽然消失，麝牛越来越少，都不够吃了，我都已经饿死两个宝宝了！唉，早知道前年少生两个就好了！我娘家的亲朋好友，这几年死了一半，什么世道！"

阿威："这只小麝牛前腿关节肿了一大块，可能生病了，所以跑不快。"

雪煞："腿不肿的我们确实也抓不着！看这里，还有这里，这里，皮肤下面，肌肉里，内脏器官，生殖器官，也全是肿块，肿块里面都是脓液！唉，要不是孩子们急需营养长身体，这种被布鲁氏菌感染的羊肉我们才不吃呢！"

阿历克斯一飞冲天："难道麝牛首当其冲，被鲲冲感染了吗？"

阿雪对阿历克斯喊道："布鲁氏菌不是鲲冲！但它的传染性特别强，还能通过空气传播！阿历克斯，你别下来！再飞高点儿！"阿历克斯听话地使劲飞升，变成高空中的一个小灰点。

阿威："闻所未闻！"

9

阿历克斯高空狂叫："大脾气部落凶多吉少！"

雪煞："大脾气？那个百麝部落大首领？她很聪明，熊啊狼啊人类啊都轻易逮不到她。但是我有一年多没看见她了，八成是病死了。"

阿历克斯："不可能！我去年夏天还见过大脾气和大壮壮呢！他们活得好着呢！"

雪煞："哦？大壮壮也还活着？前年他把黑尖刺伤，

才逃了一条吃草的命！你夏天在哪儿看见他们的？"

阿历克斯留了个心眼："说了你也不知道！"阿历克斯从来不撒谎，王后雪峰一线天那个地方，确实说了雪煞也不知道。

阿威："哪个黑尖？你说的是从南方白杨溪移民来的那个大灰熊吗？"

雪煞："正是！我这两个幼崽都是他的孩子。"

阿雪："我正纳闷这两个孩子怎么毛发半白半灰还泛着金光呢。原来是黑尖的崽崽！"

阿历克斯高空喊话："我也觉得这两个崽崽长得有点像金尖！尤其是背部和侧肋部的秀气金发，和金尖一模一样！连北极熊和大灰熊都一起生灰北极熊宝宝了，什么世道！"

雪煞："那有什么奇怪的。我们北极熊本来就是从大灰熊进化来的，两家一直能通婚。后来冰川运动把我们两家隔开了几十万年。现在北洲变暖和了，大灰熊纷纷北上，北极熊纷纷南下，我们就又团聚啦。"

阿威："大灰熊和北极熊联爪捕猎麝牛？！闻所未闻！"

雪煞："那还是头两年我和黑尖一起度完蜜半月后的事。主要是黑尖抓麝牛太厉害了，麝牛跑不过他，所以他允许我和他一起享用了两个冬季麝牛大餐。前年冬眠生崽后我就再没见过黑尖，他还从没见过他的四个杂交宝宝呢。不知他现在是死是活。"

阿历克斯很担心大脾气部落，忍不住发问："请问你最近见过百麝部落吗？"

雪煞："百麝部落也集体失踪了，本来我以为早死绝了，今天才知道大脾气可能还活着，唔，夏天还活着不等于现在还活着。这几个月我倒是确实遇见过几个大脾气部落失散的老成员，都跟着别的部落可可怜怜混日子。你们猜怎么着？一个不落，全病死了，我和宝宝们有幸全都抢到肉了！"

阿雪："啊，什么病这么凶险？"

雪煞："他们统统被旅鼠携带的红斑丹毒丝状菌感染了，发烧、皮肤溃烂、心肌炎、脓血症、四肢抽搐、猝死，全都是这一套！其实被病菌感染的羊肉一点都不好吃！"

阿历克斯很庆幸自己已经飞得足够高："名字这么长的细菌，没跑了，肯定和鲲冲有关！完了！世界末日到嘎！"

阿威："闻所未闻！麝牛竟然会被红斑丹毒丝状菌毒死！而且还是群体死亡！什么世道！"眼看着连阿威都忍不住暴露出一惊一乍的真实心态，阿历克斯觉得自己惊慌失措完全情有可原。

阿雪："这种高致死率的毒菌在北洲确实非常独特，闻所未闻！"

雪煞："我都已经有经验了，几周不寻常的高温天气之后，这种病菌十有八九会在麝牛群里开始爆发。"

阿威："这明明是猪和禽类才得的病！老老实实在极北苔原吃草的麝牛招谁惹谁了？"

阿雪望着阿威："也许是携带这种病菌的旅鼠北上，粪便污染了草地。"

阿威："那麝牛也不至于连这种小病菌也无法抵抗啊！麝牛的先祖在我们绿野大陆地都存活200万年了！他们是我所知道的最顽强的动物！"阿威快哭了。

阿历克斯声嘶力竭："鲲冲还没出动，世界先灭绝嘎！"

这时候，火狐狸精忽然立起前肢，眼睛滴溜溜直转："你们先吵、先哭、先大惊小怪，我要走了。不用送！"说完，她向下风口的岩石堆跑去。

雪煞这会吃得差不多了，看见火狐狸精的鬼祟样子，起了疑心。她竖起两条后腿，站起来远嗅："啊！一只可怜的小孤熊！红狐狸你给我站住，看我不先撕了你！"雪煞放下两条前腿，向火狐狸精追去，两个灰白幼崽紧随其后。

火狐狸精心里暗叫倒霉，眼看被布鲁氏菌感染的小麝牛也没剩多少肉了，她一溜烟跑得没影了。

宝儿贝贝浑身脏脏，肚子瘪瘪，快要饿死了。他哭喊着向着雪煞直奔过来："妈妈！妈妈！等等我！"

雪煞笑了："傻孩子，我不是你妈妈。"宝儿贝贝听了，猛然止步，望着雪煞。雪煞嗅了嗅，宝儿贝贝也嗅了嗅。啊，似曾相识的美好味道啊！

雪煞大叫："你是宝儿贝贝还是贝儿宝宝？天寒地冻的你不好好在洞里藏着，还这么小到处瞎跑什么？你妈妈呢？"

宝儿贝贝大哭起来："妈妈发疯了，被大家伙吃掉了！弟弟丢了！妈妈讲的睡前故事里，雪煞姨妈就是你这样的味道！姨妈呀，我饿呀！"

雪煞心疼地一把搂住宝儿贝贝："可怜的宝儿呀！几个月前我们和你妈聚在一起觅食，那时候你妈才刚刚怀孕！她是那么健康，精力无穷，聪明能干，有多少猎物被你妈妈的利爪一击毙命！我当时还跟你妈开玩笑说，她真是世界上最会打猎的母北极熊！她信心十足，说要生下两个宝宝崽，还早早给你们起好了名字，约我春天再聚，一起带娃！我可怜的宝儿啊，我可怜的妹妹啊！"四只北极熊抱在一起痛痛快快地哭了一场。阿历克斯忍不住眼泪汪汪。

雪煞对宝儿贝贝说："从此以后，我就是你妈妈。"

"你只能当老三！"两只灰白小熊崽扑上来和宝儿贝贝玩耍打斗。宝儿贝贝敞开肚皮躺倒在地，接受了这个等级地位。

雪煞看看天："马上就要来一场大暴风雪，咱们去找个雪洞睡上几天！宝儿一定饿坏了，先好好吃一顿奶，再美美睡一大觉！睡醒你就长大了！"她转头对三只鸟儿说："咱们后会有期——要是你们还没灭绝的话！"

10

阿威、阿雪和阿历克斯都惦记着百麝部落的安危，当即决定在暴风雪来临之前，赶紧去王后雪峰一线天外的永冻苔原看看。他们真怕百麝部落像其他一些麝牛部落那样忽然集体神秘消失了。

他们刚刚飞过一线天，远远就瞅见百麝部落平和可爱的小黑点们，啊，冰雪苔原一下子显得充满生气，异常美好。

阿历克斯欢天喜地地冲过去："活得好好的！嘎！嘎！"

阿雪惊喜地对大脾气说："啊，恭喜你怀孕了！你们不是最后一代！"

大脾气笑眯眯地说："多谢！这么冷的天，你们怎么来了？"

阿威；"很多麝牛部落被各种闻所未闻的病原体感染，伤亡惨重。我们不放心。"

大脾气和大壮壮互相望了望："是啊，我们听说了。我们收留了不少幸存者。"

阿雪："其他部落的麝牛似乎对外来病原体毫无抵抗

力，你们怎么抗过来的？"

大壮壮；"多亏了大脾气！她在王后冰宫发现了富含各种珍贵矿物质的盐矿宝藏，增强了我们的免疫力和抵抗力！"

"嘎！嘎！我怎么不知道王后冰宫里还有宝藏？"

大壮壮："对人类来说，那只是废土石渣，但对我们麝牛来说，那是至关重要的微量矿物质宝藏！北洲天气越来越热，植物也跟着悄悄变化，我们麝牛身体所需的各种微量矿物质越来越难以从植物中获取，有很多麝牛因此极度缺乏生长、繁殖、免疫所必须的某些微量矿物质，比如铜啊、硒啊，所以他们身体虚弱，抵抗力变得很差。"

大脾气望了望大壮壮，微笑着说："其实也是多亏了开路先锋焰雪壮麝。幸好他发现了这片乐土，我们有足够的食物，还能躲开天敌，安宁的生活使我们有余力应付气候急剧变化带来的致命精神压力，生活幸福心情好，抵抗力自然就更强。"

"嘎！嘎！你们都是好样的！在这自由宁静的世外桃源，再也不用担心神秘鲲冲的致命威胁！"阿历克斯高兴地唱起欢歌。

大脾气神情严肃："恐怕也不能过于乐观。我们知道我们的极限所在。今年爆发的肺线虫感染，我们也差点没抗过去。"

阿历克斯本能地往王后雪峰高处飞了飞："嘎……这

个什么线虫，和鲲冲是一伙的吗？"

大脾气："不是！肺线虫是我们的老相识，不是神秘的鲲冲。只是过去这一年实在太暖和，生态系统变化极大，一些病原体发生变异，连以前危害没那么严重的病原体，也变得特别凶险。"

阿雪点头："温暖干燥的环境条件的确会提高某些病原体的致死性。"

阿威："我以前听说，肺线虫把卵产在麝牛肺部的包囊里，卵孵化出来后，麝牛把幼虫咳出肺部，咽下食道，又通过粪便排出体外。肺线虫幼虫被北洲蛞蝓和蜗牛沾上，当麝牛吞吃这些腹足动物时，就又把肺线虫的幼虫吃进身体了。"

大脾气："的确如此。在一个理想的北洲世界，肺线虫不会对我们造成太大麻烦，最多是咳嗽几下。但是气温不断升高，肺线虫越来越多，喜寒的麝牛本来精神压力就很大，肺线虫对我们肺部的伤害，就变成了祸不单行的大负担！这一年北洲麝牛都被肺线虫折腾得无精打采。"

阿雪："肺线虫只有成虫才有传染性。通常北洲夏季气候温和，肺线虫幼虫很少能在蛞蝓和蜗牛身上当年就发育为成虫，它们必须以不成熟的幼虫形态过冬，等第二年夏天再继续发育。但今年北洲夏天炎热而漫长，让这种寄生虫在一个夏天就能从幼虫发育为成虫，因此格外兴旺发达，以至于泛滥成灾。"

大壮壮："怪不得今年我的肺特别难受，有时候我咳得停都停不下来，原来是肺线虫进化了！"

阿雪："不止肺线虫。看起来今年北洲各种病原体爆发都更频繁，更凶险，持续时间更长。"

阿历克斯："乱套了！发愁！鲲冲都还没现身嘎！"

阿威："或爬或跑，或游或飞，无数南方的动物在往北方推进，带来你们从没遇到过的病原体，可怕！发愁！"

阿雪："南方动物离乡北上，也是被逼无奈。麝牛一族本来就生活在极北高寒地区，你们无处可逃，只能靠自己硬抗。"

阿历克斯灵感大发："学北极熊！反其道而行之，你们可以逃到南方去！吃人类的垃圾也比被凶险病原体毒死强！"

大壮壮："我们不是没有试过南逃，回到我们祖先曾经生活过的领地。9千年前，麝牛就曾经在星宿大沼泽地一带灭绝过一次。但是我不是又灰溜溜地从星宿大沼泽地逃回北方了吗？南方已经成为人类锻造的地狱，我们再也回不去了。"

大脾气："我们就待在这里，哪儿也不逃。我们麝牛一族，200万年来多少次挣扎在灭绝的生死线上，但我们都挺过来了。虽然因为多次濒临灭绝，我们的基因池异常单薄，但是曾经的生死存亡也帮助我们的先祖剔除了有害基因。这次的危机，我们也能挺过去。只要有一头麝牛还活着，百麝部落就还在。我们一定能适应未来，未来属于我们。"

大壮壮崇敬地看着大脾气。阿威忍了很久的眼泪终于一串串落下来。

阿雪望着阿威："咱们去收集王后冰宫秘矿的样本！"

阿威："迫不及待！"

11

长尾最近心情好得一塌糊涂。他喜气洋洋地对九尾仙狐说："气候变暖对我们利大于弊！冬天又短又暖，夏天又长又热，我们可以有更多老鼠吃！有更多适合打猎的好日子！"

多年以来，长尾对白玉王后的死一直心存愧疚。他怎么努力都忘不了，白玉王后活着的时候，对他像亲弟弟一样好，他内心深处也非常敬重白玉王后，"亲爪杀死白玉王后"对长尾而言，是一个无法直面的心灵创伤。现在长尾知道了，哈，原来白玉王后当年根本不是被他害死的！白玉王后是被笑面虎这个大骗子故意杀死的！长尾终于可以自欺欺鹰地安慰自己，白玉王后的死与他没有丝毫关系！

蓝铃的死，更是让长尾感觉从梦之梦中惊醒了一样，他忽然重新看到了活着的希望。啊，世界变得如此明亮，一切都还来得及！他说服九尾仙狐冬去春来和他一起下蛋孵蛋。

长尾："我一定可以实现我的国王梦！我这一生肯定不会白费！咱俩都有这么好的基因，联合生一窝小宝宝，好好培养，将来做我的接班鹰！"

九尾仙狐："我愿意赔了老命跟你生小宝宝，但是我真的不想让你们再为了争权夺利耗费一生！你听我一回，咱们一起去浪迹天涯吧，大千世界，有趣的事多的是。"长尾心不在焉，就跟没听见一样，只顾暗自盘算如何推翻阿雪，自立为王。九尾仙狐见状，长叹一声。狗改不了吃臭屎，长尾改不了做白日江山梦。

笑面虎从阴暗角落注视着九尾仙狐，不敢相信自己的眼睛。他以为九尾仙狐早就死了。可是看看，好好看看，她不但还活着，而且依然那么美艳，依然还有很强的生育能力。笑面虎不由嘴角弯弯，他也想和九尾仙狐冬去春来一起下蛋孵蛋，再生一窝流川和蓝铃当接班鹰——这一次，他保证会把他们保护得好好的。这一次，他会更加耐心，他的行动会更加诡秘。

齐齐喝了一勺新鲜鱼翅汤，嗯，味道到底比王半仙儿调制的差了好些意思，他感到有些遗憾。他越来越想念老朋友王半仙儿了。

齐齐："听兰兰说，大拖鞋这个月上的贡水分很大啊。"

吴诚咽下一口山珍："这个大拖鞋不知好歹，他说他们冒的风险太大，各路花销太高，必须提高点数。"

齐齐满脸怒气："这就是没有竞争的结果！你告诉他，我能带他进天堂，也能送他下地狱！"

吴诚点头："听便衣说，记者费义还在调查洪福齐天非法采矿的事，越挖越深了。"

齐齐："有完没完！这个记者怎么像个苍蝇一样，总围着我转悠！真讨厌！这肮脏恶心的东西！"

吴诚："王半仙儿想戴罪立功，他不但严词拒绝做您的污点证人，而且还发誓说他完全是被老婆金珍珠连累了。他说他完全无辜，只是饭店名义上的总经理，对饭店背后的鬼名堂一概不知，跟饭店跑腿的伙计没两样。那天他是听到动静后跑到后院去查看情况的，连打酱油的都算不上，被警察逮捕纯粹是误会，有视频为证，当时他既不在盗猎团伙的黑屋子里，也不在荷花宴餐厅现场，而是跪倒在后院里。对金夫人集团的丑恶勾当，他完完全全不知情。他还提供了一份录音，金夫人亲口说，费义暗中给盗猎贼大拖鞋通风报信，害死了老犀牛豁耳朵……"

齐齐："这么重要的事，你怎么不早说！立即逮捕谁也不怕只爱真相的记者费义！我们真理自由派不需要真相，让他到监狱里免费热爱真相去吧！把这段录音公开，这也是我的政绩。顺便让大拖鞋也好好听听！另外，我要立即吊销绿野电视台的营业执照！哼，可恶的假新闻媒体！尽养了一帮罪犯记者！媒体就是我们绿野人民最大的敌人！我们最大的敌人就在我们内部！"

不久，齐齐政府公布第二批年底特赦名单，王半仙儿的名字毫不起眼地夹在很多人名中间。

此后，大拖鞋对合作伙伴收敛了许多。

第十章

雪羽灰影，火焰重生

鹤洲无鹤，松湖无松。

摄氏34度，僵尸骁勇。

——摘自呐喊的三宝诗集《动物快跑》之《鲲冲》

1

经过细致测试，阿雪发现，每颗姐妹十珠中都含有一种独特、罕见的矿物质。长眉说，据猫头鹰地球史的记载，如果将姐妹十珠内心融合，会生成一种价值连城的宝贝，这种宝贝有个奇怪的名字：鲲冲质。至于为什么叫这个名字以及为什么价值连城，都已无资料可考。

阿威、阿雪和阿历克斯上次从王后雪峰冰宫取回的岩石样本，也含有多种罕见矿物质。分析对比之后，阿雪意外发现，样本中的矿物质竟然能与姐妹十珠一一对应。将样本中提取的十种罕见矿物质按照姐妹十珠的顺序排列组合，确实会得到一种非常稳定的新型化合物。"姑且叫你鲲冲质吧。"阿雪自言自语，"那么你到底是什么宝贝呢？"

阿威建议，何不试试用鲲冲质对付一下肺线虫、布鲁氏菌、禽流感病毒等北洲新型病原体。

实验结果令阿雪又惊又喜，鲲冲质竟然可以有效抑制或杀死所有他们上次在北洲所遇见的病原体！

阿雪的心怦怦直跳。难道鲲冲质就是传说中的万能通用特效药吗？难道这就是笑面虎费尽苦心要把姐妹十珠全部偷走的原因吗？或者，这就是当年阿雪的先祖凛冽的寒风将元珠交给弟弟呼啸的狂风带走珍藏的原因？难道寒风早就预见到这个宝贵的配方有可能会落入邪恶之爪？最重要的是，难道这就是所有地球生命对付古老邪物鲲冲的终极武器吗？

最近这几年，由于火焰海海水温度和酸度不断升高，火焰岛东海岸的珊瑚群落无法适应急剧变化的新环境，成片死亡、白化，用老威廉的话说，"森森白骨绵绵无绝，情形恐怖，凄凄惨惨。"为了抢救这些珍稀的珊瑚物种，阿雪实验室培育了400多种东海岸特有珊瑚，尝试着逐步提高实验温度和酸度，让珊瑚虫们慢慢适应未来海水的变化。实验顺利得超出预期，珊瑚虫一代代积累变异，对更热更酸的生长环境越来越具有耐受性，但何时能把它们放归东海岸，阿雪还没有足够把握。

阿雪将鲲冲质加入一些珊瑚培养皿中。天哪，珊瑚虫们喜欢它！所有吃了鲲冲质的珊瑚都呈现出最健康的状态，生机勃勃，甚至连色彩都发育得更加鲜明、美好。

阿雪将这些健壮的珊瑚放归东海岸，珊瑚虫们在死珊瑚的白骨之上迅速生长，而那些早已死去的珊瑚被某种机制触发，竟然纷纷吐出一簇簇珍藏的种子。小小珊瑚种子们浩浩荡荡，随波漂流，轻轻巧巧附着在礁石上，开始了新的生命。

阿雪特意请来火焰岛最有威望的海洋专家任性的清风前来参观这一奇迹。清风欣喜万分，赞不绝口，立即断言鲲冲质是火焰岛珊瑚群落的救命特效药。

阿雪："可是，这特效药的原材料远在北洲王后雪峰冰宫，根本没法开采，而且矿藏量也非常有限，只够麝牛们舔食，根本不够珊瑚虫们用的。"

清风："难道你不知道？整个火焰岛北峰的岩石土壤，和王后雪峰冰宫一模一样啊！"

阿雪："啊？！我不知道啊！你怎么知道？你确定吗？"

清风："我当然确定！这不是火焰岛猫头鹰王国的常识吗？"

很快，火焰岛北峰矿物质开采、制药工作便列入猫头鹰王国紧急议事日程。

阿雪及时将这个信息传递给人类世界，但人类不相信，高度怀疑这是某种邪恶势力的阴谋，没准是一种植入式高科技芯片，人体服用后，就会被邪恶势力远程操控，人就再也不是人了。对此阿海也无能为力。

2

阿历克斯又一次穿戴好麝牛丝绒套装，信心十足地跟着阿威、阿雪再上北洲探案、回访。春天快要到了，南风已捎来丝丝暖意。北洲天气肯定更暖和了，阿威和阿雪不再像上次一样担心阿历克斯会挨冻。

他们打算先去看看河勤河恳一家。没想到还没到河狸谷，阿历克斯就一个劲儿喊热，嚷嚷着要把丝绒套装脱掉。

阿威："你先忍耐一下，我们还得继续往北飞，一会儿就凉快了。"

阿雪："你想冻成鹦鹉冰棍吗？"阿历克斯连连摇头。蝙蝠冰棍冬眠结束后还能复活，阿历克斯冰棍必将永垂不朽再也活不过来了。

阿威："唔，河勤河恳真搬家了。河狸水坝塌了，水库也干了，唉。"

阿雪："呀！他们的小屋被人类强拆了！可恶！谁这么无聊！"

"嘎！残忍！发抖！希望河勤河恳没被灭绝！"

阿威："不会的。这么愚蠢的强拆，河勤河恳一家肯定早就从水下逃生了。"

翻过大北雪山，越过茂密森林，广阔平坦的北洲苔原在三只鸟儿的翅膀下延伸到无际的天边。气温并没有降低多少，还是那么热，阿历克斯烦躁不堪，却又绝不想被速冻成鹦鹉冰棍，只好奋力默默忍受着。

连阿威也觉得有点热。于是阿雪测了一下气温："摄氏27度！居然比松鼠林村还暖和！"

阿威："雪化得可真早，一点积雪都没有了！"

非但没有雪，而且到处都是水。水塘，水池，水洼，水渠，小溪，小河……

阿雪："真像是到了热带南方！南方旱，北方涝，这个世界颠倒了。"

冰川融化，冻土融化，雪山融化，所有融水一股脑灌向广袤苔原，沿着地势，蜿蜒流向北洲洋或星宿大沼泽地。

阿历克斯高兴起来："湿乎乎的田野，我喜欢！虫虫多，种子也多！咱们快飞！我要去北方避暑！"冬天还没结束阿历克斯就想去北洲的北方避暑，什么世道。

前面赫然出现一片汪洋，在北洲冬末倾斜的日光下微微闪烁着蓝紫色的波光。阿威和阿雪一起喊道："闻所未闻！"

阿历克斯不假思索地跟着喊："什么世道！"

三只鸟儿忍不住都笑起来，齐呼："一惊一乍！"

飞近了才发现，这不是闻所未闻的苔原汪洋，这是闻所未闻的苔原河狸水库！竟然连河狸都在北洲安下家来，真真什么世道！

河狸水库里静悄悄的，显然河狸们早早探到消息，都躲起来了。

"嘎！谁家的河狸这么不懂事？把好好的苔原都淹了！苔原能随便淹吗？"

阿威："苔原绝对不能随便淹！引发冻土融化，会释放出多少二氧化碳、甲烷，还有汞！"难道阿威也患上了动物界正在流行的恐汞症？

"嘎！汞！毒！可怕！发抖！"

阿雪："还有远古的病毒、细菌、寄生虫，都有可能重现于世！"

水库边上有一个小土丘，看起来是用水里捞出的杂物和泥巴堆成的，隐隐有红色斑点，散发出浓烈的河狸香气味。阿威和阿雪嗅了嗅，惊讶地对视一眼。

"哗啦啦"，两只河狸钻出水面："原来是你们三个！听出你们的声音啦！"

河恳向水面喊叫："小可爱们！出来吧！来者是友！"四只一岁龄小河狸从水里探出脑袋，好奇地嗅着空中的三个老朋友。

阿威："果然是你们！真没想到！"

阿历克斯急得不行："水漫苔原闯大祸！永冻土被你们淹化啦！冰封汞全都要跑出来啦！"

河勤："不是我们把永冻土淹化的，是它自己融化的。它自己不化，我们也无水可淹啊！"

河恳："不过我们一旦筑了坝，的确会加剧苔原深层融化，使苔原更适合河狸居住。谁知道呢，既然苔原自己变得可以让我们筑坝了，也许筑坝就是一件大好事吧！"

阿雪："啊……你们在苔原活得好吗？"

河勤："好！比河狸谷好多了！我快生啦！保险起见，今年先只生一个。"

河恳："嗯！没有人类拆坝毁屋，草木繁盛绝对够吃！"

河勤："这儿是我们的新家园！"

河恳："从此北洲有了关于河狸的歌谣！"

阿雪忽然问："你们听到一种轰轰轰的声音吗？"

阿威："早就听到了，吵得我心烦意乱。"

阿历克斯："轰轰嘎？没听见！"

河勤："那是人类制造的噪音！我们也被吵得不行，这是北洲唯一的缺点。不过这年头，哪儿不吵？不计较了。"

河恳："听说那赤红火焰昼夜不息，这冰冻苔原焉能不化！轰轰噪声证明，冻土融化真不赖我们河狸！"

阿威和阿雪立即向噪音发出的方向飞去，阿历克斯稀里糊涂地跟着后面。

3

轰轰噪声越来越响亮，连阿历克斯都听到了。

这时，天地间又隐隐传来一阵悦耳的嘎哒嘎哒声，这声音非常符合阿历克斯的心意，在他的耳朵里，和音乐一样动听。

"嘎！嘎！谁在唱歌？美妙的大合唱！"

阿雪："这是驯鹿们在走路呢！他们冬末大迁徙，成千上万只驯鹿一起北上，赶着到夏季短短的青青苔原去觅食，一口气要走5千多公里！夜长昼短，日光暗淡，全靠脚关节走动时发出的响声，提醒伙伴们在黑暗中跟上大部队别迷路。"

阿历克斯很羡慕："妙嘎！驯鹿的脚都能唱出这么好听的歌，不知他们的嗓子又该有多动听！"

阿威笑道："你一会儿就能听到了。"

阿历克斯越听越着迷，不由自主向大合唱的方向飞："嘎！嘎！他们的脚是怎么唱出歌声的？"

阿雪："他们脚踝上有一块骨头，走路的时候和肌腱相互摩擦，就会发出这样的歌声。"

看见他们了！好大一群鹿啊！足有好几千只。啊，他们好像不太高兴啊。三只鸟儿赶紧飞过去。

驯鹿群停下来了。他们面前是一道看似无边的铁丝网，上面有"洪福齐天油气田，禁止靠近，危险"等字样。

"阿雪博士！快帮帮我们！太累了，哪儿都走不通啊！"一头驯鹿沮丧地冲着阿雪大叫。

阿历克斯："嘎哦！嗓子发出的声音有点像猪吭吭，不过也很好听！音色独特！"

阿雪飞上前去："鲁道夫！发生了什么事？"

鲁道夫："累啊！饿啊！我们的迁徙路线上尽是人类

新修的公路、铁丝网、管道、油气田……我们绕来绕去都已经走了4千公里，可是连一半路程都还没走完！"

"我帮你们看看！"阿雪说着，高高飞起，想看清楚铁丝网的走向。然而任凭她竭尽目力，根本望不到铁丝网尽头。

阿威："那边有人类的建筑物，咱们过去看看吧。"

鲁道夫："那建筑正挡在我们往年的迁徙路线上，可是我们不敢过去，怕吃枪子儿。"

"嘎！我先去悄悄替你们侦查一番！"阿历克斯一副视死如归的样子，阿威和阿雪赶紧跟在他后面，一边飞一边警惕观察四周的动静。跟陌生人类打交道，千万得当心。

一个黑影忽地从屋檐上飞起来："阿历克斯你穿了个啥玩意儿？哈哈哈哈笑死老黑我啦！"

在这寒冷北洲，竟然也有老相识？阿历克斯定睛一看，居然是爪爪岛的骗子乌鸦黑善善！"嘎，你怎么在这里？"

黑善善呱啦呱啦："爪爪岛被海水淹没，佳佳宠物店气候移民整体搬迁，我没地方当小偷，失业啦！只好找个新工作！现在我是宰牛人臭手的宠物！不过这年头野牛太少，他不宰牛啦，改行挖油气田啦！"

阿历克斯："这儿天寒地冻的，你能活下去吗？"

黑善善："哼，连蚯蚓都能活下去，为什么我不能？”

　　阿雪：“你说什么？不可能！北洲从来没有蚯蚓！”

　　阿历克斯：“你这个骗子！”

　　黑善善大叫：“这次我没骗你们！骗子也得时不常说两句真话才好继续骗不是吗？而且你们又不是傻子，我根本骗不了你们，根本不想在你们身上浪费我的宝贵时间！蚯蚓北上啦！都是人类的功劳，哪里有人类，哪里就有蚯蚓！来北洲的人类越来越多！臭手就带了好多过来当鱼饵，逃进野地的比被鱼儿吞下的那可多多啦！”

　　阿威：“北洲的土地不适合蚯蚓的生存，蚯蚓逃进野地也活不下去！”

　　黑善善冷笑一声：“大探长，你落伍啦！没见永冻土在融化嘛！蚯蚓没有脚，却已经在北洲的土壤里站稳了脚跟！而且蚯蚓是雌雄同体，只要在土壤里安顿下来，他们不需要找异性伴侣繁殖后代，每只蚯蚓都自带两性生殖器官，自己想生就生！”

　　阿威：“闻所未闻！”

　　黑善善：“少见多怪！土壤里有蚯蚓是个好兆头啊！表明土壤健康，植物群、真菌和益生菌都很丰富！蚯蚓还能把土壤变得更肥沃，吃下腐烂的有机物，拉出营养丰富的肥料，多棒啊！北方越来越暖和，蚯蚓们还在不停往北扩散呢，颠覆北极圈的生态平衡指日可待！”

　　阿雪看着阿威：“蚯蚓入侵会改变整个北洲食物网！

罕见、珍稀本来就濒危的本地植物将失去生存空间，野草和灌木将取代苔藓和地衣。旅鼠和田鼠肯定很高兴，因为他们更喜欢那些南来的新兴绿色植物。麝牛、驯鹿可就惨了，他们可能无法轻易适应可食植物的迅速变化。"

黑善善："呱呱！我最高兴！不骗你们！比旅鼠还高兴一万倍！蚯蚓改变了土壤的化学和物理特性，更多我喜欢吃的虫虫会来这里安家落户！蚯蚓本身味道也很不错！"

阿威看着黑善善："蚯蚓还会引发微生物的活性，加速土壤中温室气体的分解释放。你想想看，北洲变暖速度现在已经是其他地方的四倍！"

黑善善："那多好！越暖和越好！北洲全融化了才好呢！最好和爪爪岛一样暖和我就最满意啦！话说回来，反正蚯蚓来了就不走啦，除非你们能让北洲苔原重新冻住，不然，影响不可逆转，谁也没法彻底清除蚯蚓！呱哈哈！"

阿威阿雪默默无语。

4

阿历克斯惦记着鲁道夫，想出一个巧妙的提问角度："黑善善，你肯定不知道，驯鹿北迁应该怎么过铁丝网吧？"

黑善善很得意："哈，这个世界上还从来没有我不知道的事儿！走白地毯啊！"

阿历克斯赶紧问："白地毯在哪儿？"

黑善善盯着阿历克斯："你问这个干吗？有什么好处吗？给我分成，我就告诉你。"

阿威长啸一声，展翅飞起，极目远眺。在错综复杂的油田管道后面，是一条车来车往的繁忙公路。在公路与铁丝网交叉之处，铺着一长溜白色通道，一家游牧民正赶着牲口，拖着雪橇经过白色通道。

阿雪："那是油气公司铺设的所谓特殊材质防滑白地毯。鲁道夫他们应该能过，我去通知他们。"

黑善善没得到好处，骂骂咧咧地飞走了。阿威和阿历克斯落在屋顶上，为驯鹿放哨。黑善善转眼就没影了，四周也没有人类的踪迹，那隐隐约约的轰轰噪声似乎更响亮了。阿历克斯被吵得焦躁起来。

阿威见状，就出了个题目帮助阿历克斯转移注意力。"嗨，阿历克斯，我考考你，你猜，鲁道夫是雌是雄？"

阿历克斯的注意力果然被成功转移，他兴高采烈起来："我知道考点在哪里！但我还是有一点点困惑！"他仔仔细细想了想，终于给出自己的答案："雌性！"

阿威："哈哈，错！你注意到鲁道夫没有鹿角吧？雄性驯鹿的角在去年11月交配季节结束后就自然脱落了，而雌性的鹿角一直要到今年春天生了鹿崽之后才掉。所以，给圣诞老人拉雪橇的的驯鹿，其实全是冰天雪地长角的雌鹿！”

阿历克斯更高兴了：“你说的这些我全学过！但是，第一，鲁道夫已经完全成年，第二，虽然单独看鲁道夫是头高高瘦瘦的野鹿，但在驯鹿群里绝对属于娇小型，所以，我判断，鲁道夫是雌鹿！”

阿威和阿历克斯争执不休，都觉得对方怎么有点不可理喻，事实不是明摆着嘛。

阿雪领着鲁道夫他们飞回来了，阿历克斯立即请阿雪当裁判评评理。

阿雪笑道：“你们仔细看鲁道夫头上，还有个残留的鹿角根。很显然，鲁道夫的鹿角不是自然脱落的，而是被人类割去的。”

阿威：“啊，真是这样的！恐怕是我错了。”

阿历克斯特别高兴：“那我们再问问鲁道夫，确定一下！”

鲁道夫笑着说：“阿历克斯得分，我的确是雌鹿。”

阿历克斯得意极了，能赢阿威的机会可不多！这是不是意味着他阿历克斯越来越聪明了呢？哈嘎嘎，这个问题还用得着问吗？

阿威问鲁道夫：“人类为什么要割去你的角？”

鲁道夫一边随着鹿群往白地毯走，一边吭吭说：“人类说，我们的鹿茸是活的，里面有活细胞，有鲜血，吃了大补。所以鹿茸在人类世界特值钱，盗猎贼收购价1斤12美元。"

"嘎，割鹿茸的时候你疼吗？"

鲁道夫："当然疼！鹿茸是一层薄薄的活皮肤，有血管有神经啊。"

"嘎！迷信！愚昧！残忍！缺德！"

鲁道夫："这算什么，他们还抢我们的胎盘吃呢！说什么鹿胎盘补气益血、滋阴壮阳、营养子宫、治疗不孕不育、调节内分泌、延缓衰老……吭吭，那好处太多，我一口气都说不完。"

阿雪："可是鹿胎盘你们母鹿自己还要吃呢，好变成营养给宝宝崽喂奶啊！"

鲁道夫黯然："吭！去年夏天大旱，苔原干硬，食物特少，我们吃不饱，饿死了好几万。我虽然吃下了自己的胎盘，可是我的宝宝还是营养不良，也夭折了。"

阿雪轻轻抱抱鲁道夫："真替你难过。过去30年，驯鹿数量减少了一半。母驯鹿最多一年才生一胎，本来数量恢复就很缓慢，现在人类已经把你们列入濒危物种。你们这一大群里没见有几头母鹿怀孕，你也没有。"

鲁道夫凄然一笑："这个冬天尽下雨，把雪地冻得结结实实，我们刨不出雪下的苔藓和地衣，大家都在挨饿，又饿死了好几万。我这一年一直都没吃饱过，就算生下宝宝也养不活，所以今年就跳过不生了。"

阿历克斯："雪上雨！那也是麝牛的忧愁！你可以吃

鹿角！我听说驯鹿吃鹿角可以补充磷和钙！很好很好的膳食补充剂！”

鲁道夫：“你知道的可真多，真聪明。鹿角不够填饱肚子，何况好多鹿角还被人类抢走卖钱去了。”

阿威阿雪默默无语。

5

轰轰声忽然停息了，辽阔天地安静得有些不像真实世界。鲁道夫长吭一声：“啊，它总算安静了！”

阿威：“谁？”

鲁道夫：“人类的冰中烈焰啊！”鲁道夫看了阿雪一眼，“绝对不是你！那些谣言我都听说了，太愚蠢！”

阿历克斯愤然大嘎一声：“阿雪和阿威，白羽净洁，防水防尘，再怎么抹都抹不黑！再怎么泼也泼不脏！”

鲁道夫点头：“吭！我知道。人类的冰中烈焰，全是他们自己引火烧身！”

阿威：“发生了什么事？”

鲁道夫：“去年夏天，就在我们刚刚失去的老家，天气燥热，连续多日摄氏34度高温，冻土融化得太厉害，危及人类钻井平台稳定。人类往土壤里注入冷冻装置，试图把钻井平台和油气管线周围的土地重新冰冻起来。但他们失败了，后来整个钻井平台垮塌，变成一个大天坑，冰中烈焰开始闷烧。冰焰蔓延很快，天坑越长越大，越陷越深。一头埋在冻土中的前辈驯鹿因此重见天日，融化腐烂，鹿尸上的百岁炭疽杆菌复活，传染性依然强大。在夏天结束之前，一个人类男孩和2千多头驯鹿死于炭疽热，好几十人差点病死。"

阿威："那轰轰噪声从哪儿发出来的？我想去实地看看。"

鲁道夫苦笑："看看有什么用，你又扑不灭它。太多了，它们休息一小会儿，还会再次烧起来的。跟着噪声，你们很容易就能找到一个。"

"嘎！河狸筑坝，蚯蚓生娃，鹦鹉热得要融化！就连轰轰噪声都烧得太多扑不灭！苔原危矣！"

鲁道夫："正是。我们眼看着苔原疾速巨变，鹤洲无鹤，松湖无松，整个北洲的生态平衡岌岌可危。"

阿雪叹口气："衷心希望你们能尽快适应气候变化带来的种种威胁。"

鲁道夫："气候变化不是我们面临的最大威胁，最大的威胁是人类大开发。伐木、烧荒、种地、挖矿、开采油气、盖房子、修围墙……我们的生活被人类彻底颠覆了。虽然我不相信谣言，但我知道你们在人类当中的确有好朋友，你们能不能请人类别再破坏我们的栖息地了？别再继续解冻永冻苔原了？人类大开发把冻土开膛破肚，凡是流过油气田的河流，全都变成了重度汞污染的水源。"

毫不奇怪，一听到"汞"，阿历克斯不由自主发着抖飞升，竭力忍着没有大呼小叫，已经很不错了。

阿威和阿雪无奈摇头。阿雪轻声说："很抱歉，鲁道夫，人类听不进我们好朋友的话。"

鲁道夫失望地吭口气："我要继续北上了，北部苔原在等着我们。我们离不开苔原植物，苔原的植物平衡也离不开我们。"

这时，鹿群已经全部通过白地毯。散布在队伍最前方的几头驯鹿抬起头，停下脚步，静静扬起后腿。鲁道夫立刻变得异常警觉，不动声色地嗅嗅空气，悄声说："再见了，朋友们！后会有期！"话音刚落，鹿群集体撒腿狂奔，眨眼间全部消失在苍茫北方。

阿历克斯惊得一飞冲天："出了什么事？"

阿雪："驯鹿脚踝底部有一个特殊腺体，当感觉到危险时，他们会抬起后腿，从腺体发散出一种特殊气味，悄无声息地提醒伙伴们注意安全、赶紧逃走。"

"附近一定有天敌。"阿威展翅升空。

6

在离人类建筑不远的铁丝网边，一只瘦得不成样子的北极熊失望地站起身来，他本来也不指望自己真能成功猎倒一头驯鹿。

这只熊好可怜，站都站不稳，根本没有个熊样。他身上不剩一点肉，骨头恨不得能戳出皮肤，浑身的白毛变成肮脏的黑黄色。他那么瘦，瘦得连四只熊掌上的毛发都长长地盖过了无肉的大瘦掌，好像长了四只长毛掌的畸形兽。

瘦熊东倒西歪缓缓走到一个垃圾桶旁边，再次翻找一遍，看能不能发现一些先前没看上的"食物"。谁都能看出来，这只北极熊正在死于极度饥饿。

从瘦熊有气无力卧倒的痛苦神态上，阿威发现了一丝熟悉的痕迹，天哪，不会吧！

阿雪也惊叫一声："大家伙，真的是你吗？"

大家伙抬起头，认出给他吃鲲冲质的猫头鹰科学家和那个一惊一乍的猫头鹰大侦探，还有那只活得很好一看就很好吃可惜吃不上的麝牛毛鹦鹉。大家伙已经没有力气感叹这是什么世道，他清楚地意识到自己撑不了多久了。

阿历克斯眼泪汪汪："嘎！你到底还是南下吃垃圾来了！看起来垃圾不够吃！好可怜的熊熊！"

大家伙气若游丝："我认命。阿雪博士，你还有鲲冲质吗？我还想吃，只要是能吃的东西，哪怕是苍蝇肉蚊子腿儿，我也来者不拒。"

阿雪："很抱歉，我没有什么可吃的东西给你。你的病好些了吗？"

大家伙："自从吃了你给的药，我的病很快全好了，而且我好像对病原体有了很强的免疫力，再也没有病倒过。很可惜饥饿不是病啊，你的药如果能充饥就好了。"

阿雪："我可以再抽一小管熊血带回去化验吗？我想看看你血液中汞含量的变化。上次的化验结果显示，你血液中的汞含量是周围环境的100万倍。"

大家伙还来不及回答，阿历克斯已经疯狂升天，嘎哇乱叫："汞嘎汞！北洲本来就汇聚来自全球的汞！本来就是汞洲！你又是汞洲的100万倍！你不是北极熊，你是北汞熊！可怕！发抖！"

大家伙有气无力："北洲确实是汞洲，有什么办法。谁都知道，千百万年来，全世界的汞都随着洋流和气流汇聚北洲，北洲98%的汞来自世界其他地方。你可知道，空气中的汞通过阳光引起的化学反应年复一年沉积在北洲表面，几十万年来沉淀在北极冻土里的汞，现在正因为冻土融化和坍塌而释放出来，迟早都会进入北洲食物网。我位居食物网顶端，当然会富集汞，这才100万倍啊哈哈。"

阿雪："大家伙，真为你难过。"

大家伙："不用为我难过。反正我快要死了。谢谢你给我治好了病，让我少了很多额外的痛苦。你想抽血就抽吧，如果你能抽出来的话。"

阿雪抽了一小管熊血，小心收好。

大家伙叹口气："你们说，人类燃烧煤炭、焚烧垃圾、开矿冶金、生产水泥……以至于人为制造出空气中三分之二的汞——可是跟冻土里冰藏的汞相比，那才有万分之几？永冻土才是这个星球上最大的汞池啊！要是冻土里的汞全都释放出来，世界会变成什么样子？恐怕那时候，鲲冲全都要醒过来了吧？"

阿历克斯尽量保持镇定，闭紧鸟喙，争取不疯狂大叫。他默默升高成一个小黑点。没想到，如此一来，他无意间发现黑善善偷偷摸摸地带着一个持枪人类，在建筑物的掩护下，正在悄悄靠近！嘎！正是那个恶毒的宰牛人臭手！

狂叫有了很好的理由："嘎！危险嘎！黑善善领着盗猎贼过来嘎！宰牛人臭手端着猎枪！子弹出膛！"阿威和阿雪同时一飞冲天。

幸好阿历克斯及时报警，瞄准阿威的子弹落空了。

"我总是发挥关键性的作用！嘎——嘎——"阿历克斯一边飞得更高，一边声嘶力竭地狂叫，借机发泄内心深处积聚的鲲冲焦虑和毒汞焦虑。

黑善善急于立功，呱呱乱嚷："鸟儿都跑了！还有一只北极熊！熊掌大补！"

可是宰牛人臭手只是看了一眼瘦成干柴的大家伙，根本懒得浪费子弹弄脏臭手，他自言自语道："傻乌鸦，鸟儿还能炖汤吃，这北极熊身上全是毒汞，我才不吃呢，连这身脏毛皮我都懒得碰。"说完，臭手嫌弃地瞪了黑善善一眼，转身走了。

大家伙幽幽叹口气："体内富集毒汞，何尝不是一种对自己的保护？最近北洲人都不怎么敢吃大鱼大熊了，啊哈哈。"

　　轰轰噪声再次响起，大家伙感觉真是受够了这个世界。也没说声再见，他一翻白眼，咽下最后一口气。

　　火狐狸精从垃圾桶后现身："你们已经抽了一管血，不用再吃肉了吧？那我开动了啊……等了好几天啦……吧唧，咕咚……味道还不错！我不怕富集汞，谁敢吃我，就毒死他！咕咚，阿雪博士，你给的特效药真管用，我身体倍儿好，百病不侵！当然，我本来就很强健，嗝！"

　　黑善善想抢口北极熊肉吃吃，又担心汞中毒，纠结得不行。

　　不远处，一条新修的土路，给苔原又添了个癞疮疤。

　　在土路和管线中间，阿威发现了那轰轰噪声的来源。赤红的火球从乌黑的管子里喷发出来，那是人类用天然气骤燃来释放油气管道中多余的压力，防止管道煤气爆炸。周围的空气受热扭曲，飞速旋转。在火光热气中，整个天地仿佛融化成一团，镜像出一个人间炼狱。

　　轰轰噪声越来越响亮，渐渐变成野蛮、强力的狂嚎，碾压世间其他所有的声响。这个世界再无别的声音。

7

　　啊，难以置信，大家伙血液中的汞含量降低到了正常水平！难道鲲冲质还能分解动物体内的剧毒有机汞吗？如果真是这样，鲲冲质可以挽救多少生命啊。

阿雪正埋头研究鲲冲质化解甲基汞的作用原理，大灰翅一头冲进来："外面有一群抗议的猫头鹰，要举行公投罢黜你！他们抱怨说你贪婪、腐败，和人类勾结，把火焰岛变成了死亡岛，把绿野大陆地变成了大工地，把爪爪岛淹了，把北洲烧了！"

阿雪头也没抬："告诉他们，我宣布今天退位。火焰岛猫头鹰王国从今天开始结束世袭帝制，改名火焰岛猫头鹰共和国，由所有猫头鹰居民选出贤能者做国家总统。我将不参加选举。我要专心做我的科学研究。你通知惊涛负责组织选举活动，我们已经讨论过，他知道该怎么做。"

"可是……"虽然大灰翅早就知道阿雪有此打算，但一时还是有些无法接受。

阿雪笑道："我太忙了。你看，我不得不把实验室设在王宫里。地球生病了，我要给自然母亲帮忙，没时间做女王了。这是我最后一次给你下令，从此以后我就不再是你的女王，还是你的阿雪姐姐。"

大灰翅："可是你把火焰岛治理得这么好！"

阿雪："你难道没发现？其实我什么都没治，是你们自己治理的，看，你们自己治理得这么好。你们不需要一个至高无上的统治者。"

大灰翅："我们当然需要你！弓形虫污染是因为你才从源头终结，大棕榈树是因为你才回到了岛上，珊瑚群是因为你才获得了新生！"

阿雪莞尔："看来你也同意，你们需要一个科学家阿雪，而不是女王阿雪。"

大灰翅不甘心："那些喜欢抱怨的猫头鹰只是极少数，没有比你更智慧、更理性、更仁慈、更有能力的管理者！"

阿雪："比我更适合管理火焰岛的猫头鹰多的是。仅仅因为我有火焰血统，就天然成为火焰岛说一不二的统治者，这太荒唐了。"

大灰翅："你是我们最最好的女王！我们舍不得你离开！"

阿雪："那要是我死了呢？要是一个像长尾那样的猫头鹰仅仅因为血缘关系而成为你们的国王呢？他会吸引一群唯命是从、阿谀奉承、自私自利的奸鹰聚集到他的身边，谁能阻止他们作恶？"

大灰翅："……但是火焰岛猫头鹰王国五千年历史上，从来没有长尾这样的坏鹰登上王位！"

阿雪："是的，在这一点上，我们的确比人类更理性，更有远见，更有预测力，更能避免坏鹰的崛起，更能想明白解决问题的方向在哪里。另一方面，不得不说，我们的确运气很不错，好鹰总能在岌岌可危的最后一刻战胜坏鹰。就拿最近的事来说吧，如果世上没有我，长爪叔父可能就会让怒焰登上王位。你想象一下，你现在的国王是残忍的怒焰。"

大灰翅张张喙，说不出话来。

阿雪点头："不要嫌弃爱抱怨的猫头鹰，他们可能搞错了因果关系，但至少他们道出了问题所在。每只猫头鹰都应该有自己的选择权，包括所有那些喜欢抱怨的猫头鹰。在自然母亲面前，众生平等，彼此制衡，不应该有天生的王族，独享一切荣华富贵，而别的动物只能仰仗他们发善心才能活下去。"

大灰翅望着阿雪姐姐："其实，我心底里特别替你高兴。我知道，从一开始，你就不想做女王。"

阿雪眯眯一笑，又低头聚精会神看向案上的显微镜："请你顺路帮我去告诉言真话者一声，我建议她参选火焰岛猫头鹰国总统。根据我的预见，在这个时代巨变的关键时刻，我们需要一位博古通今的领导者，带着大家冲出迷雾。她是最合格的鹰选，我会投她一票。"

大灰翅领命而去。他知道，鹰各有志，阿雪姐姐有她更喜欢的事情要去倾心投入。

8

还是王半仙儿亲手煲制的鱼翅汤色靓味美啊！齐齐满意地直咂吧嘴，顾不上吃其他的山珍海味，一口气喝了三大碗。

王半仙儿："老娇已经跟大拖鞋交底了，大拖鞋虽然不乐意，还是不得不答应了咱们的条件。"

齐齐满意地一抹嘴："甚好！有你在，老娇他们就有了掌舵人啊。虽然丢掉了金夫人集团，可是咱们现在又进化出一个更高级的王夫人集团，哈哈，谁能想到你就是王夫人？咱们的事业，更隐秘，更赚钱，业务范围更广，男人不挣有数的钱，让人类再次伟大！就让老娇去跑前台，给你打掩护，反正坊间不是已经有东娇西拖之说了嘛，咱们将计就计。你要安安全全地藏在幕后，你对我很珍贵，对我们大家都很重要，千万不能再出事。"

王半仙儿感动得双手抱住脸蛋，哭了起来："您就是我的再生父母！我这条命是您救回来的，可以为您遮风挡雨喂子弹！"

齐齐小手一挥："咱们兄弟之间，一切尽在不言中。我的就是你的，你的就是我的。"

这时，吴诚闯进来，神色之间有些慌张。

齐齐："你来晚了。出了什么事？"

吴诚："没想到，高海在大拖鞋集团内部也有卧底！而且地位还很高！高海为了救费义，牺牲了这个卧底的秘密身份，不但公布了豁耳朵之死的真相，而且还公布了大量大拖鞋集团的内部秘密资料，大拖鞋罪大恶极，全绿野大陆地已对他发出通缉令。这些秘密资料很可能会殃及我们，危害程度现在还不好说。"

齐齐："那费义呢？"

吴诚满脸愁容："刚刚得到的消息，已被无罪释放。"

齐齐两眼喷火，破口大骂。祸不单行，大拖鞋和费义这两条线，哪条处理不好洪福齐天都有可能会翻船。这下可真有大麻烦了。

王半仙儿默不作声，低着头，似乎心事重重，又似乎在掐掐算算。

吴诚："而且，费义一出狱就宣布，要竞选绿野市下任市长，扬言腐败透顶的……人……都要接受法庭的……公开审判……"

齐齐气得从椅子上像个皮球一样蹦起来，把一桌子山珍海味掀翻在地。

悍泰的卧底身份暴露，正式加入动物保护组织，接替阿忠留下的位置，成为西部大草原自然保护区第一线巡逻警卫队队员。警卫队队员被村民们称为"犀牛铲屎员"，工资低，工作不体面，生死常常悬于一线，在村子里社会地位低下，受人轻视。但悍泰一点都不在乎，他很安心，感到自己终于找到了想要的归宿。他戒酒了。

大拖鞋放出话来，要乱枪打死悍泰，以解心头之恨。不过大拖鞋很快就落网了，被判终身监禁。入狱没几天，狱方宣布，他用床单上吊自杀了。

不久，金珍珠戴罪立功，低调获释，所有对她的指控都转换成死人大拖鞋的罪状。

悍泰隐隐听说，大拖鞋集团新上位的老板是个母的，比大拖鞋更加心狠手辣，临危不尿裤子。

9

长尾和笑面虎都打算参选火焰岛猫头鹰共和国首届总统。他们都觉得阿雪傻得不透气，竟然拱爪让出宝座。两只老白雄猫头鹰不约而同地想，阿雪不会是几次三番去北洲，被什么古老病毒入侵脑部，变成痴呆植物鹰了吧？难道是被邪物鲲冲感染了吗？

笑面虎想要江山，也想要美鹰。他悄悄摸到长尾和九尾仙狐筑在悬崖上的新巢。

九尾仙狐正卧在巢里欣赏美景，生活几乎变成了她一直梦想的样子——如果她能一直不去想不该想的事，能一直成功麻醉自己的话。

笑面虎像幽灵一样飞过去，打了声招呼。九尾仙狐像见了鬼一样，立即浑身僵硬。

笑面虎盯着九尾仙狐："你心里知道，你跟长尾在一起不会有真正的幸福。我保证给你幸福，你知道你能相信我。我爱你。跟我回家。"

九尾仙狐："你害死了我们的女儿。"

笑面虎："明明是你害死的。如果你不告诉她进入冰宫的秘道，她能接触到水雷病毒吗？能被水雷病毒感染身亡吗？全都怪你，这你心里清楚。"

九尾仙狐虽然明明知道笑面虎这是在巧舌霸凌她——跟以前一模一样——但此时此刻她却无言以对。是啊，告诉女儿致命病毒在哪里的，不正是她自己吗？是她自己心软嘴贱脑笨，的确是她害死了女儿，全都怪她，笑面虎说得没错。如果能重新来过，有很多事情她会做出不同的选择。可惜世界上没有后悔药，就连阿雪他们正在推广的万能特效药，也治不了自己这悔青了肠子的绝症。话说回来，就算能治，长尾也不会允许她服用。对阿雪研发出的新药，长尾一概嗤之以鼻、坚决抵制。

"唉。我真没用。"九尾仙狐心里轻叹一声。笑面虎这点也说得没错，她永远不会有真正的幸福。

长尾狂叫着飞过来，一副要和笑面虎拼命的样子。他俩的部下现在都死的死，散的散，逃的逃，他们都成了孤家寡鹰，这使他们更加渴望一呼百应、唯我独尊的权力巅峰。

"全都怪我，死的应该是我，不是她。她还那么年轻。"九尾仙狐低头垂目，从窝里一跃而起，纵身落下万丈深渊。她很快撞在一块凸起的岩石上，血肉之躯被岩石高高弹起，翻滚着急速坠落，又一次撞击、弹起、坠落……她零落的美丽羽毛在微寒的春风里悠悠飘荡，血迹斑斑。最后，她粉身碎骨地回归自然母亲的怀抱，再也无声无息。

长尾："你这个大混蛋！她是我的！她马上就要给我下蛋孵蛋！"

笑面虎："你才是大混蛋！你这个歪脖子烂骨头的丑八怪，你哪里配得上她！她应该给我下蛋孵蛋！"

两只怒气冲天的老白雄猫头鹰斗在一起，都发誓今天不杀死那大混蛋绝不罢休！

10

绿野市所有媒体都在报道同一条爆炸新闻：齐齐市长突发心脏病，意外身亡。一时间，各种阴谋论甚嚣尘上，一多半的人不相信他真的病死了，怀疑他是被谋杀的，至于是被哪一方势力谋杀的，则众说纷纭。街头巷议，绿野市民为这事足足争吵了一个半月，激动的心情才稍稍平静下来。齐齐成为"让人类再次伟大"教的殉难圣徒，声望在死后达到顶峰，狂热信徒们决心发动圣战，发誓将反对齐齐教主的敌人全部杀死，将这个丑恶的旧世界彻底推翻，建立一个让人类再次伟大的美丽新世界。

院方为平复争议，公布了齐齐的病历本原件。齐齐死于汞中毒，体内汞含量超标100万倍。据说他连吃了两个月鱼翅，总也吃不够，终于导致急性汞中毒，死之前全身瘫痪，神经已完全错乱。

当然，也有传言说，他的汞中毒不是因为吃了太多鱼翅，而是因为吃了太多北极熊掌和北极熊肥膘，也有人信誓旦旦说是吃了太多罕见金枪鱼，或者那种活了很久很久的剑鱼。总之，后来吵吵嚷嚷的人类在一代圣徒齐齐死于汞中毒这一点上，总算勉强达成了共识。

阿海和费义很遗憾齐齐没有为他所犯下的罪行接受公开审判就死于汞中毒。

调查齐齐的特别检察官发现，洪福齐天公司只剩下一个空壳，几乎所有资产都已经悄然转移，不知去向。齐兰兰哭天抢地，一夜之间成了穷光蛋。

猫头鹰世界对混世魔王齐齐的横死，都拍爪称快，喜闻乐见。

老姑婆很久没出门了，这天她执意让大灰翅的新婚妻子伶牙俐齿的瞳瞳带她去看看阿威。

老姑婆问阿威："你们是在寻找鲲冲的下落吗？不用找，该出现的时候它会出现的。"

阿威："老姑婆您怎么知道鲲冲？"

老姑婆："我当然知道！而且我要警告你们，千万不要伤害鲲冲，它们是我们猫头鹰世界最后的希望。不管别鹰怎么抹黑鲲冲，它们都是好虫虫！就像不管别鹰怎么抹黑你和阿雪，你们都是好鹰鹰一样！雪羽灰影，是地球的拯救者！"

阿威："雪羽灰影？"

老姑婆："没错！远古鲲冲，又名雪羽灰影。你没听过那首紫荆海龟家的老歌谣吗？'当鹤洲无鹤，松湖无松，雪羽灰影，将火焰重生！'"

11

老威廉："你们已经破解了鲲冲质的配方？太好了，太及时了！"

阿威："鲲冲真的已经回归了吗？"

老威廉："鲲冲一直都在，从来没有离去过。"

阿雪："它长什么样？"

老威廉："你们火焰家族不是一直在描绘它的样子吗？雪羽灰影，火焰重生。"

阿历克斯："嘎！我一直以为那是在歌唱阿威和阿雪的美丽！"

老威廉大笑："也没错，阿威阿雪和鲲冲一样美丽！"

阿威："它生活在哪儿？"

老威廉："到处都是啊！除了在北洲万古冬眠的，大部分生活在火山喷发的烈焰里。当然，在煤炭燃烧的火苗里，在森林大火的浓烟里，在金属冶炼的熔浆里，在岩石风化的微风里，也都有。鲲冲与汞，如影随形。上次南海岸火山喷发，就喷出来很多啊！阿历克斯一直在大叫汞汞汞，我还以为你们早就知道呢。"

"嘎！我一直以为鲲冲是至邪的邪物。老姑婆却说它是最好的好虫虫，它好在哪儿？"

老威廉："它呀，好处可多啦，三天三夜也说不完。就拿你最牵肠挂肚的汞来说吧，其实自然界到处都是汞，你害怕汞，是因为进入食物网的有机汞——比如甲基汞——对动物是剧毒，会损害神经系统，尤其是脑组织，造成的损伤不可逆转。汞对鲲冲也有害，但鲲冲老早就进化出抗汞性，能通过一系列化学反应，把周围环境中的汞盐转化为毒性更小的能够空气传播的形态，让下一阵大风把它们吹走，稀释在整个大气中。而且啊，鲲冲还能以剧毒的有机汞为食，把有机汞分解为比较无害的无机汞。鲲冲就像清洁虫，不断清除周围环境中的毒汞，降解汞的毒性。"

阿历克斯赞叹："这么好！我要和鲲冲做邻居！"

老威廉的眼睛里又进了沙子："谁都会希望和鲲冲做邻居——要是还没灭绝的话。我们紫荆海龟家族一直都是鲲冲的好邻居，可是谁知道我们还能再做几天的邻居？人类排放到环境中的碳、汞等各种毒素越来越多，不是所有物种都能适应那种污染越来越严重的生态环境。比如人类自己，也许他们还没来得及和鲲冲相识相知做邻居，就因中毒过深而灭绝了。"

阿历克斯："我还牵肠挂肚塑料垃圾污染，好鲲冲有没有好办法？"

老威廉："鲲冲很会吃塑料啊，它吃一切毒素，消化之后，拉出来的粪便就变成了营养丰富的美味矿物质。"

阿雪："那鲲冲质和鲲冲有什么关系？"

老威廉哈哈大笑："鲲冲质是鲲冲屎的讹传啊！当然，只是这么叫而已，鲲冲质事实上是从鲲冲尸体与粪便的聚合物中提取的化合物。"

阿威、阿雪和阿历克斯一起惊叹："啊——啊嘎！"

　　这下轮到老威廉感到有些意外："难道你们不知道啊？几百万年前，形成火焰岛的那场海底火山喷发将鲲冲尸体和粪便带出海面，整个火焰岛北峰主要就是由鲲冲尸体和粪便风化而成的啊。"

　　"啊——啊嘎！"

尾声

1

猫头鹰不愧是充满智慧的物种，火焰岛猫头鹰共和国的首届总统选举有条不紊，程序严谨、公正、透明，为以后的选举开了个好头。正直博学、聪慧干练的言真话者高票当选首任总统。当然，免不了有爱抱怨的猫头鹰抱怨说，选举不公平！阿雪虽然退位，却操纵了选举结果，因为阿雪提前安排了她的心腹惊涛组织选举，甚至亲自挑选了她的闺蜜言真话者做总统候选鹰，还亲爪投了言真话者一票！他们认为，阿雪作为退位女王，根本不应该有选举权和被选举权！他们在全岛发起60多起选举舞弊诉讼，全都因证据不足而被猫头鹰法官们驳回。

猫头鹰自然保护联盟OUCN发布最新报告，十年内将有至少一半昆虫灭绝，但这一点暂时不会影响猫头鹰世界的安危。对猫头鹰世界影响最大的将是人类灭绝事件，该事件将引发一系列连锁反应，包括当量极大的能量爆发，极有可能迅速改变全球现有辐射量和废气量。虽然目前全球人类总数还有很多，但世界各地的人类都在内斗，并为同类相食进化出更加锋利的致命脑牙，撕咬杀伤力大增，比金刚钻还坚硬1万1千倍。紫光大陆地的人类矛盾如此不可调和，战争不断升级，已经达到同归于尽的临界点。绿野市针对其最合格未来市长人选费义的暗杀已发生99次。

按进化趋势，OUCN做出谨慎评估，将人类从近危物种升级为易危物种。

OUCN发言鹰表示，猫头鹰世界将密切关注人类对生存环境剧变的适应情况，及时根据野外调查结果重新评估人类现状。在回答记者提问时，该发言鹰表示，据保守估计，人类评级很可能将很快升级为濒危，甚至极危。

针对OUCN报告，火焰岛猫头鹰国总统言真话者宣布，对于人类，猫头鹰世界该做的都做了，该说的也都说了。下一步，猫头鹰世界将秉承一贯的万物刍狗原则，不打扰，不干涉，袖爪旁观，顺其自然，由着人类后果自负、适者生存，同时做好猫头鹰自己的适应工作。

北洲苔原加速融化，海冰以每年1%的速度消失，变黑变暗的北洲吸收的太阳热量越来越多，地球变暖进一步提速，全球鲲冲数量爆发式增长，人类世界已出现一定程度的鲲冲恐慌。生态学家阿雪团队研发出第一款鲲冲质疫苗，可以有效降低各种辐射对动物身体的危害，但并不是所有动物都适于接种此款疫苗，接种前需要先做皮肤测试。

各地的猫头鹰皮肤测试点鹰满为患。测试后，不适合接种鲲冲质疫苗的猫头鹰普遍爆发抑郁症和焦虑症，各地猫头鹰心理门诊爆满。适合接种的猫头鹰则一秒也不耽误地第一时间提交了接种预约。然而鲲冲质疫苗实在供不应求，接种预约已排到四年之后。猫头鹰们普遍担心在这四年之内，人类致命脑牙会不慎流汤，释放剧毒脑牙汁，导致全球辐射量猛增，所以大家强烈要求总统言真话者积极协调，赶紧提高疫苗产量。言真话者为此发表长啸讲话，告诉世界各地的猫头鹰们不要着急，鲲冲质疫苗生产已进入火焰岛最高级别国家应急加班加点项目。

雪山国王保佑！冰中烈焰神明在上！阿雪团队不久后宣布，更加普适的鲲冲质二代疫苗研发已取得突破性进展，绝大多数不能接种一代疫苗的猫头鹰，将可以接种第二代。这个消息极大缓解了各地猫头鹰心理门诊的拥挤情况。

2

经过一番密集勾兑，齐兰兰与王问圊喜结连理，婚礼场面极尽奢华，堪比皇室，嘉宾如云，轰动全球。媒体纷纷报道这次联姻堪称强强联合。人再伟教信徒集体组织收看齐王大婚现场转播，个个欣喜若狂，人人喜极而泣，齐声祈祷上帝让齐兰兰快快生养一大群孩子，让齐齐教主的血脉永世流传。但据多家媒体爆料，这小两口彼此痛恨。

王半仙儿再次变身。他摇身一变成为大义灭亲的悲情英雄，牺牲自我、拯救人类的转世上帝，高调宣布竞选绿野市市长。

重新洗牌之后，王半仙儿继承了齐齐的衣钵，大多数人再伟教信徒肝脑涂地地支持他，把对齐齐教主的无限敬爱毫无保留地转移到他身上，愿意为了他倾家荡产、死无葬身之地。王半仙儿不负众望，毫不留情地整天攻击费义是法西斯，造谣说费义为了满足动物的福利，不惜饿死人类。

紫光大陆地在内斗之余，嘲笑绿野市无人，竟然让两个曾经的阶下囚成为新市长最热门人选，选战鸡飞狗跳。

3

阿蛮不知何时何地以何种方式接触了何种野生动物，被某种未知病毒感染。她剧烈咳嗽，四肢酸痛，呼吸困难，头痛欲裂，发高烧发到神志不清、昏迷不醒。阿蛮被紧急送医后，很快身亡。作为零号病人，阿蛮病死之前传染了医院里所有的人。这种致命新病毒传播力极强，接触能传播，飞沫能传播，空气也能传播，简直无孔不入，因此迅速在人类世界四处蔓延。

火狐狸村的绿野马蹄蝠奶奶豪秀对此只能摇头。她对她的人类小友费小可说，这是三寒姐妹中最调皮的小新寒妹妹的最新变异毒株，异常霸道，喜欢过把瘾就死。

豪秀奶奶再次警告："你们人类最好离野生动物远一点，再远一点。"

4

北洲苔原幽灵巨坑发生坍塌，惊现100米深的坑中坑。坑中坑里面，很多古老物种重见天日。猫头鹰科学家警告说，一种5万年前的僵尸病毒在坑中坑复活，一醒来就开始自我复制，地球上所有温血动物都将是它们的猎物。

猫头鹰科学家在坑中坑里还发现一条来自更新世的蛔虫。这条古老的蛔虫当初轻微脱水后迅速冰冻，在零下80度、无氧、黑暗的地底潜生，此次也暴露于温暖日光下，一出来就开始自我无性繁殖。科学家表示，地球现有生物与这条蛔虫相比都太年轻，以前谁都没有和它打过交道，尚不清楚它对猫头鹰是福是祸是善是恶。

绿野大学教授公冶博紧急呼吁："永冻土能够保存病毒和细菌数十万年——甚至可能100万年以上。最好的办法是阻止冻土融化，把这些病毒、细菌永久封存。人类化石燃料开采必须立即停止，人类北洲大开发活动也必须立即停止。"但人再伟新教主王半仙儿公开斥责公冶博教授危言耸听，将环境问题政治化，将病毒细菌的利益置于人类利益之上。王半仙儿义正辞严地质问道："一个野生动植物保护专家懂什么油气大开发？懂什么永冻土融化？发表这样的跨界言论非常不负责任，真是科学界的耻辱。"

王半仙儿断言，公冶博教授早就被紫光大陆地的化石能源巨头收买，公冶博如此不遗余力扰乱视听的目的就是要搞垮绿野市的经济、搞乱绿野市的社会。"公冶博是绿野市有史以来最坏的大叛徒！最蠢的大败类！"王半仙儿的新宠物黑善善对主人的观点深以为然，他很高兴新主人以缺德为美。黑善善坚信，这年头，缺德具有异常强大的生存优势。

王半仙儿的竞争对手费义反驳说，王半仙儿才是被紫光大陆地化石能源巨头收买的那一个。人再伟教强烈谴责费义对王半仙儿教主的恶毒攻击，死亡威胁邮件又一次像雪片儿一样飞向费义。

阿雪团队密切关注各种从永冻土中复活的古老生物。他们发现，并非所有的古老生物都是病原体，有些古老生物体对地球温血动物甚至是良性的，对宿主极其有益，比如鲲冲。鲲冲与二氧化碳、甲烷等温室气体一起沉淀在永冻土中休眠，随着气温升高，越来越活跃的苔原微生物分解了越来越多的冰封植物尸体，释放出越来越多温室气体，鲲冲们也相继苏醒。当周围二氧化碳、甲烷等温室气体浓度过高时，鲲冲会呈现出植物体的一面，开始以二氧化碳等气体为食，并排泄出氧气。

5

绿野大陆地猫头鹰联合国总理到期换届，坚忍的铁爪荣誉退休，深孚众望的幽谷大侠红喙当选为新总理。

联合国侦探所探长阿威不忍心放弃人类这一大自然进化的奇迹。虽然有一些自私、疯狂、残忍的人类个体，由于脑牙流汤的后遗症，崇尚野蛮丛林式等级制度，但人类总体摆脱了弱肉强食的自然属性，进化出理智的文明属性，懂得为其他同类着想，懂得保护自然母亲，甚至懂得爱护其他物种，表现出可贵的同生共存的利他属性。阿威竭尽全力与理智派人类合作，屡次化解人类自我灭绝危机。

后来，红喙与阿威联爪促成人类社会大麻种植合法化，将森林里的种田人这个行业从根子上彻底铲除。由于大麻的危害性和成瘾性都比香烟小多了，而且还具有医疗价值，后来人类世界渐渐抛弃香烟，普遍流行通过吸大麻来醒脑提神过把瘾。

但是人再伟教视猫头鹰为宇宙头号邪恶势力。在一次阻止人再伟教徒屠杀人类儿童的恐怖袭击事件中，阿威被人再伟暴徒的机关枪扫中，差点丢了性命。但他尽力而为的初衷未改，扶危济困的探长本色不变，最后终于帮助人类社会签定第一份真正的控枪协议。

6

北洲林木线不断向北移动，苔原不但地下有冰中烈焰闷烧，而且地面有森林野火漫卷。

一场史无前例的森林大火在北洲整整烧了半年，熊熊烈火绵延无际，吞噬了600多万公顷宝贵的北方针叶林，烟尘雾霾笼罩了整个绿野大陆地和紫光大陆地，所有动物包括人类都被呛得肺痛。有人类开玩笑说，当年导致恐龙大灭绝的小行星撞击地球引发的漫天尘埃，恐怕也不过如此。

当本书结束时，这场北方大火还在噼噼啪啪猛烈燃烧。一些靠野火才能繁殖的甲虫们，和苏醒的鲲冲一起，在火光浓烟之间往来穿梭。

人物表

威雪亲友团：

长毛灰影快如闪电的阿威：猫头鹰联合国侦探所探长。

冰中烈焰阿雪：猫头鹰联合国生态研究所一级研究员，火焰岛猫头鹰王国的最后一位女王。

"火焰三杰"：阿威和阿雪的三个艺术家儿子大宝、二宝和三宝。三宝在成年后继承先祖狂风的衣钵，改名号为呐喊的三宝，成为一代诗圣。

蓝绿鹦鹉阿历克斯：语言天才，阿威和阿雪的挚友，人类护林队队长阿海的宠物，祖籍火焰岛，出生在星宿大沼泽地。

大嗓门猴面：阿威的助手和好友，猫头鹰联合国侦探所特级探员。

机灵鬼肉球：阿威的助手和好友，猫头鹰联合国侦探所特级探员。

阿威家的老姑婆：猫头鹰世界最年长的聪明老奶奶，一肚子故事，喜欢回忆过去。

铁面无私的阿玉：绿野女童子军团创始鹰，火焰岛猫头鹰王国前国王长爪的幼女，阿雪的小堂妹。

火焰家族：

庄严的雪山：火焰岛猫头鹰王族最有声望、最贤明的国王之一，史称"最后一个国王"。

凛冽的寒风：雪山国王的长子，王位继承者，阿雪的先祖。

呼啸的狂风：雪山国王的次子，自我放逐的流浪者，猫头鹰王国历史上最伟大的史诗作家，阿威的先祖。

暴烈的铁翅：寒风的后代，阿雪的爷爷，火焰岛猫头鹰王国前国王。

智慧的长眉：阿雪的父亲，铁翅的长子。曾经是铁翅的王位继承者，但又被铁翅永久放逐。现为雪枭村村长、猫头鹰联合国图书馆馆长，是猫头鹰世界深受尊敬的学者。

仁慈的长爪：火焰岛猫头鹰王国前国王，铁翅的次子。

慈爱的白玉：长爪青梅竹马的好友、第一任王后，数年前死于非命。她的死因背后隐藏着一个极大的秘密和阴谋。

仁爱的白云：火焰岛猫头鹰国王医院最好的医生，已故王后白玉最要好的朋友，也是长爪最信赖的好友。后来与长爪结婚并生育了四个孩子：哥哥阿山、阿坚以及妹妹阿云、阿玉。死于吸血蝠大战。

狡猾的长尾：火焰岛猫头鹰王国的贵族，铁翅的三子。后被起名官言真话者改名号为疯子长尾。

残忍的怒焰：长尾的独子，火焰岛猫头鹰王国国王侍卫队前队长。与笑面虎结盟，在失去利用价值后被笑面虎和蓝铃除掉。

火焰家族所辖：

忠诚的惊涛：火焰岛猫头鹰兵团总司令。

沉沉不语的流川：前国王侍卫队副队长。与长尾密谋加害阿雪，事败后被长尾灭口。生前曾是惊涛最好的朋友、一起长大的异姓兄弟。

笑面虎：流川的父亲，火焰岛猫头鹰王国前首席御前大臣，长尾青壮年时期的密友。数年前神秘失踪，后携女儿蓝铃重出江湖。

九尾仙狐：猫头鹰世界有名的漂亮雌鸟，笑面虎的小妾，数年前随笑面虎一起失踪。起初为逃离笑面虎而隐姓埋名，后来又为化解蓝铃和长尾之间的恩怨而重出江湖。一生不幸，结局凄惨。

圣洁的蓝铃：流川同父异母的小妹妹，笑面虎与九尾仙狐的女儿。容貌秀丽，心狠爪辣，是笑面虎阴谋夺取火焰岛王位的最得力助手。后被言真话者改名号为邪恶的蓝铃。

勇敢无畏的大灰翅：来自雪枭村的猫头鹰勇士，王国侍卫队队长。

伶牙俐齿的瞳瞳：来自雪枭村的猫头鹰姑娘，大灰翅的新婚妻子。

任性的清风：火焰岛环境大臣兼首席御前大臣，猫头鹰世界最负盛名的海洋专家。

言真话者：在上一任起名官光荣退休后，由阿雪女王任命的新一任火焰岛猫头鹰王国起名官。火焰岛猫头鹰共和国第一任总统。

黑岩：海獭家族的老酋长，长爪国王的生前好友。

五号：三面间谍，一生连个名号都没有，一辈子的命运由别鹰左右，别别扭扭窝窝囊囊委委屈屈。好在始终心存一丝善念，一生将枪口抬高一寸，老来得以善终。

火焰岛自由家族：

老威廉爷爷：紫荆家族最年长的海龟，已经活了至少171岁。

慢腾腾：紫荆家族的紫色小海龟，双胞胎姐妹的姐姐。

腾腾慢：紫荆家族的粉色小海龟，双胞胎姐妹的妹妹。

孤独的太阳老乔治：火焰岛最后一只太阳陆龟，临终之际舍命搭救了小海龟姐妹。

小海燕：火焰岛东海岸的黑螃蟹妹妹。

妞妞：松树河口鳄鱼家族的小妹妹，小海龟姐妹的崇拜者，阿历克斯的铁杆好友。

绿野森林居民：

铁甲神兽：穿山甲妈妈。

菜蓟甲甲：穿山甲宝宝，铁甲神兽的儿子。

霸王甲甲：穿山甲先生，比铁甲神兽体型大一倍，菜蓟甲甲的父亲。

会走路的小松果：穿山甲少年，金宝和阿阳的好友。

蓝勤勤：绿野小湖蓝鳃太阳鱼家族的小资雄鱼。

蓝静静：蓝勤勤美丽多情的妻子。

蓝强强：绿野小湖蓝鳃太阳鱼家族的强盗雄鱼。

蓝小蚤：绿野小湖蓝鳃太阳鱼家族的小偷雄鱼。

蓝小聪：绿野小湖蓝鳃太阳鱼家族的骗子雄鱼。

鲈大嘴：绿野小湖大嘴鲈鱼家族的雄鱼。

金蝶：林蚁超级部落新一代蚁后。

好猎手：渔父妈妈。毛茸茸的哺乳动物，濒危。属于鼬家族，个头和猫咪差不多，喜欢吃肉，生活在绿野大陆地中北部的古老原始森林里，是世界上少数几种能活吃豪猪的动物之一。阿雪的好友。

胖胖：好猎手的儿子，即将出窝。

河勤：星宿大沼泽地河狸谷的河狸女士，河恳先生忠诚不渝的妻子。

河恳：星宿大沼泽地河狸谷的河狸先生，河勤女士忠诚不渝的丈夫。

小百合：河勤河恳夫妇的女儿，喜欢闯荡江湖。

阿尔法：山丹大草甸大灰狼首领，神秘失踪，后现身北洲。阿雪和阿威的好朋友。

艾尔莎：阿尔法心心相印的伴侣，阿雪和阿威的好朋友。

玫瑰精灵：阿尔法的曾曾曾外婆。

老阿尔法：阿尔法的曾曾曾外公。

复仇幽灵：阿尔法的妈妈，玫瑰精灵与老阿尔法的后代。

黑魔法师：阿尔法的爸爸。

阿扣扣：阿尔法的大哥。

埃尔克：山丹大草甸麋鹿坡的麋鹿先生。

大角牧师：山丹大草甸麋鹿坡的驼鹿先生。

金尖：年轻母灰熊，山丹大草甸白杨溪领主。阿雪的老朋友。

金穗子：禾花雀爸爸，黄豆子的夫君。冰中烈焰教信徒。

黄豆子：禾花雀妈妈，金穗子的爱妻。

金沙子：金穗子的兄弟，莽撞、轻信的雄禾花雀。

坚忍的铁爪：猫头鹰联合国总理。

幽谷大侠红喙：猫头鹰联合国绿林卫队队长，来自勇猛的北方斑点林鸮家族，濒危物种。铁爪退休后当选为新一任总理。

火狐狸精：狐狸妈妈，火狐狸洞的居民代表。后移民北洲，万能通用特效药鲲冲质临床试验对象。

北洲居民：

大壮壮：大北雪山蓝绿河源头的麝牛小家群头领。受阿雪和阿威所托，忠心守护白玉王后冰宫。后成为百麝部落新一代开路先锋，赐名焰雪壮麝。

超级大脾气：大壮壮的妻子之一，北洲百麝部落冬季大首领。（请看《动物快跑》第一部《超级大脾气》）

卡姆：睿智的麝牛老奶奶，百麝部落前任冬季大首领。

冰雪勇麝：超级大脾气的父亲，百麝部落前开路先锋。

雨雪韧麝：超级大脾气的好友，百麝部落前开路先锋。

卢娜：超级大脾气的母亲，病死于狗窝。

黑尖：金尖的同胞弟弟，两年前从雪枭岭北麓的白杨溪逃往北洲，后下落不明。

雪煞：北极熊妈妈，黑尖的配偶之一，雪霸的双胞胎姐姐。

雪霸：北极熊妈妈，雪煞的双胞胎妹妹。

宝儿贝贝和贝儿宝宝：雪霸的双胞胎儿子。

大家伙：雄性北极熊，万能通用特效药鲲冲质临床试验对象。

鲁道夫：雌性驯鹿，阿雪好友。

黑善善：精于骗术的黑乌鸦，原爪爪岛小偷。爪爪岛被海水淹没后，气候移民到变暖的北洲，找到新工作——成为宰牛人臭手的新宠物。后来跳槽成为王半仙儿的宠物。

西北大草原居民：

威风凛凛的大红袍：曾经是人类将军的坐骑，在人类将军死后逃往西北大草原野马坡。他是野马坡的创建者、自由马的精神领袖，马儿们尊称他为大红袍将军。

白马汉斯：原是齐齐肉铺的宠物马、伪装的数学天才。后来和妻子阿风一起逃往自由天堂野马坡，成为大红袍将军的八骏侦查小组成员。

白马阿风：汉斯的妻子，勇敢、坚韧的年轻母马。八骏侦查小组成员。

战神诺诺：西北大草原正值壮年的雄性黑犀牛，犀角锐利，力大无穷，战无不胜。死于"大游戏"狩猎活动。

慧神阿霞：西北大草原年轻的黑犀牛妈妈，战神诺诺的伴侣。诺诺被猎杀时，阿霞已有身孕，15个月后独自生下诺诺最后一个女儿。

乐神星星：阿霞不满三岁的长子，父亲是战神诺诺。

豁耳朵：雄性老年黑犀牛，一生谨小慎微，历险无数，最终还是没能逃脱盗猎贼的子弹。

东部大草原和狂野大沙漠居民：

玲玲：弯角大羚羊姐姐，来自紫光大陆地炎热而缺水的半沙漠地带，家族濒临灭绝，现客居狂野大沙漠西部边境的弯角大羚羊圈养场，阿历克斯的好友。

安娜大王：狂野大沙漠五公里国多肉部落的前女王，忽然下落不明，引发部落内战。

筷子牙牙：多肉部落的雌性工鼠，阿雪的旧友。

闲不住的丫丫：筷子牙牙的妹妹，多肉部落的永勤工。

懒懒筋：多肉部落的常怠工。

大个头耐渴先生：安娜女王的王夫之一。

聪明的猪先生：多肉部落离家出走的雄性工鼠，耐渴先生的孙子，牙牙和丫丫的哥哥。

小沙：狂野大沙漠的沙蟒少年，阿历克斯的朋友。

人类：

值得信赖的阿海：绿野森林护林队队长，阿历克斯的救命恩人、贴心主人、知心挚友，后兼任火焰岛自然保护区及绿化大队负责人。绿野市动物协会特聘专家，会说带人类口音的动物通用语、猫头鹰语。

阿英：阿海的姐姐，北洲麝牛农场狗窝窝主，自由作家。

杨云：阿海的妻子，绿野市著名儿科医生。

好奇的阿阳：阿海和杨云的独子，12岁，喜欢小动物，热爱大自然，与火焰岛的人类男孩小耳朵一见如故，并跟着小耳朵学会了动物通用语。

机灵的小耳朵：火焰岛岛民之子，14岁，能听懂大自然的各种动物语言，擅长动物通用语。热爱猫头鹰，尤其精通猫头鹰语。

明亮的小叶子：小耳朵的妹妹，11岁，高智商，眼睛特别亮，喜欢画画，热爱花草树木，跟小耳朵学会了动物通用语。后来成为绿野女童子军团的一员。

阿帆和阿贝：小耳朵和小叶子的爸爸妈妈，火焰岛居民，火焰岛种树队队员。

音乐天才姐妹花：小麦和小米姐妹，阿阳的表姐妹。

杨波涛：绿野市民，杨云的弟弟，小麦、小米的爸爸。

齐齐：白马汉斯的最后一个人类主人，绿野市骡马市大街汉斯专卖店（原齐齐肉铺）的店主。后来创办洪福齐天投资有限公司，迅速发家，在绿野市市长的任上光荣殉职。人再伟教的伟大教主。

齐兰兰：齐齐的女儿，洪福齐天公司总经理（代理）。从小娇生惯养，性情蛮横，嗜好猎杀濒危野生动物，是濒危动物标本的变态收藏者。她有一个战利品博物馆，陈列着由她"亲手"杀死的狮子、犀牛、老虎、猎豹、麝牛、黑熊、灰熊等珍稀野生动物标本。后来……（请看《动物快跑》第三部《撒旦的崛起》）

王半仙儿：算命先生，半仙食府老板，臭名昭著的"金夫人"盗猎集团幕后二老板。新组织"王夫人"集团大老板。人再伟教新教主。

金珍珠：王半仙儿的妻子，"金夫人"盗猎集团幕后大老板。她脑满汤肥，油光满面，喜欢穿金戴银，总是珠光宝气的，盗猎圈人称金夫人。后吞并西北帮"大拖鞋"盗猎集团。

王吉春：王半仙儿的侄子，松鼠林村村民王全仙的大儿子。从小就是一个动物虐待狂，研究生毕业后被王半仙儿塞进绿野市动物协会，后辞职创业，成立动物保护基金会，任基金会主席。

王问圃：王半仙儿的儿子，绿野市医疗保险公司总经理，头脑简单，四肢发达，热爱花天酒地，喜欢打猎。后来与齐兰兰被迫联姻。

老娇：王半仙儿的打手和白手套，心狠手辣，盗猎圈如雷震耳的"西拖东娇"之东娇。老娇和王半仙儿是老乡，都来自松鼠林村，从小一起长大，长大后一起犯罪。

三个臭兄弟：养熊人臭嘴，宰牛人臭手，种田人臭脚，金夫人盗猎集团的小喽啰，曾全部入狱，并很快被齐齐特赦，随即入伙大拖鞋盗猎集团，后全部晋升为洪福齐天公司的员工。

大拖鞋：西北大草原盗猎团伙总头目，生性凶残、嗜血，在西北大草原土生土长，业务遍及全球，发展势头迅猛，与"金夫人"组织形成一种既竞争又合作的微妙关系。与老娇关系密切，老娇军火走私生意的大客户，盗猎圈"西拖东娇"之西拖。

吴福：齐兰兰的小助理，背景深不可测，后来……（请看《动物快跑》第二部《迷失》）

穆泰：西北大草原犀牛自然保护区警卫队队长。

悍泰：穆泰的弟弟，西北大草原最有天赋最知名的职业向导猎人。

阿忠：穆泰的警卫同事，孤儿，从小和穆泰、悍泰一同长大，三人情同手足。因保护黑犀牛被大拖鞋的人马残忍杀害。

司令：西北大草原大型私人保护区业主，积极主张"以杀为救"——利用战利品狩猎活动维持自然保护区的商业运行。

老钱：西北旅游与环境（破坏）局新闻联络（撒谎）官。

神秘的ＷＣ：王半仙儿在警察系统的高级卧底、合作伙伴。

二柿子：原火焰岛居民，外号"不要命"，后被王半仙儿秘密吸纳为金夫人团伙成员。

阿蛮：二柿子的老婆，外号"不讲理"，半仙食府一代名厨。

三柿子：二柿子的弟弟，原火狐狸村渔民，后被雇佣为洪福齐天公司捕鲸船船长。

公冶沙：绿野市动物园园史馆首任馆长。其先祖公冶平能通鸟语，与阿威的先祖呼啸的狂风是知心好友。

公冶仁：绿野市动物协会会长，公冶沙的孙子。暗中被齐齐收买。

公冶博：公冶仁的哥哥，绿野大学生态学教授，野生动植物保护专家。

希希：绿野市原市长，在竞选中被齐齐打败，遗憾下台。非赢利组织野生动物联盟新任盟主。

谁都不怕只爱真相的费义：绿野电视台记者。阿海的童年玩伴、最好的人类朋友，俩人是火狐狸村史上最著名"下凡文曲双星"，当年都是一等一的学霸。

爱读书的金宝：火狐狸村六年级学生，阿阳的好朋友。

见钱眼开的大胜：火狐狸村村民，金宝的爸爸，阿海、费义小时候的同学。

王全仙：松鼠林老村民，王半仙儿的哥哥。喜欢喝酒，整天醉醺醺的，特别为大儿子王吉春感到骄傲，张口闭口王吉春。

阿红：王全仙的长女王吉红，嫁到东部大草原东郊镇，龙宝的妈妈。

王吉国：松鼠林村的年轻村民，王全仙家三兄妹的老小。

老林：松鼠林村民，爱好科学，热爱自然。

莉莉：老林的妻子，松鼠林村医务所护士。阿贝的大妹妹。小耳朵和小叶子的二姨。

玛雅和尔雅姐弟：老林与莉莉的一双儿女，10岁和8岁。

胡子：松鼠林村民，老娇的妹夫。

小娇：胡子老婆，老娇的妹妹。信佛。

胡奶奶：胡子家的老奶奶，松鼠林村小学退休老师。河狸发烧友，详见《动物快跑》第一部《超级大脾气》。

费德：火狐狸村村民，费义的哥哥。

阿巧：火狐狸村村民，费德的妻子，费小可的妈妈。阿贝、莉莉的小妹妹。小耳朵和小叶子的小姨。

费小可：费德和阿巧的儿子，15岁，精通蝙蝠语。蝙蝠老奶奶豪秀的忘年交老朋友。

吴警官：松鼠林镇很有城府的女警官。

方舟子科普原文参考

（见 "http://www.owlbooks.us"）